PRINCESA
DOS LADRÕES

CB049580

Sarah MacLean

BELAS FATAIS ❧ VOL. 2

Tradução: Bárbara Morais

GUTENBERG

Título original: *Heartbreaker: A Hell's Belles Novel 2*

EDITORA RESPONSÁVEL
Flavia Lago

EDITORAS ASSISTENTES
Natália Chagas Máximo
Samira Vilela

PREPARAÇÃO DE TEXTO
Natália Chagas Máximo

REVISÃO
Claudia Vilas Gomes

ADAPTAÇÃO DE PROJETO GRÁFICO
Waldênia Alvarenga

CAPA
Larissa Mazzoni (sobre imagem de Evgeniya Litovchenko / Shutterstock)

DIAGRAMAÇÃO
Waldênia Alvarenga

Dados Internacionais de Catalogação na Publicação (CIP)
Câmara Brasileira do Livro, SP, Brasil

MacLean, Sarah
Princesa dos ladrões / Sarah MacLean ; tradução Bárbara Morais. -- São Paulo : Gutenberg, 2024. -- (Belas Fatais ; v. 2)

Título original: Heartbreaker: A Hell's Belles Novel 2

ISBN 978-85-8235-722-4

1. Ficção histórica 2. Romance norte-americano I. Título. II. Série.

23-177062 CDD-813

Índice para catálogo sistemático:
1. Romances históricos : Literatura norte-americana 813

Cibele Maria Dias - Bibliotecária - CRB-8/9427

A **GUTENBERG** É UMA EDITORA DO **GRUPO AUTÊNTICA** 

São Paulo
Av. Paulista, 2.073, Conjunto Nacional
Horsa I . Sala 309 . Bela Vista
01311-940. São Paulo . SP
Tel.: (55 11) 3034 4468

Belo Horizonte
Rua Carlos Turner, 420
Silveira . 31140-520
Belo Horizonte . MG
Tel.: (55 31) 3465 4500

www.editoragutenberg.com.br
SAC: atendimentoleitor@grupoautentica.com.br

Para Louisa,
a melhor.

ADELAIDE

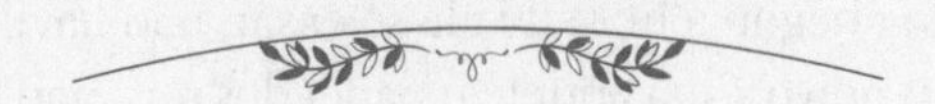

Capela de São Estevão
South Lambeth
Outubro de 1834

Dizem que nuvens de chuva trazem boa sorte para casamentos.

Dizem que a desolação do céu sobre os votos de casamento marca o ponto mais sombrio de uma união. E que as torrentes de chuva lavam qualquer má sorte destinada ao casal, restando apenas o futuro, recheado de bons agouros.

Afinal, como diziam, o casamento seria o mais feliz dos dias – o momento das noivas tímidas e dos noivos com o rosto leve, dos novos vestidos e das famílias transbordando de alegria com a ideia de dobrar de tamanho. O que era um pouco de chuva perante a promessa de tanta felicidade?

Diziam que o mau tempo seria o pior do dia e o pior da união.

Mas e se o pior do dia não fosse o clima? O que seria do enlace?

Naquela manhã de outubro, enquanto a chuva desabava torrencialmente e as trovoadas abalavam as estruturas, a Srta. Adelaide Trumbull estava em pé no altar da Capela de São Estevão, em South Lambeth, envolta pelo aroma do incenso e de cera de vela, trajando um vestido que roubara da melhor costureira de Mayfair no meio da noite, enquanto considerava que talvez *estivessem* errados.

Não havia nada de tímido em Adelaide, a filha de 21 anos de Alfie Trumbull, um brutamontes com um punho do tamanho do rosto de um homem crescido. Alfie usava muito bem aquela arma carnuda desde o momento em que se tornara grande o suficiente para dar socos e tinha construído para si mesmo um pequeno império, como era de ser, no South Bank, como o chefe d'A Horda, uma gangue de brutamontes e ladrões nomeados em homenagem ao homem que os unira. A moça aprendera com rapidez que, para sobreviver ao domínio violento de seu pai, precisaria ganhar seu próprio sustento e, aos 6 anos, ela já era uma das melhores batedoras de carteira do South Bank – com seus dedos longos, finos e rápidos que conseguiam roubar um relógio de pulso ou cortar uma bolsa sem que a vítima nem sonhasse com o que estava acontecendo.

A Princesa dos Ladrões.

Então, quando chegou a hora de ela se casar, não havia dúvidas de que seu pai escolheria o noivo – era aquele o papel dos reis, não é mesmo? Casar suas filhas em troca de terras e poder ou de um acréscimo exponencial ao seu exército.

Não importava que Adelaide fosse alta ou comum demais, ou que John Scully não tivesse interesse algum nela. O sujeito sorria quando a moça adentrava em um cômodo e estava mais do que entusiasmado em provar os dotes dela, algo que o pai havia insistido que filha permitisse e, quando abria a boca, Johnny fazia uso daquela conversinha de homem que sabia como atrair moscas com mel. Mas ele não tinha interesse algum em atraí-la, então Adelaide esperava que, uma vez que fosse capturada, haveria muito menos mel e muito mais amargura.

O que importava era que Scully era o líder d'Os Caras, uma gangue menor e mais nova que estava abalando South Bank. Mais anarquia do que organização, Os Caras representavam um perigo tanto para os moradores quanto para os negócios locais, e também ao reino que pertencia a Alfie Trumbull – um homem que acreditava fortemente no velho adágio de que os amigos devem ser mantidos próximos, mas os inimigos ainda mais perto. E, se aquilo implicasse em sacrificar a própria filha, que fosse.

Adelaide não se importava com o pai. E duvidava muito de que fosse se importar com o marido. Mas aquela era a vida em que nascera e. se tivesse alguma sorte, iria se sair melhor do que sua mãe em sobreviver a um casamento com um monstro. Talvez John Scully morresse jovem.

Um trovão ribombou e Adelaide se deu conta de que considerar a morte do próprio noivo na frente do pároco provavelmente iria contrabalancear a boa sorte da chuva que caía lá fora.

Um risinho baixo e descontrolado, escapou dela. Ninguém percebeu.

Ela arrumou os óculos e tocou a garganta, onde a renda alta da gola do vestido de casamento, que fora feito para outra noiva, estava apertada demais.

O padre continuou sua ladainha, as palavras se misturando de forma inarticulada, sem dúvida era fruto do medo que sentia do que poderia acontecer se falhasse em seguir as instruções que recebera.

Adelaide entendeu algo sobre as bodas de Canaã da Galileia quando lançou um olhar para o homem com quem estava prestes a se casar – ele se balançava de um pé para o outro, como se tivesse outro lugar para estar. O olhar dela passou pelo noivo, até a mãe dele, sentada no primeiro banco, o que escondia a entrada para o porão que tinha meia dúzia de caixas de armas esperando pela guerra que Alfie lutaria a seguir. O olhar da mulher mais velha era ríspido, como se estivessem diante de um juiz e não de um padre.

A moça desviou sua atenção para os outros da fila. Duas mulheres mais novas, as irmãs de Scully, pareciam prestes a entrar em coma com o tédio do dia. Atrás delas, uma fileira de homens. Os irmãos de Scully, um de sangue e os outros de luta. Prestes a se tornarem irmãos dela também, Adelaide supunha. Brutos até não dar mais, as testas franzidas, as sobrancelhas pesadas o suficiente para formar sombras sobre seus narizes, que foram quebrados tantas vezes que *esmagados* era a melhor palavra para descrevê-los. Eles também estavam inquietos.

Um transeunte desavisado pensaria que os movimentos eram resultado do medo coletivo por suas almas. Que uma casa de Deus não era a localização preferida para um sábado de manhã.

Mas aquela não era uma casa de Deus comum, e Adelaide não era uma transeunte desavisada. O padre continuou, conseguindo clareza o suficiente para dizer algo sobre o fogo do inferno, o que Adelaide julgou demasiado para um casamento. Mas talvez ele estivesse tentando converter seu público. Boa sorte para o padre.

Ela se moveu apenas o suficiente para ver o pai de soslaio. Só o bastante para perceber que ele não estava assistindo à cerimônia. Em vez disso, encarava algum lugar acima da cabeça da filha, atrás do padre, para o vidro pintado na janela atrás.

Alfie batia os dedos grossos contra os joelhos. Sua mandíbula se movia enquanto ele mordia a própria língua – um sinal, Adelaide aprendera desde cedo, que significava que ela deveria achar uma forma de fugir do cômodo, e rápido. Apertando os olhos atrás dos óculos, ela olhou para as botas dele, ainda sujas da lama da Rookery. Ali, encostado no calcanhar de uma delas, estava o porrete que era a arma preferida de seu pai.

Foi ali que a moça percebeu que não iria se casar naquele dia. Não haveria uma união, mas uma conquista; o pai planejava assassinar seu noivo.

Adelaide voltou sua atenção ao altar, o instinto a dominando. Havia um cálice no altar atrás do padre. Provavelmente de estanho. Não era pesado o suficiente. Não, ela ficaria melhor com os candelabros de bronze. O pequeno no canto mais distante do altar. Precisaria chegar lá primeiro, subindo dois degraus. *Candelabros eram sagrados?* Ela abaixou a mão até as saias, a irritação queimando. Se soubesse que precisaria lutar, teria sido contra usar aquele vestido. Ela moveu um ombro no vestido apertado demais. De forma alguma conseguiria usar o candelabro com força o suficiente para causar algum dano. E precisava ser capaz de causar dano.

Que tipo de animais transformavam um casamento em uma guerra por território? E, mais importante, o que estavam esperando?

– Se qualquer um presente…

Adelaide revirou os olhos. *Mas é claro.* Ninguém gostava mais de drama do que um criminoso de carreira que se julgava um herói.

– …tem algo contra a união…

Ao lado dela, Scully se virou, a mão deslizando para baixo do casaco, onde sem dúvida tinha uma faca escondida. O pai de Adelaide não era o único que queria sangue naquele dia.

– Ah, pelo amor de Deus – murmurou ela.

O padre a censurou com o olhar, como se a noiva *nunca* fosse considerar falar naquele momento.

– …fale agora ou cale-se para sempre.

Por um momento, a igreja ficou em um silêncio longo e pesado e, naquele instante, Adelaide se perguntou se estaria errada.

Ela prendeu a respiração quando mais um trovão partiu os céus, enchendo a igreja de luz. A guerra havia começado.

Os presentes ficaram em pé, socos sendo trocados, facas aparecendo, um alfinete de chapéu ou outro entrando na briga, tudo pontuado por grunhidos e gritos.

Adelaide foi até o candelabro, rápida e ágil como sempre – como fora treinada para ser desde os 4 anos. E no caminho, visando aquele prêmio de bronze, ela fez a outra coisa que estivera fazendo desde pequenina – bateu carteiras. A moça não era tola e sabia que poderia muito bem se considerar sozinha naquela briga, com nada além de um vestido roubado muito apertado e nenhum dinheiro. Anos nas ruas a ensinaram a se planejar para uma briga e a se preparar para uma fuga.

Ela pegou três relógios – um enquanto se desviava de um soco formidável – e duas bolsas cheias de dinheiro, e os enfiou por dentro das mangas estreitas de seu vestido, a caminho de seu objetivo. Levantou as saias curtas demais e subiu os degraus do altar rapidamente, passando pelo padre, que agora se escondia atrás do altar, o lugar mais seguro para um homem de batina se esconder enquanto a capela que emprestou se tornava o palco de uma batalha sangrenta.

Um grito veio das suas costas, perto demais – e ela olhou por cima do ombro para ver um dos rapazes de Scully tentando pegá-la, com o rosto vermelho.

– Pra onde 'cê pensa que vai, menina? – Ele tentou segurar a parte de trás do vestido dela, mas o tecido era como uma segunda pele, se recusando a ceder.

Adelaide aumentou a velocidade e agarrou o candelabro, imediatamente se virando e usando toda a força que tinha para derrubá-lo.

– Com você? Para lugar nenhum!

Ele urrou e segurou a arma, puxando-a para perto logo antes de perder a consciência, mas Adelaide estava pronta, soltando o candelabro ao mesmo tempo em que o canalha caía duro no chão. Ela parou por meio segundo ou menos para considerar suas opções, a mente a mil. *Queria comprar aquela briga? Aquela briga era dela?*

Ela foi salva de precisar dar uma resposta por uma mão em seu ombro. Antes que pudesse virar e reagir, Adelaide foi puxada por uma porta escondida atrás do altar.

A porta se fechou com um barulho suave e os sons da batalha do lado de fora foram abafados pela madeira, a pedra a distância e a chuva infernal que tamborilava nas janelas chumbadas acima.

Os vitrais sujos de fuligem mal deixavam passar a luz fraca do céu cinza do lado de fora. Adelaide buscou a primeira arma que encontrou. Virando-se para encarar a porta, ela empunhou um livro e… imediatamente o abaixou.

– Decidiu não me dar uma surra? – A mulher logo à frente da porta sorriu.

– Imagino que a punição divina não seja leve para quem acerta uma freira – respondeu Adelaide.

– E é ainda pior para quem acerta uma freira com a bíblia.

Adelaide devolveu o livro sagrado ao seu lugar.

A freira atravessou para o lado mais distante do cômodo, de onde tirou um cesto de dentro de um armário baixo. Ela o colocou na mesa entre as duas, próximo à Bíblia, então se afastou dela.

Observando a mulher e o cesto cautelosamente, Adelaide falou:

– Você é diferente de todas as freiras que já conheci.

– Você conhece muitas freiras?

Adelaide considerou a pergunta. Ela não conhecia, mas isso não vinha ao caso. Ajeitou os óculos.

– De que lado você está?

– Isso não está claro? – A mulher arqueou as sobrancelhas.

– Quero dizer, você está com Os Caras ou com A Horda?

– Eu poderia lhe perguntar o mesmo. – A freira inclinou a cabeça um pouco.

Com nenhum dos dois.

Adelaide ficou em silêncio.

– Imagine o seguinte, Adelaide Trumbull – disse a freira, seus olhos azuis cheios de verdade. – E se eu estivesse do *seu* lado?

Adelaide levantou o queixo. E se houvesse um terceiro caminho? Algo melhor?

Impossível. Não havia caminhos melhores para garotas que nasciam em Lambeth. Nem mesmo para as princesas que nascessem por lá. Especialmente para elas.

Lá em cima, Adelaide encontrou o rosto de uma das figuras nos vitrais e percebeu que estava com inveja da mulher envolta em um manto. Impossível de identificar. Impossível de ser vista por todos, excetos alguns poucos escolhidos. Sem importância. A chuva tamborilava na janela, ameaçando partir os já rachados painéis de vidro azul que compunham o corpo da figura.

Um grito do lado de fora perturbou a quietude do cômodo.

– Você precisa de um lugar para guardar seu saque, não precisa? – A freira que não parecia tão apropriada assim indicou o cesto mais uma vez.

Adelaide encontrou os olhos da mulher, o trio de relógios de bolso pesado e morno contra a pele abaixo de sua manga.

– Que saque?

A freira arqueou uma sobrancelha de forma cúmplice.

Adelaide se aproximou do cesto, incerta do que revelaria, ciente de que seja lá o que fosse, mudaria sua vida. Possivelmente não para melhor.

No entanto, se fosse honesta, não poderia ficar muito pior.

Ela levantou a tampa, que revelou um pequeno retrato em uma moldura prateada. Adelaide olhou para a mulher que a observava cuidadosamente do outro lado do cômodo.

– Sou eu.

– Então você sabe que o que está aí dentro era para ser seu.

Adelaide considerou a porta e o que estava para além dela.

– Você sabia sobre plano dele – disse ela. O pai, a batalha, a guerra que estava por vir.

A freira assentiu.

– Você e mais quem?

– Isso vem depois. – A mulher inclinou um pouco a cabeça.

– Como eu posso ter certeza de que existe um depois?

– Como você pode ter certeza de que existe um depois lá fora?

A freira tinha um bom argumento.

Adelaide tirou uma pilha de roupas de dentro do cesto. Calças. Um quepe. Uma blusa, um colete e um casaco. Um guarda-chuvas preto.

– Eles estarão em busca de uma noiva – explicou a outra mulher, apontando com o queixo na direção do altar onde metade dos brutamontes de Lambeth sem dúvidas pintavam as pedras da igreja de vermelho. – Uma em um vestido roubado.

Adelaide não entendera errado, a roupa realmente era um disfarce. Um que nunca funcionaria a longo prazo, mas com certeza seria perfeito nos trinta minutos seguintes. Nos quase 30 metros seguintes, depois que abrisse a porta e saísse na chuva.

Só havia um porém…

– Não tenho para onde ir – disse ela, balançando a cabeça. Princesas não abandonavam seus reinos. Como elas existiam fora deles?

– Tem certeza? – A freira apontou na direção do cesto com a cabeça.

Ao olhar para dentro do cesto agora vazio, Adelaide encontrou um pequeno cartão de visitas azul no fundo, espesso e exuberante, o papel mais elegante que já vira, pintado com um belíssimo sino azul-escuro. Apesar do retângulo ser do tamanho de um cartão de visita, não havia nome nele. Apenas aquele sino e um endereço em Mayfair.

O sino, o endereço e, quando ela o virou, a seguinte mensagem:

É hora de você desaparecer, Adelaide.
Venha me ver.
Duquesa

E, simples assim, o terceiro caminho se abriu perante Adelaide, limpo e claro. E desejado.

No final, estavam certos.

A chuva durante uma cerimônia de casamento realmente trazia sorte, afinal.

CAPÍTULO 1

South Bank
Cinco anos depois

Há um sem-número de palavras que Londres poderia usar para descrever Adelaide Frampton.

Ao norte do rio, no Hyde Park e na Bond Street, pelos bailes de Mayfair, quando as pessoas falavam sobre a prima de óculos da Duquesa de Trevescan, o que era raro, costumavam usar palavras como *simples*. Se pressionados, poderiam acrescentar *alta*. Ou talvez *ordinária*. Certamente *solteirona* não estava fora de questão para a mulher de 26 anos sem nenhuma perspectiva de casamento, especialmente com aquele cabelo ruivo que lembrava o fogo sempre preso com presteza em uma touca impecável, os decotes altos e *fora de moda*, seus vestidos *sem graça* e o rosto *comum*, sem ruge ou *kajal*.

Raramente vista ou ouvida, sem título ou riquezas, nunca divertida, sem charme ou habilidades extraordinárias. Nunca interessante ou orgulhosa ou notável e, portanto, sempre imperceptível, capaz de adentrar em Mayfair graças a uma parente distante.

Ao sul do rio, no entanto, nos armazéns, lavanderias e reformatórios, nos viveiros e nas ruas em que crescera não como Frampton, mas como Trumbull, ela era uma *lenda*. Meninas de toda a Lambeth iam dormir famintas por esperança e uma promessa de futuro, e suas mães, tias e irmãs mais velhas sussurravam histórias sobre Addie Trumbull, a maior batedora de carteiras que o South Bank já viu, com dedos tão rápidos que nunca foi pega e um futuro tão brilhante que lutara na guerra que uniu Os Caras e A Horda, garantindo que seu pai se tornasse rei de ambos antes de partir para um destino além das nuvens de carvão, poças de lama e a sujeira de Lambeth.

Addie Trumbull, a história continuava, *partira como princesa e se tornara rainha.*

Era impressionante como lendas cresciam sem prova alguma, mesmo em lugares em que o solo fora salgado e estava em alqueive. Especialmente nesses lugares.

Não importava que Addie nunca tivesse retornado. A prima da amiga da irmã de alguém trabalhava como serviçal na corte da nova rainha e a vira por lá. Ela se casara com um homem bom e rico e dormia em travesseiros de pena de ganso, usava vestidos de seda e comia em pratos de ouro.

Durmam bem, minhas queridas; se forem boas, aprenderem a cortar bolsas e a se moverem rapidamente, vocês também podem ter um futuro como Addie Trumbull.

Lenda. Mitológica. Brilhante. *Inimaginável.*

Mas como toda fofoca que vinha do norte do rio e todas as histórias do sul, a verdade era um pouquinho das duas coisas e um bocado de nenhuma delas. E, devido àquilo, Adelaide permanecia um mistério em ambos os lugares, o que lhe servia muito bem, já que *imperceptível* e *inimaginável* lhe revestiam igualmente com a única qualidade que se importava em ter: invisibilidade. E, então, eis a verdade: Adelaide Frampton era a maior ladra que Londres já vira.

Sua invisibilidade estava em perfeita exibição naquela tarde particular de outubro de 1839 quando, conforme o sol outonal descia no céu, ela adentrou no armazém que servia como base oficial da maior gangue londrina de brutamontes de aluguel, Os Calhordas de Alfred Trumbull. O grupo fora renomeado após a fusão violenta no dia do casamento malsucedido de Adelaide com uma aglutinação que fora ideia do pai dela – um homem que sabia muito bem como um presente tão barato quanto aquele poderia unir homens maus em torno de uma causa.

Havia cinco anos desde a última vez que Adelaide vira o lado de dentro do armazém – cinco anos desde que deixara Lambeth e começara uma nova vida do outro lado do rio – mas ela se lembrava do lugar como se tempo algum tivesse transcorrido. Continuava cheio até o teto dos bens roubados, bebidas e joias, sedas e libras, e uma coleção de armas de fogo que já deveria tê-los mandado pelos ares, considerando a notória falta de noção do grupo.

Vestindo um sobretudo azul-marinho de gola alta e bem ajustado por cima de sua blusa escura e de uma saia pouco chamativa, Adelaide atravessou o recinto. As roupas, assim como a touca cinza sem adornos que escondia seu cabelo, foram projetadas para facilitar a movimentação durante aquele tipo de atividade, garantindo que, quando se escondesse nas sombras ou se abaixasse atrás de caixas de contrabando, ela pudesse desaparecer.

Três patrulhas diferentes atrasaram sua passagem para o andar de cima, onde o escritório de seu pai estava vazio. Alfie Trumbull tomava "chá" todos os dias às 4 horas da tarde no Faisão Selvagem – um bordel que lhe pertencia e que ficava às sombras do Palácio de Lambeth. A localização do lugar, poucos metros distante de onde o Arcebispo de Canterbury dormia todas as noites, certamente era parte do charme que a casa tinha para Alfie, que sempre pensara ser um dos seres mais nobres.

A primeira patrulha exigiu que Addie parasse rapidamente atrás das escadas no térreo, a segunda a fez se esconder no canto mais distante do armazém e a terceira quase a pegou na hora em que escapulia para o escritório do pai, exigindo que se escondesse atrás de grandes barris de uísque para esperar que fossem embora.

Cinco anos e, embora o mundo estivesse mudando em uma velocidade galopante do lado de fora, nada mudava dentro do domínio de Alfie. O mesmo cronograma de patrulhas. Os mesmos esconderijos. As mesmas conversas – uma briga que mandara um garoto para um médico na noite anterior, mas que ganhara muita bufunfa para eles.

Adelaide esperou que se mandassem, grata por seu pai continuar valorizando a força bruta e não a inteligência quando se tratava de seus vigias.

Uma vez que eles partiram, Adelaide foi até o escritório de Alfie e sentou-se, parando em surpresa.

Nem tudo permanecia igual. Seu pai comprara uma mesa com gavetas e fechaduras e um verniz brilhante que ela imaginava dar orgulho ao pai todas as vezes em que se sentava atrás dela.

Ele não ficaria nada feliz quando percebesse que suas fechaduras não eram páreo para uma ladra.

Com agilidade, Adelaide removeu a caixa de rapé do fundo do bolso e puxou uma corrente dourada e comprida de dentro do decote. No fim da corrente havia um tubo de bronze estreito cuja ponta ela removeu antes de abrir a caixa de rapé e revelou uma dúzia de chaves de bronze. Em segundos, ela selecionou a apropriada e a pendurou no pingente.

Addie virou a chave na fechadura e se deliciou com o barulho dos pinos de aço dentro da tranca, e então começou sua busca. Não encontrou o que procurava nas duas primeiras gavetas, muito menos na de baixo, mais profunda e com uma tranca separada. A menos que…

Ela tirou três livros de contabilidade da gaveta, que era funda e bem equilibrada nos rodízios – seu pai não havia economizado –, e os colocou sobre a mesa, calculando o seu peso antes de afastar a cadeira e considerar o lado de fora da gaveta. Adelaide deu um sorrisinho. Alfie Trumbull não confiava em seus garotos, afinal.

Ao deslizar os dedos pela madeira da parte interna, Adelaide encontrou o trinco escondido em questão de segundos e o puxou para revelar um compartimento secreto abaixo do fundo falso da gaveta.

– Aqui está você – sussurrou ela, o triunfo a dominando quando levantou um livrinho preto, pequeno o suficiente para caber no bolso de um cavaleiro. Ela o abriu, confirmando que era o que buscava: as localizações de onze depósitos de munição que Os Calhordas haviam escondido ao redor da cidade, bem como o nome d'Os Caras designados para cada uma delas, os cronogramas de mudanças de guarda e o inventário de cada uma das armas ali dentro, cada uma contabilizada com cuidado por Alfie Trumbull em pessoa.

Adelaide colocou o livro em seu próprio bolso e começou a reorganizar a gaveta antes de pausar e perceber o outro item no compartimento escondido.

Um bloco de madeira comum.

Intrigada, ela o pegou, levantando o cubo de cerca de 15 centímetros. Uma vida inteira de roubos ensinara a Adelaide que coisas comuns raramente eram aquilo – especialmente quando o pai dela as mantinha em gavetas de fundo falso – e então, fez o que geralmente fazia quando algo chamava sua atenção. Ela o pegou para si.

A luz estava se esvaindo rápido dentro do prédio, então a ladra trabalhou com presteza. Substituindo o fundo da gaveta, ela devolveu os livros-caixa, desmontou sua chave mestra e levantou-se, escondendo sua caixa de rapé e colocando o cubo de madeira embaixo do braço.

– Isso não lhe pertence.

O coração de Adelaide subiu pela garganta quando ela olhou para a porta, a mão livre deslizando para dentro das saias, para o bolso falso preso em sua coxa, buscando a lâmina que mantinha ali. Preferia se manter invisível e não deixar bagunça para trás em suas missões, mas ela não tirava de cogitação se livrar desse brutamontes caso precisasse.

Ele era o oposto de invisível, alto e longilíneo, parado nas sombras logo na frente da porta do escritório, quepe abaixado em sua testa, fazendo esforço nenhum para disfarçar as linhas agudas de seu belo rosto – um nariz longo e reto e um queixo anguloso que parecia ter sido feito pelo melhor dos ferreiros. Não era um dos brutamontes de seu pai.

Mesmo se Adelaide não fosse capaz de ouvir em sua voz respeitosa, perceber na forma como ele se apresentava, como se nunca tivesse passado por sua mente que ele não pudesse pertencer a algum lugar – mesmo que o lugar fosse um galpão de um criminoso experiente... mesmo se não parecesse alguém que passou a infância aprendendo a esgrimar e não a esmurrar... era o nariz que o entregava.

Nunca passara uma noite de fome. Nunca entrara em uma briga para assegurar seu jantar. Nunca precisou roubar, porque nascera com tudo do bom do melhor. O homem era rico. E ele iria fazer os dois serem pegos.

Adelaide se levantou e deu a volta na mesa, na direção da porta, recusando-se a olhar ou falar com ele, considerando suas opções. Ela não podia esfaquear gente rica. Mas certamente poderia lhe dar um soco se aquele homem não a deixasse sair do cômodo.

No entanto, quando ela chegou até a porta, ele a parou. Não a tocou – apenas apoiou uma mão no batente da porta e disse:

– Repito, isso não lhe pertence.

– E daí? – retrucou ela. – Pertence a você?

Ele ficou tenso com as palavras, como se estivesse ofendido que aquela mulher se dignasse a respondê-lo.

Definitivamente rico. Sem nenhum direito naquele lugar. E julgou que poderia dizer a ela, Adelaide Frampton, a melhor ladra que Lambeth já tinha visto, que ela não poderia roubar? O homem devia conhecer seus superiores.

– Na verdade, pertence, sim.

Surpresa, Adelaide ergueu o olhar para o rosto dele, passando pela barba em seu queixo e pela aba abaixada do quepe, tentativas fúteis de se disfarçar, então o reconheceu instantaneamente. E, por pouco, impediu um gemido de reclamação. Ele não era só rico. Não era só um almofadinha. E definitivamente não era *belo*.

O homem na frente de Adelaide era o Duque de Clayborn. O pior dos aristocratas, com um lábio franzido e um cabo bem dentro do...

– Ei!

O grito veio do lado de fora da porta, onde Adelaide podia ver um vigia de tamanho considerável vindo na direção deles, olhos atentos observando-a.

A invisibilidade mandou um abraço.

– Maldição, Clayborn – sussurrou ela, segurando a caixa com mais força. – Claro que você ia aparecer e fazer com que nós dois sejamos assassinados.

– Você me reconhece? – Ele não conseguiu esconder a surpresa.

Claro que o reconhecia. Adelaide reconheceria este duque em particular em qualquer lugar. Era impossível não o reconhecer. Na última vez que ele estivera tão próximo dela, os dois estavam no lado norte do rio, no coração de Mayfair, e Clayborn lhe dera um sermão humilhante – do tipo que homens arrogantes, ricos e titulados amavam fazer, com um desdém frio, direcionado às mulheres muito abaixo de sua condição. Ele tivera sorte que ela não tinha o costume de brandir facas em jantares.

No entanto, se alguém fosse capaz de levá-la a isso, era aquele homem. Austero e frio... e absolutamente incapaz de passar despercebido.

– 'Cês aí! Que 'cês tão fazendo no escritório do Alfie?!

Adelaide não esperou. Em vez disso, partiu, passando por baixo do braço de Clayborn e voando até o fim do corredor, para longe do guarda.

– Merda, garotos! Tem intrusos lá em cima!

– Minha deixa – disse Addie antes de descer as escadas rapidamente até o primeiro andar do galpão, calculando que tinha menos de um minuto para se perder nas sombras. Se pudesse ir até o canto mais distante do prédio, em que a porta larga ficava aberta para a rua, onde anoitecia rapidamente, ela poderia desaparecer.

Só que Adelaide não estava só.

O Duque de Clayborn a seguia, movimento a movimento, com os pés ligeiros e mais rápido do que ela acharia que um homem do tamanho dele pudesse ser, mas igualmente difícil de esconder. O que não era problema dela. Ela o olhou de cima a baixo.

– Desaparece, duque.

– Sem chance.

Com um suspiro irritado, Adelaide olhou por cima do ombro enquanto saíam das escadas, o perseguidor original no meio delas e mais três o seguindo, logo atrás. Ela impediu um xingamento, indo na direção de uma fileira de caixas empilhadas, o mais longe que ousava, antes de se esconder atrás de uma.

O duque se esgueirou ao lado dela, mal se acomodando antes de inalar, claramente planejando falar.

Adelaide cobriu a boca dele com a mão, os pelos ásperos da barba de um dia roçando contra seus dedos. Não que estivesse interessada na sensação dele contra seus dedos. Se o fogo nos olhos azuis do duque fosse indicativo de algo, ele tampouco estava interessado naquilo. Estava incomodado, sem dúvida, que ela tomasse a frente. Bem, ele precisaria se acostumar se quisesse sair de lá inteiro.

Ela balançou a cabeça e apontou além da pilha de caixotes, onde dois dos guardas de Alfie Trumbull buscavam com cuidado o corredor. Inclinando-se, ela sussurrou próximo ao ouvido dele, quase sem fazer barulho:

– Você sabe lutar?

Como se Adelaide não tivesse removido as mãos dos lábios de Clayborn, ele arqueou uma sobrancelha em resposta, e era claro como um sino que estava ofendido: *É claro que sei lutar.*

Provavelmente ele não valia de nada em uma luta – aristocratas normalmente eram inúteis –, mas não tinham escolha. Adelaide não fora pega em dezesseis anos, e não iria começar naquele momento. Os homens se aproximavam.

Soltando o duque, ela se virou em silêncio, na ponta dos pés, e pegou a adaga que escondia dentro da bota com uma mão, segurando o caixote com a outra mão. Apoiou um ombro na pilha que os escondia.

Menos de 5 metros.

Clayborn se virou com ela, imitando a postura de Adelaide, encarando-a, o ombro apoiado na madeira crua.

Menos de 2 metros.

O couro da luva do duque estralou quando ele fechou os dedos em punho. Precisaria dele. O que iriam fazer a seguir chamaria a atenção de todos os vigias do local.

Um metro.

Pedindo aos céus que o duque realmente soubesse lutar, Adelaide bateu uma vez. Duas.

– Agora – ele formou as palavras com os lábios e, como se fossem um, eles empurraram, derrubando a torre de caixotes na direção da dupla de brutamontes que estavam quase os alcançando.

Gritos gêmeos foram entrecortados pelo som dos caixotes despencando, mas Adelaide não ficou para admirar a obra que fizeram. Em vez disso, correu, se afastando até chegar nas escadas da entrada do estábulo – as que levavam para a rua e para a liberdade.

Clayborn estava logo atrás e, apesar de ela não ter olhado para trás, pois não havia tempo, gritou para ele:

– Este não é o lugar de um duque!

– E é o lugar ideal para uma dama, não é mesmo? – retrucou ele.

Addie não era uma dama, mas não o corrigiu, se convencendo de que era porque ela estava ocupada demais descendo as escadas correndo. Foi até a porta, onde dois vigias aguardavam. Sem hesitar, ela derrubou um com o cubo de madeira.

– Eu estava muito bem até você aparecer! – disse Adelaide enquanto se esquivava do punho gigantesco com que o outro guarda tentara a atingir.

Ela ouviu o punho atingir algo com um som pesado, e algo indesejado a fez se virar para ver o que realmente acontecera.

Clayborn segurara o punho com uma de suas mãos largas.

– Isso não foi muito cavalheiresco de sua parte – disse ele, todo calmo. Os olhos do brutamontes se arregalaram com as palavras. – E você tem muita sorte de não a ter acertado. – Ele pontuou as palavras com um murro formidável, deixando o adversário de joelhos.

Adelaide arregalou os olhos, surpresa, enquanto encarava o homem inconsciente.

– E se ele *tivesse* me acertado? – Quando o duque não lhe respondeu, ela acrescentou: – Então você *sabe* lutar.

Ele lançou outro olhar irritado para ela.

– Eu não minto.

Claro que o duque se ofendera com aquilo. Honestamente, era surpreendente que todo o South Bank não tivesse entrado em combustão no momento em que o Duque de Clayborn pisara na região como o anjo do Juízo Final.

Adelaide mal teve tempo de revirar os olhos antes de continuarem em retirada, saindo do galpão para a rua além. Ela se esquivou de uma pilha de lixo e devolveu a adaga para o bolso dentro das saias, onde a bainha estava presa firme em sua coxa. Clayborn a observou, e a ladra ignorou o calor que, de alguma forma, seu olhar gélido transmitia.

– Você não é a prima da Duquesa de Trevescan?

Addie escondeu a surpresa que surgiu quando ele a identificou. Para uma mulher que tinha prática em permanecer invisível e sem ser notada, a atenção concentrada do Duque de Clayborn era enervante, especialmente agora que seu segredo fora revelado e ele poderia muito bem voltar para Mayfair e contar para Londres inteira que ela não chegava nem perto de ser prima de um membro da aristocracia. Ainda assim, Adelaide foi descarada:

– Por que, você não tem frutos notáveis na sua árvore genealógica?

Ele a observou por um momento e então respondeu:

– Nenhum tão notável quanto você.

Ah. Ela voltaria para aquelas cinco palavras mais tarde.

Naquele momento, Adelaide tinha um lugar a que precisava chegar.

– Aqui é o mais longe que posso lhe trazer, duque. Eles não vão perseguir um aristocrata à luz do dia, mas é bom que se apresse se quiser evitar um encontro com os melhores de Lambeth.

Antes que ele pudesse responder, a ladra o deixara, desaparecendo na multidão da tarde, sabendo que, se *ela* fosse pega, não haveria misericórdia. Para Adelaide Frampton, nascida Trumbull, a luz do dia em Lambeth era de pouco conforto, uma vez que seu pai e Os Calhordas comandavam todo o South Bank, e ela não encontraria ajuda em lugar nenhum – não porque não tivesse apoiadores, mas porque eles não tinham força para enfrentar a maior gangue londrina de brutamontes.

Addie compreendia aquela verdade de forma íntima: ela só teve forças para lutar contra Os Calhordas quando deixou a lama de Lambeth, então não culpava aqueles que não tinham condições de fazer o mesmo.

Em questão de minutos, os brutamontes que nocauteados no galpão iriam virar meia dúzia do lado de fora, então Adelaide rumou para o norte, buscando sumir nas ruas labirínticas do South Bank – um labirinto que decifrara antes mesmo de saber o próprio nome.

Infelizmente, os seus perseguidores tinham recebido as mesmas aulas. Percorrera meia dúzia de esquinas antes de ser encurralada em algum lugar entre St. George's Circus e New Cut. Um dos homens de Alfie estava parado como uma sentinela silenciosa e imensa de um lado e mais dois se aproximavam, facas em punho, por trás.

O maior de todos apontou com o queixo para o cubo embaixo do braço de Adelaide.

– 'Cê pegou uma coisa que não é sua, menina.

Addie levou uma das mãos até a toca, torcendo para que ela a impedisse de ser reconhecida. Cinco anos afastada não criavam um novo rosto e não mudavam a cor do cabelo de alguém.

– Mais do que uma coisa, mas quem é que está contando?

O outro capanga grunhiu.

Adelaide poderia apostar tudo o que tinha que esses homens não faziam noção do que a ladra estava carregando. Ela mesma não tinha ideia e estava certa de que era a mais inteligente daquele grupo.

Antes que pudesse dizer aquilo, no entanto, o brutamontes atrás dela falou:

– Deixe ele no chão, menina, e ninguém se machuca.

Ela definitivamente não iria devolver aquilo naquele momento. Adelaide tirou o relógio, vendo as horas. Maldição. Iria se atrasar.

– Acho que se eu colocar isso aqui no chão, alguém certamente irá se machucar.

O brutamontes abriu um sorriso sombrio, mostrando várias falhas de dentes faltantes, sem dúvida perdidos em brigas.

– Por que não testa e vê o que acontece?

O trio se aproximou dela sem hesitar, deixando pouco espaço para uma pessoa calcular o próximo movimento – mas Adelaide não era uma pessoa qualquer. Em poucos segundos, ela sabia o quão forte teria que golpear para nocautear o Sem Dente, quanto tempo demoraria para os outros a alcançarem e o que teria que fazer para derrubá-los. Ângulos foram medidos, força calculada e o tempo necessário previsto.

Adelaide se abaixou e se apoiou em um joelho. Deixou o cubo de carvalho no chão.

– Assim mesmo, meu bem – disse o Sem Dente, mais próximo.

A mão de Adelaide se moveu, buscando o bolso falso dentro da saia, atrás da faca presa na coxa. E então…

– Calma aí… – disse ele com suavidade, o tom mudando. Não era mais cheio de desdém e ódio.

Agora estava cheio de outra coisa. Algo muito mais perigoso.

Reconhecimento.

– Você é… – começou ele, mas antes que pudesse terminar a frase, iniciou-se um pandemônio.

A atenção do Sem Dente foi para algum ponto acima da cabeça de Adelaide, e, quando a ladra se virou para olhar a comoção atrás de si, os dois brutamontes que estavam indo na direção dela subitamente lutavam contra o Duque de Clayborn.

Maldição. Aquele era um homem que possuía uma casa em Mayfair e um lugar no Parlamento. Ele não tinha nada melhor para fazer do que a seguir por Lambeth?

Adelaide voltou a atenção para a situação e pegou o bloco de madeira aos seus pés, o segurou com as duas mãos e levantou com força para derrubar o Sem Dente. Ela estava correndo antes mesmo de o brutamontes bater a cabeça contra as pedras do calçamento.

Alguém gritou atrás dela.

Ela não deveria olhar. Não pedira para Clayborn se envolver. Certamente não precisava de um protetor. Era bem feito para ele por ter se intrometido. Aquilo, e ela tinha que ir embora antes que mais alguém a reconhecesse. Mesmo assim, Adelaide olhou, bem a tempo de ver um d'Os Calhordas acertar um murro no rosto do Duque de Clayborn.

Ele se recompôs como se sua vida dependesse daquilo. E dependia, supôs ela; os capangas de seu pai não eram conhecidos por sua misericórdia. No entanto, o duque se manteve firme e forte, acertando um soco preciso atrás de soco preciso, derrubando um dos seus oponentes antes de se virar para o outro, dando um gancho imoral, tirando o equilíbrio do adversário, que cambaleou até a parede mais próxima e deslizou até o chão.

Adelaide observou até o corpo do homem cair, então virou a atenção para Clayborn.

– Impressionante.

Ela não conseguia ver os olhos dele nas sombras vespertinas, mas conseguia sentir seu olhar enquanto a estudava antes de falar:

– De nada. – As palavras foram tão niveladas e profundas que ninguém suspeitaria que ele estivera em uma briga em um beco momentos antes.

Sempre um bastardo arrogante. Ela estreitou os olhos.

– Eu deveria agradecer?

– Sim. – Um músculo pulsou na mandíbula dele enquanto passava por cima de um de seus adversários, os movimentos longos e graciosos.

Não que Adelaide estivesse notando. Definitivamente não estava.

– Pelo quê?

Ele acenou para o chão.

– Ainda há dúvidas?

Adelaide considerou os homens se contorcendo aos pés dele.

– Ah, eu deveria agradecer a você por sua oferenda? Como se você fosse um gato que veio deixar um rato gordo na porta da minha cozinha?

– Achei que ficaria grata por eu salvar sua bela b…

Os olhos dela se arregalaram quando o duque se impediu de continuar a frase.

– Minha nossa, Vossa Graça estava prestes a usar linguagem chula?

Ele fez uma careta para ela.

– Eu confesso, com você a tentação é grande.

Ela adoraria ser uma grande tentação para ele.

Um minuto, de onde tinha vindo aquilo?

– Minha caixa, por favor. – Clayborn estendeu a mão para ela.

Então era uma caixa. Claro que era. Adelaide olhou para o objeto, virando-o nas mãos enquanto se afastava na direção da saída do beco, pisando cautelosamente no corpo de bruços do oponente dela, se afastando do duque.

– O que tem nela?

Os lábios dele se apertaram em uma linha fina, e ela ignorou a forma como reparara naquilo.

– Nada importante.

– Alfie Trumbull achou que era importante o suficiente para roubá-la.

– Alfie Trumbull achou que *valia* dinheiro o suficiente para roubá-la.

Só que seu pai não gostava de roubar, não achava que valia o risco comparado a crimes mais amplos e lucrativos. Então, seja lá o que estivesse naquela caixa, *valia* o suficiente. E uma quantia imensa de dinheiro, se Alfie arriscara roubar de um duque.

Mesmo se não valesse dinheiro, trouxera um duque para Lambeth, então seja lá o que estivesse lá dentro era um segredo que valia a pena ter.

Uma vez que Adelaide fizera a vida barganhando segredos de homens poderosos e estava muito interessada em segredos envolvendo aquele homem poderoso em particular, ela não iria entregar a caixa tão facilmente. Então deu um sorriso torto para Clayborn.

– Os dois são a mesma coisa no South Bank, duque. Mas aqui nós jogamos por regras bem simples: achado não é roubado.

Com aquilo, ela correu novamente, saindo do beco rapidamente, em busca das docas. É claro que ele a seguiu.

– É algo pessoal – grunhiu enquanto mantinha o passo para acompanhá-la, as palavras saindo quase como se ele estivesse sendo torturado, como se estivesse ressentido por precisar dizê-las. O que, é claro, era verdade. Aquele não era um homem que compartilharia nada com alguém comum como Adelaide.

– Isso já está bem claro ou você não estaria se esgueirando em um galpão muito bem vigiado brincando de se fantasiar. – Ela lhe lançou um olhar. – Você não pode ter achado que não seria notado.

Clayborn correu uma mão pela barba.

– Perdoe-me se não sou tão bom em me disfarçar quanto você. – Ele deu um olhar gélido, a observando dos pés *à* cabeça, apesar de Adelaide não sentir frio nenhum sendo alvo de sua atenção. – E você achou que poderia entrar lá, roubar do chefe de uma das gangues mais poderosas de Londres e ir embora andando?

– Na verdade, estava prestes a fazer isso, mas você bagunçou minha tarde inteirinha.

– Eu estava a protegendo! – ele grunhiu novamente, sua irritação imitando a de Addie.

Uma emoção passou por Adelaide com aquelas palavras, severas e diretas, e ela se perguntou quando fora a última vez que encontrara um homem com instintos protetores. Em sua experiência, homens a deixavam por contra própria. Ela não tinha muita certeza de como se sentia com a outra opção; se fosse honesta: estranha e quente.

Não que ela fosse admitir.

– *Sério? E qual foi o resultado? De me proteger?*

– Você não reparou que derrubei vários homens, imensos como cavalos? Ou precisa de óculos novos?

– Minha visão é impecável. – Adelaide ajustou os óculos em um ponto mais alto na ponte do nariz e virou à direita, então rapidamente à esquerda, se esgueirando em outro beco.

Estava começando a se cansar. As saias eram pesadas e pouco maleáveis, apenas mais uma das maneiras de prender uma mulher. Levou uma mão até a cintura, onde as fitas de seda estavam escondidas.

Clayborn a seguiu, mantendo o passo com facilidade.

– Então o quê… você ia derrubar um galpão inteiro de brutamontes depois de roubar deles? – Ele apontou para o cubo na curva do cotovelo dela. – *Péssima* escolha de arma.

Adelaide precisava se afastar dele, o duque via demais. Perguntava demais. Deveria entregar a caixa e deix*á*-lo ir. Ele queria aquilo e não era como se precisasse do objeto, ela só o tinha pegado porque a deixara intrigada.

O problema era que, agora que sabia que pertencia a ele, ficara ainda mais intrigada. O que era tão irritante quanto o duque, francamente. Ela escondeu a caixa embaixo do braço e aumentou a velocidade.

– Uma garota precisa ter seus meios nesta era moderna. Sinto muito, duque, mas tenho um compromisso e não tenho tempo para… você.

Com um puxão, a ladra desfez o último laço na cintura de suas saias cinza e sem graça, o tecido voando atrás dela, revelando calças justas azul-marinho, adornadas com um coldre de coxas para sua faca e botas de couro longas, libertando-a para correr livremente.

O duque fez um som de completa surpresa atrás dela, e Addie desejou muito poder virar e ver o choque na expressão severa dele. Resistindo *à* vontade, ela se esgueirou na fresta estreita mais *à* frente, grata pelo elemento surpresa e a velocidade adicional que se livrar das saias tinha fornecido. Ganhou vantagem o suficiente para derrubar uma pilha de barris e deixar seu cavalheiro canalha comendo poeira.

Não o cavalheiro canalha *dela*. Ela não queria ter nada a ver com ele.

O xingamento que ele soltou a seguiu, mas não ele.

Triunfante, Adelaide saiu da luz fraca de onde se escondia para o sol do fim da tarde que iluminava o trabalho duro que corria nas bordas do Tâmisa, a maré alta e cheia de barcos e pessoas correndo de um lado para o outro para finalizar seus trabalhos antes que ficasse escuro. Ela olhou rio acima, com alívio. Chegara em seu compromisso, afinal.

Ela diminuiu a velocidade e removeu a capa e o capuz, jogando-os atrás de uma pilha de caixotes de madeira, deslizando sua caixa de rapé e o livro de Alfie no bolso das calças antes de tirar uma boina do lugar onde estava grudada na sua cintura. Puxando a borda para cobrir seus olhos, ela abaixou os quadris e alargou o passo. A mulher no vestido sem graça desaparecera, dando lugar a um trabalhador das docas comum, magro e alto e indo direto para a margem do rio, invisível novamente.

Adelaide pulou da margem do rio na barcaça mais próxima, pesada e cheia de carvão. Alguém gritou, um homem surpreso na ponta extrema do barco, mas ela já tinha partido, saltando na próxima barcaça, cheia de sacas de argamassa. Não havia tempo para nada daquilo. Nem para ser caçada pel'Os Calhordas e muito menos tempo para pensar em mandíbulas angulosas e fortes e em duques que se atiravam em uma briga. Sem tempo para se distrair com homens que haviam *causado* a briga.

Mais um salto, outro barco, esse já meio esvaziado de sua carga. Não havia fluxo como o do Tâmisa na maré alta, não havia lugar melhor para se esconder. Adelaide aprendera aquilo muito jovem.

Ela se escondeu atrás de uma pilha alta de caixas e viu as horas antes de olhar novamente rio acima. A barcaça de fundo chato balançou e se agitou quando alguém aterrissou no convés.

Adelaide ficou tensa, tirando a lâmina do coldre em sua coxa e colocando o cubo no chão. *Maldição.* Por toda a vida, fora capaz de desaparecer em uma multidão e subitamente, aquela habilidade havia desaparecido.

O Duque de Clayborn de alguma maneira a arruinara – como se, ao vê-la, ele tivesse tornado o resto do mundo capaz de vê-la também.

Ela ajustou a faca em sua mão e prestou atenção, tentando ouvir os passos pesados do seu perseguidor acima dos sons do rio corrente e então olhou pelo canto de uma das caixas.

– Maldição – murmurou para si mesma antes de estreitar os olhos nele, alto e forte e nem perto de estar exausto, considerando que estivera brigando pelos últimos 45 minutos. – Você perdeu a saída para Westminster, duque.

– Hmm – disse ele, o som grave em sua garganta e um tanto delicioso, se Adelaide fosse falar a verdade. Ela não deveria gostar. Ele era o Duque de Clayborn, ela gastara um ano inteiro não gostando dele.

O duque se aproximou de onde a ladra se escondia e pegou o cubo aos pés dela.

– Roubo é crime.

– E o que, vai chamar o magistrado?

– *Não* – disse ele suavemente. – Mas o que você pretendia roubar?

Ele estava tão perto que dava para tocar, e Adelaide sabia que deveria se afastar. Mesmo se o homem não fosse um duque, ainda estava de dia e metade do Tâmisa estava assistindo.

– Quem disse que eu estava roubando algo?

Havia algo nele, naquilo tudo. Algo selvagem, livre e excitante… e perigoso. Clayborn se aproximou ainda mais, as palavras graves e sombrias ao continuar:

– Você não precisa admitir. Reconheço uma ladra quando vejo. – Ele esticou a mão, e Adelaide prendeu a respiração, se perguntando se ele iria tocá-la. Perguntando-se qual seria a sensação do couro da luva dele contra a pele dela.

No entanto, ele não a tocou e apenas disse, suavemente:

– Escarlate.

Por um momento, Adelaide não compreendeu, então sentiu um repuxar na cabeça, onde uma mecha de seu cabelo havia escapado. Adelaide ergueu a mão, dando um tapa na mão dele e colocando a mecha atrás da orelha.

Ele observou os movimentos, seu olhar impossível de ler, e Adelaide se sentiu afogueada com a descoberta que o duque fizera e a percepção súbita de que ele estava próximo e quente e de que cheirava a algo cítrico e fresco, um cheiro que não pertencia ao South Bank.

Não era um cheiro para Adelaide.

Adelaide Frampton era uma mulher para os dias de trabalho, e tinha uma noção bem clara do que aquilo significava, do que deveria ter esperanças de conseguir. Aquele homem não era para ela, o que o tornava uma tentação perversa, como doces, sedas, bolsas e relógios de bolso. Como todos eles juntos, em uma coisa só. Era muito difícil para uma ladra resistir.

Então Addie levantou o rosto para olhar o dele e o tomou para si. Por um momento, apenas uma batida de coração. Tinha a intenção de devolvê-lo.

Só que não foi apenas isso. Ah, poderia ter sido apenas isso quando o duque pareceu congelar, tenso no momento em que os lábios dela tocaram os dele. Ele sugou o ar – o ar da respiração dela – e ela se perguntou se havia cometido um erro. Se aquele homem a prenderia pelos braços e a empurraria para longe.

Ela não ficaria surpresa se fosse o caso. Beijar alguém na frente da cidade inteira *não era algo para Adelaide Frampton, invisível e imperceptível. Muito menos para Addie Trumbull, lenda inimaginável.* No entanto…

Quando o duque estendeu uma mão para ela, segurando o cubo de madeira com força com a outra, ele não a empurrou para longe. Por um momento, Adelaide sentiu a hesitação na forma como aquele homem a segurou, como se estivesse considerando aquilo. Mas então… ele tomou o controle.

O braço forte de Clayborn a envolveu, segurando Adelaide contra si enquanto levava a mão para o rosto dela, o polegar enluvado roçando contra o queixo dela até ele envolver seu rosto, inclinando a cabeça para poder alcançar melhor a boca de Adelaide. Subitamente, parecia muito que *ele* era o ladrão e ela o prêmio.

E ali, nas margens do rio Tâmisa, para que toda a Londres trabalhadora pudesse ver, Adelaide deixou que o duque a roubasse, entregando-se ao beijo que ela começara e ele se juntara – diferente de tudo que já vivera.

Aquele homem severo e irredutível beijava como um canalha experiente e excepcional. Não que Adelaide estivesse reclamando.

Em vez disso, ela se pressionou contra ele, uma mão apoiada no peito quente e mais largo do que o colete e camisa que ele usava faziam parecer. Adelaide suspirou ao sentir a respiração dele, ao sentir a aspereza da barba que adornava seu queixo forte, ao sentir os lábios dele fazendo jus a toda a tentação que prometiam.

Clayborn tomou vantagem daquele suspiro, ainda bem, deslizando a língua pelos lábios abertos dela, chupando os lábios inferiores, acariciando-os com os dentes antes de acariciá-los com a língua e lambê-la – uma vez só, como se soubesse que não deveria. Como se, mesmo assim, não pudesse resistir. Da mesma forma que Adelaide sabia que ela não deveria.

Da mesma forma que Adelaide sabia que não conseguiria resistir.

Que a luz do dia fosse para o inferno, que as docas fossem para o inferno, que o duque fosse para o inferno.

Um sino soou a distância. *Maldição.*

Ela se afastou com o som e um grunhido de desagrado vibrou no peito de Clayborn enquanto ele tentava buscar os lábios dela por um instante, como se Adelaide se afastar fosse um erro. Certamente parecia um erro.

Porque, subitamente, ele não parecia em nada com um duque.

Talvez fosse o pôr do sol, a forma como a luz pintava de dourado todo o rio, roubando a realidade e deixando nada além daquele homem, que estava bem embaixo da aparência engomadinha do desagradável duque. Alto e lindo e que beijava como se nunca fosse parar.

Algo que seria muito mais do que bom para ela.

Adelaide ajustou os óculos, entortados pelo abraço de ambos e se perguntou se ela estava enlouquecendo, porque estava na ponta da sua língua a vontade de dizer que ele não deveria parar quando o duque disse:

– Eu não deveria ter feito isso.

A luz mudou e a realidade voltou junto com a confirmação desagradável do que Adelaide sempre soubera: ela era apenas Adelaide Frampton e ele, o Duque de Clayborn, e seja lá o que tivesse sido aquilo... era um erro imenso. Para ambos. Um que, se descobertos por Mayfair, iria arruinar muito mais do que os prospectos de convites para jantar de Adelaide.

Com sorte, tinha um caminho aberto para fazê-lo ficar calado.

Ela passou o dedo pelos lábios dele, gostando da forma como aquele homem fechou seus olhos com o toque, seus cílios impossivelmente longos.

– *Não* – disse ela com suavidade, quase tristeza. – *Não deveria.*

Então a ladra se afastou do abraço dele, a mão correndo pelos músculos bem definidos do antebraço dele até a misteriosa caixa de madeira que ele segurava, que ela já havia roubado e que então era, por direito, dela.

Aproveitando-se da surpresa de Clayborn, Adelaide pegou o cubo de volta e se virou para o canto da barcaça, as águas correntes escuras do Tâmisa, uma ameaça metros abaixo – mesmo sem as saias, o rio a afundaria.

– O *quê…* – A pergunta dele virou um grito rouco quando ela pulou. – *Não! Adelaide!*

Ela aterrissou no convés de um pequeno barco enquanto o duque gritava a última frase. O homem de ombros largos no convés da nova embarcação se empurrou para longe da barcaça com um mastro comprido, colocando rio demais entre os dois barcos para alguém a seguir.

Até mesmo um homem com pernas compridas como as de Clayborn.

Adelaide acenou seu agradecimento ao capitão do barco e ele levou a mão ao chapéu em resposta. Nenhum dos dois usou nomes, havia olhos atentos demais no rio. E um, em particular, bem acima.

Ele a chamara de Adelaide.

Addie se abaixou para entrar no toldo que separava o resto do barco do mundo. Precisou de toda sua força de vontade para não olhar para trás, para não confirmar que ele ainda a observava.

Para sentir a atenção intensa dele mais uma vez.

Era muito bom ser notada.

CAPÍTULO 2

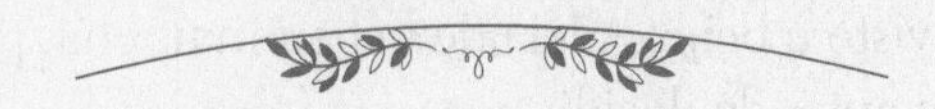

Adelaide adentrou a cabine mal iluminada do pequeno barco que, naquela tarde, aos olhos do mundo, parecia realizar os trabalhos comuns para uma embarcação como aquela: entregas de carvão, ou de grão, ou de algum outro carregamento. Do lado de fora, o barco não dava nenhuma pista de que pudesse conter qualquer coisa interessante, imagine então quatro delas.

No entanto, como o dia já revelara, as aparências podiam enganar.

Lá dentro, não havia pilha nenhuma de carregamento a caminho de Richmond. Não havia carvão para ser entregue para as mansões imensas ao leste da cidade. Nem pacote algum para ser entregue nas docas de Londres.

Em vez disso, o barco continha um cômodo exuberante, mobiliado com *finesse*, separado por biombos que garantiam que ninguém veria as sedas e cetins que estavam penduradas nas paredes, ou a mobília impressionante e as almofadas fofas que preenchiam o lugar, transformando-o em um veículo perfeito para se mover silenciosamente e sem ser notado pela cidade, sem que ninguém percebesse que quatro das mulheres mais poderosas de Londres estavam ali dentro.

É claro que a maioria dos londrinos não reconheceria que as quatro mulheres em questão eram poderosas, e elas não tinham essa intenção. Baixas expectativas eram muito melhores para encobrir segredos.

– Na hora certa, como sempre – disse Adelaide, extraindo de seu bolso a caderneta que tinha roubado d'Os Calhordas. Ela a colocou na mesa de centro antes de se jogar em uma poltrona logo na frente da porta da cabine, e aceitou uma xícara de chá de Lady Sesily Calhoun, sua amiga e confidente… e esposa do capitão da embarcação.

– Tem certeza quanto a hora? – perguntou Sesily com casualidade.

Adelaide tomou um gole do chá.

– Que foi a certa? Sim.

– Se alguém desejasse escapar, suponho que sim – ofereceu Sesily. – Mas devo lhe dizer…

– Não parecia que você queria escapar, Adelaide. – Foi Lady Imogen Loveless que falou, seus indomáveis cachos negros estremeceram de animação quando ela se inclinou de sua poltrona do outro lado da cabine.

Elas tinham visto o beijo. Adelaide bebeu mais chá, pensando bem na resposta que daria antes de decidir por uma fraca:

– Não sei o que querem dizer. – E retornou a xícara para o pires, inclinando-se para a frente, fazendo um espetáculo para olhar a pasta azul em cima da mesa, enfeitada com um sino cor de anil. Ao abri-lo, ela considerou o documento ali, o dossiê completo de um tal de Lorde Jack Carrington, coincidentemente o irmão caçula de um tal de Henry Carrington, o Duque de Clayborn, o homem que acabara de beijar nas docas.

Coincidentemente sendo o importante aqui. Não havia motivo para discutir aquele beijo com as amigas. Nunca. Não havia relação alguma com o dossiê em suas mãos.

Além disso, aquelas mulheres nunca a deixariam em paz devido àquele momento de fraqueza. Claramente, era isso o que ocorrera. De fato, Addie só estava olhando para o dossiê a fim de se relembrar do irmão de Clayborn. É certo que não estava buscando informações a respeito do duque. Por que ela faria aquilo? O coração dela acelerou e ela se forçou a se acalmar.

– Que horas são?

– Tem tempo o suficiente para chegar lá – respondeu Sesily, dispersando com a mão qualquer subterfúgio que Adelaide pretendesse usar. – Quem era ele?

Não era possível que elas não tivessem o reconhecido. A barba de um dia não servia de nada para esconder a identidade do homem e ela o havia reconhecido instantaneamente. *Da mesma forma que ele a reconhecera.* Ainda assim, a ladra fez pouco-caso.

– Quem era quem?

Suas amigas nem fingiram ouvir a pergunta. Claro que não. Elas viam e compreendiam demais. Era aquele o trabalho que faziam, não era?

– Ele não é um Calhorda – pontuou Imogen.

Adelaide estremeceu.

– Definitivamente não. – Ele dissera que a estava protegendo.

– Um velho amigo? – sugeriu Sesily.

– Absolutamente não – respondeu Adelaide, o que era verdade. Ela e o Duque de Clayborn nunca trocaram mais de vinte palavras do lado norte do rio, e, durante aqueles momentos curtos e horrendos, Addie jurara nunca virar amiga daquele homem horrível. Inclusive, ela gastara um tempo maior do que o normal tentando descobrir os segredos do homem para usá-los contra ele.

Tinha a impressão de que os segredos do duque não eram dele, mas sim do irmão, enumerados na pasta a sua frente. Adelaide folheou o dossiê de forma exagerada, como se não tivesse decorado todo o arquivo.

– Ele é... um ninguém.

As duas outras mulheres piscaram, estupefatas, antes de Sesily gargalhar.

– Devemos acreditar que você, Adelaide Frampton, beijou um... ninguém?

– Por nenhum motivo em especial? – adicionou Imogen.

– Em plena luz do dia? – indagou Sesily novamente.

– Foi ao anoitecer, na verdade – interrompeu Adelaide.

– Enquanto você esperava que nós a buscássemos? – questionou Imogen.

– E depois de cometer um pequeno delito?

Adelaide colocou a xícara na mesa e se levantou, tirando a boina e desabotoando os o colete justo que a costureira do grupo criara para ela.

Sesily a observou por um momento antes de acrescentar:

– ...usando calças.

Adelaide ajustou os óculos.

– Eu estou perfeitamente coberta.

– Ah, sim, ninguém iria nem piscar ao ver uma dama correndo pela margem do rio usando calças. – Sesily a provocou com um sorriso lascivo. – Em especial não iria olhar duas vezes enquanto ela beija homens bonitos ao anoitecer.

– E por que o fariam? – gracejou Adelaide. – Você certamente já fez tudo isso antes.

O sorriso de Sesily se abriu ainda mais, revelando seus dentes brancos.

– De fato, fiz. Mas esperam isso de mim.

Era a mais pura verdade. Sesily, a Rainha do Escândalo: filha de um conde recém-titulado e de sua condessa impetuosa, ela fora solteira por muito tempo; com 30 anos, rica, bela e com uma coragem que todas as mulheres deveriam ter. Claro que a sociedade não gostava de mulheres destemidas, então passaram anos tentando coloca-la em seu lugar, chamando-a de *Sexily* pelas costas... sem perceberem que o nome apenas lhe dava mais liberdade. E mais poder.

No entanto, essa mulher já não beijava mais homens belos ao anoitecer. Ela beijava apenas *um* homem, Caleb Calhoun, que guiava o barco no convés acima. Adelaide encarou a amiga.

– Você acredita que eu parei naquelas docas, esperando que vocês chegassem, e me perguntei: *Ora, Adelaide, o que a Sesily faria?*

Sesily gargalhou, retrucando:

– Nesse caso, você com certeza fez a coisa certa.

– Se as duas acabaram… – A nova voz veio do canto da cabine, onde a Duquesa de Trevescan, conhecida apenas como "A Duquesa" em vários dos ciclos mais refinados de Mayfair, como se fosse a representação única do título, bela, graciosa, rica, poderosa… e com um duque há muito afastado que não ligava para o que a esposa fazia, como indicado pela embarcação na qual estavam naquele momento. Adelaide se virou para a Duquesa, seu olhar descendo para o jornal na mão da outra mulher, enfeitado com uma grande chamada que lia:

A JUSTIÇA DAS ANÁGUAS? OU BELAS VIGILANTES?

– Vejo que ainda atribuem os crimes por toda a Londres a nós – disse Adelaide. – Tudo continua certo no mundo.

Após vários anos trabalhando despercebidas pela Scotland Yard, as quatro haviam causado uma pequena confusão em Whitehall no ano anterior, chamando atenção da nova Polícia Metropolitana e, por tabela, dos jornais. Claro que ninguém amava um rumor sobre damas causando confusão mais do que um jornalista.

– Não são *crimes* hoje – comentou a Duquesa. – É um crime em particular.

– Qual deles?

– A forma como Lorde Draven tropeçou no baile dos Beaufetheringstones. – Era uma forma gentil de se referir à queda de três andares sofrida pelo homem. – Ao que parece viram uma mulher fugindo da cena – continuou a Duquesa. – Como todas nós sabemos.

Era Lady Helene, filha do Marquês de Havistock. Seu pai *também* estivera na cena do crime que deixara Lorde Draven – um homem odioso e desagradável – morto como uma porta no meio das premiadas roseiras de Lady Beaufetheringstone duas semanas atrás.

No entanto, o pai da dama não apenas *estivera* na cena do crime, ele cometera o assassinato. O homem carcomido tinha vindo de uma família aristocrática que construíra sua fortuna ao maltratar pessoas ao redor do mundo. Apenas em Londres, ele estava envolvido em várias prisões privadas que tinham condições abomináveis e meia dúzia de fábricas que pegavam "emprestados" os trabalhadores de orfanatos de South Bank, obrigando-os a trabalhar em situações péssimas. *Trabalhadores.* Não eram trabalhadores.

Eram crianças, vulneráveis e esquecidas… consideradas descartáveis para homens como Havistock.

Como muitos outros, o Marquês de Havistock estivera na lista de Adelaide por anos. Ela estava aguardando o homem fazer algo que o mandaria para longe para sempre, e ali estava a oportunidade perfeita. Apesar de a maioria dos aristocratas ignorarem a verdade de como Havistock construíra sua fortuna, seria impossível engolir o assassinato de um de seus pares, cometido por um deles.

Tudo o que o grupo precisava era de uma prova. E Lady Helene, a própria filha de Havistock, seria capaz de prover isso, assim que fosse liberta da gaiola dourada que era a casa do pai em Londres.

E era exatamente ali que Adelaide e as outras entravam em cena.

– Então pensam que fomos nós que empurramos Draven. – Quando a Duquesa assentiu, Adelaide acrescentou: – E foi você que se assegurou de que isso aconteceria.

– Fiz uma visita ao Sr. e à Sra. West na terça passada. – Duncan West, dono do *Notícias de Londres*, e sua esposa, que conheciam todos e tudo o que alguém gostaria de saber na Inglaterra. – Pode ter me escapulido que eu soube que não foi uma mulher que foi vista saindo da cena do crime, mas sim um bando delas.

Sesily arqueou uma sobrancelha com aquilo.

– Certamente poderíamos arrumar um coletivo melhor do que bando? – Ela fez uma pausa. – Tropa? Batalhão?

– Um grupo de armas é chamado de arsenal – sugeriu Imogen.

– *Aí* está algo que apoio demais. – Sesily arqueou as duas sobrancelhas. Adelaide riu, mas manteve a atenção na Duquesa.

– Eu roubei Havistock naquela noite. Foi quando conseguimos a contabilidade de suas fábricas. – Um livrinho não muito diferente do que ela roubara de Lambeth, que o marquês raramente tirava de sua vista, com informações de cada uma das cinco fábricas, incluindo números de trabalhadores, horários, pagamentos aos orfanatos pelo trabalho diário dos trabalhadores e mais.

– E não houve uma palavra a respeito disso em Whitehall – falou Sesily. – Havistock certamente decidiu não reportar nosso pequeno delito para manter a atenção longe do crime imenso que ele está cometendo. Sinceramente, estou até ofendida. Se quiséssemos nos livrar de alguém, faríamos publicamente, não jogando alguém de uma varanda.

Adelaide concordava. O grupo podia até se divertir punindo homens que se divertiam punindo aqueles que tinham menos poder do que eles, mas faziam o que fosse possível para evitarem ser julgadas de assassinato.

– Ainda assim – continuou a Duquesa –, os jornais gostam de uma história sobre mulheres misteriosas e desprezadas.

– Como se a única forma de ver a verdade do mundo fosse ser desprezada por um homem – zombou Adelaide.

– Como se ser desprezada tornasse alguém misteriosa – adicionou Sesily.

– Nós somos misteriosas? – questionou Imogen.

– Não se depender de você, Imogen – respondeu Adelaide.

Imogen, louca por explosivos, sorriu largamente.

– Eu gosto de fazer uma entrada dramática.

– Você gosta de fazer um *espetáculo* – disse a Duquesa. – Para sua sorte, ninguém nunca espera que você consiga fazer um.

Adelaide não conseguiu evitar o pequeno sorriso com as palavras. Ninguém esperava mulheres por trás da verdadeira destruição.

Ninguém esperava mulheres, ponto.

– A questão é que Havistock é tão louco quanto ardiloso, e não espero que ele descanse até descobrir quem o viu assassinar Lorde Draven – acrescentou a Duquesa. – Essa pessoa, Lady Helene, está em perigo. Não importa que seja sua filha, ele certamente acabará com ela se descobrir o que a garota viu. E se ele descobrir que ela fugiu... não vai parar por nada até tê-la de volta.

As quatro ficaram em silêncio. Haviam passado os últimos anos lutando contra os piores de Londres: aqueles que usavam o dinheiro e o poder erroneamente para manter quem era pobre sob seu julgo, e naquele tempo, haviam encontrado mais homens do que conseguiam contar que desapareceriam com seus filhos para manter o poder.

Lady Helene sabia do que o pai era capaz e tinha ido até elas, seguindo a rede de segredos sobre o quarteto misterioso de mulheres que exerciam a justiça para homens que eram poderosos demais pelas vias normais.

Como dezenas de outras mulheres antes dela que testemunharam eventos horríveis, Helene enviara uma mensagem de uma serviçal de confiança para outra e outra, até chegar à Duquesa de Trevescan, que imediatamente entrou em ação e garantiu que a jovem dama nunca tivesse que dormir sob o teto do pai novamente.

A Duquesa respondera a missiva instantaneamente, instruindo a dama a se preparar para partir exatamente às 7 horas, naquela mesma noite. Lady Helene deveria esperar, com as malas prontas, para ser afastada da Mansão Havistock.

Como técnica de distração, Adelaide se encontraria com a mãe da jovem ao mesmo tempo, garantindo que Lady Helene tivesse alguma dianteira antes que toda a Mansão Havistock começasse a procurá-la, incluindo seu terrível pai.

Claro que, quando Londres percebesse que ela havia desaparecido, a garota estaria feliz e em segurança bem debaixo do nariz da cidade, na casa de Mayfair da Duquesa, ninguém da aristocracia ciente de que ela estaria depondo para a Scotland Yard e fazendo chás da tarde adoráveis com o homem com quem iria se casar. Enquanto isso, a Duquesa, Sesily, Adelaide e Imogen encerravam meses de trabalho para levar o pai da dama para a justiça.

Tudo seria resolvido em dez dias, se tudo saísse como o planejado, e iria sair. Nenhum plano desafiava a Duquesa.

– E agora? Onde estamos? Adelaide, presumo que sua visita a'Os Calhordas foi um sucesso?

Adelaide pegou o livro-caixa na mesa e o jogou para a duquesa, que o pegou com facilidade.

– Muito bem – elogiou a Duquesa, folheando as páginas escritas.

Imogen se inclinou para frente para pegar o cubo da mesa enquanto Sesily foi ajudar Adelaide com suas roupas.

– Suponho que Alfie Trumbull não vai gostar de perder a localização de todos os armazéns de armas que possui em um raio de mais de 30 quilômetros. – A Duquesa ergueu os olhos da caderneta. – Sem problema algum?

– Algumas surpresas, mas nada com que eu não consiga lidar.

– Que tipo de surpresas? – Os olhos azuis de Duquesa se estreitaram.

O Duque de Clayborn estava lá.

Ela deveria dizer. Era importante. Ele não era um tolo e Addie tomara o seu misterioso cubo de madeira. Não demoraria muito até que o duque começasse a perguntar a respeito dela, tentando compreender no que ela estava metida no South Bank, perguntas que iriam deixar todos elas e o trabalho que faziam em perigo. O cubo só compraria o silêncio dele por um tempo. Mas, por algum motivo, quando Adelaide abriu a boca, tudo o que disse foi:

– Alfie tem uma mesa nova, com trancas e gavetas de fundo falso.

– É mesmo? – gracejou a Duquesa. – Se ele não tomar cuidado, vão começar a achar que é um homem de negócios. Algo mais?

– Os Calhordas me perseguiram.

O cômodo inteiro ficou paralisado, e o colete de Adelaide sendo retirado era o único som. Cada uma das mulheres a encarava como se nenhuma tivesse considerado a possibilidade de que Adelaide pudesse ser vista. Perseguida. Pega. *Percebida.*

Até Imogen parou seu exame do cubo de madeira.

– O que você quer dizer com *a perseguiram?*

Adelaide fingiu não reparar na surpresa da amiga e em vez disso deu de ombros.

– Eles me viram, me perseguiram, eu escapei.

Mais silêncio. E então Sesily disse:

– Eles a *viram*?

Adelaide arrancou a camisa por cima da cabeça, trocando-a rapidamente pelo *chemise* que Sesily lhe entregava.

– Sim. Estava, como você muito bem apontou, no meio do dia.

– Não era o anoitecer? – perguntou a Duquesa em um tom seco como areia.

– Mas você é… *você* – disse Sesily, se movendo rapidamente para atar o espartilho acima da roupa de baixo de Adelaide. – Ninguém *a vê*, Adelaide.

– Bem, hoje viram – respondeu Addie, odiando o calor que invadiu suas bochechas com as palavras. – Hoje eu estava… – Ela parou e considerou os eventos de mais cedo. Ela estava distraída, por um homem. Falara com ele, aceitara sua ajuda. Até gostara, se fosse sincera. E então fizera a coisa menos Adelaidesca que poderia imaginar, o beijando. Sem pensar nas repercussões. Sem pensar, ponto-final. Ela empurrou os óculos no nariz. – Eu não estava me sentindo muito como eu mesma.

– Ouso dizer que não mesmo – disse Imogen, voltando a atenção para o cubo de madeira.

– Eu disse que os horários eram muito próximos – disse a Duquesa, se virando, uma pilha de sedas em seus braços. – Poderíamos ter enviado Imogen.

A Duquesa se aproximou e sacudiu a seda preta, revelando um elegantíssimo vestido. Adelaide removeu os óculos e os jogou em uma poltrona próxima antes de esticar os braços, permitindo que Sesily e a Duquesa puxassem a peça volumosa pela cabeça dela.

– Imogen seria percebida – disse Adelaide através da crinolina e das anáguas abaixo.

– Ah, diferentemente de você, que foi furtiva como uma névoa? – retrucou Imogen.

Ela fora furtiva como uma névoa. Não era culpa dela que Clayborn apenas *aparecera* lá. Sem ser convidado. A ladra conseguiu passar a cabeça pelo vestido e disse:

– Você seria notada quando explodisse o local, Imogen.

Imogen Loveless era o tipo de mulher que as pessoas percebiam porque era impossível não a perceber. Era um furacão, um livro que com certeza poderia ser julgado pela capa. Baixa e gorda, com cachos pretos e indomáveis e um gosto por experimentos químicos que tinham tanta chance de salvar o dia quando de destruí-lo, Imogen era uma amiga que em parte era divertida e em parte absolutamente aterrorizadora.

Bastava dizer que ela era um deleite em festas.

– Explosivos podem ser distrações úteis! – retrucou Imogen, sacudindo o cubo na direção de Adelaide. – O que é isso?

– Dê isso aqui. – Adelaide esticou uma mão enquanto Sesily começava a apertar os cordões atrás do vestido.

O olhar de Imogen se acendeu.

– O que é isso? – Ela entregou o cubo para Adelaide, que imediatamente o girou, considerando o cubo simples de carvalho de todos os ângulos.

Por cima do ombro, Sesily disse:

– Parece um brinquedo de criança.

E parecia mesmo. Um bloco de madeira simples, com quase 40 centímetros quadrados, sem lugar para chaves, nenhuma alavanca visível ou junção entre partes, sem evidência nenhuma se havia uma parte de cima ou uma de baixo ou um lado de dentro.

– Não é.

– E como você sabe?

Porque pertence ao Duque de Clayborn.

Mais uma vez, ela não falou nada.

– Porque Alfie Trumbull não tem motivo nenhum para manter um brinquedo de criança no fundo falso de uma gaveta de sua mesa. Eu apostaria tudo o que tenho que há algo de valor dentro dele. – Era uma aposta segura, uma vez que segredos que pertenciam a um dos aristocratas mais respeitados e poderosos de Mayfair era uma das moedas mais valiosas no mundo. Adelaide não gostava de nada mais do que gostava de quebra-cabeças e aquele era magnífico. Ela girou o cubo vez após outra nas mãos.

– A pergunta é, como é que abre? – perguntou Imogen.

– Não sei – respondeu Adelaide com suavidade. *Mas ela descobriria.*

– De jeito nenhum que *isso aí* foi feito por um Calhorda – disse Sesily, as palavras soando distantes enquanto Adelaide apertava e puxava o cubo, sem sucesso.

– Maldição – sussurrou ela, se encolhendo com o repuxão em seu couro cabeludo, do trabalho de Sesily de juntar seus cachos em uma touca extremamente severa, colocando os grampos apertados e na maior quantidade de lugares possível. – Ai! Vai com calma, Sesily.

– Não consigo evitar – a outra mulher brincou, colocando outro grampo no cabelo de Adelaide. – Estava tudo caindo!

As bochechas de Adelaide se esquentaram com as palavras, com a memória do olhar de Clayborn na mecha que saíra da touca dela. Com o alívio suave na voz dele quando sussurrara *escarlate*, como se estivesse esperando uma vida inteira para saber qual era a cor do cabelo dela.

– Nós poderíamos explodi-lo! – ofereceu Imogen.

– Eu acho que queremos saber o que está dentro de um recipiente tão curioso – disse a Duquesa, devolvendo os óculos de Adelaide. – Algo importante o suficiente que Os Calhordas acharam digno de esconder.

– Que valia ser roubado, para início de conversa – disse Adelaide, as palavras urgentes e ardentes. – Que é o motivo pelo qual descobrirei como abrir.

Ela queria abrir aquela coisa. E então queria marchar até a casa de Clayborn na cidade e exibir sua habilidade. Addie imaginou como ela o chocaria novamente, bem como fizera com aquele beijo.

Aquele beijo.

O que o duque achava que fora um erro, Adelaide relembrou antes de olhar para cima outra vez e descobrir que toda as três amigas estavam a observando.

– Só por curiosidade – Adelaide acrescentou, apesar de nenhuma delas parecer ter sido convencida.

– Bem, senhoras – disse a Duquesa, se adiantando, entregando para Adelaide novas luvas e aguardando enquanto as calçava antes de abotoá-las –, voltaremos para o mistério do cubo de madeira quando terminarmos nossa performance atual, que gosto de chamar de *Protegendo Lady Helene de seu Odioso Pai e Mantendo-a Segura até Conseguirmos Entregá-lo para a Scotland Yard*.

– Não é o mais divertido dos títulos – apontou Sesily.

– Concordo – respondeu Adelaide. – Não flui pelos lábios.

– Embora esteja aguardando ansiosa pela parte em que eu deixo Tommy desconcertado – disse Imogen, alegre.

Adelaide sorriu enquanto a Duquesa fechava suas luvas.

– Imagino que o Inspetor não aceitaria de bom grado você chamá-lo de Tommy, Imogen.

– Bobagem – retrucou Imogen. – Somos bons amigos agora. Estou pensando em convidá-lo para jantar.

– Você explodiu a prisão dele, Im – disse Sesily, mastigando um pão doce que encontrara.

– Então pense na forma que ele vai deliciar outras pessoas com essa história! Foi praticamente um presente.

– Seja o que for... – disse a Duquesa, com uma gargalhada. – Espero que possamos cuidar deste... problema em particular sem atrair a atenção de *Tommy*... ou dos outros.

– Farei meu melhor – Imogen deu um sorriso.

– Certo, então. Vamos rápido. Adelaide sai do barco, Helene entra. – A Duquesa olhou para a ladra. – Uma carruagem já está a caminho para tirá-la da casa quando você terminar sua reunião. Lembre-se, não queremos arruinar o menino, só queremos causar uma confusãozinha.

Adelaide assentiu e Sesily colocou um chapéu preto na cabeça dela, escondendo todas as chamas errantes do cabelo ruivo de Addie que poderiam escapulir e revelar demais.

– Já fizemos isso uma dezena de vezes antes.

Houve um movimento na entrada da cabine, onde o marido de Sesily ocupava a porta. A esposa se virou e Adelaide viu algo que não conseguiu decifrar no olhar do homem alto.

– Caleb?

– Chegamos – disse ele, baixinho.

Sesily se moveu até ele como se o marido fosse um ímã, como se não houvesse escolha a não ser ficar ao seu lado quando ele estava no cômodo, aninhando-se em seus braços para cumprimentá-lo. Apesar de Adelaide já ter visto aqueles mesmos movimentos centenas de vezes no último ano, desde que os dois se casaram, naquela noite, ela se pegou pensando naquilo.

Ficou pensando em como seria ter algo do tipo. E, uma vez só, sentir como se ela tivesse outra metade. Um par.

Que. Bobagem.

Ela se sacudiu para fora do devaneio. Não havia tempo para pensar.

Adelaide tirou a pasta da mesa, endireitando os ombros. Quando saísse daquela cabine, não seria mais Adelaide Frampton, os dedos mais leves de toda a Londres.

Ela seria uma outra pessoa: mais valiosa para as mulheres da sociedade londrina do que diamantes ou sedas ou a última fofoca. E mais perigosa para os homens, também.

– Mas... – disse Caleb, a voz grave ocupando o cômodo.

Todas elas olharam para ele.

– A garota... ela não está aqui.

CAPÍTULO 3

Henry Carrington, sexto Duque de Clayborn, não gostava de ser convocado.

Em seus 36 anos nesta terra, ele descobrira que eram poucas as coisas que vinham daquela experiência.

Aos 10 anos, ele fora convocado de Eton à sua casa, em Sussex, para o nascimento de seu irmão caçula, Jack, e a subsequente morte da mãe, quatro dias depois. Quando tinha 17 anos, fora convocado de volta para a casa de campo para descobrir que o pai havia morrido, e ele tornara-se um duque.

Depois daquilo, as convocações vinham com mais frequência, trazendo-o para casa por um sem-número de razões. Aos 20, fora uma seca que ameaçava a colheita. Aos 22, uma epidemia de garrotilho que causara um estrago nos estábulos da Mansão Clayborn. Aos 23, 25 e 29 anos, ele fora convocado pela escola de Jack para lidar com os modos erráticos (impossíveis) do Jovem Mestre Carrington.

A sociedade também gostava de convocá-lo, afinal, não eram todos os dias que um duque dava as graças em um baile/almoço/jantar/recital/bailado/chá. Nem era todo dia que um duque nascia como Clayborn: imbuído desde o ventre com um senso inabalável de responsabilidade, que exibia com um lábio superior ríspido. Severo, bem-nascido e com modos impecáveis.

Pelo menos agora que era considerado um membro respeitoso do reino e um dos poucos membros ativos da Câmara dos Lordes – realmente empenhado em tentar servir ao povo e à Sua Majestade – poucos ousavam convocá-lo.

Aparentemente ninguém avisara a Marquesa de Havistock daquele fato. A dama aristocrata de meia-idade, casada com um homem deplorável que merecia uma morte prematura, havia convocado Clayborn categoricamente para estar em sua casa às 7 horas daquela noite. Por isso, o duque chegara com um certo humor à elaborada mansão que ficava ao leste da cidade, nas margens do rio Tâmisa.

Seu humor não tinha nada a ver com o hematoma que florescia em seu queixo recém-barbeado, muito menos com o fato de que, pouco mais de duas horas antes, ele perdera seus bens roubados. Certamente não tinha nada a ver com a ladra intrigante, que os levara.

A Srta. Adelaide Frampton, passara direto por ele enquanto o duque ficara do lado de fora da central de operações altamente protegida, se perguntando como iria entrar e recuperar sua caixa quebra-cabeça. A dama não tivera dificuldade alguma em fazer tal plano: entrar direto no galpão, arrombar a tranca da gaveta segura e roubar a única coisa que tinha algum valor para ele… sem ser percebida.

Ele nunca compreenderia como o mundo inteiro não notava Adelaide Frampton no momento em que ela adentrava qualquer recinto.

Londres inteira achava que ela era uma moça quieta, modesta, uma folha infeliz no galho da árvore familiar da Duquesa de Trevescan, uma das figuras mais poderosas da aristocracia. Nos últimos cinco anos, Clayborn ouvira uma dúzia de histórias sobre o passado de Adelaide. Ela era uma camponesa pobrezinha, que chegara com nada além das roupas que vestia. A filha de um pároco, órfã desde muito pequena. A amiga de infância da Duquesa, mal uma prima. Mais como a filha de um serviçal. Eram uma miríade de histórias, todas curtas, contadas com uma pitada de surpresa e desdém, como se fosse impensável que alguém tivesse o *desejo* de saber algo sobre Adelaide Frampton.

Todas as histórias também eram uma bobagem, coisa de que já sabia há um ano – bastava olhar para Adelaide Frampton para saber. Desde o ano que ele a descobrira, Clayborn a vira roubar meia dúzia de aristocratas a olhos vistos, para Londres inteira ver, e humilhar um conde que acabara em Newgate logo depois – um homem monstruoso que nascera com poder e privilégio e nunca tinha sofrido resistência de uma mulher. Se Clayborn fosse homem de apostar, ele teria colocado toda a sua fortuna na probabilidade de que o envolvimento de Adelaide naquela prisão em particular era considerável.

Naquela tarde, ele assistiu enquanto ela roubava seus próprios bens do galpão da gangue mais notória do South Bank. Se não estivesse tão preocupado pela segurança dela, teria sido impressionante.

O Duque de Clayborn era um homem que compreendia as circunstâncias de um nascimento, e de jeito nenhum Adelaide Frampton era a filha de um pároco, uma camponesa ou a prima de uma duquesa.

Como ninguém de nenhum dos lados do Tâmisa parecia a notar, ela seria um enigma por eras. Clayborn não conseguia evitar notá-la. Ele a notava constantemente. Em bailes, quando a dama aparecia com suas amigas esquisitas, e em jantares, quando era a mais quieta em um cômodo e em suas caminhadas matinais pelo Hyde Park. Ele era capaz de discernir Adelaide Frampton de uma multidão há anos. Céus, era incapaz de não o fazer.

A questão toda era que, desde então, ele a observava abertamente. O que não fazia muita diferença, porque a mulher nunca parecia notá-lo.

Muito irritante, aquilo. Ela o notara naquela tarde. Falara com ele. Brigara com ele. E o roubara. *Também o beijara.*

E… para adicionar insulto à injúria, ela estava com sua caixa quebra-cabeça.

Ele teria que pegar de volta. Inferno, ele estaria buscando por ela naquele mesmo instante se não estivesse ali, no hall de entrada da Mansão Havistock… convocado. Mas o bilhete fora claro:

Clayborn,
Precisamos conversar sobre seu irmão.
Encontrá-lo-ei às 7 horas.
Olivia, Lady Havistock

O duque estivera esperando esta convocação em particular há vários meses, uma vez que Jack havia, como descrevera, *se apaixonado perdida e inegavelmente por Lady Helene.* Como se estivesse em uma comédia shakespeariana e recebido uma flechada de um homem com cabeça de burro.

Clayborn inclinou a cabeça. Ele sempre fora melhor em Matemática.

O importante era que Jack estava apaixonado, e, de alguma forma, Lady Helene parecia estar disposta a ser alvo da afeição entusiasmada do irmão. Como Clayborn não vira Jack beber ou apostar ou até mesmo fumar nos últimos meses, estava inclinado a apoiar um casamento entre os dois.

Apesar disso, 36 anos de convocações o faziam pensar que talvez a Marquesa de Havistock tivesse uma opinião diferente da situação.

Ele seguiu um serviçal de libré pelos corredores da residência até uma sala de estar ricamente mobiliada, completa com uma pequena mesa esculpida com esmero e que claramente havia sido escolhida pela aparência e não pela função. Mesmo assim, a Marquesa de Havistock estava sentada atrás dela, como se estivesse recebendo a sua corte – um gesto que só era mais ressaltado pela beleza impressionante da mulher. Apesar de um casamento que não deveria ter sido dos mais fáceis com um marido vil como o dela, ou os seis filhos que tivera com ele, a marquesa de alguma maneira evitara o desgaste que vinha para a pele clara de outros, o rosto dela sem nada além dos sinais mais graciosos da idade.

– Clayborn – disse ela quando o duque entrou no cômodo, o nome breve, como se ela estivesse com uma pressa terrível e ele a atrasasse. – Que bom que você veio.

Desejando estar em qualquer outro lugar menos ali, Clayborn sabia que papel deveria representar, atravessando o cômodo e fazendo uma pequena reverência enquanto segurava a mão da marquesa. Um cavalheiro melhor diria a ela que estava feliz em receber sua convocação, mas a reverência era o máximo que Clayborn conseguira fazer.

– Soube de sua... *exibição* na Câmara semana passada – falou ela, o desdém pingando em cada palavra enquanto ele perdera a cabeça na frente da assembleia ao tentar fazê-los ter compaixão por qualquer pessoa que não fossem eles mesmos. – Que bom samaritano você é, falando a respeito de... o que era mesmo? Um tipo de trabalho?

– Trabalho infantil – respondeu ele, frio como gelo. O tipo de trabalho que o marido dela usava sem hesitar ou sem ficar com a consciência pesada. O tipo de trabalho que fazia dinheiro o suficiente para o marquês contratar uma gangue de ladrões para destruir o futuro de Clayborn no Parlamento.

Claro, agora o item roubado, e a informação contida lá dentro, estava nas mãos de outra ladra, muito mais interessante, uma com quem ele preferiria negociar.

– Ah, é claro – a marquesa continuou, balançando uma mão como se todo o assunto fosse além de sua compreensão. – Você sabe que Havistock nunca fala comigo a respeito das coisas que vocês, *homens*, debatem.

– Trabalho infantil não deveria ser algo que apenas *homens* debatem.

Clayborn se virou ao ouvir as palavras e foi quando percebeu a mulher que se sentava ali perto, em uma cascata de exuberantes saias de seda, luvas até o pulso, botas polidas à perfeição, um pequeno chapéu e um meio véu.

O duque ficou paralisado em um choque muito familiar, os olhos absorvendo cada detalhe dela, registrando a postura ereta, a curva da cintura dela abaixo do espartilho, a pele sardenta do colo acima do decote do vestido, a vasta expansão de seu pescoço, o queixo anguloso e os lábios carnudos – lábios que ele conhecia intimamente depois daquela tarde.

Lábios que pertenciam a Adelaide Frampton. Lábios que estavam grudados ao resto de Adelaide Frampton.

Se fosse outro homem, arregalaria os olhos em surpresa. Mas ele era o Duque de Clayborn, e surpresa nunca era para o deleite público.

Que diabos ela estava fazendo ali?

Ela não se moveu, e ele não conseguia ler seus enormes olhos castanhos, escondidos atrás do véu. Clayborn faria qualquer coisa para ver aqueles olhos expressivos. Era um disfarce inteligente – um que escondia os óculos que revelariam sua identidade rapidamente. Ainda assim, ele teve um instinto selvagem de arrancar o chapeuzinho bobo da cabeça dela e soltar os cachos que ela mantinha sempre bem presos. O cabelo escarlate que ele descobrira naquela tarde. Era um instinto decididamente pouco Clayborniano. Assim como os outros instintos que ela invocava nele.

– Não deveria sequer ser um debate – continuou ela, conforme ele ignorava seu coração acelerado. – *Uma praga. Algo que deveríamos enviar para as trevas do passado e trancar lá.* – Ela fez uma pausa. – Não foi isso que disse em seu discurso na semana passada, Vossa Graça?

– Isso mesmo – concordou ele. Como ela sabia?

– Você está errado, é claro.

A marquesa prendeu uma respiração, em choque, e Clayborn arqueou as sobrancelhas. Não era uma opinião que ele ouvia com frequência.

– Por favor, me esclareça como.

– Quando banimos pecados para o passado, não devemos trancá-los fora do alcance. Devemos mantê-los por perto, para que a memória deles faça com que nunca os deixemos voltar à luz.

Como alguém não conseguia notá-la?

– Bem, não tenho certeza se deveríamos chamar isso de pecado. Meu marido me conta que as crianças se sentem muito recompensadas pelo trabalho. Evita que desenvolvam um gosto pela vadiagem.

Era uma argumentação nojenta, uma que Havistock fizera uma dúzia de vezes durante o debate na Câmara dos Lordes. Clayborn segurou a língua em vez fazer uma reprimenda contundente à mulher atrás da mesa, que, ao que parecia, era tão odiosa quanto o marido.

Adelaide Frampton não teve a mesma hesitação.

– Francamente, ouvir tal argumento em uma casa construída para a vadiagem através de fundos que foram ganhos com o trabalho dessas crianças e outras pessoas ao redor do mundo é... – Ela fez uma pausa, e ele imaginou que estivesse buscando por uma palavra mais adequada para a companhia. – ...uma viagem.

Os olhos da marquesa se reviraram tanto que pareciam prestes a saltar fora.

– Madame. *Você passa dos limites.*

Uma resposta surgiu nos lábios de Clayborn, palavras que mandariam a marquesa prestar atenção no que dizia. Para reconhecer os melhores do que ela. Antes que pudesse falar, no entanto, a Srta. Frampton disse:

– Não fomos apresentados.

O silêncio recaiu no cômodo enquanto a marquesa se recompunha e então ela falou:

– Suponho que não se conhecem.

Por que não se conheceriam? Adelaide Frampton era presença comum em bailes e jantares, recitais e balés.

Antes que ele pudesse apontar aquilo, no entanto, a marquesa prosseguiu:

– Homens se esforçam tanto para evitar as partes complicadas da vida, não é mesmo?

Clayborn presumiu que a pergunta era retórica.

– Esta é, meu querido – continuou a marquesa –, a Quebra-Laços.

Mais uma surpresa a ser escondida.

Geralmente, Clayborn fazia seu melhor para se manter longe da fofoca e das discussões da sociedade. Ah, ele frequentava bailes, aparecia em seu clube e dava as caras nas corridas, mas era por motivos políticos e porque era o adequado, não por prazer. Mesmo assim, alguém teria que ter nascido embaixo de uma pedra para nunca ter ouvido falar na Quebra-Laços.

Contratada pelas mulheres da sociedade para verificar o *pedigree* dos homens com os quais desejavam casar as filhas. A Quebra-Laços era um sussurro em toda a Mayfair sempre que uma joia da sociedade era cortejada por um cavalheiro menos que o ideal. *Pobre garota*, sussurravam atrás dos leques, *alguém deveria chamar a Quebra-Laços*.

E quando chamada, normalmente para confirmar uma suspeita existente, ela já sabia de tudo, medos da infância, brigas escolares, falhas na vida adulta. Registros completos de dívida. Redes de amizade e de conhecidos de negócios. Amantes. Filhos ilegítimos. Vícios incuráveis.

Não havia segredo que a Quebra-Laços não conseguia descobrir. Era uma lenda entre as mulheres de Mayfair... e uma inimiga de vários dos homens.

E ninguém sabia seu nome. Pelo menos ninguém admitia saber, apesar de os homens solteiros de Londres estarem dispostos a fazer qualquer coisa para obtê-lo. A verdadeira identidade da Quebra-Laços era o segredo mais bem guardado de suas contrapartidas que usavam saias, até aquele momento, quando o Duque de Clayborn descobrira sua identidade.

Uma vibração de animação correu pelo duque ao perceber que, subitamente, ele e a Srta. Adelaide Frampton estavam mais uma vez em pé de igualdade. Ela achava que estava disfarçada, sem imaginar que ele a observara por tempo suficiente para fazer um véu ter a mesma efetividade de uma barba de um dia, um disfarce praticamente inútil.

Sem exibir nenhum de seus pensamentos, Clayborn se virou na pequena cadeira, completamente ciente de que as pernas eram frágeis como palitos de fósforos, e considerou a mulher de preto.

– A Quebra-Laços? – perguntou o duque, mantendo o tom lento e uniforme, apesar da meia dúzia de perguntas que estavam na ponta de sua língua. – É uma nomeação formal? Um posto dado pela Rainha?

Lady Havistock riu. Adelaide, não, e Clayborn ficou maravilhado com a conduta calma, equilibrada.

– Acredito que esteja prestes a descobrir o quão importante é, duque.

Ele se inclinou contra sua cadeira, sem responder, não gostando de como ela parecia não ser afetada por sua presença. Aquela mulher estivera bem afetada mais cedo, por que estava tão estável naquele momento?

Adelaide se abaixou na direção dos pés, onde estava uma pequena bolsa, quase pequena demais para caber um pedaço de papel, e extraiu uma pasta azul, com um grande sino azul-escuro impresso nela.

– O que é isso? – O coração de Clayborn acelerou.

– Isto… – disse ela, as palavras comedidas e cuidadosas enquanto colocava a pasta em seu colo, apoiando uma mão enluvada, coberta com uma renda magnífica, tão escura como a noite, em cima dela. – …é o arquivo de seu irmão.

Clayborn se inclinou para frente.

– E dentro dele?

Os lábios rosados se curvaram embaixo do véu.

– Tudo.

O que ela sabia?

Será que tinha aberto a caixa? Rápido assim? Não. Adelaide mal tivera tempo de mudar de disfarces – era quase impossível imaginar que tivesse descoberto a solução para a caixa quebra-cabeça ou que entendesse o que estava ali dentro.

E, ainda assim, mesmo sem a propriedade que roubara dele, a ideia de tal dossiê existir, algo que pudesse assombrar Jack pelo resto da vida, e que tal coisa estivesse nas mãos de Adelaide Frampton e seja lá quem fossem suas comparsas… era enervante, para dizer o mínimo. O que tinha ali? A respeito de Jack? A respeito *dele?* E quem iria encomendar tal dossiê?

A resposta era clara: o marquês de Havistock. Uma vez amigo de seu pai, e então inimigo jurado. O homem faria de tudo para destruir Clayborn, incluindo, aparentemente, arruinar as chances do irmão com a mulher que ele amava.

O homem que contratara Alfie Trumbull para roubar sua caixa quebra-cabeça, que agora estava nas mãos de Adelaide.

Não por muito tempo. Ela abriu a pasta.

– Jack, seu irmão dez anos mais novo.

Maldição. Jack era tolo, mas não era uma pessoa ruim e seria quem teria os herdeiros da família. Ele não merecia seja lá o que fosse aquilo, especialmente se fosse uma mensagem feita para silenciar o próprio Clayborn. Nas mãos do marquês, seria usado para silenciar Clayborn no parlamento. Para impedir sua cruzada de erradicar o trabalho infantil. Para manter os cofres de Havistock cheios de ouro, conquistado às custas daqueles que não podiam lutar por si mesmos.

Que viessem atrás dele. Mas ela não iria arruinar Jack. Não se Clayborn pudesse fazer algo para impedir.

Ele correu um dedo ao longo do indicador, o único movimento que se permitiu, enquanto resistia à vontade de se aproximar, de virar o pescoço. Clayborn ignorou as batidas de seu coração acelerado. *O que ela sabia?*

– Tenho certeza de que você quis chamá-lo de Lorde Carrington.

Os lábios dela se estreitaram com a correção gélida.

– O nariz dele é tão reto quanto o seu?

O quê?

Antes que ele pudesse perguntar, ela continuou casualmente:

– Difícil de acreditar que seria, considerando com quem ele anda.

– Eu sabia! – Lady Havistock interrompeu. – Um canalha!

Como se essa mulher não fosse casada com algo muito pior.

Clayborn não precisou falar, porque Adelaide chegou primeiro.

– Não é como se a maioria dos homens em Mayfair não fizesse jus a essa descrição, mas sim. Parece que esse tal de Carrington…

– *Lorde* Carrington – corrigiu ele, fitando Adelaide com todo o desdém frio que conseguia juntar. Ela sabia que estava sendo manipulada? Que tipo de arma o dossiê dela poderia ser?

Não devia saber. Ele a acompanhar junto à aristocracia pelo último ano. Por mais tempo. Testemunhara o ódio nos olhos dela quando ela observava das beiradas dos salões de baile. Uma vez, Clayborn a vira roubar Havistock. Não poderia possivelmente estar de conluio com o homem.

O que, então?

Ela se manteve quieta por um momento, e ele descobriu um prazer perverso de saber que a havia perturbado.

– *Lorde Carrington* – recomeçou ela –, tal qual vários outros almofadinhas antes dele, tem uma grande habilidade de juntar várias dívidas em um tempo muito curto.

Teria ela se esquecido de que estava em uma casa que pertencia a um almofadinha? Que havia outro almofadinha no recinto? E não um mero almofadinha. Um *duque*.

Clayborn conteve um som involuntário de desgosto. Ele não era o tipo de homem que usava seu título contra os outros. Certamente nunca o usara para impressionar. Passara a vida inteira tentando atingir as expectativas que vinham com ele, para merecê-lo. Mas aquela mulher o deixara desconcertado com seu vestido preto, postura ereta e o cabelo cor de fogo que, mesmo com tudo aquilo, ele ainda queria libertar, e a pastinha azul que o ameaçava com todos os segredos que ela poderia saber.

Segredos que ela já tinha em sua posse, porque ele a beijara em vez de pegar sua caixa e ir embora. *Aquele beijo.*

Fora um erro. Obviamente. O Duque de Clayborn não tinha o costume de beijar mulheres em barcas cargueiras. Certamente não mulheres como aquela, que ameaçavam seu futuro de várias formas diferentes.

– Que tipo de dívidas? – perguntou a marquesa, nem um pouco ofendida com o desdém óbvio da Srta. Frampton pela aristocracia.

– Do tipo mais comum. – A lista foi recitada de forma calma e implacável, sem surpresa nenhuma. Clayborn sabia tudo aquilo sobre o irmão. – Ele aposta com frequência e já perdeu milhares de libras em vários cassinos ao redor de Londres. – Adelaide olhou para Clayborn. – Para a sorte dele, o rapaz continua a ter acesso a eles porque o duque é conhecido por quitar as dívidas de Lorde Carrington regularmente.

Era tudo verdade. Jack era jovem, rico e sem propósito. Pelo menos, costumava ser. Clayborn se recostou contra a cadeira e a observou.

– Meu irmão não pisa em um cassino há três meses.

– Carrington gosta de beber.

– Ele parou.

– E mulheres. – Ela apertou os lábios em uma linha fina.

Aos 26 anos, o irmão de Clayborn havia tido sua parcela de farra.

– Mais uma vez, ele não faz mais isso.

– Desde quando?

– Três meses atrás.

Clayborn imaginou que ela o fulminava com o olhar.

– Presumo que devemos acreditar que isso também parou quando ele parou de beber?

– Na verdade, é isso mesmo.

Houve uma pausa enquanto a Srta. Frampton o observava e Clayborn resistiu à vontade de tirar o véu da frente do rosto dela.

– Por quê? O que aconteceu três meses atrás?

– Ele se apaixonou. – Clayborn não hesitou.

Os lábios dela se afrouxaram por um instante e ela repetiu:

– Se apaixonou.

– Bastante – disse ele, como se fosse o suficiente.

– Bem, isso é doce, mas irrelevante para meu relatório nesta proposta de união. – Ela apoiou as mãos enluvadas em cima da pasta e retornou a atenção para a marquesa, que estava sentada como uma estátua, e a força com a qual apertava os dedos enquanto segurava as próprias mãos era o único sinal de que ela escutara a litania de itens que fora lida.

Depois de um longo instante, a mulher mais velha disse:

– Continue, então. Você acha que ele a machucará?

Adelaide hesitou e Clayborn apertou os dentes, a raiva correndo pelo corpo. O irmão dele era várias coisas e poderia ser completamente obtuso algumas vezes, mas *nunca* levantaria a mão contra alguém mais fraco do que ele.

– Ele *não* vai – disparou. – Meu irmão é um homem mudado. Ele ama Lady Helene, o que você saberia se tivesse tentado produzir seus arquivos com mais do que um bocado de registros de cassinos. Ele *nunca* a machucaria.

Um momento de silêncio, e então a Quebra-Laços disse:

– Falou como um homem que nunca considerou o que cabe à mulher em um casamento. – As palavras eram cheias de desdém e a temperatura no cômodo pareceu subir consideravelmente após elas. – Uma mulher não pode comer amor. Não pode vesti-lo. Não pode viver nele.

– É quase difícil de acreditar que eles a chamam de Quebra-Laços.

– É quase difícil de acreditar que você é um homem crescido – retrucou ela. – Uma vez que acreditar no amor é para contos de fadas e crianças.

Clayborn arqueou as sobrancelhas.

Quem diabos aquela mulher pensava que era?

Dispensando-o, ela se virou para a marquesa.

– Na minha opinião, milady, o pior traço do homem é seu mau julgamento, o que poderia, sim, impactar a felicidade de Lady Helene no futuro. Estou menos preocupada com a inabilidade dele em permanecer sem dívidas…

– Já eu estou muito preocupada com as *dívidas!* – A marquesa gritou a palavra, como se fosse um crime semelhante ao assassinato, como se viesse com uma pena de morte.

E, para pessoas ricas, era praticamente aquilo, especialmente quando o devedor em questão iria se casar com uma de suas filhas. Esqueça o amor, ninguém esperava que filhas de pares titulados amassem os maridos. Casamento, para eles, era uma proposta de negócios. A união de famílias. Como duas nações unindo forças.

– Ah, pelo amor... – começou Clayborn, mal se controlando para não ser mal-educado. – Mesmo que eu não estivesse agudamente ciente da quantidade e das localizações em que cada centavo das finanças do meu irmão foi gasto, devo lembrá-la de que Jack é meu herdeiro, e não tenho problemas em pagar minhas dívidas.

– Ah, por favor – disse Lady Havistock, subitamente cheia da força que vinha com uma mãe casamenteira. – Ele não será seu herdeiro por muito mais tempo. Em breve você perceberá que está ficando velho demais para ter uma jovem noiva que realmente o queira e irá se unir ao primeiro rosto bonito que ver.

Bem, Clayborn certamente poderia passar sem o comentário de *velho demais*. Ele não tinha a intenção de se unir a nenhum tipo de rosto, bonito ou não, mas não falou nada.

Nem mesmo quando Adelaide Frampton decidiu oferecer sua opinião.

– A dama faz uma observação pertinente, duque. É uma surpresa que eu não tenha compilado um dossiê sobre *você*, com sua crença inabalável no amor... certamente há alguma pobre dama por aí que queira ganhar seu coração?

– Eu passei a maior parte do meu tempo na terra me esquivando de mulheres que queriam ganhar meu coração, para dizer a verdade.

Silêncio acompanhou suas palavras, palavras que o faziam parecer um idiota completo, e, pela primeira vez em sua vida, o Duque de Clayborn sentiu um calor de... Céus, aquilo era *vergonha?*

Ele se recusou a olhar para Adelaide, aquela mulher enfurecedora que o deixara desconcertado duas vezes no mesmo dia. Nem mesmo quando ela disse, com a voz seca:

– Para ser franca, é quase difícil acreditar que você teve sucesso.

Clayborn se levantou da cadeira. Tinha que deixar aquela casa, e aquela mulher.

– Lady Havistock – começou ele –, se me chamou até aqui para que eu me aliasse a você na empreitada de impedir que meu irmão corteje sua filha com seja lá qual informação essa mulher reuniu nesse dossiê, garanto-lhe que fez nós dois desperdiçarmos nosso tempo.

Ele continuou:

– Meu irmão tem 26 anos e, seja lá quais forem seus sucessos ou falhas, ele é mais do que o conjunto de acusações em um pedaço de papel. Eu me recuso a jogar este jogo de segredos e mentiras. Se decidirem se casar, Lady Helene e Jack terão a bênção completa e todo o apoio do ducado.

– Sinceramente, Clayborn, você jogaria minha filha aos lobos?

Em uma grande demonstração de força, ele se segurou para não apontar que Lady Havistock e Adelaide Frampton eram muito mais próximas aos lobos do que o irmão dele, que não queria nada além de casar-se com a mulher que amava.

Em vez disso, Clayborn ignorou a pergunta e se virou para sair, andando apenas três passos antes que uma voz calma o interrompesse.

– Já que insiste que seu irmão tem se comportado de forma impecável nos últimos três meses, Vossa Graça, talvez pudesse me explicar por que, duas semanas atrás, ele se juntou a um grupo de homens no South Bank que não ligam para nada quando se trata de imprudência?

Ela queria dizer Os Calhordas. Homens com os quais o próprio Marquês de Havistock estava metido, Clayborn queria acrescentar. Sim, Os Calhordas comandavam os cassinos de terceira classe que Jack frequentara quando estava no fundo do poço, mas também eram brutamontes de aluguel, sem nenhum código moral, e dispostos a fazer qualquer coisa por um preço.

Os Calhordas, o grupo contra quem ele e Adelaide lutaram juntos, lado a lado, naquela mesma tarde.

Ele deu meia-volta.

– Você está equivocada. Jack não chegou perto do South Bank em meses. – Quando ela não respondeu, a sua mandíbula se apertou dolorosamente. – Diga-me então.

Adelaide olhou para sua pasta.

– Treze dias atrás, seu irmão participou de uma noite de lutas em um ringue de boxe secreto.

– O *quê*? Por quê?

– Pelo mesmo motivo que a maioria das pessoas. Dinheiro. – Ela considerou o dossiê. – Ele lutou sete vezes desde então e… ganhou seis. Impressionante.

Impossível. Ele notaria as marcas de uma luta de boxe no irmão. Quando fora a última vez que vira Jack? Mais tempo do que duas semanas.

Ainda assim, Clayborn balançou a cabeça.

– Sua informação está incorreta. Se meu irmão estivesse encrencado, viria até mim.

– Vossa Graça – disse a Quebra-Laços, as palavras frias como gelo. – Acho que você descobrirá que esta reunião correrá muito mais tranquilamente se aceitar que minhas informações nunca estão incorretas.

É hora de você se virar sozinho, Jack.

Suas próprias palavras sussurraram em sua mente. As palavras que ele falou, calmo e paternal, três meses antes. *Se quiser se casar com a garota, precisa provar que consegue tomar conta dela.* Lady Helene, pequena e de rosto jovial, parecendo recém-saída dos babadores em sua temporada de debutante. Eles estavam do lado de fora de um cassino do South Bank, onde Jack havia perdido, mais uma vez, sua mesada mensal na promessa de fazer fortuna fácil. *Essa é a última dívida que pagarei.* E se houvera problemas e Jack não fora até ele?

Não importava o que dissera, não importava se tivesse fingido ser o irmão mais velho e firme, Clayborn iria intervir, porque era aquilo que primogênitos faziam. Mesmo quando tomava decisões estúpidas por motivos estúpidos, Jack era responsabilidade dele, sob os seus cuidados.

Como sempre fora.

Mas, naquele momento, ele percebeu a verdade. A informação de Adelaide Frampton não estava incorreta. Algo dera errado. Jack precisara de ajuda e, em vez de recorrer ao seu irmão, recorra a'Os Calhordas. E eles cobraram seu preço. Conheciam Jack e suas fraquezas, e não tiveram medo de explorá-las. Nem hesitariam em explorar as de Clayborn. Sabiam que ele era a fonte dos fundos de Jack e estavam dispostos a fazer o que fosse necessário para manter sua carteira aberta.

Inclusive aceitar um trabalho para roubar seus segredos, que agora pertenciam àquela mulher de preto, cuja carreira era revelar para todo mundo os segredos de homens poderosos.

Clayborn precisava pegar a caixa de volta. Junto com o dossiê no colo dela, que continha sabe-se lá o quê.

E ele precisava encontrar Jack.

– Senhor, compreendo que as novas atividades recreativas de seu irmão podem ser um choque, mas a diferença entre três meses atrás e duas semanas atrás é…

Adelaide parou o pensamento na metade, o ar praticamente crepitando ao redor dela. Ela olhou para as notas em sua pasta mais uma vez antes de se virar para encará-lo. Clayborn prendeu a respiração. O que mais ela sabia? Qual seria a gota d'água? E para quem seria?

– Você sabe do paradeiro atual de seu irmão?

– Não sei.

– Não acredito em você – disse ela, fazendo a marquesa fazer um som de choque.

– Eu não minto – era a segunda vez que dizia aquilo a ela naquele dia.

– Mas, neste caso, não está me contando toda a verdade, está?

Como ela sabia?

– Já ouvi o suficiente – interrompeu a marquesa, se levantando até a sua pouca altura. – Não ligo para a localização do canalha. Ele nunca mais chegará perto da minha Helene novamente. Compartilharei com alegria essa informação para todos. As jovens da sociedade precisam saber da verdade. Seria uma coisa se ele fosse um duque e ela virasse duquesa com o casamento. Mas um *segundo* filho? Um que passa as noites lutando como um cachorro? – Ela se virou para Clayborn. – Mal posso pensar nisso e você permite essa… essa *mancha* em seu nome?

Clayborn mordeu a língua, resistindo à vontade de apontar a ironia que era uma mulher casada com o Marquês de Havistock considerar débito e lutas ilegais uma mancha enquanto fingia que a miríade de crimes gananciosos e nojentos eram bobagem.

– Meu irmão ama sua filha, Lady Havistock. E ela o ama também.

– Amor! – A marquesa cuspiu a palavra. – Aquele homem vendeu para minha Helene uma lista de atributos falsa, Clayborn. Não há dúvidas a respeito disso. Ela é uma garota com juízo e *nunca* se casaria com o inútil do seu irmão se soubesse disso tudo. Nem agora nem *nunca!*

O juramento ficou cada vez mais alto até as palavras finais da Lady Havistock ecoarem pela sala, rebatendo no mogno e no ouro, sob o olhar de desdém dos ancestrais de Havistock. Ela se levantou e foi até a porta da sala, abrindo-a com força para gritar um pedido pela casa.

– Alguém busque Helene imediatamente.

Clayborn suspirou. Não tinha forma *daquilo* terminar bem.

As duas mulheres tinham arruinado o seu dia.

– Garanto a você, Lady Havistock, seja lá o que tenha acontecido entre meu irmão e sua filha, ela participou ativamente e de boa vontade.

Fora a coisa errada para se dizer.

– Não gosto de sua insinuação. Se eu fosse um homem, o desafiaria. – Ela se virou para a Quebra-Laços. – Espero que não se importe de ficar um pouco mais, madame. Gostaria que Helene soubesse disso diretamente de você. Clayborn segurou as mãos atrás das costas.

– Há um pequeno problema com seu plano, milady.

Adelaide Frampton olhou para ele, e o duque percebeu mais uma vez que faria um sem-número de coisas só para ser os olhos dela, para conhecer seus pensamentos.

– Que problema? – A marquesa estreitou os olhos.

Uma batida na porta e o criado que levara Clayborn até a sala entrou silenciosamente, com um pedaço de pergaminho na mão enluvada.

– Senhora – disse ele suavemente, se curvando em deferência.

– O que é isso? – indagou a marquesa, sua voz alta e tensa novamente. Como se ela já soubesse o que era.

No entanto, a marquesa foi salva da leitura quando Adelaide Frampton levantou-se de sua poltrona e disse o que todos eles sabiam ser verdade.

– Apostaria que é um bilhete de sua filha, avisando dos planos dela.

A marquesa arregalou os olhos para sua Quebra-Laços.

– Que planos?

Ela realmente sabia de tudo.

– Duque? – A Srta. Frampton perguntou, se levantando, o som de suas saias de seda se encaixando como um tiro no silêncio perplexo que pontuava suas palavras.

Por um momento, Clayborn se distraiu com aquelas saias. Pela figura alta e longilínea, uma figura que conhecera intimamente menos de três horas antes, quando ele a abraçara apertado contra seu peito. Pelo cheiro suave dela, de tomilho, chuva e segredos, para sempre o cheiro que associaria com perigo.

– Onde está minha filha?! – Ele precisou de todo o autocontrole para não se encolher com aquele grito da marquesa.

Como ela sabia?

– Você ainda não percebeu, Vossa Graça? Eu sei de tudo – respondeu Adelaide, como se ele tivesse perguntado em voz alta.

A pura arrogância das palavras não deveria tê-lo intrigado. Não deveria tê-lo tentado. Seu irmão estava fugindo com uma dama solteira a tiracolo, e Clayborn teria que arrumar a bagunça o mais rápido possível.

Ele não tinha tempo para notar aquela mulher que virara seu dia de cabeça para baixo, e provavelmente mais do que isso. Com um suspiro, ele enfiou a mão no bolso e tirou seu relógio antes de responder à marquesa:

– Se tudo correr bem, ela está a caminho de Nottingham.

Algo mudou na postura de Adelaide. Ela relaxou, se libertou. Algo como alívio. *Ela não sabia disso, mas agora estava ciente.*

E estava aliviada que a dama tinha partido. Por quê?

– Por que diabos ela estaria lá?

Adelaide e Clayborn se viraram em surpresa para olhar para a marquesa, que acabara de usar um linguajar completamente inapropriado para uma marquesa.

– Porque eles estão fugindo para se casar – respondeu Adelaide.

– Fugindo para se casar! – A marquesa guinchou sua aflição. – Para onde?

– Presumo que estejam indo para onde todos os casais vão quando querem se casar rapidamente.

– Gretna Green? – Lady Havistock estava se lamentando agora.

– Gretna Green – confirmou Clayborn, subitamente sentindo que poderia recuperar o controle da situação.

– Pouco original, mas eficiente – respondeu a Srta. Frampton. – A menos, é claro, que você tenha alguém à disposição para segui-los.

Lady Havistock se prendeu nas palavras e se virou para Adelaide.

– Você! Eu lhe paguei uma fortuna para impedir esta união e você irá quebrá-la!

– Vou aprontar minha carruagem imediatamente, milady. – Um aceno uniforme e um pequeno sorriso pontuaram suas palavras, como se estivesse planejando aquilo o tempo todo.

O que ela estava aprontando?

A mulher tinha um dossiê a respeito do irmão de Clayborn e o segredo de sua família e tinha planos de sair da cidade com ambos. O que só aconteceria por cima de seu cadáver em decomposição. De jeito nenhum ela iria sozinha.

– Você vai conseguir? – perguntou Lady Havistock, cética.

Oh, Adelaide não iria gostar nada daquilo.

– Milady, eu já segui onze casais até a fronteira no meu tempo como Quebra-Laços, e nunca um casamento ocorreu – disse a Srta. Frampton, uma ponta de irritação inegável em seu tom enquanto guardava o dossiê em sua bolsa. Então, ela se levantou e encarou a marquesa do outro lado da mesa. – Não pretendo começar a falhar agora. Trarei sua filha de volta para Londres em dez dias. Seu trabalho, por enquanto, é garantir que ninguém saiba que ela partiu.

Lady Havistock assentiu, parecendo aliviada.

– Helene está no interior visitando amigos.

– Que adorável para ela. – Os lábios carnudos de Adelaide se curvaram. Ela passou pelo duque, em direção à porta, o olhar escondido pela renda do véu. *Arranque isso fora.* O chapéu disfarçando o ruivo brilhante do cabelo dela. *Solte-o.* Os lábios dela, rosados e suaves, com o gosto de luz do sol e chuva. *Beije-os.* Alta o suficiente para não ser difícil fazer aquilo.

– Nunca vi um nariz tão reto como o seu – disse ela.

Clayborn franziu a testa, surpreso e confuso com as palavras. Por que ela se importava com o nariz dele?

Antes que pudesse perguntar, Adelaide respondeu, simplesmente:

– Difícil acreditar que algumas pessoas passam pela vida sem quebrá-lo.

Ela ficou em silêncio por um momento, como se o medindo, e então se aproximou. A respiração dele ficou presa no peito quando percebeu a proximidade, inapropriada em qualquer lugar, considerando que eram desconhecidos.

Não inteiramente desconhecidos, no entanto.

Como se ele tivesse conjurado o gesto, a mulher levantou a mão e tocou em um pedaço sensível na curva de sua bochecha.

Lady Havistock sugou o ar audivelmente. Até ela, que não tinha hesitado em convocá-lo para sua casa, nunca teria sonhado em tocá-lo. Era algo que não era feito. Ninguém contara para Adelaide Frampton daquele fato, aparentemente, porque ela o tocara.

Não. Não exatamente. Mas ali, no espaço entre a luva dela e a pele dele, seu calor era elétrico. A ameaça do toque dela era mais poderosa que o próprio toque.

Clayborn levou mais tempo do que deveria para perceber que a mão dela estava próxima ao arranhão que ele levara mais cedo naquele dia. O soco que o tinha acertado parcialmente, dado por um d'Os Calhordas em um beco entre o galpão e a margem sul do Tâmisa.

A respiração dele ficou presa na garganta.

– Você devia pedir para alguém dar uma olhada nisso. – As palavras eram suaves demais considerando onde estavam. Privadas demais. Um raio de prazer vindo daquela mulher que era ainda mais enlouquecedora.

Com um aceno de cabeça para Lady Havistock, ela passou por ele, o cheiro dela, o calor dela, o andar dela permanecendo com ele o suficiente para deixá-lo sem palavras. Na porta, ela olhou por cima do ombro.

– Suponho que pretende seguir.

O duque limpou a garganta, a única indicação da forma inapropriada que reagia a ela. *Seguir quem?*

O irmão dele. Lady Helene. Gretna Green. *Ela.*

– Sim.

– Justo. – Na penumbra daquele véu infernal, ela sorriu. Por que ele gostava tanto daquilo? – Será uma corrida, então.

CAPÍTULO 4

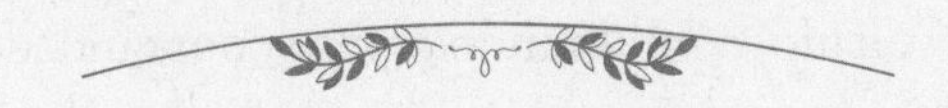

Naquela noite, após o sol se pôr acima dos telhados de Covent Garden, Adelaide preparava sua carruagem para a viagem até a Escócia. Não era a primeira vez que fazia aquilo no meio da noite. Nem a primeira vez que partia rumo ao norte para impedir uma união inadequada. Muito menos era a primeira vez que o faria sozinha, com apenas um cocheiro a tiracolo – carruagens se moviam mais rápido com menos passageiros, e Addie era especialista em não ser vista.

No entanto, era a primeira vez que estava animada para tudo aquilo.

Será uma corrida, então.

A expressão no rosto do Duque de Clayborn quando ela dissera aquilo, como se ele estivesse esperando a vida inteira por aquele desafio, fora o suficiente para deixar seu coração acelerado.

O duque era o tipo de homem que definitivamente saboreava bater de frente com mulheres como Adelaide Frampton. Seu esnobismo superior o tornava profundamente desagradável, quantas vezes ele fizera referência ao próprio título apenas naquela noite?

Ele podia fazer alguém se sentir inadequado com nada além de um olhar gélido, o que Adelaide sabia por experiência própria, uma vez que fora o alvo daqueles olhares algumas vezes no último ano. A distância, é claro. O Duque de Clayborn não se dignava a se aproximar dela.

Ao menos não em público.

Ou melhor, ao menos não em público em Mayfair.

A freguesia do South Bank era diferente, aparentemente. No South Bank, ele chegara tão perto dela que a beijara. Não que ela pensasse muito a respeito do beijo, era absolutamente esquecível.

Assim como a sensação dos braços dele, como aço ao redor dela. A aspereza da barba contra a pele de Adelaide, o gemido baixo de prazer que viera de dentro do peito dele. Esquecível, tudo isso. Não fora o que ele dissera quando se separaram? Não... ele dissera algo muito pior. Clayborn dissera que fora um *erro*.

Ignorando o calor que a acometera com a lembrança vergonhosa, Adelaide adicionou rodas extras para a carruagem e uma cesta de comida e bebida dentro do veículo, equilibrando o peso com cuidado enquanto marcava os itens necessários em sua preparação, trabalhando de forma rápida e eficiente, ansiosa para cair na estrada.

Dentro de seu bolso, uma lista de estábulos com cavalos fortes.

Ansiosa para vencer.

Um mapa de estalagens amigáveis para mulheres que viajavam sozinhas. Sua bolsa, completa com mudas de roupa, itens medicinais e a caixa impossível de abrir de Clayborn.

Mal fazia seis horas desde que ele se inserira na vida de Adelaide com suas brigas em becos e aparecendo na Mansão Havistock e sua insistência em segui-la pela Escócia, e seu *"meu irmão ama a dama"*, como se aquilo fosse importante.

E seu corpo longo e esguio e a tentação desnecessária de seus beijos.

Algo que ela já esquecera completamente.

Adelaide limpou a garganta e verificou a porta de trás da carruagem, confirmando cuidadosamente que tinha tudo de que precisava para sua jornada. Era uma lição que aprendera desde a infância, enquanto ainda aprendia e roubar bolsas.

A velocidade não vale de nada se não houver um plano. As palavras do pai, pontuadas com uma torção do pulso de Adelaide, punição por ela ter tentado duas vezes cortar as alças da bolsa que ele carregava enquanto praticava.

Levar um pouco mais de tempo ali, naquele beco atrás dos apartamentos em que vivia, a preveniria de perder a corrida para o norte.

Adelaide esperava precisar de cada minuto se fosse vencer Clayborn e chegar primeiro a Helene e Jack, seja lá onde estivessem. O duque não lhe parecia o tipo de homem que levava competição de forma leviana, o que funcionava muito bem para Addie, porque ela não era o tipo de mulher que perdia.

Estaria mentindo se dissesse que não estava um pouco empolgada por ele encontrá-la em seu desafio. Havia algum tempo desde que sentira que tinha encontrado um oponente no mesmo nível que o dela em uma batalha. Não havia nada como aquela: correr para alcançar uma garota em perigo, para protegê-la de quem iria machucá-la. Para garantir que pudesse ter um futuro, livre e longe do perigo.

Que presente era aquele para uma garota naquele mundo.

Satisfeita com seu trabalho, Adelaide se esticou e fechou a porta.

– Então a garota foi para Gretna Green.

Ela se virou e descobriu a Duquesa de Trevescan, que saíra da porta de trás da taverna que dava para o beco, a mesma em que Adelaide tinha seus cômodos, e se aproximava.

Adelaide segurou as saias.

– Como várias antes dela, escolhendo a esperança de segurança e não a promessa dela.

– Você acha que ela vai se casar com o garoto só para escapar do pai?

– Penso que qualquer mulher, com algum juízo, que escolhe um casamento em vez da liberdade o faz por algum motivo. – Adelaide apertou um dos arreios de um dos cavalos cinza que selecionara para a primeira perna da jornada antes de ir até a frente da carruagem para checar as rédeas e o freio.

– Tão cínica.

Adelaide lançou um olhar para a amiga.

– Desde quando você acredita no amor?

Casada há muito com um duque que nunca saía de suas propriedades em uma ilha siciliana, a Duquesa de Trevescan estava mais para uma viúva feliz do que para uma duquesa, se deleitando no que deveria ser o melhor dos casamentos – um com um marido distante. Por isso, a Duquesa passava os dias diminuindo a vasta fortuna do duque, vivendo em sua extensa casa e aumentando sua ampla rede de informantes, todos servindo a um bem maior: destruir os piores homens de Londres.

– Ah, eu acredito nele – disse a Duquesa, se aproximando. – Acredito que é uma bagunça completa, o que *também* me leva a crer que a garota ama esse rapaz, uma vez que nosso plano saiu completamente do controle. – Ela apoiou uma mão no nariz de um dos cavalos, abaixando o tom de voz para agradar o animal. – Suponho que não possamos culpá-la, se ele é charmoso e bonito.

– Ele é? – Adelaide se moveu para o lado da carruagem.

– Charmoso?

Adelaide inspecionou a roda de carruagem que já inspecionara duas vezes antes.

– Bonito.

A Duquesa arqueou uma das sobrancelhas em um arco alto e perfeito.

– Acredito que deve ser, se ele for remotamente parecido com o irmão. Clayborn pode ser insuportável, mas não é das piores coisas que já vi.

Adelaide se sentiu grata pela escuridão que escondeu seu rubor.

– Eu nunca reparei.

Fez-se silêncio, e ela se agachou, olhando para a noite escura além da carruagem como se algo muito importante estivesse escondido ali dentro, sentindo subitamente que dissera a coisa errada.

A Duquesa deu uma risadinha.

– Você com certeza percebeu, Adelaide.

Addie suspirou e se levantou, encarando a amiga.

– O homem é arrogante e se acha melhor do que todo mundo. Ele é terrível e vou me divertir muito destruindo-o na nossa corrida até o norte.

Algo se acendeu no olhar da Duquesa.

– Ah, você quer sangue.

– Ele merece uma humilhação apropriada. Não há nenhuma qualidade no homem, ele é pomposo, severo, rígido, desagradável… pomposo.

– Você disse pomposo duas vezes.

– Porque ele é duas vezes mais pomposo do que qualquer outro nobre – disse ela. – Mas a questão é que tudo isso diminui qualquer valor que possa ter a beleza dele ou aqueles lábios definitivamente pouco ducais.

– Pouco ducais? – A Duquesa franziu a testa.

– Você sabe o que quero dizer. – Adelaide sacudiu uma mão.

A Duquesa inclinou a cabeça.

– Faz muitos anos desde que estive em contato com lábios ducais, então devo acreditar na sua palavra.

Adelaide ignorou o tom de provocação da amiga, e o silêncio prolongado enquanto a Duquesa a encarava com curiosidade, sem dúvida considerando as próximas palavras.

Ela se apoiou contra a carruagem e decidiu mudar de assunto, e Adelaide se sentiu muito grata por isso.

– Então, se você tivesse que apostar, o que a garota está aprontando?

– Bobagem – disse Adelaide sem hesitar.

A Duquesa riu.

– Justíssimo, mas explique para mim com detalhes.

– Duas semanas atrás, Helene viu o pai matar um par da nobreza.

– Isso nós já sabemos.

– Ela conta para nós, mas não somos os únicos para quem ela conta.

– O noivo – a Duquesa balançou a cabeça, compreendendo.

– Que, em vez de pedir ajuda ao seu irmão poderoso, arrogante, irritante, *pomposo* e metido a anjo do julgamento, decide tomar a situação nas próprias mãos e…

– ...nós vamos voltar a esse ponto do anjo do julgamento – interrompeu a Duquesa.

Definitivamente não iriam.

– ...e retorna para o ringue de Alfie Trumbull para fazer dinheiro rápido e tirar a garota da cidade.

– Eles não estão fugindo para se casar – acrescentou a Duquesa, compreendendo tudo. – Ou melhor, estão, mas estão fugindo *só* para isso. Perseguida pela Quebra-Laços, o Duque de Clayborn e... se não tiverem sorte, o monstro do pai dela.

– Um açougueiro, um padeiro e um fazedor de velas. – Adelaide fez uma pausa. – Eu, é claro, sou a fazedora de velas. Muito esperta, de fato.

A gargalhada da Duquesa antecedeu a abertura da porta de trás da taverna, o suave burburinho da multidão lá dentro acompanhando a dona da taverna. Maggie O'Tiernen largou um barril vazio e deixou a porta fechar atrás dela enquanto se aproximava. Quando falou, a voz era cálida e grave, rica com o sotaque de Galway onde passara a juventude.

– Tudo certo, meninas?

Adelaide sorriu. Apenas Maggie iria chamar uma duquesa e uma ladra daquela forma, mesmo depois de encontrá-las no beco atrás de sua taverna, claramente tramando algo.

Maggie era uma mulher negra que saíra da Irlanda para Londres no momento em que pôde, carregando nada além das roupas do corpo, para construir uma nova vida, em que pudesse viver livremente como uma mulher, abraçando verdadeiramente quem era. Ciente, enquanto o fazia, do que o mundo poderia fazer com quem queria viver a vida da sua forma, havia construído um lugar seguro ali, nos cantos escuros do Covent Garden, em uma taverna conhecida apenas como O Canto. As regras eram bem simples: se você fosse mulher e conseguisse encontrar o lugar, O Canto a receberia, não importava de onde viera ou quem você amasse.

O Canto não era muito diferente do palácio que se erguia há menos de 2 quilômetros ao leste: em ambos, as mulheres reinavam.

Se você perguntasse a Adelaide, no entanto, ela seria a primeira a preferir Maggie à Vitória, porque, no canto de Maggie, qualquer mulher poderia ser rainha. Adelaide ainda se lembrava da primeira vez que entrara n'O Canto, a primeira vez que se sentira em casa nas semanas depois que escapara do South Bank.

Maggie vira seu medo, sua incerteza. O pânico de Adelaide de precisar voltar e enfrentar a fúria do pai e a censura do mundo de que tentara escapar. As duas se tornaram amigas rapidamente, duas mulheres nascidas em uma vida que não era para elas. Destinadas a mais. Em uma semana, Adelaide estava morando nos cômodos acima da taverna, trabalhando para a Duquesa, parte de um mundo novo e vibrante que nunca imaginara.

– Fazendo planos? – perguntou Maggie.

– Sempre – respondeu Adelaide.

Maggie levantou o queixo na direção da Duquesa.

– Em geral é 'cê que faz eles, não?

A outra mulher inclinou a cabeça.

– Não hoje. Hoje é Adelaide que está planejando a batalha.

Batalha. Aquela palavra novamente. A promessa de um oponente formidável que encontraria no caminho. A pulsação dela se acelerou, deixando-a pronta para o que estava por vir.

– Viu os jornais esta semana, Duquesa? – perguntou Maggie.

– Vi, sim, na realidade. – Um fantasma de sorriso pairou no rosto da Duquesa.

Maggie gargalhou, o som cálido e grave.

– Eu deveria ter imaginado que ficaria feliz com aquilo.

– Com o quê? – questionou Adelaide. – Alguns de nós não temos o privilégio de ficar por aí lendo jornais, sabia?!

– Ah, coitadinha – provocou Maggie. – O *Notícias* tem fofocas direto da Scotland Yard.

– Que fofoca? – Adelaide se virou para a Duquesa.

A outra mulher limpou uma poeira invisível da manga de forma teatral.

– É importante notar que é apenas fofoca. Bobagem, junto com a história do triste fim de Lorde Draven. – Ela lançou um olhar para Maggie. – Algo que nós não tivemos *nada* a ver.

Maggie assentiu.

– Eu nunca achei isso, faltava a *finesse* de vocês.

Adelaide não era tola. Sabia tão bem quanto qualquer pessoa que fofocas nunca eram inteiramente falsas, muito menos quando viravam notícia no *Notícias*.

– Conte pra mim.

– Fontes internas da Scotland Yard revelaram que o Detetive Peck tem um nome para o grupo que causou a explosão lá no ano passado.

O grupo. Que *estava* lá. Adelaide sorriu.

– *Supostamente* causou.

A Duquesa abaixou a cabeça, concordando.

– Isso mesmo. Supostamente. Qualquer coisa naquela cadeia poderia ter entrado em combustão espontânea.

– Vá em frente. Do que ele está chamando esse *grupo*?

Maggie e a Duquesa tinham sorrisos gêmeos, de orelha a orelha.

– Belas fatais.

Adelaide não conseguiu evitar a gargalhada de deleite que saiu dela com a alcunha.

– Isso… – Ela balançou a cabeça. – É…

– Perfeito, não é? – Maggie gargalhou de forma alta e ousada.

– Imogen já sabe?

A Duquesa assentiu.

– Ela acabou de me dizer que iria visitar o Detetive Peck para elogiá-lo por sua criatividade.

Adelaide gargalhou com a ideia. A última vez que ela e Thomas Peck estiveram próximos, uma explosão sacudira a Scotland Yard.

– Não consigo imaginar Peck deixando-a chegar perto daquele lugar agora. – Adelaide fez uma pausa. – Belas Fatais. Perfeito.

E então, como se instigado pelo nome, um sino soou na escuridão, de um ponto bem acima. Uma vigia no telhado, sinalizando que algo não estava certo. O trio ficou quieto, nada além do vento frio de outubro as envolvendo. O olhar da Duquesa foi até uma das aberturas do beco, acima do ombro de Adelaide.

– Que noite quente.

– Muito anormal para esta época do ano – acrescentou Maggie, se movendo para ficar ombro a ombro com a Duquesa, a mão deslizando pelas saias, para a faca que Adelaide sabia que estava escondida ali.

Addie lentamente se abaixou até ficar de cócoras, buscando sua própria lâmina, escondida na bota. Antes de conseguir alcançá-la, no entanto, a Duquesa disse, alto e claro, como se estivessem em qualquer outro lugar, menos em um beco do Covent Garden no meio da noite:

– Vossa Graça! Que surpresa agradável.

Adelaide ficou paralisada e então se virou.

Certo como o dia, o Duque de Clayborn se aproximava, a luz dos lampiões da parte de trás da carruagem iluminando os olhos azuis em seu belo rosto.

Que diabos? Por que ele estava ali?

Não que ela jamais fosse dar a ele a satisfação de sua surpresa. Em vez disso, empurrou os óculos mais para cima e lhe lançou um olhar gélido.

– Um pouco longe de Mayfair, não é, duque? – Ela fez uma pausa e acrescentou: – Ah, mas depois dos lugares em que esteve hoje, por que não iria testar o Garden também?

– Vi uma parcela considerável da cidade hoje, admito – disse Clayborn, parando a alguns metros de distância, as sombras do beco pintando em cima das linhas bem definidas de seu rosto aristocrático.

Ele fitou a cena, o trio de mulheres em um beco atrás de uma taverna infame.

– Senhoras – disse ele, oferecendo uma pequena reverência cavalheiresca, como se estivessem num baile de danças e não em um beco. – Partindo em viagem, Srta. Frampton?

Ele sabia. Ela levantou o queixo na direção dele.

– Para o norte.

– Que interessante. Também estou indo nessa direção.

Ele sabia exatamente para onde ela estava indo. O que significava que o seu véu não a escondera de forma alguma na Mansão Havistock e o duque sabia desde o início quem ela era.

Adelaide deveria ficar chocada com a percepção. Com raiva. Pelo menos frustrada. Mas, em vez disso, percebeu que estava… animada com aquilo. *Um oponente à altura.*

E um perigoso, já que sabia a identidade da Quebra-Laços, uma informação que metade de Londres pagaria muito para saber. Ela teria que lidar com aquilo, eventualmente. Mas a caixa escondida na bolsa, dentro da carruagem, era o suficiente para garantir que ele ficaria em silêncio por enquanto. Até mesmo duques arrogantes compreendiam que informação era uma moeda de troca, e revelação exigia uma retribuição nos mesmos termos.

– Devo dizer, duque – disse ela –, eu não esperava que você soubesse onde me encontrar.

– Acredito que ficaria surpresa com o quanto sei a seu respeito.

– Eita – disse Maggie baixinho, por baixo da respiração.

De fato.

– Adelaide Frampton, a prima de uma duquesa… – ele olhou para a Duquesa em questão – …com acomodações acima d'O Canto.

– Que canto? – perguntou Maggie, sua pergunta favorita.

Um lado dos lábios dele se levantou, com humor.

– Seu lugar, se tivesse que chutar, Maggie O'Tiernen.

Maggie levantou o queixo.

– Estou em desvantagem aqui, duque.

– Maggie, conheça o Duque de Clayborn – Adelaide a apresentou.

– Encantada – disse Maggie quando ele fez uma reverência na direção dela.

– Não tenha tanta certeza assim – acrescentou Adelaide. – Não gosto que saibam meus segredos, duque… e você descobriu muitos deles, rápido demais.

Ele se aproximou, os movimentos longos e hábeis, diferentes do que haviam sido naquela tarde. Esse não era o mesmo homem, é claro. Não estava mais em desvantagem. Agora, o duque estava encabeçando o ataque.

– O sentimento é mútuo. Tampouco gosto dos meus segredos que você tem.

– E que segredos são esses? – perguntou a Duquesa casualmente demais.

A atenção de Clayborn se voltou a ela antes que ele repetisse:

– Eu não gosto que as pessoas saibam meus segredos.

– Não se preocupe, Duquesa. Eu lhe conto mais tarde – disse Adelaide, sem desviar o olhar de Clayborn.

O olhar de Clayborn ficou tempestuoso quando a Duquesa disse:

– Hmm.

Como se não esperasse nada além disso. E era verdade. O negócio da mulher era colecionar informações a respeito dos homens mais poderosos de Londres. Ela estaria particularmente interessada no fato de que Adelaide acreditava que o Duque de Clayborn era o dono da caixa que roubara naquela manhã.

Apesar disso, Adelaide ainda não adivinhada o motivo pelo qual os Calhordas estariam de posse de tal objeto inusitado. Ela considerou o duque na escuridão – nada como um homem que passaria algum tempo com Os Calhordas. Muito certinho. Muito limpinho. Desde que ela passara a notá-lo, nunca o vira parecer nada além de um duque. Pelo menos até aquela tarde. De barba e dando socos como um lutador campeão das docas, e beijando como um também.

Ele não deveria gostar de encontrá-la, não deveria sequer pensar nela. E, ainda assim, ele disse:

– Você tem algo que me pertence.

A *caixa*. Adelaide inclinou a cabeça na direção dele.

– E o que seria?

O olhar de Clayborn brilhava sob a luz das lamparinas, irritado com ela. Aquele homem que não mentia teria que revelar a existência da propriedade que Adelaide roubara, ou mentir. E ele não gostava nada daquilo.

Ótimo. Ela também não gostava muito dele.

– Seu dossiê.

A Duquesa fez um som que saiu do fundo da garganta com as palavras, mesmo com a gargalhada triunfante de Adelaide.

– Não há absolutamente nada naquele arquivo que lhe pertença.

– É informação a respeito de *minha* família.

– Ah, mas você não soube? Achado não é roubado. – O olhar dele se estreitou com o eco das palavras que ela falara mais cedo naquele dia. Adelaide foi até a carruagem e soltou outra bomba: – Mesmo se o item anteriormente pertencesse a um *duque*.

Um acerto. Clayborn titubeou um pouco com a ênfase em seu título, como se estivesse com vergonha da forma como o usara como uma arma mais cedo naquele dia.

– Você não pode achar que eu permitirei que fique com ele – disse o duque, se aproximando dela, parando apenas quando Maggie e a Duquesa se colocaram entre eles.

Todos os almofadinhas eram exatamente iguais.

– Não há nada para ser *permitido*. Agora é meu.

– Quanto você quer por ele? – Um músculo pulsou na bochecha dele.

– O que o faz pensar que eu venderia para você?

– Esse é seu trabalho, não é? Reunir informação e entregar para quem pagar mais? Você não quebra laços por ser boa de coração. Se fosse o caso, não pisaria na Mansão Havistock, uma vez que Lorde e Lady Havistock são a personificação do pior que a aristocracia tem a oferecer, não acha? E ainda dizem que quer salvar as mulheres do mundo.

Ele pretendia insultá-la, mas não funcionou.

Poucos notavam a verdadeira estratégia da Quebra-Laços. Na superfície, ela parecia escolher seus clientes sem pensar, disponível para todas as circunstâncias, todos os escândalos iguais. Mas escândalos não eram iguais, muito menos as casas que ela adentrava. Em vez disso, escolhia os escândalos que impactavam as famílias mais poderosas da sociedade, lideradas por homens poderosos que tinham muito a perder. Através de seu trabalho, podia acessar uma rede de esposas, filhas e irmãs que sempre sabiam mais do que imaginavam os homens e que muitas vezes desejavam compartilhar, como penitência pelo pecado capital de ser conectada a um homem mau.

As Belas estavam lá para ajudá-las no processo, e para derrubar o pior daqueles homens.

O Marquês de Havistock era um dos piores entre os piores. Grosso com a família, cruel com o mundo e, ainda por cima, assassino. Adelaide iria amar ver o homem despachado.

– Não está à venda. – Ela fez uma pausa. – Especialmente para você.

Passou um instante enquanto ele controlava sua irritação.

– Você disse que desejava uma corrida contra mim.

Adelaide não piscou com a mudança de assunto.

– Sim. E devo dizer que já estou na frente.

– Se eu ganhar, você devolve.

– Só entro em competições contra oponentes à minha altura.

– E o que isso significa?

– Prove-se digno e veremos. – Ele esperou que ela continuasse. – Ganhe a primeira perna da viagem.

A satisfação pintou o rosto de Clayborn. Que homem arrogante!

– Pronto, diga-me o local.

Maggie gargalhou, já juntando os pontos. Ou as estalagens postais, no caso. Elas trocaram um olhar antes de Adelaide voltar sua atenção ao duque.

– Onde está o desafio se eu fizer isso?

A Duquesa de Trevescan observou Clayborn, por cima do ombro de Adelaide.

– Que hematoma horroroso esse em seu rosto, Clayborn – disse ela, a atenção se movendo para o rosto de Adelaide enquanto ela perguntava: – De onde veio?

Addie arqueou uma sobrancelha.

– Está surpresa que alguém quis dar uma surra no almofadinha?

Maggie tossiu para cobrir a gargalhada, e a Duquesa sorriu.

– Não conheço um duque sequer que não mereça uma surra, quando paro para pensar.

– Sim, bem… esse aqui levou uma hoje.

Enquanto lutava lado a lado com ela.

Adelaide ignorou o pensamento e a culpa que vinha com ele, e em vez disso olhou por cima do ombro para o duque, observando que o olhar gélido dele não revelava nada sobre suas reações ao que ela falara. E não gostou nem um pouco, isso fazia com que ela quisesse bagunçá-lo. Ela encontrou os olhos dele, estranhamente azuis na luz fraca.

– É melhor eu já pegar a estrada, duque. Seu irmão não vai se encontrar sozinho.

Ela deu as costas para ele, com um gesto de cabeça para Marcus, o cocheiro que a acompanharia na primeira perna da viagem, e a manteria a salvo dos olhares curiosos de Londres, que já estava sentado no banco de condução, pronto para percorrer muita distância em pouco tempo. Quando trocassem de cavalos, Marcus retornaria para a cidade e ela estaria só em uma carruagem rápida, leve… invencível.

Ainda assim, Clayborn a observava.

– Até amanhã, então – disse ele.

– Vou lhe esperar sentada.

Clayborn se balançou nos calcanhares, deslizando as mãos nos bolsos, e, subitamente, por um instante, o homem das docas retornara. Casual, gracioso e tentador.

Não. Duques não eram tentadores. Certamente não aquele.

Nem mesmo quando falou suavemente:

– Veremos.

Nem mesmo quando deu meia-volta e caminhou até o fim do beco, desaparecendo na escuridão, fazendo-a sentir, de forma maluca, como se fosse ela quem fora deixada para trás.

Depois de um tempo, Maggie assoviou alto.

– Eu não me importaria se aquele homem se perdesse na *minha* carruagem.

Adelaide fez uma careta, e a Duquesa gargalhou, o som pontuado pela muvuca distante da taverna.

– Vou dizer o seguinte – adicionou a Duquesa, sarcástica. – Aqueles lábios… não são como nenhum lábio ducal que eu já vi. É de entender por que você os beijou à luz do dia nesta tarde, Adelaide.

As bochechas de Addie pegaram fogo. Maldição. Deveria ter suspeitado que iriam descobrir. Ela lançou um olhar mordaz para a amiga.

– Vocês duas vieram até aqui por algum motivo?

– Na verdade, sim – respondeu a Duquesa, ficando séria. – Você agitou Os Calhordas, Adelaide. Foi vista e escapou, e Alfie não gosta de ser feito de tolo. Danny já está farejando por aí, a procurando.

Adelaide franziu os lábios. Danny Stoke era a mão direita de Alfie Trumbull, enviado para resolver assuntos sujos que eram importantes o suficiente e que exigiam um pouco de elegância. Ele tinha a idade de Adelaide, e Alfie com frequência o chamava de o filho que nunca tivera.

O que nunca incomodara Adelaide, uma vez que ela também desejava ser uma filha que seu pai nunca tivera.

A aparição de Danny não era surpresa. Sabia que havia sido reconhecida enquanto fugia do galpão – culpa de Clayborn. E Alfie não seria capaz de aturar nem um sussurro sequer a respeito de como sua filha há muito perdida, que já era motivo de fofoca em Lambeth, havia voltado para roubá-lo.

– Alfie quer me punir – disse Adelaide, deixando o sotaque de South Bank tomar suas palavras.

Maggie assentiu, os olhos sérios.

– Perguntando por aí, pelo menos.

– Ele não vai continuar perguntando por muito tempo, vai? – Os Calhordas não eram conhecidos por tato ou gentileza. Eles se moviam com força bruta, e O Canto já sofrera muito antes.

– Eles terão que vir armados até os dentes se quiserem nos atacar novamente – respondeu a Duquesa. O Canto era pesadamente protegido por várias camadas de segurança tanto dentro quanto fora da taverna.

Nem mesmo Os Calhordas seriam burros o suficiente para atacá-lo. – Mas eles não querem todas nós hoje.

Adelaide olhou para as portas fechadas da taverna.

– Apenas eu.

Ainda assim, ela morreria antes de colocar as mulheres ou quem estava dentro d'O Canto em perigo. Se Os Calhordas tinham informação a respeito dela, era uma batalha que precisaria lutar sozinha. Adelaide olhou para as amigas, aquelas mulheres que anos atrás haviam lhe dado um novo caminho, um novo começo.

– E quanto a vocês? Se acharem que estão me escondendo...

Ambas levantaram o queixo em desafio.

– Que eles venham – respondeu Maggie.

A Duquesa deu um passo à frente, segurando os ombros de Adelaide.

– Nós lhe mandaremos notícias. Mantenha-se em lugares seguros, aqueles em que as paredes escutam por nós. – O que significava uma vasta rede de tavernas e estalagens nas rotas postais através da Grã-Bretanha, administrada por uma das membras do grupo delas, Mithra Singh, uma cervejeira punjabi com um talento para fazer cerveja clara e guardar segredos. – E fique alerta.

Como estivera a vida inteira.

Adelaide xingou pesadamente, sabendo que elas estavam certas, mas odiando tudo da mesma forma. Sem escolha, virou-se para a carruagem. Acenou para Marcus, que colocou uma mão na aba do chapéu em reconhecimento enquanto ela entrava na cabine escura.

A Duquesa a seguiu, parando na porta antes que Adelaide pudesse fechá-la.

– Dez dias não é muito tempo. – Quando Addie não respondeu, a mulher que se orgulhava de estar sempre um passo na frente de todos continuou, o tom seco, com um pouquinho de diversão: – Eu estou quase triste por não me juntar a você hoje, Adelaide. Eu adoraria ver como esse jogo vai acabar.

– Não é um jogo – retrucou Adelaide, ríspida. – Uma menina está sozinha, desamparada, possivelmente perseguida pelo seu pai assassino, com nada além de um aristocrata inútil para mantê-la a salvo e estou em seu encalço. – Ela mordeu a língua antes de adicionar "*junto ao Duque de Clayborn*".

– Você a encontrará, como sempre faz – disse a Duquesa com simplicidade. – Você a encontrará, a trará de volta em segurança e nós garantiremos que permaneça assim. Se ela ama o rapaz, pode tê-lo eventualmente. Mas nesse momento...

– ...temos outros planos – terminou Adelaide. Destruir um aristocrata. Expô-lo por assassinato. Fazer justiça.

– Essa será a parte fácil.

Adelaide arqueou as sobrancelhas.

– Então qual vai ser a difícil?

Maggie e a Duquesa trocaram sorrisos antes de Maggie responder:

– O jogo com o duque.

A resposta vibrou por Adelaide.

– Não haverá jogo algum com o duque.

– Ah, claro que vai ter – disse a Duquesa. – E, se a conheço, estar em uma perseguição com um duque na sua cola vai virar seu jogo favorito.

Adelaide não se importava com o que o duque fazia, mas, ainda assim, ela perguntou:

– E que jogo é esse?

– Gato e rato.

Maggie gargalhou, parada além da porta da carruagem, sua voz rica preenchendo a escuridão.

– E quem é o gato e quem é o rato?

– Olhe para Adelaide: uma gênia solitária com um senso de justiça rancoroso e um talento para o roubo. – A Duquesa curvou os lábios naquele sorriso que significava que tudo estava correndo como o planejado. – É claro que ela é o gato.

CAPÍTULO 5

Clayborn seguiu seu caminho até a Águia e Ouriço, uma estalagem postal, na noite seguinte, todo coberto por lama e frustração.

Quando entrou, a taverna estava quente e lotada pelo burburinho de conversas, ele se espremeu para esquivar-se de um cliente que estava de saída, rumo à chuva torrencial do lado de fora. O duque demorou para registrar a forma como o volume das conversas abaixou enquanto seus olhos se ajustavam ao interior brilhante, pintado de luz dourada.

Ele atraíra a atenção da maior parte das pessoas ali dentro – uma seleção vasta de viajantes e locais. Um grupo de mulheres em vestidos de trabalho estava rindo em uma mesa distante. Uma dupla de rapazes estava em pé, apoiados no bar, as botas enlameadas fazendo uma bagunça no chão de carvalho gasto. Um fazendeiro de rosto redondo e pele escura, grande como uma casa, passou com uma bela mulher sinuosa pressionada contra si. E, atrás do bar, havia uma taverneira gorda com o cabelo preto e brilhante, pele cor de porcelana e lábios virados para cima como um arco. Ele encontrou os olhos escuros e pequenos da mulher, percebendo como ela o reconhecera com certa diversão, como se soubesse algo que ele não sabia.

Ou melhor, como se soubesse algo que o duque não gostaria que ela soubesse. Ele perdera Adelaide de vista.

Sabia que não deveria pensar a respeito dela de forma tão informal. Ele era um duque, afinal, e ela era uma mulher que Clayborn mal conhecia, não importava que ele imaginasse diferente por pensar tanto nela. E Deus sabia que estivera pensando muito nela nas últimas 24 horas.

Pensara nela enquanto deixava Londres para trás, o amanhecer apontando no leste, certo de que alcançaria a carruagem dela, mais larga e pesada, em poucas horas. Pensara nela enquanto os céus se abriram e ele abaixara seu quepe por sobre a testa, encolhendo os ombros e se recusando a achar abrigo. Os pensamentos pulavam entre irritação e frustração, até se demorar em uma lista das características de Adelaide. Os olhos castanhos, brilhando com conhecimento atrás daqueles óculos de armação fina. O queixo atrevido, levantado em desafio. As bochechas, brilhando com o frio de outubro… ou algo mais? Elas também estavam rosadas quando ele a beijara, assim como os lábios dela.

Os pensamentos de Clayborn ficaram tempo demais naqueles lábios, mais do que deveriam, enquanto sua dupla de cavalos corria rumo ao norte; conforme ele começara sua busca, horas depois do início da jornada, por qualquer sinal da dona daqueles lábios.

Adelaide Frampton desaparecera. Não havia sinal dela no Faisão, em Hanslope. Nada no Galo e Canário, em Wilton.

Havia quatro bêbados em Shawell, na Estalagem da Pedra Cantora, embriagados demais para ajudá-lo.

Então, quando chegou à entrada do Águia e Ouriço, Clayborn estava pronto para uma refeição, um banho e uma cama para dormir até sua irritação com o fato de que ela havia, como prometera, passado à frente dele. Nunca mais seria capaz de se orgulhar de suas habilidades de direção outra vez.

E agora, para piorar tudo, uma taverna inteirinha estava de olho nele.

Clayborn se tensionou, os ombros e a coluna se esticando enquanto tentava não prestar atenção no cômodo que prestava atenção nele. Era um duque, afinal. As pessoas o percebiam mais do que o comum, mas em geral era com admiração.

Aquele grupo, no entanto, o encarava como se ele fosse um algo curioso – uma criatura pesada saída direto do livro de Mary Shelley. Mas a promessa de comida quente e uma boa noite de sono eram mais poderosos que a vontade de bater em retirada, então ele se aproximou da dona da taverna.

– Boa noite, viajante. – Ela gesticulou para um lugar na ponta do bar. – Cerveja? Comida?

Clayborn assentiu, apontando na direção do barril atrás do bar.

– Obrigado.

– Mas é claro – disse ela, se virando para servir um copo, colocando-o no mogno brilhante na frente dele –, Vossa Graça.

Ele encontrou os olhos dela.

– Sinto muito, acho que não nos conhecemos ainda.

A mulher sorriu.

– Sua carruagem tem um selo ducal. Deveria tomar cuidado com aquilo, sabia… você é o prêmio de uma salteadora. – Antes que ele pudesse perguntar a respeito da palavra, ela acrescentou: – No entanto, sendo sincera, mesmo que esteja parecendo que a estrada o cuspiu para dentro das portas, você fede a nobreza.

Aparentemente seu título não tinha tanta importância no Águia e Ouriço.

– Eu deveria me desculpar?

– Não sei por que deveria – respondeu ela, prática. – Não é culpa sua você ter nascido.

As palavras ecoaram por ele, verdadeiras e, ao mesmo tempo, impossíveis de acreditar, mas o duque não tinha motivo nenhum para discutir com aquela mulher, não importava o quão acolhedora ela parecesse.

– Gostaria de um quarto, por favor. E de um banho. E uma refeição.

A taverneira deu um sorriso largo, como se ele tivesse dito algo muito engraçado.

– Deus sabe que o dinheiro de um duque é gasto da mesma forma do de qualquer outro.

Clayborn reconhecia um pedido implícito quando escutava um e levou a mão ao bolso, pronto para pagar seja lá quanto a taverneira megera lhe cobrasse a mais para encontrar uma acomodação digna de um aristocrata.

Só que o seu bolso estava vazio, a não ser por um corte de uns 7 centímetros no tecido. A bolsa de dinheiro dele havia desaparecido.

Ele olhou para os olhos brilhantes da taverneira, a suspeita surgindo antes mesmo que ela inclinasse a cabeça.

– Problemas, Vossa Graça?

Ela sabia exatamente qual era o problema.

– Não creio que você venda fiado.

A taverneira sugou o ar de forma dramática.

– Na minha experiência, os ricos nunca pagam o que devem.

Risadinhas se espalharam pelo cômodo inteiro, no entanto, quando Clayborn se virou para confrontá-los, todo mundo parecia estar cuidando da própria vida. Bobagem. Ele nunca encontrara um grupo de pessoas mais interessados em dar conta da vida dele.

Clayborn engoliu um xingamento ao mesmo tempo em que uma voz falou na altura do ombro dele:

– Eu vou pagar para o duque, Gwen.

Ele se aqueceu com as palavras. *Ele não a perdera.*

O triunfo queimou por dentro dele, mesmo sabendo que era tolo sentir-se daquela maneira. Não era como se ela fosse um tesouro sem igual. Maldição! E, ainda assim, Clayborn se virou na direção daquela mulher como se ela fosse exatamente aquilo, fazendo o melhor para se lembrar de que Adelaide Frampton era uma mulher encrenqueira, teimosa e incontrolável, além de ser uma ladra.

Adelaide tinha a aparência de quem viajara tanto quanto ele, o vestido verde embaixo de uma capa escura, encharcada pela chuva, a bainha das saias cheia de lama. As bochechas estavam vermelhas com o frio da noite fora da taverna, e ela levantou uma mão para tirar os óculos e limpar o embaçado que aparecera quando entrara no pub quente. A única coisa que estava impecável era o que ele queria ver revoltoso – o cabelo dela, escondido com primor embaixo de sua touca, o brilho acobreado que fora uma tentação nas docas muito bem escondido.

Ela deveria estar uma bagunça, despenteada e indócil, precisando de um espelho e um banho. Afinal, em todo o tempo desde que conhecia Adelaide Frampton, desde que começara a observá-la nos bailes de Mayfair e em barcas do South Bank, ele nunca a vira descontrolada.

Adelaide deveria estar toda errada.

Em vez disso, parecia estar muito certa. Parecia pertencer àquele lugar, àquela taverna cheia de ladrões.

Não ajudava nada que ela estivesse sorrindo para ele como se guardasse uma vida inteira de segredos. O que, é claro, a ladra tinha, porque não importava qual fosse sua aparência externa, Adelaide Frampton sempre estava um passo à frente de todos, o tempo todo.

Mas não dele. Não naquele momento.

– Eu ganhei.

Adelaide tomou seu tempo, devolvendo os óculos para o seu nariz antes de inclinar a cabeça.

– Ganhou?

– Era uma corrida, e você acabou de chegar.

– Acabei mesmo?

Clayborn não gostou da forma que ela fazia parecer que estava falando aquilo para não o decepcionar.

– Você não estava aqui quando eu cheguei.

– Eu não estava? – questionou ela.

– Eu a teria visto. – Algo mudou nos olhos dela, o brilho provocante neles ficando um pouco mais escuro, mais rico, fazendo-o querer explorar aquilo.

– Hmm – disse ela, o sorriso virando um segredo enquanto se virava para a dona do estabelecimento. Ela tirou o capuz, deixando-o cair por seus ombros, chamando a atenção dele para sua touca mais uma vez, para o que ela escondia. – Quanto ele lhe deve?

– A cerveja – falou Gwen, apontando o copo com o queixo. – E uma refeição.

Adelaide assentiu e tirou a bolsa de baixo de sua capa.

Clayborn protestou imediatamente.

– Não, não posso aceitar o seu dinhei... – A palavra morreu enquanto ele a observava abrir a bolsa de couro. A bolsa de couro muito *familiar.* Os dedos longos e habilidosos dela tiraram uma nota de uma libra.

– Isso aqui deve cobrir tudo. O mesmo para mim.

Deveria cobrir bebidas e refeições para todo o lugar, mas aquilo não era o relevante.

– Você me roubou.

– Essa é uma acusação e tanto. – Ela se virou para encará-lo.

– E isso não é nenhuma recusa, sua ladra. Essa é minha bolsa.

– Tem certeza? – Os lábios volumosos dela se curvaram de forma peculiar enquanto ela testava o peso das moedas dentro da bolsa. – Certamente parece ser minha.

Clayborn estreitou os olhos.

– Achado não é roubado?

– Você aprende rápido – respondeu ela antes de deslizar a bolsa de dinheiro por cima do mogno até ele. – Fiquei entediada enquanto o esperava chegar.

– E isso é desculpa? – questionou Clayborn, ignorando o prazer que vinha de saber que ela o estivera esperando. Ele não se importava se Adelaide estava esperando por ele ou não, a única coisa que importava era que ela não encontrara Jack e Helene primeiro.

Mesmo assim, quando Adelaide levantou um ombro suavemente em indiferença, Clayborn descobriu que gostava mais daquilo do que deveria. E então a ladra disse:

– Mãos ociosas, e tudo o mais.

E ele apreciou aquilo ainda mais do que deveria, porque isso o fez pensar no sem-número de coisas com as quais a dama poderia ocupar as mãos além de mexer nos bolsos dele.

Clayborn limpou a garganta. Era óbvio que havia algo no ar naquela taverna de estrada, o que deixava mais difícil para ele se lembrar de que não se dava bem com Adelaide Frampton. O duque levantou a bolsa, deslizando-a para o bolso que ela não rasgara.

– Não senti você se aproximando.

– Claro que não sentiu – argumentou ela, ofendida. – Houve um tempo em que eu fui a melhor batedora de carteira de toda a Londres.

– Desculpa – disse ele. – Não estava ciente de seu lugar na realeza dos ladrões.

– Deferência não seria um exagero.

– E se eu lhe pagar uma refeição, em vez disso?

– Vai ficar para outro dia, infelizmente, já que eu já paguei por *sua* refeição. – Ela passou por ele, o perfume de tomilho e chuva fresca dela permanecendo com ele enquanto a mulher caminhava para uma mesa em um canto do cômodo.

Ele não deveria segui-la.

Clayborn deveria sentar-se sozinho, comer sua refeição e ir para seu quarto para levantar-se cedo e tomar a dianteira. Mas *dever* não era mais algo aplicável ao Duque de Clayborn, não quando a *necessidade* havia tomado conta dele. Não quando o *desejo* o fazia segui-la de perto, como um cachorrinho.

Adelaide sentou-se em uma cadeira no canto mais distante da mesa, deixando-o de costas para o recinto, o inconfundível calor de dezenas de olhos curiosos.

– Duques são raros nessas regiões – comentou Adelaide.

– Somos tão óbvios assim?

Ela gargalhou e o som cálido o afetou como se fosse um toque. Ele se moveu na cadeira e a ladra disse:

– Não é possível que ache que consegue se misturar.

– Eu posso, sim, achar isso.

Outra gargalhada, desta vez mais alegre.

– Na sua vida inteira, você nunca se misturou.

– Eu me misturei muito bem ontem.

Adelaide o olhou com descrença.

– Não se misturou, não.

– Por que não?

– Você anda como um duque. – Ela enumerou os motivos nos dedos. – Fala como um duque. Se veste como um duque.

– Eu não estava vestido como um duque! Estava usando uma camisa e um sobretudo, botas de trabalho e um quepe. Eu nem me barbeei!

Ela o encarou mais uma vez.

– E até mesmo sua barba de um dia estava perfeita. Macia e hidratada, da mesma forma que a barba de um duque estaria se ele fosse deixar qualquer um que não seu valete a ver.

Clayborn não conseguiu resistir e arqueou uma sobrancelha com aquilo.

– Ah, então estava macia?

Adelaide corou. *Triunfo.*

– Não pude deixar de notar enquanto eu garantia que ficasse calado. Você não consegue nem se *esconder* como uma pessoa normal.

– Ah – disse ele, ainda se divertindo com o momento.

O olhar dela analisou o rosto de Clayborn.

– Sua barba cresce bem rápido.

Ele passou uma mão na bochecha, onde a barba de um dia já crescera.

– Eu me barbeio duas vezes ao dia.

Ambos ficaram em silêncio por um momento, se encarando antes de perceberem ao mesmo tempo que não deveriam estar conversando sobre a taxa de crescimento da barba dele. Gwen voltou, dois pratos cheios de comida nas mãos. Depois de colocá-los na mesa, ela olhou de Clayborn para Adelaide.

– Vejo que ele a perdoou?

Adelaide sorriu e arrumou os óculos, uma covinha aparecendo na bochecha dela. Como ele só percebera aquilo agora?

– Ele ama um desafio.

A taverneira gargalhou.

– Bem, ele realmente vai ter um com vocês.

– Vocês? – Clayborn olhou para Gwen.

A mulher ignorou a pergunta e tirou um pequeno quadrado de papel de dentro do avental, entregando-o para Adelaide.

– Chegou à porta da cozinha não tem nem cinco minutos.

– Hmm – disse Adelaide, deslizando um dedo por baixo do selo de cera. – Está tarde.

Enquanto Adelaide lia a mensagem, Clayborn se inclinou para frente. Antes que pudesse decifrar alguma das palavras, os dedos longos dela dobraram novamente o papel, escondendo-o nas dobras da saia.

– Muito obrigada, Gwen. Parece que pernoitarei, afinal.

Ela não tinha pensado em passar a noite ali?

– Está chovendo a cântaros lá fora – disse ele, a surpresa em suas palavras. – Certamente não estava querendo dirigir nesse clima?

Adelaide o encarou.

– Se seu irmão estivesse disposto a dirigir nesse clima, eu estaria, sim. Mas Lorde Carrington e Lady Helene acamparam em uma taverna a duas horas daqui. Nesse clima, é quase quatro horas, o que significa que eu… – Ela finalmente olhou para a pilha de comida na frente dela – Posso me empanturrar com a torta de carne e cerveja de Ale, me enrolar nas cobertas e compensar amanhã.

– Sim, sim, pode sim. – Gwen riu e acenou para um garoto de cabelo preto que estava mais próximo. – Farei com que Wei suba com suas malas.

– Eu pagarei pelo meu quarto, se puder, senhora Gwen – disse o duque para a proprietária antes de lançar um olhar gélido para Adelaide. – Agora que recebi meu dinheiro de volta.

Gwen se virou, imediatamente ficando séria.

– Sinto muito lhe informar que não temos mais quartos disponíveis, duque.

Clayborn franziu a testa.

– Você tinha um há menos de cinco minutos, quando eu entrei…

– Sim, mas 'cê não tinha dinheiro na hora. Então o dei para outra pessoa.

Clayborn olhou ao redor do cômodo, analisando a coleção de rostos, que não mudara desde que ele chegara.

– Para quem?

O silêncio recaiu, a compreensão vindo rápida e subitamente. Ele olhou para Adelaide, que parecia uma gata que pegara o rato.

– Quem cedo madruga e coisa e tal.

– Não venha me comparar com Deus, Adelaide Frampton – retrucou Gwen antes de olhar de volta para Clayborn. – Há um mezanino quentinho no estábulo se quiser.

– Não há nenhum quarto disponível – disse ele, se virando para Adelaide. – Imagina só isso.

Adelaide deu de ombros e levantou o garfo, cutucando a massa da torta à sua frente.

– Um quarto disponível, na verdade. O último quarto. Meu quarto.

Não apenas o último quarto, a última cama. A *cama dela*. Onde ela estaria dormindo sem ele. Enquanto ele dormia…

– Os estábulos, então, duque? – perguntou Gwen, e Clayborn teve a impressão de que fazia parte de um jogo de *Faça troça do Duque*. E não gostava daquilo.

Muito menos gostava da forma que Adelaide Frampton o observava, como se esperasse que o duque fizesse uma confusão. Como se esperasse que ele agisse de acordo com seu papel, imaculado e perfeito demais para passar uma noite no desconforto.

– Os estábulos servem muito bem – respondeu ele, se divertindo com a surpresa nos olhos de Adelaide com a resposta.

– Excelente, adicionarei em sua conta.

– Eu devo pagar extra pelo feno, suponho.

Gwen deu uma piscadela safada.

– Tão macio quanto pena de ganso, eu juro.

– Só o melhor para a pele macia de um duque – zombou Adelaide, curvando os lábios em um sorriso irônico.

Ele não deveria deixar que a ladra o provocasse. Não deveria deixar que ela atraísse seu olhar para a pele de uma cor diferente, uma extensão rosada e bela acima do decote do vestido de viagem. Não deveria deixar que as palavras dela o fizessem pensar em quão macia aquela pele seria.

A porta da taverna se abriu atrás dele, deixando o frio do vento e da chuva entrarem, lembrando-o que as estradas fariam com que a jornada para outra estalagem fosse interminável, tão tarde da noite. O estábulo do Águia e Ouriço era melhor do que nada.

– Tenho certeza de que ficará tudo bem, Gwen. Obrigado.

Gwen gargalhou, alto e claro, e o segurou pelo ombro, olhando para Adelaide.

– Não é o pior duque que já recebi aqui, eu diria.

Adelaide arqueou uma sobrancelha na direção dele.

– Dê tempo a ele.

Com outra risada, Gwen desapareceu em direção ao bar, e Adelaide levantou seu garfo, acertando uma batata arredondada e levando-a à boca. Ela o observou enquanto o duque começava a comer, acompanhando os movimentos que Clayborn fazia por muito tempo até ele ficar desconfortável sob o olhar dela.

– O que foi? – Ele abaixou o garfo.

– Por que você está procurando seu irmão e Lady Helene?

A pergunta foi uma surpresa, do tipo que vinha tão rápida e inesperadamente que evocava a verdade.

– Porque meu irmão merece a felicidade.

Adelaide aguardou por mais.

– Simples assim?

– Precisa ser complicado?

– Não sei – respondeu ela. – Eu não tenho um irmão.

– Ninguém lhe ensinou a subir em uma árvore?

– Não havia árvores onde cresci – respondeu ela, com suavidade, e ele se pegou pensando naquelas palavras.

– Você não é a prima da Duquesa, não é a filha de um pároco de uma terra distante, então?

Ela sorriu.

– Um exemplo péssimo para uma filha de um pároco, na verdade, se considerarmos ontem.

– Se considerarmos ontem, eu imaginaria que você cresceu no South Bank.

Adelaide se voltou para sua comida, levando algum tempo para montar a garfada perfeita. Ele estava certo? Ela havia sido criada lá? Parecia impossível que qualquer outra coisa fosse verdade, com a forma pela qual ela costurara os becos, como se o lugar estivesse mapeado em sua pele.

Mastigando, pensativa, ela finalmente respondeu:

– Eu não tinha um irmão nem árvores, mas tinha telhados o suficiente e ainda mais crianças que desejavam mostrar sua habilidade ao escalar até eles. Telhados e árvores não são tão diferentes, afinal. E os dois vêm com uma vista melhor.

Ele teve o lampejo de uma imagem: Adelaide Frampton em um telhado londrino, o sol se pondo no horizonte, transformando o cabelo dela em fogo puro. E então, espontaneamente, a imagem mudou e Clayborn estava lá, tentando alcançá-la. Puxando-a para perto. Tomando os lábios carnudos com uma mordida suave antes de lambê-la. Ele ficou duro com a imagem, uma que sabia que seria melhor na vida real.

Não que ele fosse descobrir. O duque limpou a garganta, forçando os pensamentos pecaminosos para longe. Ela merecia mais do que beijos em docas. Mais do que fantasias em tavernas de beira de estrada. Mais do que ele poderia lhe oferecer. Aquela não era a hora de imaginar Adelaide Frampton nua em um telhado.

– Mas você ensinou?

Ele piscou e limpou a garganta de novo.

– Perdão?

As sobrancelhas de Adelaide se arquearam, e ela deu um sorriso astuto.

– Ensinou seu irmão a subir em árvores?

– Ah, não. – Ele fez uma pausa. – Na verdade, Jack caiu de uma árvore aos 8 anos e quebrou um braço.

– E onde você estava?

Estivera dentro de casa, estudando, querendo impressionar o pai deles que estava, a essa altura, morto havia um ano. Querendo, mesmo então, garantir que faria jus ao legado que o pai deixara.

Em vez disso, Clayborn perdera a queda de Jack de uma árvore, perdera de ajudá-lo a voltar para a casa.

– Eu nem sabia o que tinha acontecido até depois de ele ver o médico.

Jack retornara com o braço em uma tipoia e um sorriso corajoso, pronto para a aventura impensada que vinha a seguir. Não ficara desapontado em nada. Mas Clayborn ficara.

– Eu deveria… – Ele pausou mais uma vez, olhando para Adelaide enquanto ela mastigava um pouco de carne de forma pensativa, observando-o com aqueles imensos olhos castanhos que pareciam ver tudo atrás dos óculos, e, de alguma maneira, não julgar nada e ele descobriu que não conseguia parar. – Deveria ter prestado mais atenção, ter cuidado melhor dele.

– Você tinha o quê… ? Dezoito? – indagou Addie e Clayborn imediatamente a encarou, chocado com o quanto ela sabia, antes de se lembrar de que é claro que ela saberia. Estaria no dossiê dela, uma informação básica de Jack. Sobre a família deles. O *que mais ela sabia?*

Antes que pudesse perguntar, Adelaide acrescentou:

– Você mal era um adulto.

– Adulto o suficiente para ter o título, para administrar as propriedades – argumentou Clayborn, ouvindo a ponta de frieza em sua voz. Sabendo que era desagradável. Talvez por isso disse o resto: – Adulto o suficiente para saber que deveria ter cuidado melhor de meu irmão. – Ele fez uma pausa. – Naquela época e agora.

Céus! De onde aquilo tinha vindo? Algo brilhou nos olhos de Adelaide, algo como compreensão, como pena. Maldição! Ele não queria *aquilo*. *Não fale nada,* ele desejou silenciosamente. Mas estava sem sorte.

– Ele merece felicidade. – Ela repetiu as palavras dele, e Clayborn assentiu, antes de ela acrescentar: – Então você o segue e me impede de revelar os segredos dele.

– Não há segredos naquele dossiê que deveria impedir o casamento dele – pontuou Clayborn. – Nada que o impede de ter um futuro forte e certo como o marido de Lady Helene.

– Porque ele é seu herdeiro.

Ele concordou com a cabeça.

– Porque ele é meu herdeiro.

Adelaide golpeou outra batata e a balançou na direção dele enquanto perguntava:

– O que o faz ter tanta certeza de que não vai se casar e ter um herdeiro você mesmo?

Eu não permitirei.

Clayborn foi salvo de ter que pensar em outra resposta quando Gwen retornou, desta vez mais amigável, a mão acariciando os ombros do duque como se ele fosse qualquer coisa menos um nobre.

– Ah, eu tenho uma taverna cheia hoje. A chuva trouxe todo mundo para dentro, procurando por calor. Tagarelas também, tantas perguntas.

Ele ficou tenso com a familiaridade e olhou para a taverneira, o quadril dela apertado contra o ombro dele. Antes que Clayborn pudesse insistir para que ela fosse mais apropriada, a mulher deu as costas para o resto do cômodo e se abaixou, limpando a mesa de mogno teatralmente.

– Não posso culpá-los. Está quente aqui, não está, Adelaide?

Não estava quente, de maneira alguma.

A atenção de Adelaide se desviou de Clayborn – será que ele já fora estudado tão cuidadosamente antes? –, deslizando por cima do ombro dele em direção à porta. Algo mudou nos olhos castanhos dela, impossível de notar para o resto do cômodo. Apenas visível para ele, porque aquele homem tinha um hábito horrível de sempre notar aquela mulher.

– Que tipo de perguntas? – Parecia casual, mas não era.

– Pessoas procurando por acomodação, perguntando se há espaço nos estábulos. – O olhar que a taverneira lançou para Adelaide era significativo o suficiente para fazer Clayborn ter algumas perguntas. – As mesmas que vocês me perguntaram.

O olhar de Adelaide se afastou novamente, os olhos castanhos e atentos atrás dos óculos, analisando o cômodo antes de encontrar algo atrás dele, na direção do bar.

O duque fez menção de se virar, para descobrir o que chamara a atenção dela, mas Adelaide esticou a mão para ele, apoiando-a em cima da mão dele na mesa, impedindo o movimento. A atenção de Clayborn se voltou ao toque dela, a respiração curta com a sensação dos dedos dela, macios e quentes. Um impulso maluco o fazia querer levantar a mão dela e beijá-la. Correr a língua entre seus dedos. *Mais*.

Clayborn se ajeitou na cadeira, impedindo que a fantasia fugisse dele. Subiriam as escadas para um quarto quieto e uma cama macia. Um travesseiro decorado pelas chamas do cabelo dela.

– Clayborn… – sussurrou Adelaide, exigindo sua atenção. Ele a olhou enquanto ela soltava a mão dele e levantava o capuz, a barra pesada cobrindo o rosto. – Vem para o meu quarto comigo?

Que diabos? O burburinho do pub virou algo dissonante, fervendo em sua cabeça. Ele entendera errado, com certeza.

Até Gwen pareceu chocada com a oferta.

– *O quê?*

– Não conte para a Duquesa. – Adelaide já estava se movendo, levantando-se da mesa, a educação de Clayborn o fazendo levantar-se com ela.

A outra mulher ficou boquiaberta por um instante e então disse:

– Levo para o túmulo.

– O que a Duquesa tem a ver com isso? – Clayborn perguntou.

– Ela gosta de segredos.

O convite era um segredo valoroso. Uma noite no quarto dela, sozinhos. Só os dois. O barulho voltara, nublando seus pensamentos. Mas o desejo… aquilo não se fora.

Ainda assim, ele começou a resistir.

– Não poderia… seria muito…

– Inapropriado. – Gwen terminou para ele, e o duque ficou ao mesmo tempo grato e irritado com a palavra.

– Isso. Isso mesmo.

Adelaide se levantou, balançando as saias.

– Você já me viu me importar com o que é apropriado, Gwen? Vai ficar quente demais nos estábulos e o duque requer uma noite de sono decente se quiser me acompanhar.

Clayborn apostaria sua fortuna inteirinha de que não estava quente nos estábulos. Não com o frio extremo que entrava na taverna todas as vezes que a porta se abria.

– Ahhh – disse Gwen, como se ela tivesse sido tola de não pensar naquilo sozinha. – Está certa, quente demais para um aristocrata delicado.

– Eu não sou delicado – ele retrucou.

– Bobagem. Todos os aristocratas são delicados. – Adelaide se virou para a outra mulher com o olhar firme. – Você dará um jeito na carruagem dele?

Gwen já estava indo para o bar, onde o menino que ela chamara de Wei estava em pé, esperando as próximas instruções. Clayborn olhou para Adelaide.

– O que tem de errado com minha carruagem? É uma caleche nova.

– Hmm, e bonita – disse ela, levantando o prato dele da mesa e o empurrando nas mãos de Clayborn. – Feita para ser rápida na cidade, não forte aqui. E ainda por cima tem um selo ducal.

– Claro que tem – disse ele. – É de um duque.

Ela arqueou uma sobrancelha.

– Devo me ajoelhar em reverência?

Clayborn mordeu a língua com as palavras provocantes, com a imagem que elas evocavam – completamente inapropriadas. Sem mencionar que não eram bem-vindas, considerando a língua ferina dela.

Não pense na língua dela.

– Duques não dormem em estábulos. Você vai dividir o quarto comigo e nós vamos nos retirar *agora*. – Ele não acompanhou enquanto ela pegava o próprio prato e caminhava para a escada dos fundos. Quando Adelaide percebeu, deu meia-volta, o capuz cobrindo seus olhos quando ela disse: – Vossa Graça?

O título o libertou. Clayborn endireitou a coluna. Algo havia mudado, e ela estava escondendo dele. Clayborn considerou a taverna, procurando algo diferente. Um recém-chegado pegara um lugar no bar, de costas para eles. O fazendeiro e sua bela acompanhante estavam ficando mais indecentes a cada minuto que passava. O trio de mulheres jovens ainda estava rindo e pedindo mais cerveja. Adelaide balançou a cabeça, olhando para Gwen.

– Está quente demais aqui.

Gwen assentiu.

– Você sabe como é uma lareira, é impossível ficar confortável.

– Não está nada quente aqui – disse ele, sentindo como se estivesse em uma peça de teatro sem saber suas falas.

– É assim que as pessoas se sentem quando estão com muito calor – falou Adelaide, se afastando da mesa. – Elas confundem com frio.

– Isso é oposto do que acontece – retrucou ele. – As pessoas confundem frio com calor, tiram as roupas e morrem de frio.

– O homem está falando de tirar as roupas, Adelaide. É melhor que o leve lá para cima antes que ofenda todo o lugar – interrompeu Gwen.

Aquilo era impossível, ele tinha certeza. Apesar disso, não deveria estar discutindo roupas onde mulheres poderiam ouvir. Simplesmente não era algo a se fazer. Nada daquilo era algo a se fazer, se ele parasse para pensar.

Clayborn ficou paralisado. Não importava quais jogos estivessem jogando, ele ainda era o Duque de Clayborn. O que significava que, quando algo não era feito, não era feito por *ele*.

Adelaide mal se virou, o rosto sombreado pelo capuz. *Escondida*. Do quê? De *quem*? Algum dia, ele teria a oportunidade de olhar para aquela mulher à luz do dia, sem barreiras entre ambos, e perguntar coisas que ela responderia.

– Agora, duque.

Ele piscou, sem costume de receber ordens.

– Agora?

– Agora – disse Adelaide suavemente, antes de partir, desaparecendo entre a multidão, na direção das escadas que levavam para as acomodações da estalagem.

Ele não deveria estar fazendo nada daquilo.

Não deveria estar comendo com ela, ou conversando com ela ou seguindo-a de taverna em taverna.

E *certamente* não deveria estar seguindo Adelaide através de uma taverna, para uma escada que o levava para quartos privativos.

Quarto. Um único quarto privativo. *E uma única cama*.

Mas aquela maldita imagem estava de volta. A cama. Adelaide nela, com o cabelo espalhado em ondas sedosas. E era difícil recusar uma oportunidade de tornar aquilo real. Certamente ele *iria* recusar. Assim que conseguisse encontrar as palavras certas.

Assim que ele terminasse de imaginar.

Só que havia mais pessoas na taverna do que ele pensara inicialmente, e a ladra já havia desaparecido, esperando que o duque a seguisse.

Não, veio um sussurro do fundo de sua mente. *Não desapareceu. Fugiu.*

O que significava que alguém a estava perseguindo. Alguém além dele.

E aquilo era inaceitável.

CAPÍTULO 6

Quando chegaram ao topo das escadas traseiras do Águia e Ouriço, Adelaide se convenceu de que seu coração estava acelerado pela possibilidade de ter sido descoberta no andar de baixo.

Alfie Trumbull não construíra uma das maiores gangues criminosas de Londres sem saber uma coisa ou outra a respeito de rastrear pessoas fora da cidade. Se um nobre estivesse procurando por uma solução um pouco mais brusca para um problema, Os Calhordas conseguiriam lidar com aquilo pelo preço apropriado.

Observar seu pai construir o império inspirara Adelaide a dar a ideia de uma rede de tavernas seguras para a Duquesa e as Belas. Agora, mais de vinte delas consideravam a Duquesa de Trevescan como benfeitora e eram abastecidas por Mithra Singh e sua equipe de cervejeiras e mensageiras.

O homem que chegara fazendo perguntas tinha incomodado Gwen, fosse ele empregado de Alfie ou não, e, quando ela contara que estavam perguntando as mesmas coisas que Adelaide, a mensagem ficou clara. O homem na taverna estava caçando Helene e Jack, assim como Addie. O que ele não tinha era a rede de batedoras e o conhecimento de que os dois estavam duas horas ao norte dali.

Agora, por outro lado, a ladra sabia que não eram apenas ela e Clayborn que estavam em numa corrida um contra o outro até Gretna; também estavam em uma corrida contra os contratados de Havistock. Qualquer rastreador decente saberia que Helene vinha com Jack Carrington a tiracolo, o irmão do Duque de Clayborn.

Logo, Clayborn precisava ficar fora das vistas também, ou os homens perseguindo Helene o encontrariam.

Além disso, se o duque fosse encontrado com ela, seria muito fácil conectá-la à Quebra-Laços.

Honestamente, os aristocratas tornavam tudo ainda mais difícil.

Especialmente aristocratas como o Duque de Clayborn, que chamava toda a atenção com seus ombros largos e a forma como se portava, como se todo o mundo fosse se dobrar à sua vontade se ele mandasse.

Gwen alimentaria o batedor, daria água e contaria a verdade – que não havia acomodações vazias desde a manhã e ela não vira casal nenhum passar por ali, às pressas a caminho de Gretna Green. Nos estábulos, o selo ducal na carruagem já teria sido coberto de lama, garantindo que ninguém notasse nada no escuro.

Céus, o homem não conseguia nem viajar discretamente.

E ele achava que se *misturava*.

O coração dela voltou a acelerar no peito quando chegaram ao topo das escadas e se viraram para o quarto dela, escondidos do resto dos hóspedes. Desta vez, Adelaide falou para si mesma, era pelo cansaço. Não comera muito naquele dia e estava cansada da viagem.

Definitivamente não era sua companhia.

Nem era o fato de que, quando a porta se fechou atrás dela com um som suave, os dois ficaram completamente sozinhos, sem medo de serem descobertos.

À primeira vista, o quarto parecia comum, pronto para qualquer viajante que chegasse ali. Mas, como em todas as hospedarias apoiadas pela Duquesa, havia pouca coisa comum ali, naquele cômodo logo acima da taverna com uma janela larga que proporcionava uma vista clara da entrada.

O quarto, como vinte outros em tavernas em toda a Grã-Bretanha, nunca era oferecido para viajantes quaisquer, a menos que o viajante em questão tivesse uma apresentação da própria Duquesa ou fosse uma das comparsas de sua confiança.

Adelaide poderia ter chegado muito depois de o Duque de Clayborn ter pisado no Águia e Ouriço, e ele ainda assim ficaria nos estábulos.

Como ele deveria estar naquela noite.

Sozinha, ela ficaria na taverna, invisível. E, mesmo se fosse notada, não tinha dúvidas de que conseguiria se esconder, ficar nos lugares seguros, confiar que donos de tavernas até a Escócia iriam despistar qualquer um que viesse atrás dela, até Os Calhordas, mantendo-a sem ser vista.

No entanto, o Duque de Clayborn não conseguia se esconder. Ele era um cavalo em um rebanho de ovelhas. No momento em que fosse notado, qualquer pessoa procurando por Lady Helene saberia que estavam no caminho certo, o que faria tudo ficar ainda mais difícil, então Adelaide não tinha escolha. Tinha que mantê-lo por perto.

Era apenas por isso que o convidara para subir.

Dentro do quarto, Addie retirou a capa, pendurando-a no gancho na parede mais distante da porta, tirando o prato das mãos dele enquanto Clayborn a imitava. Depois de colocar a comida em uma mesa próxima, ela se virou para encontrá-lo parado próximo à porta.

– Você não está com fome.

– Não.

Adelaide deu de ombros e levantou um pedaço de pastinaca assada do prato. Mordendo a hortaliça deliciosa, ela mastigou por um tempo.

– Achei que preferiria privacidade para uma refeição.

– Não assim. Não com você.

Ela era um erro.

Adelaide tentou não se ofender com as palavras.

– Certamente, duque. Você pode voltar para a taverna, então. – Ele permaneceu em silêncio e sem se mover, e ela acrescentou: – Da minha parte, irei comer. Foi um longo dia, maior ainda para você. Sugiro que faça o mesmo.

Adelaide levantou seu prato e se sentou no banco embaixo da janela, na parte de trás da mesa, olhando para o vidro molhado da chuva até a entrada, vazia a não ser pelos cavalariços e os viajantes. Eles teriam sorte se as estradas estivessem boas pela manhã.

– Se acha que me insulta com sua falta de companheirismo, lhe garanto que não é possível. Eu tenho uma vida inteira acostumada a comer sozinha, e na correria.

E, com aquilo, ela se voltou à sua torta e pegou um pedaço imenso, se perguntando se o duque já vira uma mulher comer fora de uma sala de jantar antes daquela noite.

– Por quê?

Ela engoliu novamente a comida deliciosa e falou para o próprio prato.

– A criatura fala!

– Shelley novamente – ele resmungou.

Adelaide olhou para ele, então, curiosa.

– Novamente?

– Por que você tem uma vida inteira acostumada a comer sozinha?

Adelaide não gostou do tom da pergunta. Ficaria bem se houvesse algum tipo de pena, como se ele pensasse que ela era menor por aquilo. Poderia a ter ferido no orgulho e no senso de preservação. E não teria piscado duas vezes se a pergunta estivesse cheia de aversão, como se ficar sozinha fosse uma falha. Mas, em vez disso, não havia julgamento algum. Era… só uma pergunta.

E a fez sentir algo que Addie odiava.

Vergonha.

– Eu não me importo – respondeu ela.

– Certo.

– Não me importo mesmo – insistiu, como se tivesse algo a provar. – Estou acostumada a fazer as coisas sozinha. É como prefiro, na verdade.

Clayborn a observava com cuidado e, apesar de ela ter procurado, Adelaide não conseguiu encontrar nenhum tipo de julgamento na atenção que ele lhe dava.

Ela deu de ombros e comeu mais uma garfada de torta.

– Comer sozinha é melhor do que dividir uma refeição antes de ser jogada para fora, no frio. Sozinha, não há transações. Não é preciso temer não ser satisfatória.

Um longo silêncio se seguiu – longo o suficiente para Adelaide ficar envergonhada, então a ladra se ocupou com a comida. Depois do que pareceu uma eternidade, o duque se desvencilhou da parede e atravessou o cômodo, unindo-se a ela, comendo várias garfadas em silêncio antes de dizer:

– Eu acho difícil de acreditar que alguém não a acharia satisfatória.

O calor da vergonha se tornou um tipo diferente de calor.

– Você é obrigado a dizer isso, porque ou é meu quarto ou os estábulos para você.

Quando o duque riu, ela gostou mais do que deveria. O suficiente para impedir seja lá o que fosse aquilo de continuar.

– De qualquer forma, eu tenho muitas refeições com outras pessoas. Com amigas. Eu já estive em jantares até com você. Apesar de que, é improvável que se lembre.

– É claro que eu me lembro. – *Aquele* era um tom diferente de todos os outros. Afronta. Irritação. Ofensa.

– Eu… – ela começou, mas parou. – Estou surpresa. Você não foi exatamente educado comigo.

– Srta. Frampton – disse Clayborn, e ela não conseguiu evitar zombar da formalidade, considerando que estavam em um quarto de uma estalagem postal, quilômetros distantes de qualquer coisa. A formalidade já havia pulado pela janela. – Eu a impedi de fazer um inimigo poderoso. Lorde Coleford era um homem perigoso. Ela gargalhou.

– Você acha que eu não sabia disso?

– Eu sei que você sabia. Sempre suspeitei de que foi o motivo pelo qual ele vai passar o resto da vida em Newgate. Graças a você e as suas… como se chamam?

Adelaide hesitou, não gostando da forma como ele a percebera. Não estava acostumada.

– Não sei, a quem você está se referindo?

– Eu vi vocês – respondeu ele. – Naquela noite, no jantar, só havia três de vocês. Lady Imogen não estava lá. Mas, com frequência, vocês são quatro. E então, noite passada, percebi que poderia ter mais.

Havia mais. Duquesa. Imogen. Sesily. Maggie. As outras.

– Minhas amigas.

A Scotland Yard as chamara de Belas Fatais. Os jornais tinham vários nomes para elas. A gangue rendada, o caos de crinolina, o pandemônio de musselina.

– Elas não são como quaisquer outras amigas que já conheci – disse ele. – Elas parecem ser mais. O tipo de amigas que poderiam arruinar um conde por um capricho.

– Não foi um capricho – disse Adelaide, sabendo que não deveria chegar nem perto de reconhecer a teoria dele. Sabendo que arriscava mais do que era razoável, mais do que ela mesma.

– Não, não creio que tenha sido. Imagino que foi muito bem planejado, com discrição – disse o duque. – Sem precisar de belos discursos no parlamento.

– Discreto até precisarmos falar alto o suficiente para fazer mudanças – concordou ela. Adelaide encontrou o olhar dele. – Alto o suficiente para você, no entanto.

Aquele homem, que via tudo. Que notava tudo. *Que a notava.*

– Seu segredo está a salvo comigo – falou ele, algo como admiração em seus olhos, e ela acreditou nele. Mesmo que não devesse.

Ele era perigoso.

– Não tenho certeza se compreendo o escopo inteiro do que fazem, de qualquer modo.

– É amizade – respondeu ela com firmeza. Adelaide nunca falara com ninguém a respeito de suas amigas e não deveria querer isso. Ela não deveria querer que ele a compreendesse. Ainda assim… – Elas foram as primeiras pessoas a me fazerem sentir… que eu não estava sozinha. Eu mal me encaixo com elas, não tenho título como a Duquesa nem riquezas como Sesily e… bem, ninguém é realmente como Imogen.

– Lady Imogen é um tanto parecida com um alvoroço.

– Ela é muito brilhante. – Adelaide sorriu, pensando em sua amiga excêntrica.

– Uma coisa não exclui a outra – contrapôs o duque, e havia um meio-sorriso na voz dele.

Resistindo à vontade de falar mais, Adelaide limpou a garganta e ajustou os óculos.

– Não sei o que você acha que notou.

Um sorriso disfarçado brincou nos lábios dele.

– Eu notei que, quando homens poderosos caem, vocês com frequência estão por perto.

É claro que ele tinha reparado naquilo.

– Isso o deixa preocupado? Você é um homem poderoso.

Ele a observou por um instante antes de responder:

– Não estou preocupado. Mas acho que, se estivesse, teria bons motivos, uma vez que quebrar laços não é a coisa mais perigosa que você faz atualmente, nem de longe, Srta. Frampton. – Ele acrescentou: – Apesar de você estar correndo sozinha pela Grã-Bretanha só para fazer isso.

– Não estou sozinha – retrucou ela, sem pensar.

Quando as palavras estavam soltas no mundo, Adelaide corou, abaixando a cabeça e comendo um pouco mais, ciente de que ele a observava com cuidado. Ignorando a sensação de gostar daquele escrutínio que ameaçava surgir.

– Devo lhe dizer o que mais acho? – indagou Clayborn, continuando quando ela concordou: – Não acho que você os está seguindo para romper a união dos dois. Meu irmão pode ser um imbecil às vezes, e ele certamente poderia ser chamado de estúpido em outras, mas nunca feriria Helene. – O duque se moveu, então, como se sua certeza o levasse a ela. – E eu acho que você sabe disso.

Ela engoliu sua surpresa.

– O que o faz pensar isso?

Uma das sobrancelhas escuras dele se arqueou.

– Eu presto atenção, Adelaide Frampton. E, quando ouviu que meu irmão e Lady Helene estavam indo de Londres até Gretna, você não ficou chocada nem com raiva nem com medo. Você ficou *aliviada*.

Clayborn estava certo, ela ficara mesmo. E ele tinha reparado.

– Algum dia, espero que encontre uma forma de me dizer por quê – terminou ele. – Mas não estou pedindo que alimente essa esperança agora. Muito menos estou pedindo por dinheiro ou poder ou vingança. Em vez disso, estou pedindo que me deixe jantar com você, para que nenhum de nós esteja sozinho.

E, nos dois dias em que Adelaide pensara que o homem era perigoso, aquele foi o momento em que ele ficou mais assustador, quando oferecia algo que ela não conseguia resistir: companhia.

Comeram juntos, o barulho da taverna abaixo era um zumbido distante no quarto. Adelaide o fitou de canto de olho até não conseguir ficar mais quieta.

– Na Mansão Havistock, você disse que seu irmão era seu herdeiro.

Clayborn encontrou os olhos dela, seus olhos como um dia azul de sol.

– Jack é meu herdeiro.

– Porque você não tem planos de se casar.

– Correto.

– Por que não?

Era a pergunta que ele evitara responder no andar de baixo. Clayborn se reclinou na cadeira e a observou por um momento.

– Você está se oferecendo?

– Quê? Não. Quê? – Ele realmente não poderia acreditar que ela iria...

– Adelaide – disse ele, com um sorriso de diversão que ela odiava e gostava até demais –, eu estou brincando, mas obrigado por me colocar de volta ao meu lugar com um golpe perverso no meu orgulho.

– Eu não quis dizer que você é "incasável" – ela se apressou a dizer.

– Obrigado.

– Quer dizer, você é um *duque*.

– Sou mesmo. – Ele assentiu.

– Um duque que acredita no amor... ou é o que diz. – O que fazia dele o mais próximo de uma criatura mitológica que Adelaide já vira.

– Acredito que meu irmão está apaixonado por Lady Helene, sim.

– E isso é o suficiente?

– Se a dama o amar de volta, farei tudo em meu poder para garantir que vivam felizes para sempre. – Clayborn falou com uma certeza inabalável, como se aquele fosse um fato simples.

Era a coisa mais gentil que Adelaide já ouvira alguém dizer, e talvez por isso ela perguntou:

– Por que você acredita nele?

Ele voltou a atenção à sua comida, falando na direção do prato.

– Porque eu já o testemunhei.

A honestidade na confissão invocou a pergunta que ela fez a seguir. Era a única explicação para que perguntasse:

– E você não o deseja para si mesmo?

O silêncio recaiu entre ambos, pesado com algo que Adelaide não conseguia identificar. Algo que a fazia ficar quente com desconforto, como se tivesse ultrapassado algum limite. O que, é claro, ela fizera. Não era de sua conta se o Duque de Clayborn desejava o amor ou não.

– Bem – disse ela, quando ficou óbvio que o duque não iria responder –, tenho certeza de que um sem-número de senhoritas perfeitas e impecáveis iriam se casar com você com felicidade e produzir uma penca de herdeiros.

– Eu prefiro ficar fora da vista da Quebra-Laços.

A leve provocação nas palavras dele a libertaram de seu nervosismo, de volta ao normal. Seja lá o que fosse *normal* quando Addie estava com ele.

– Há algo que eu deveria saber a respeito de você, Henry Carrington, Duque de Clayborn, impecavelmente educado, extremamente erudito, bonito o suficiente para fazer as jovens de Mayfair recorrerem ao seu rapé e um verdadeiro herói para os comuns?

Ele franziu a testa.

– Não diga que sou isso.

– Bonito?

– Um herói. – Havia desgosto nas palavras.

– Os jornais o chamam assim – argumentou ela. – Eles amam suas palavras bonitas. Você vai mudar o mundo, eles dizem.

– Uma meta valorosa, não acha?

– Absolutamente – ela concedeu. – Mas não vai conseguir fazer isso do parlamento.

– Você não gosta de política.

– Eu sou uma mulher viva no mundo, Vossa Graça. Minha existência é política, eu posso gostar ou não. Não é a política, mas os políticos.

Ele assentiu.

– Você não acha que possamos fazer mudanças.

– Acredito que grupos grandes de homens poderosos têm poucos motivos para fazer mudanças. – Ela fez uma pausa. – Apesar disso, devo dizer que seus discursos são bonitos.

E eram. Uma vez, ela estivera na galeria da Câmara dos Lordes quando ele falara a respeito do trabalho infantil, a respeito de crianças que nasceram sem colheres de prata e títulos, e ele quase a fez ficar em pé com sua raiva justificada. Adelaide reconhecia a raiva, idêntica à dela.

Não que ela fosse admitir.

– Bonitos – disse ele –, mas não o suficiente.

Adelaide encolheu um ombro e comeu mais torta.

– Por que falar quando há ação a ser feita?

– Confesso que me sinto assim na maioria dos dias. – Ele se reclinou contra a cadeira. – Então seu dossiê também tem muito a meu respeito.

– Não preciso de um dossiê para saber a seu respeito – ela desdenhou. – Só preciso assinar o *Notícias*.

– E se você fosse contratada para impedir uma união comigo? Isso seria o suficiente?

Quem iria querer romper uma união com você? Adelaide deu outra garfada, precisando de um momento para impedir a resposta imediata. Mastigou de forma pensativa. Engoliu.

– Todo mundo tem segredos, até os heróis.

Algo brilhou no seu olhar intenso. Algo que fez Adelaide sentir-se triunfante, porque você poderia tirar uma garota de South Lambeth, mas não conseguia tirar a ladra da garota. E o Duque de Clayborn estava escondendo algo. Um segredo.

– Por que se ofereceu para dividir este quarto comigo?

Ela não podia lhe contar a verdade. Clayborn não parecia o tipo de homem que iria apoiar fugir de um inimigo quando pudesse combatê-lo. Na realidade, a ladra o vira lutar com homens mais fortes e mais robustos do que ele, sem hesitar.

Não apenas isso, mas também porque o único batedor procurando por uma garota que estava segura nos braços de seu amante duas horas à frente de onde estavam não fora a única razão pela qual ela o convidara.

Eu deveria ter cuidado melhor dele. Aquela história, a forma como Clayborn sustentava o peso de seu irmão. Responsável, sério e decente. Havia algo nobre ali de que Adelaide gostava, algo honesto.

Mas ele não era *todo* honesto. Ele tinha um segredo, e era importante o suficiente para ter sido roubado por Alfie Trumbull e perseguido pelo próprio duque.

Depois de colocar o prato na mesa, Adelaide cruzou o cômodo até sua bolsa, acomodada em um banco baixo aos pés da cama. Ciente dos olhos atentos de Clayborn, ela a abriu e buscou por algo lá dentro, até achar o que procurava.

Adelaide se virou na direção dele e colocou o dossiê do irmão de Clayborn em cima da mesa. Logo em cima, colocou o cubo de carvalho, antes de levantar o próprio prato. Voltou a se sentar, comeu um pouco mais e observou enquanto o duque resistia à vontade de correr até seu prêmio. Clayborn encontrou os olhos dela.

– Você trouxe de volta para mim.

– Talvez. – Adelaide inclinou a cabeça.

A desconfiança ficou clara em seu rosto.

– Por um preço.

– A pura bondade do meu coração não é uma possibilidade?

Ele soltou um pouco de ar, não o suficiente para ser uma gargalhada, mas o suficiente para que ela imaginar como seria a gargalhada dele.

– Nem um pouquinho.

Adelaide apontou o garfo na direção do cubo.

– Abra-o e o dossiê é seu.

O humor desapareceu do olhar dele imediatamente.

– Não.

Ela franziu a testa.

– Interessante. Então o que está ali dentro… é mais precioso do que o dossiê do seu irmão? – *Fascinante*.

Clayborn hesitou com aquilo, claramente odiando que dera mais informação do que pretendia para Adelaide, apenas por recusar seu pedido.

– O que tem aí dentro é *pessoal*.

Era a segunda vez que ele usava a palavra para descrever o que tinha no cubo. Ela repousou o prato e levantou a caixa, inspecionando-a, permitindo que a satisfação escorresse por suas palavras.

– E *pode* ser aberta.

– Sim. – A palavra foi arrancada de Clayborn, quase como se fosse à força.

Adelaide girou a caixa na mão, buscando algo.

– Então deve ter uma chave.

O duque a observou por um longo período, até que ele não foi mais capaz de se manter distante. Clayborn cruzou o quarto para sentar-se à frente dela e perguntou:

– Você quer uma dica?

– Eu sei bem que não devo achar que você me daria uma de graça.

– E qual graça teria nisso? – Ele inclinou a cabeça.

– Não há nenhuma. – Isso ela compreendia. Uma troca. – O que então? Diga o seu preço.

– Responda minhas perguntas.

Aquilo poderia custar caro. Ainda assim, ela fez pouco-caso.

– Só isso?

– Sim. Para cada pergunta que você responder sem mentir, vou lhe dar uma dica de como abrir a caixa. E quando você a abrir, eu pego tudo. O que tem dentro e o dossiê.

– E, o que eu ganho? – Ela inclinou a cabeça.

– A satisfação de saber como abrir a caixa.

O desejo percorreu Adelaide com a resposta convencida, feita como se não houvesse dúvidas na mente do homem de que ele oferecera um prêmio sem igual.

Clayborn não podia estar falando sério, a menos que as perguntas fossem do tipo que ela não podia responder com a verdade. Mas Adelaide tinha testemunhado perante o magistrado mais de uma vez em sua curta vida e sabia muito bem como enrolar.

– Quantas perguntas?

– Quantas forem necessárias para você conseguir abrir.

Ela assentiu.

– Vá em frente, então.

– Como você sabe onde meu irmão está?

– Neste instante?

– Sim.

– Como é que você *não* sabe? Sabia que eles fugiram para se casar.

Ele concordou.

– Eu sei, mas quase sem nenhuma vantagem sobre você. Uma nota escrita rapidamente, recebida momentos antes de eu ser convocado para a Mansão Havistock.

Adelaide assentiu. Aquilo fazia sentido. Helene e Jack partiram rapidamente, e, se o batedor no andar de baixo fosse alguma indicação, havia sido a tempo para escapar da caçada do pai da moça.

Em troca da verdade de Clayborn, ela ofereceu uma própria.

– Casais a caminho de Gretna Green raramente são inteligentes em suas escolhas. Com frequência escolhem velocidade em vez de segurança e praticamente nunca cobrem seus rastros… o lado negativo de achar que têm direito a tudo. – Ela poderia parar ali, mas acrescentou: – Seu irmão e Lady Helene tinham meia dúzia de possibilidades para a noite. A Quebra-Laços tem uma rede extensa que coloca vigias em cada uma delas. Não são difíceis de rastrear. Nós vamos alcançá-los amanhã.

– Nós? – questionou ele.

Ela mordeu a língua.

– *Eu* vou alcançá-los amanhã. Você me alcançará eventualmente, tenho certeza.

O canto da boca de Clayborn se contraiu, o que foi o único motivo para ela ter olhado a boca dele. Não tinha nada a ver com a luz fraca, o fogo quente e o fato de que estavam em um quarto juntos. Nem a memória constante da sensação daqueles lábios nela enquanto a ladra os beijava.

Eu não deveria ter feito aquilo.

Adelaide se obrigou a se lembrar das palavras dele depois que a beijara. Ela fora um erro.

Clayborn apontou para a caixa com o queixo.

– Se você colocar pressão em dois cantos opostos, conseguirá girar um dos painéis exteriores.

Uma onda de excitação percorreu Adelaide enquanto analisava o cubo de carvalho repetidamente, ansiosa para seguir as instruções. Depois de falhar na primeira vez, ela encontrou os cantos que ativavam o quebra-cabeça e girou. Ela olhou para ele.

– Incrível.

Ela conseguia sentir a atenção dele, mais focada do que antes.

– Hmm. – Não era a primeira vez que ele ressoava daquele jeito, uma mistura entre concordância e algo a mais… algo como aprovação.

Ela não deveria gostar daquilo.

Havia muitas coisas a respeito daquele homem que Addie não deveria gostar.

Ainda assim, ela parecia ser incapaz de se impedir.

– Você quem fez isso?

– Não.

– E o que vem depois? – perguntou ela, os dedos correndo pela caixa, procurando por novos truques, botões e alavancas. E ali, onde não estivera antes, havia um pequeno entalhe, difícil de discernir. Ela fez um som de deleite e o inspecionou, apertando e puxando.

Uma ideia surgiu, e ela levantou o garfo.

– Não. – A palavra era firme e insistente. Não era uma voz a ser desobedecida.

Adelaide voltou sua atenção ao duque e parou.

– Não?

– Não – repetiu ele, como se aquilo fosse suficiente.

– Então… o quê? – Ela repousou o cubo.

– Outra pergunta.

– Ou eu continuo tentando.

– Ou você continua tentando. – Ele assentiu. – Mas não espero que tenha muito tempo com ele agora que sei onde está e nós estamos juntos por esta noite.

As palavras pareceram arder dentro de Adelaide. Ela não olhou para a cama, apesar de o móvel parecer lhe chamar.

Clayborn se recostou na cadeira, cruzando os braços.

– Devo perguntar outra coisa? Acelerar as coisas?

Adelaide assentiu. Só mais uma. Apenas uma e ela pararia com aquele jogo, que estava ficando cada vez mais perigoso.

– Sou um livro aberto.

– Não, Adelaide. – O nome dela. Ele falara o nome dela. – Você não é nada como um livro aberto. Agora, me diga, o que aconteceu lá embaixo?

Ela não reagiu. Em vez disso, encontrou o olhar dele.

– O que está na caixa?

Ele hesitou. Clayborn não poderia estar pensando em responder, e, ainda assim, por um momento, ela achou que o duque diria.

– Nada que a faria sair correndo do quarto.

– Não sei o que você quer dizer – disse ela. – E eu não corri.

Ele fez um som de desaprovação.

– Eu não dou dicas por mentiras. Algo na taverna a deixou incomodada, Adelaide Frampton. E você não parece o tipo de mulher que fica sobressaltada com facilidade. O que foi?

Addie balançou a cabeça. Não podia contar a ele. Não podia confiar nele. O que Helene vira, o que ainda enfrentava, não havia como Adelaide confiar que Clayborn não se meteria no meio e a impediria de alcançá-la. De protegê-la.

– Não havia nada.

Clayborn se levantou da cadeira como um raio, voltando para o seu lugar na porta, de costas para ela por um longo tempo antes de perguntar:

– Você está em perigo.

Claro que ele perguntaria aquilo.

– Não.

– Você vai estar? – Ele olhou por cima do ombro.

– Ontem derrubamos meia dúzia de Calhordas juntos, Vossa Graça. Acredito que algum dia, eu possa, sim, estar em perigo outra vez.

Ele deu um suspiro frustrado com a resposta ousada, uma aceitação tácita de que ela não lhe contaria tudo o que acontecia ali. Clayborn se virou e ficou de costas para a porta, cruzando os braços.

– Então você é apenas caos.

Algo se aqueceu dentro dela com a descrição, uma que ninguém nunca usara com ela.

– E pensar – ele continuou – que você acha que é invisível.

– Como me encontrou aqui?

– Achei que eu estava fazendo as perguntas.

Adelaide colocou a caixa na mesa mais uma vez.

– É minha vez agora. Como me achou hoje?

– Busquei em três outras estalagens primeiro. Estava um frio da desgraça e úmido demais.

– E se eu não estivesse aqui? – Ela inclinou a cabeça. – Você teria desistido?

– Não, Adelaide – respondeu ele. – Eu não desistiria.

A resposta a deixou agitada. Adelaide balançou a cabeça como se fosse se livrar da sensação, apagar a verdade nas palavras.

– Por causa de sua caixa e de seu irmão.

– Hmm. – A resposta foi uma meia concordância. Como uma palavra em um pergaminho, se perdeu na chuva.

– Como você sabia onde me encontrar no Covent Garden? E n'O Canto? – Addie evitou se referir ao lugar como suas acomodações. Ele não precisava saber que ela morava ali, não queria que o duque soubesse daquilo, que ela morava ali em um apartamento de dois cômodos, apenas o burburinho da taverna como companhia.

– Você acha que só você tem acesso à informação?

Adelaide estreitou os olhos.

– Não gosto que minhas informações pessoais sejam compartilhadas sem minha permissão.

Clayborn olhou em direção ao dossiê em cima da mesa. A informação a respeito de seu irmão, compartilhada com Lady Havistock.

– Que peculiar. O resto de nós gosta bastante disso.

– A informação que compartilho é para ser usada contra pessoas que merecem. – Ela não fingiu entender mal.

– Meu irmão não merece.

– Não, não merece mesmo.

Adelaide surpreendeu os dois com a resposta rápida.

– Quando você percebeu isso?

– Ontem, na mansão Havistock. – Quando percebera que Jack, Lorde Carrington, tinha recorrido às lutas ilegais para manter Lady Helene segura. Um homem decente fazendo o melhor para proteger a mulher que amava.

Decente, como o irmão.

– Ainda assim, você os segue, para romper seu enlace.

Não era por aquele motivo.

– Sim.

– Por quê?

Porque um homem horrível estava atrás de uma garota inocente. E as Belas precisavam mantê-la a salvo. E a Quebra-Laços era a melhor arma de seu arsenal. Mas aqueles eram segredos que não eram dela para contar. O melhor que conseguiu dizer foi:

– Porque seu irmão não é a peça mais importante nisso tudo.

O corpo dele se tensionou, e Clayborn pressionou os lábios, seus braços cruzados em seu peito como armadura enquanto ele se recostava contra a porta.

– E então nós temos que estar em desavença.

Adelaide levantou o queixo, ignorando a forma como se sentiu com as palavras simples, sem raiva e cheias de verdade.

– Não é a primeira nem a última vez que vou estar em desavença com homens poderosos. – Deveria ter parado por aí. Não havia mais nada para ele saber. Mas acrescentou: – Eu passei a vida inteira em desavença com homens poderosos.

Ela esperou que o duque argumentasse, que lhe dissesse que o irmão dele era diferente. Que ele era diferente. Que podia confiar nos dois. Que ele a pressionasse para dizer mais. Era um teatro que Addie conhecia bem.

Quando Clayborn finalmente falou, no entanto, foi com um novo roteiro:

– Não hoje.

– Quê? – Ela franziu a testa.

– Amanhã recomeçamos, mas hoje não estamos em lados opostos.

Impossível.

– E por que não?

– Porque estamos aqui, neste quarto, juntos. E seja lá o que a deixou incomodada lá embaixo, quem quer que seja… eles terão que passar por mim.

Se Adelaide enumerasse palpites a respeito do que ele diria, aquilo não estaria na lista. E ela não podia negar o quanto gostava da promessa nas palavras, uma promessa que ninguém nunca fizera para ela antes. Protegê-la. Por nenhuma outra razão além de ser capaz de fazer isso.

O prazer se espalhou pelo peito dela, descontrolado. Indesejado. Quem era aquele homem? Qual era aquele jogo?

– Não sou uma donzela em apuros.

– Não discordo. Eu já vi a faca que você tem amarrada na coxa.

A arma em questão pareceu ficar mais pesada em sua bainha.

– E, ainda assim, você fica de vigia como se eu fosse.

Mais um longo silêncio, longo o suficiente para Adelaide se perguntar se haviam acabado por aquela noite. Para ela se levantar e ir mexer em sua bolsa mais uma vez, ansiosa por se ocupar e não ligar para o olhar atento dele.

– Meu pai gostava de quebra-cabeças.

Cinco palavras, como uma revelação. Um presente do Duque de Clayborn, que, mesmo quando falava de amor, não revelava nada a respeito de si mesmo.

– Ele que fez a caixa. – Ela parou, encarando-o.

Ele não precisava responder. Ela estava certa, e isso explicava um sem-número de coisas, e não apenas o motivo pelo qual o Duque de Clayborn se aventurara em South Lambeth em mangas de camisa. Seja lá o que tivesse dentro da caixa era inestimável. Era como ele dissera, pessoal.

– Gosto de quebra-cabeças também – acrescentou ele e ela assentiu. Clayborn se desencostou da parede. – É por isso que a segui, saindo do galpão. Para as docas, até Covent Garden. Por isso que a segui até essa estalagem nos confins do mundo.

– A gente está a um dia de distância de Londres.

– Mas as regras aqui são diferentes, não são? – As palavras eram roucas e baixas conforme ele se aproximava. – É quase como se estivéssemos do outro lado do planeta.

Adelaide estava começando a se arrepender de tê-lo feito sair de seu lugar perto da porta, os movimentos de Clayborn, ágeis e certos, fazendo seu coração acelerar, pesado e rápido, uma pequena mudança na proximidade entre eles, o suficiente para deixá-la transtornada. Era tudo bobagem, é claro.

Só que o duque estava ali, parado na frente dela, alto e definido – diferente de todos os aristocratas que ela já vira antes. Aristocratas deviam vir em embalagens pequenas, largas e molengas. Deveriam assustar, coagir e reclamar. Ninguém pareceu ter informado o Duque de Clayborn de tal fato.

Ela levantou o queixo e tentou muito não transparecer a confusão que sentia dentro de si.

– Ainda está com fome?

– Estou. – Ele não parou na mesa, no entanto. Clayborn deu a volta nela, até se aproximar, as calças dele quase roçando nas saias dela.

Adelaide se levantou. *Comida.* Comida ela poderia providenciar.

– Os legumes assados estão muito…

– Eu percebi – ele a interrompeu e não se moveu.

Ela estava vibrando. *Ela estava vibrando?*

– Sua refeição vai esfriar.

– Eu gosto de quebra-cabeças – respondeu ele.

– Você não pode comer um quebra-cabeça. – Ela deu um sorrisinho.

Um lado dos lábios dele se levantou em um sorriso torto.

– Hmm.

O som fez Adelaide sentir algo quente e pesado dentro de si. Ela sugou o ar.

Clayborn ouviu e arqueou uma sobrancelha em um arco perfeito.

– Eu prometi lhe dar dicas a respeito da caixa se me falasse a verdade… e acho que essa sua última respiração foi a coisa mais verdadeira que você fez hoje. – E então ele levantou uma mão, para tocá-la. Tentando-a.

Ela ficou parada, esperando o toque, a respiração curta e inconstante em seu peito.

– O que foi que você viu lá embaixo? – perguntou ele, baixo e grave. – Está quente aqui?

As palavras foram um código no andar de baixo. Adelaide sentia que também eram um código ali, mas um diferente. Um que ela não compreendia.

– Isso é verdade – continuou o duque. – Você está corada. – Os dedos dele encostaram na bochecha dela, fazendo a pele de Addie pegar fogo. – Aqui.

Clayborn correu os dedos pela mandíbula dela, descendo por sua garganta, para a corrente dourada que pendia, sempre, ao redor de seu pescoço e então desceu mais, mais para baixo, até desaparecer abaixo do tecido do vestido dela. Ele ficou ali um instante, e a ladra se perguntou se o duque iria levantar a corrente, puxar o pendente de onde ele se escondia como um segredo contra a pele dela.

Quando o toque dele se moveu novamente, acompanhando a corrente mais uma vez, até a base do pescoço de Adelaide, ela fechou os olhos, completamente ciente da forma que seu coração acelerava.

– Isso aqui… – Ele desenhou um pequeno círculo na pele dela ali, onde o seu pulso tremia, a traindo. – Isso é a coisa mais verdadeira que você já foi.

Adelaide abriu os olhos, encontrando os dele, já a observando. Esperando que ela olhasse para ele. Brilhando com a prova do que fazia com ela. *Maldição.*

Clayborn levantou a mão, parando de tocá-la. *Maldição. Maldição.*

– A caixa não tem uma chave – contou ele com suavidade. – Se forçar, ela vai travar. Não haverá forma de chegar à informação lá dentro. Mas você já sentiu isso.

Ela assentiu, mal ouvindo. Adelaide se perguntava o que ele faria se ela segurasse a mão dele e a trouxesse de volta para sua pele.

– Daria para quebrar ela até abrir – disse Addie, mal reconhecendo sua voz, que estava sem fôlego. – Um martelo faria o trabalho.

– Você poderia – respondeu ele. O duque estava mais perto? No ouvido dela? As palavras como uma carícia? – Mas então estaria destruído. E isso é *inaceitável.*

Adelaide estremeceu com a palavra, falada com uma certeza firme e algo sóbrio, como se ele não fosse permitir tal coisa.

Ficaram em silêncio e Clayborn finalmente o quebrou quando deu um passo para trás e desviou o olhar para a comida.

– Mil desculpas, eu não deveria…

Quando ele divagou, Adelaide disse:

– Não foi…

Ela não conseguiu procurar as palavras para terminar a própria frase porque ele a interrompeu:

– Isso foi inaceitável.

Como é que uma palavra, falada duas vezes em um intervalo de segundos, tinha tantos significados diferentes?

– Eu não deveria ter lhe tocado esta noite.

Mas ela quisera.

– Certamente não deveria ter lhe beijado ontem.

Ela trincou os dentes e se afastou, colocando distância entre ambos, odiando o pedido de desculpas. Adelaide inspecionou o conteúdo de sua bolsa de forma teatral.

– Não há motivos para pedir desculpas por ontem.

Ele deu uma risadinha sem humor.

– Aquela foi a mais grave de minhas infrações.

– Eu não sei por que – disse ela –, já que você não me beijou.

– O quê? – Ele não conseguiu esconder a surpresa. Ela gostou daquilo.

– Você não me beijou.

– Beijei, sim – ele insistiu.

– Não beijou, não.

– Srta. Frampton… – Ela *odiava* que ele a chamasse assim. – Eu lhe garanto que o fiz. Eu estava lá.

Adelaide olhou para o duque então e, em outro momento, ela poderia ter gostado muito da surpresa. Mas não naquele.

– Não, eu o beijei. Há uma grande diferença. Então, não precisa pedir desculpas.

Ele soltou um som áspero.

– Você…

– Você não precisa ruminar seu erro, é esse o meu argumento, Vossa Graça – ela o interrompeu, acenando na direção da cama, e continuou, rapidamente e com uma falta de emoção bem treinada. – Agora, estou cansada e amanhã será um longo dia até alcançarmos seu irmão e Lady Helene. Você prefere a cama ou a cadeira?

Mais um som, esse parecendo que ele havia sido estrangulado.

Adelaide olhou para ele outra vez, as sobrancelhas arqueadas em uma pergunta.

– A cadeira – respondeu ele.

Claro que ele escolheria a cadeira. Um perfeito cavalheiro, pedindo desculpas por tocá-la, sendo muito difícil de tolerar em geral.

– Então, se não se importa, poderia sair do quarto para que eu possa…

Ela acenou na direção da cama.

Clayborn imediatamente se virou para olhar a porta, ficando de costas para ela.

– Sim, é claro. Com licença. Sim. É claro. – Ele deu alguns passos na direção da porta e então parou, como um cachorro que chegou ao fim da guia. Ele olhou para trás. – Só que, se eu sair...

– Sim?

– Você não está segura aqui.

Adelaide não conseguiu evitar sua risadinha.

– Você acha isso engraçado? – Ele fez uma careta.

– Acho engraçado que você pense que eu sou incapaz de me manter a salvo. – Como se ela não tivesse aprendido, desde pequena, a ser sua própria salvadora.

Ele franziu a testa. Sem responder, Clayborn saiu, fechando a porta. Adelaide foi até a bacia no canto, se convencendo de que aquilo era para o próprio bem. O pedido de desculpas. O fato de ele estar horrorizado pelo beijo nas docas. Por tê-la tocado. Ele era um duque, afinal, e ela era uma ladra que nascera do lado errado do rio.

Todo o resto eram disfarces.

Adelaide pegou o sabão e o pó dental da bolsa, tirou os óculos e fez um trabalho rápido em se limpar antes de ficar só de camisola. Cruzou o quarto e pegou o dossiê de onde ele estava, mas deixou uma vela queimando na mesa, as sombras dançando pela superfície suave da caixa quebra-cabeça.

Guardando o arquivo de volta na bolsa, a ladra se convenceu de que ele poderia ficar com seus segredos. Ela não tinha interesse nele.

Era uma mentira, é claro. Em todos os momentos que passara com o Duque de Clayborn, ela queria saber mais a respeito dele. O que era perigoso, de verdade, porque conhecer era um passo para gostar. E gostar era um passo para desejar.

E o Duque de Clayborn não era para o bico de Adelaide.

Ela acordou de manhã para descobrir que o cubo de carvalho ainda estava na mesa, do lado da vela apagada. Do outro lado do quarto, o Duque de Clayborn dormia na cadeira... que ele havia movido para bloquear a porta.

Terão que passar por mim.

Adelaide ignorou o aperto no peito com a memória e a imagem dele, relaxado, em mangas de camisa, um pedaço de pele bronzeada embaixo de um cobertor de lã que encontrara em algum lugar. Ela se vestiu silenciosamente – anos de prática tornando aquilo possível – ficando impressionada de ele deixar seus segredos sobre a mesa. De confiar nela.

Um erro. Uma ladra, nascida para roubar, essa não era ela?

Adelaide partiu antes de ele acordar, o tesouro dele nas mãos.

CAPÍTULO 7

O Duque de Clayborn estava de péssimo humor.

Ele encurvou os ombros embaixo de sua sobrecasaca, puxou a aba de seu chapéu para encobrir o rosto, segurou as rédeas com mais força e amaldiçoou o vento cortante que fazia parecer muito mais dezembro do que outubro.

Não era o clima que o tinha colocado naquele humor, no entanto.

Muito menos a corrida desenfreada na carruagem, quicando e sacolejando, as rodas grunhindo conforme as estradas ficavam cada vez menos niveladas e o sol começara a se pôr.

Não, ele estava naquele humor – amaldiçoando o tempo, as estradas, os veículos e o tronco que crescera demais de um carvalho que quase decepara sua cabeça e quebrara uma roda que levara uma hora para reparar – desde que tinha acordado naquela manhã, encolhido na posição mais desconfortável que alguém conseguiria encontrar enquanto dormia, em uma cadeira dura, em um cômodo frio, na Águia e Ouriço.

Na verdade, seu humor poderia ter sobrevivido ao torcicolo.

Mas Adelaide desaparecera.

Era impossível, ou ao menos pensou que fosse quando colocara a cadeira encostada contra a porta enquanto a ladra dormia. Quando ele voltara para o quarto na noite anterior, ela já estava na cama, todas as velas, menos uma, apagadas, iluminando seu caminho enquanto ele tentava ficar o mais confortável que conseguia com um pequeno cobertor, uma lareira quase apagando e uma cadeira desconfortável.

Quando o duque apagara a luz e tentara dormir, tinha sido quase impossível, sabendo que não deveria estar dividindo um quarto com uma dama solteira.

Na escuridão, ele se convencera de que tudo aquilo era por causa da corrida deles. Adelaide não ser capaz de sair sem acordá-lo seria um bônus. Ele a acompanharia desde o início no segundo dia de jornada, isso iria garantir que não a perderia de vista. Aquilo era só uma meia-verdade. Havia outro motivo para dividir um quarto com ela, para se colocar como um vigia na porta do quarto: ele queria mantê-la a salvo.

Clayborn tentou dormir por horas, fazendo o melhor para se manter cavalheiresco. Para evitar pensar nela, quente e macia na única cama do quarto. Para evitar se perguntar se a dama removera o vestido antes de entrar na cama. Se ela tinha soltado o cabelo ruivo. Se estava se espalhando nos lençóis, como ele imaginara antes, quando definitivamente não deveria ter feito.

Ele fez uma lista de todas as coisas em que não deveria pensar, e a atividade não tivera efeito nenhum em fazê-lo descansar. O relógio no corredor do lado de fora marcou 11 horas da noite. E então meia-noite.

Quando bateu 1 hora, ele desistiu, finalmente, se permitindo ouvir o ritmo uniforme e tranquilo do sono dela. E se permitiu contar aquelas respirações como alguém conta ovelhas, certo de que acordaria antes dela.

Em vez disso, acordara sem ela. Não gostara nada daquilo.

O duque xingou novamente, se inclinando contra os cavalos, conduzindo-os mais para frente na rua, grato por haver uma dupla forte esperando por ele quando parara para trocá-los – a única coisa boa que acontecera naquele dia, considerando que estava ficando para trás na corrida para alcançar Adelaide e ele não tinha indicação nenhuma do quão longe ela levaria os cavalos em sua busca pelo irmão dele.

Clayborn fizera tudo que podia para alcançá-la, saltando da cadeira em que dormira. Não demorou muito tempo para descobrir duas coisas: primeiro, que no quarto havia uma saída secreta, uma porta perfeitamente escondida no padrão elaborado do papel de parede ao lado da cama, que levava a um conjunto de escadas traseiras que saíam diretamente nos estábulos. Ele deveria ter esperado por aquilo, Adelaide Frampton nunca permitiria se ver encurralada quando poderia estar livre.

E, em segundo, a ladra levara a caixa dele com ela.

Ele se inclinou para frente e encorajou os cavalos, esperando que os animais se sentissem motivados para cobrir a distância que ela deixara.

Ela o deixara.

Clayborn confiara nela com a caixa, se convencendo enquanto se sentava na escuridão que ele escutaria se Adelaide a pegasse. Não. Aquilo era bobagem. Ele havia se convencido era de que ela ficaria, e a caixa, fosse nas mãos dela ou nas dele, iria continuar por perto.

Mas Adelaide Frampton era uma ladra antes de tudo, e todo o resto vinha depois… e ela escapulira na calada da noite, logo antes do amanhecer, de acordo com o cavalariço que Clayborn aterrorizara com seu interrogatório ducal às 6h30 da manhã.

Ele não estava muito atrás, e um conjunto forte de cavalos poderia fazer toda a diferença.

Mas Clayborn sabia que não deveria subestimar Adelaide e, conforme o sol se punha e o frio começava a apertar, ele se lembrou de que seus cavalos logo se cansariam. O duque perdeu o controle sob seus pensamentos, os que prometera a si mesmo manter controlados.

Começou de forma inócua. Um sussurro de lógica. Os cavalos dela também se cansariam, não? Ela também precisaria parar. Ela também iria sentir a tentação por um prato de comida quente. E uma cama macia…

E ali estava o erro dele, permitindo-se pensar nela em uma cama macia. Lembrando-se das outras partes dela que também eram macias. A respiração dela enquanto dormia. A pele de sua bochecha quando ele a tocara na noite anterior. A pulsação dela quando ele a encontrou, rápida e tentadora. Os lábios de Adelaide.

E todas as outras partes que ainda não explorara. Uma onda de fantasia o varreu, braços longos, seios corados e a pele das costas dela enquanto se arqueava contra ele. O suspiro que provocaria nela. Aquele cabelo escarlate que ele ainda não vira, mas que já tocara… suave como seda e tentação pura.

A suavidade se foi, substituída por pensamentos de como ela seguraria o cabelo dele com firmeza, como morderia o ombro dele. As exigências que ela poderia fazer.

Ele grunhiu, amaldiçoando sua frustração enquanto fazia uma curva na estrada, se obrigando a pensar em qualquer coisa menos nela – o som dos cascos contra o chão, o chacoalhar das rodas da carruagem e o ranger das molas no frio.

Encontrando o prumo mais uma vez, seu olhar se estreitou, olhando a distância, e ele se perguntou se a conjurara com seus pensamentos. Porque ali, cerca de 100 metros na frente, estava uma carruagem se movendo em um ritmo rápido, certamente. Mas lenta o suficiente para que ele conseguisse alcançar.

Alcançá-la. E era ela. Ele sabia sem dúvidas. *Como se ela o estivesse chamando.*

O triunfo veio, quente e recompensador, e o duque soltou as rédeas de seus cavalos, instigando-os em busca de um único objetivo – cobrir a distância entre ambos. A mulher queria uma corrida? Ele daria a ela. E quando ganhasse… *ele tomaria seu prêmio.*

Cem metros se tornaram cinquenta, e então vinte e cinco. Ele se afastou, colocando certa distância entre os dois na estrada enquanto se preparava para emparelhar com ela. Clayborn quis gritar e anunciar sua presença para que Adelaide não se assustasse com sua chegada, mas, antes que pudesse, ela se virou e olhou por cima do ombro, sem surpresa alguma.

Ela sabia que ele estava ali. Adelaide arqueou as sobrancelhas e gritou:

– Veio me dar a corrida que prometeu, foi?

O prazer correu por Clayborn com as palavras, com a provocação nelas. O desafio.

– Eu poderia tê-la dado mais cedo se você não tivesse escapulido!

Ela lhe lançou um sorriso, mais leve do que qualquer outro que já a vira dar antes. Revigorado, honesto e belo o suficiente para fazer o coração acelerar.

– Eu não consegui acordá-lo, duque… você parecia tão confortável!

Ele voltou à estrada com as palavras, checando o caminho dos cavalos enquanto escondia o próprio sorriso e gritava:

– Hoje à noite, eu pretendo ganhar a cama disponível!

Adelaide o fitou.

– Uma corrida de verdade, então! Até a próxima estalagem.

Clayborn deslizou o olhar por ela, o brilho visível nos olhos de Adelaide mesmo por trás dos óculos, o rosa em suas bochechas, seu sorriso largo como um presente. As mãos enluvadas seguravam as rédeas curtas e ela vestia um casaco, mas o vento da corrida havia aberto a peça para revelar o vestido de direção que trajava, de um verde rico da cor da primavera, o tecido moldado ao seu torso e suas pernas.

Clayborn percebeu que apostaria corrida com ela para qualquer lugar que aquela mulher quisesse ir. Ignorando o pensamento, ele chamou seus cavalos, fazendo-os ir mais rápido. Ansioso para ganhar… não apenas pelo prêmio ou a habilidade de se gabar, mas para lhe mostrar que ele conseguia. Ganhar a corrida… e a admiração de Adelaide.

Ela não lhe daria a vitória facilmente. Bom, ele queria o jogo. Quando fora a última vez que tivera um? Ele já tivera algum?

Adelaide se inclinou no banco da direção, segurando-se nas rédeas, o casaco se balançando por trás dela, as saias se moldando às coxas fortes dela. Clayborn estava quase lado a lado com a ladra agora, incapaz de se impedir de olhar para ela constantemente, olhando para a estrada, a carruagem e a estrada novamente.

Mais à frente, uma árvore estava no caminho, um galho cheio de folhas particularmente mais baixo do lado de Adelaide. Ambos viram aquilo e ele gritou para ela prestar atenção.

Não era necessário. Adelaide sentou-se para trás no banco, se inclinando para se desviar, facilmente tirando-o do caminho e se levantou sorrindo, com tanta habilidade quanto um cocheiro romano. Ela ajustou os óculos e deu outro sorriso na direção dele. Ele poderia assistir àquela mulher correr em carruagens para sempre.

O pensamento mal cruzara sua mente quando um vento mais forte soprou na estrada, gelado, repentino e severo o suficiente para levantar o chapéu da cabeça dela. Adelaide tentou pegá-lo com um "Ah!", mas ele já tinha ido embora, levado até a beira da estrada, seguido da gargalhada dela, rica e bonita.

Por um instante, o instinto o tomou, e ele desacelerou seus cavalos para parar e pegar. Para devolver o chapéu a ela como um prêmio em um torneio. Ele queria parar. Queria ser um cavalheiro.

Só que não foi apenas o chapéu que o vento levara.

O cabelo dela se soltou, uma nuvem indomada de seda e fogo.

E Clayborn se esqueceu de tudo, porque não conseguia desviar o olhar, o cabelo finalmente livre ao vento, ao redor dela como uma tempestade que desafiava a gravidade, longo, exuberante e vibrante, e tão mais belo do que ele imaginara.

Aquela mulher, que o duque notara desde a primeira vez que se conheceram, agora era impossível de ignorar.

E que foi o motivo de ele não ter visto o buraco na estrada.

– Clayborn! – gritou ela, olhando para o duque, a preocupação clara atrás de seus óculos com armação de aro. – A estrada!

Era tarde demais. Ele bateu contra o desnível da estrada, afundado pelo tempo e pelo uso, antes que pudesse fazer qualquer coisa para impedir, mesmo enquanto reagia, rápido e capaz, puxando as rédeas com força, ficando em pé no banco do motorista, mas ele sabia que era tarde demais. A carruagem se desequilibrou e virou com um estrondo gigantesco. Um soluço em uma estrada já irregular. E então a inclinação ficou mais íngreme, mais perigosa, e o duque não teve escolha.

Confirmando que a carruagem dela não estava no caminho do que estava prestes a lhe acontecer, ele soltou as rédeas e saltou.

Seguindo o impulso do salto, Clayborn se encolheu, rolou e tentou o máximo possível não quebrar nenhum osso, mas, quando caiu em uma vala ao lado da estrada que rapidamente escurecia, ele perdeu o fôlego e tinha certeza absoluta de que tinha se despedaçado.

Todavia, o som de metal, pontuado por madeira e vidro quebrando e os sons selvagens de dois cavalos que tinham todo o direito de estar aterrorizados tentando arrastar uma carruagem virada o fez ficar em pé imediatamente, testando suas pernas e seus braços e descobrindo que tivera mais sorte do que deveria.

No entanto, havia pouca alegria em perceber aquilo. A carruagem dele estava despedaçada, os cavalos em pânico e seu corpo machucado.

Sem mencionar seu orgulho.

– Clayborn! – Ele se encolheu com as palavras quando Adelaide apareceu, tendo parado sua própria carruagem para ver como ele estava. – Você está bem?

– Estou ótimo.

Clayborn se aproximou do acidente e fez um sinal para ela se afastar, não querendo encará-la enquanto se movia para acalmar os cavalos, desconectando os animais o mais rápido que conseguia e descobrindo, milagrosamente, que estavam a salvo.

– Você não está ótimo! – disse ela. – Você poderia ter *morrido*.

– Mas não morri – retrucou o duque, tentando se acalmar enquanto guiava os cavalos para uma árvore mais próxima antes de voltar a se abaixar ao lado da carruagem e considerar a bagunça que ficara o veículo, virado de lado, meio dentro da vala no lado da estrada.

– Quando você saltou… – Adelaide continuou, parando ao lado dele, sem perceber a forma como ele tensionara a mandíbula com suas palavras. Sem perceber o calor da vergonha que o tomara. – Eu achei que você tinha… – Ela se impediu de continuar, como se algo estivesse preso na garganta.

Ele olhou para cima, para a ladra. *Ela estava preocupada com ele?*

– Achei que você tinha…

Clayborn não gostou do que viu nos olhos dela.

– Adelaide – disse ele, com firmeza. – Olhe para mim. – Ela obedeceu, olhando para baixo para onde ele estava, e o duque olhou nos belos olhos castanhos dela antes de dizer: – Eu estou aqui.

Ela assentiu enquanto ele escalava o acidente para pegar suas malas. Demorou mais do que Clayborn gostaria, tendo que separar os detritos – e o vendedor prometera a ele que aquela carruagem era o melhor veículo para um cavalheiro moderno. Havia se despedaçado como um brinquedo de criança.

– O que aconteceu? – perguntou ela, e o duque ficou paralisado com as palavras.

Você aconteceu.

Não conseguia desviar o olhar de você.

Mesmo assim, ele a encarou, não conseguindo aprender nada com aquilo.

– Parece que você ganhou a corrida – falou ele. – Por que não insistir e pedir seu prêmio?

Um quarto só dela. Uma cama.

Não. Ele não pensaria mais nela em camas.

– O quê? Eu não vou deixá-lo aqui.

Clayborn a ignorou enquanto continuava sua busca, desejando que ela fizesse como ele pedira. Ao finalmente encontrar sua mala, ele saiu da bagunça.

– Eu não preciso que você fique.

Adelaide franziu a testa, a luz poente do sol fazendo a pele dela reluzir com um brilho laranja.

– Você definitivamente precisa que eu fique. Quem mais vai levá-lo até a estalagem mais próxima? – Ela fez uma pausa. – Quem mais vai levá-lo até seu irmão?

– Então agora somos um time? – indagou ele.

Mais uma pausa e então ela disse:

– Talvez eu deva dirigir, você não é confiável.

– Aquele acidente não teve nada a ver com a minha habilidade de condutor. – Ele se empertigou com a provocação.

– Não?

– Não.

– Então foi o quê?

– Eu me distraí – foi tudo que o duque se permitiu dizer.

– Pelo quê?

Pelo seu cabelo.

– Pelo seu chapéu.

– Pelo meu… chapéu. – Algo brilhou no olhar dela.

– De fato. Você o perdeu. – Oh, céus, ele parecia um idiota.

– Eu perdi meu chapéu e você bateu com sua carruagem.

– É uma *brougham* – ele explicou, esperando que aquilo mudasse o assunto, mas, em vez disso, soou apenas pomposo.

– Isso é relevante para o meu chapéu? – Os lábios dela estavam se forçando para não sorrir?

– Não vejo nada divertido nessa situação, Srta. Frampton. – Os lábios dela definitivamente estavam tentando não sorrir. Ele fez uma careta. – Estou dizendo que você deveria partir… – começou ele, virando-se de costas para ela antes que pudesse revelar pensamentos demais.

O duque parou quando olhou para os cavalos, só para descobrir que os animais haviam sido recolhidos por dois homens, um branco e outro negro, os dois largos como cavalos, que pareciam estar completamente desinteressados na presença de Clayborn.

– Ei! – gritou ele, empurrando Adelaide para a lateral do acidente antes de largar sua mala e correr atrás deles. – Larguem isso!

Eles não pararam.

Que merda infernal. O corpo inteiro dele doía, e Clayborn iria ter que lutar contra aqueles homens.

– Clayborn… – Adelaide começou a falar ao mesmo tempo em que a voz de uma mulher veio das sombras.

– Não faria isso se fosse você.

Clayborn se virou para encontrar uma mulher baixinha saindo de uma moita, os olhos escuros brilhando com um sorriso alegre em seu rosto marrom. Em uma das mãos, ela segurava uma pistola de prata bonita, brilhando como fogo no sol que se punha.

– Mas que inferno? – Ele se moveu rapidamente para onde Adelaide estava, se colocando entre ela e a arma. Primeiro ela o fizera bater a carruagem, agora o faria morrer.

A mulher com a pistola não hesitou.

– Uma surpresa, não sou?

Ele piscou.

– Quem é você?

– Isso não é relevante. O que é relevante é que *você* é o Duque de Clayborn e mergulhou de cabeça nisso aqui, não foi?

– Como sabe quem sou? – Ele arqueou as sobrancelhas.

– Seu brasão está do lado de fora… – Ela acenou na direção do antigo veículo. – Você realmente deveria ter rodas melhores para essa estrada, Vossa Graça. – Antes que ele pudesse responder, ela acrescentou: – Você não o avisou, Adelaide?

Claro que ela conhecia Adelaide. As duas provavelmente se reuniam semanalmente para jogar uíste e conversar a respeito de qual das grandes casas de Surrey tinham a maior quantidade de prata.

– Para ser sincera, não avisei – respondeu Adelaide, como se estivessem no chá da tarde. – Estamos competindo.

A desconhecida sorriu.

– Bem, boas notícias. Parece que você venceu. Agora, duque, você parece um homem decente e Adelaide ainda não o enquadrou, o que significa que provavelmente *é* um homem decente. Isso é bem raro. Então o que proponho é que eu pegue essa mala, os cavalos e todo o dinheiro que você tiver e deixo você em paz?

– Salteadores. – Ele arqueou as sobrancelhas. – É claro.

Ela fez um som de desaprovação.

– Salteador*a*, se você não se importa. – Ela acenou a pistola na direção dele. – Esvazie seus bolsos, por favor.

– E se eu disser que sua amiga aqui me roubou ontem? – Clayborn abriu bem as mãos. – Roubou minha bolsa de dinheiro embaixo do meu nariz?

– Ela saberia que você está mentindo – respondeu Adelaide, na altura do ombro dele. – Eu não peguei seu dinheiro. Pelo menos não todo.

– Ah, amolecendo o coração, é?

Clayborn olhou de esguelha para Adelaide e deu a melhor bronca ducal:

– Suponho que trabalhe com estes exemplares cidadãos?

A salteadora deu uma risadinha.

– Não parece que ele acha que somos exemplares.

– Ah, não levaria para o lado pessoal, ele acha que a maioria das pessoas não são exemplares – disse Adelaide de forma causal antes de acenar na direção da pistola na mão da mulher mais baixa. – Apesar disso, a arma não é um bom argumento a seu favor.

– Você diz isso como se não carregasse armas letais.

Ele olhou para Adelaide.

– Não me diga que você também tem uma pistola.

Adelaide balançou a cabeça, mas não olhou para ele. Em vez disso, considerou o acidente.

– Não gosto de armas. Na maior parte das vezes dão mais trabalho do que valem. Lucia, conheça o Duque de Clayborn. Clayborn, conheça Lucia. – Ela acenou na direção dos dois brutamontes que agora traziam os cavalos de Clayborn na direção deles. – E Tobias e Rufus.

Os homens tocaram em seus chapéus em resposta, como se tudo estivesse correndo de forma polida e honesta.

– Ah. – A salteadora riu novamente. – É só pelo espetáculo. Não queremos sangue. Apenas estávamos representando nossos papeis.

– E que papel é esse?

Lucia abriu seu sorriso brilhante na direção dele.

– Redistribuição da renda.

Mas é claro.

– Essa aqui está trancada, o que me diz que há algo que vale a pena roubar aqui dentro. – Ela levantou uma das malas no ar.

– Provavelmente tem – retrucou Adelaide. – Duques não viajam leves.

– Diz aí, duque? – Lucia continuou o teatro. – É uma barra de ouro ou algo assim? – Ela olhou para Adelaide. – Nenhuma chance de você estar com as chaves?

– É claro que tenho as chaves comigo – respondeu Adelaide. – Mas esse não é alguém a ser roubado, Lucia.

Lucia arqueou uma sobrancelha.

– Sob a proteção da Duquesa?

Adelaide deu de ombros.

– Sob a *sua* proteção? – Uma segunda sobrancelha imitou a primeira.

Clayborn já estava por aqui com as duas falando a respeito dele como se ele não estivesse ali. E certamente não daquela forma, como se fosse uma criança que precisava de uma governanta.

– Eu não preciso da *proteção* de ninguém.

– Tem certeza? – perguntou Lucia. – Meus garotos facilmente lhe roubariam até as calças.

– Eu sou perfeitamente capaz de lutar – disse Clayborn, ignorando a dor em seu ombro de onde levara o impacto do salto para fora da carruagem. – Eu lutei boxe por seis anos na escola.

– Ah, é mesmo? – Lucia inclinou a cabeça. – Seis anos de boxe na escola?

– E um nariz tão reto para comprovar isso – provocou Adelaide, contraindo os lábios.

Clayborn olhou de soslaio para ela.

– Talvez eu tenha um nariz reto porque não tinha o costume de perder.

– Mais provável que ninguém estivesse disposto a se soltar com um duque, mas se convença do que lhe traz conforto quando vai dormir, Vossa Graça. – Antes que ele pudesse falar mais, Adelaide olhou para Lucia e acenou na direção da carruagem. – Não pode ser reparado, pode?

– É só farpas e metal agora. É isso que seu duque ganha por ter vindo tão ao norte com um veículo feito para o Hyde Park.

– Ele não é meu duque – Adelaide retrucou.

Era verdade, mas Clayborn não gostara da velocidade com a qual ela dissera aquilo, como se mal pudesse esperar para se livrar dele.

Adelaide deu a volta para inspecionar a parte de trás do acidente, se abaixando, levando uma mão para os pedaços quebrados, buscando algo.

– Estamos de lados opostos novamente?

Ela não olhou para o duque.

– E não estamos sempre?

Ele supunha que sim. Mas houvera alguns momentos… Na noite anterior, naquele dia, enquanto corriam, nas docas enquanto se beijavam, quando parecia haver outro caminho.

– E, ainda assim, você fica aqui comigo em vez de me deixar aqui… seja lá o que estiver acontecendo aqui.

– Um pouco de gratidão não seria inapropriado, Vossa Graça, considerando o que Lucia e os meninos dela fariam com você.

Adelaide se virou para sorrir para enquanto os brutamontes se aproximavam. Os homens imensos sorriram de volta, como se estivessem em uma quermesse, e não parados ao lado de uma carruagem que saíra da estrada.

Clayborn cerrou os dentes com a familiaridade entre os três. Ele não queria que ela sorrisse para outras pessoas, queria que ela sorrisse para *ele*, maldição.

Não importava que da última vez que fizera aquilo, ele ficara tão transtornado que virara uma carruagem.

Não. Aquilo importava. Aquela mulher era o caos.

Clayborn se endireitou e olhou de cima para baixo para ela.

– Não necessito de sua proteção, Srta. Frampton.

Tudo pareceu parar com as palavras. Tobias e Rufus congelaram. Lucia olhou para cima de onde ela estava mexendo em outra mala.

– Claro que não. Você estava perfeitamente bem aqui com sua *brougham* virada em uma vala – disse Adelaide, extraindo uma lamparina dos destroços.

Maldição, ele poderia ter feito aquilo.

Ela a entregou nas mãos dele.

– Deixe-me ser clara, duque. Na lista de pessoas que tenho interesse em proteger, você está bem no final. Mas a última coisa de que preciso é que Lady Havistock conte para metade do mundo que a Quebra-Laços é responsável por deixar o Duque de Clayborn morto em uma vala. Seria muito ruim para os negócios.

– Ah, e eu achando que você sentiria minha falta se eu me fosse – retrucou ele, buscando em seu bolso um fósforo para acender a lamparina.

– Sinto muito decepcioná-lo. – As palavras estavam cheias de frustração e algo mais de que ele não gostou.

Mais uma vez, Clayborn se sentiu um estúpido.

– Adelaide.

Ela olhou para longe.

– Na próxima vez que decidir competir com alguém em uma corrida atravessando a Grã-Bretanha, você deveria escolher rodas melhores.

O silêncio recaiu entre eles, pesado e desconfortável, e Clayborn nunca sentiu tanta gratidão por um salteador – uma salteador*a* – do que quando Lucia interrompeu:

– Você deveria saber, duque, que seu irmão passou por aqui mais ou menos seis horas atrás. Tinha uma garota bonita com ele, e os dois estavam olhando um para o outro como se não houvesse mais nada no mundo para eles. – Ela lançou um olhar firme para Clayborn. – Ele é mais bonito que você.

– Ele é uma década mais novo do que eu.

– Provavelmente é o nariz quebrado – zombou Adelaide.

Lucia se virou, considerando a estrada escura que virava um breu fora do círculo de luz que vinha da carruagem.

Clayborn encarou Adelaide.

– Não tema, entre Os Calhordas e a sorte que tenho perto de você, tenho expectativa que meu nariz será quebrado em pouco tempo.

– *Shhh.* – Lucia levantou uma mão.

Ele obedeceu e ouviu o barulho a distância.

– Sozinho – disse Lucia suavemente, sem desviar o olhar da escuridão. – Vindo em disparada. Melhor esconder seu almofadinha.

– Não é meu almofadinha – disse Adelaide baixinho, já se movendo, puxando-o para se abaixar atrás do acidente e buscando a faca em sua bota.

Cada milímetro de Clayborn resistiu.

– Eu não preciso me esconder.

– Por aqui, com sua carruagem aos pedaços, você também não precisa ser achado – disse Adelaide com outro puxão. Ele permitiu que a ladra o puxasse ao lado dela, ignorando a dor que sentia na lateral de seu corpo desde o acidente enquanto enfiava a mão em seu bolso, tirando uma lâmina, que brilhou, afiada e maligna na luz da lamparina.

– Impressionante – disse ela, baixinho.

– Eu deveria me sentir insultado. Você acha que é a única que carrega uma faca?

Adelaide estava encarando através dos destroços, perto o suficiente para ser tocada. Se se virasse para olhá-lo, ela estaria perto o suficiente para fazer mais do que apenas tocar. Quando ela respondeu, mal foi um som:

– Bonita o suficiente, duque… mas você sabe usá-la?

Ele tensionou o maxilar, mas não respondeu enquanto o cavaleiro entrou no campo de visão deles, diminuindo a velocidade para analisar a carruagem destroçada.

Tobias e Rufus deram a volta para a frente, se colocando entre o veículo e Lucia, guardas gigantescos. Clayborn ficou tenso, odiando estar se escondendo como uma criança. Ele podia ser um aristocrata, mas não precisava de proteção. Ele que protegia, maldição!

Ele começou a se levantar para dar a volta e encarar o cavaleiro. Mas, quando o homem ficou mais próximo, um sujeito branco e alto no fim dos seus 20 anos, capa pesada ao redor dos ombros, o chapéu abaixado em seu rosto, tudo mudou. Adelaide pareceu virar pedra ao lado de Clayborn, uma pequena arfada chamando toda a sua atenção.

Ela reconhecia o homem e não gostava dele. O que fazia com que Clayborn definitivamente o odiasse. Ele encarou o homem, memorizando seu rosto de fuinha enquanto o cavaleiro tocava seu chapéu em sua montaria.

– Má sorte.

Nenhum dos três salteadores se moveu quando Lucia respondeu:

– Ou boa, se você está conosco.

O cavaleiro gargalhou, alto demais, e inspecionou a carruagem, e o olhar dele se estreitou justamente na direção onde os dois se escondiam. Ele não conseguia vê-los, Clayborn sabia, mas a mão de Adelaide se fechou em um punho em sua coxa.

Clayborn também não gostava nada daquilo. Sem pensar, esticou a mão, colocando-a em cima da dela. Sentindo o tremor ali. O nervoso.

Ele *realmente* não gostava daquilo.

Entrelaçando os dedos nos dela, o duque a segurou com firmeza, desejando que não estivessem usando luvas, observando-a. Esperando que ela olhasse para ele. Adelaide não o fez, mas o segurou com mais força e ele se sentiu grato por aquele pequeno instante, pela prova infinitesimal de que confiava nele... pelo menos mais do que ela confiava no recém-chegado.

– Nenhum de vocês parece um duque – apontou o homem.

Clayborn cerrou os dentes. Ele reconhecera o brasão.

– De qualquer forma, achado não é roubado – disse Lucia, ousada e alegre. – Essa pilhagem é nossa, então circulando.

Uma pausa e o homem considerou o que fazer a seguir. Uma loucura, considerando que Rufus e Tobias pareciam dois armários. Ainda assim, pareceu que todos eles prenderam a respiração.

Finalmente, o sujeito se afastou, e Clayborn esperou que Adelaide voltasse a respirar novamente antes de fazer o mesmo. Quando ela se levantou, ele a acompanhou, a urgência de mantê-la a salvo gritando dentro dele.

– Adelaide.

– Não. – Ela balançou a cabeça, ouvindo a pergunta que ele queria fazer antes que ele pudesse formulá-la.

Lucia deu a volta na carruagem antes que ele pudesse perguntar o nome do homem. Insistir que ela falasse.

– Deixem que Rufus leve vocês até o Galinha – disse a salteadora.

Adelaide ajustou seus óculos.

– Isso não é necessário. Minha carruagem não está nem a cinco minutos daqui.

Lucia pareceu ter algo a dizer, o olhar dela indo para Clayborn e para as mãos dadas dos dois, onde os dedos deles permaneciam entrelaçados.

Até Adelaide largar a mão dele como se ela queimasse, e o duque quisesse xingar. A noite inteira estava saindo do seu controle.

Lucia olhou para ele novamente.

– E Lorde Seis-Anos-de-Boxe-na-Escola é seu guarda-costas?

– Quando foi a última vez que precisei de um guarda-costas?

A outra mulher deu uma pequena gargalhada.

– Você não tem suas meninas contigo hoje, Adelaide Frampton. – Ela levantou um queixo na direção de Clayborn. – Ele pode ser sua melhor aposta.

Ele resistiu à vontade de enumerar Os Calhordas que nocauteara três dias antes.

– Quanto você cobra para sumir com a carruagem?

Lucia o considerou por um momento.

– E o brasão?

– Especialmente o brasão.

– Cinco libras pela carruagem. – Ela sorriu abertamente. – E outras dez pelo brasão.

Uma fortuna.

– Espero que esteja ganhando o melhor dos serviços.

– O melhor dentre os melhores, Vossa Graça.

Clayborn levou uma mão ao bolso para pagar Lucia.

– E vou levar os cavalos e minha mala.

Lucia entregou as malas com felicidade.

– E o que eu quero com uma bolsa de gravatas e um pote de sabão de barbear, de qualquer jeito?

Clayborn se voltou para Adelaide.

– Quão longe está a estalagem?

Ele tinha certeza de que ela sabia onde a corrida deles acabaria. E que as pessoas lá iriam recebê-la de braços abertos.

– Trinta minutos.

Clayborn assentiu, segurando seu grunhido. Ele precisava de um banho e uma cama e possivelmente uma agulha e linha depois do salto que dera. O duque não queria mais uma hora naquelas estradas. Mas ele não daria àqueles quatro a satisfação de saber suas fraquezas.

– Presumo que está cheio de pessoas muito bem pagas pela Duquesa de Trevescan e cheia de passagens secretas para você escapar? – Pelo menos ela teve a decência de parecer envergonhada. – Excelente. Estarei em casa. Sem mencionar, *preparado* para o que estiver por vir.

Ele não aguentava mais nada daquela situação louca em que se encontravam, então se virou de costas para Lucia com um aceno de cabeça.

– Foi um prazer conhecê-la, Srta. Lucia.

Ela arqueou as sobrancelhas com um sorriso de diversão.

– Qualquer amigo de Adelaide…

– Ele não é meu amigo – a ladra protestou.

– Definitivamente não – concordou Clayborn. – Nós estamos de lados opostos.

– Isso, entende?

– Sou apenas o homem que ela voltou para salvar quando poderia apenas ter desaparecido na noite e ganhado o dia.

Adelaide ficou boquiaberta e, se o duque não estivesse com tanta dor, teria aproveitado ainda mais.

– Isso não é…

Guardando na memória para considerar depois, ele levantou sua mala por cima do ombro e olhou para os homens a distância.

– E, vocês dois, obrigado por não roubarem meus cavalos.

Tobias tocou o chapéu. Com aquilo resolvido, Clayborn olhou para Adelaide.

– Para sua carruagem, se for de sua vontade, Srta. Frampton.

Houve um momento enquanto todos percebiam que o Duque de Clayborn havia tomado o controle.

– Eu vou falar uma coisa… – começou Lucia.

– Eu queria muito que você não falasse – Adelaide a interrompeu.

– …ele deve ser o primeiro duque de que já gostei.

CAPÍTULO 8

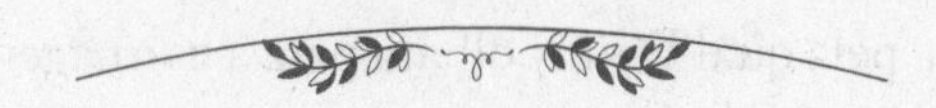

Trinta minutos depois, os dois entraram na Galinha Faminta para encontrar uma taverna cheia de pessoas e outra taverneira. Mary Bright não era tão amigável quanto Gwen, mas serviu cerveja, tinha camas ótimas e guardava com felicidade mensagens para Adelaide e as outras quando se aproximavam das fronteiras do norte. Mensagens como as que ela colocou no bar quando Adelaide e Clayborn chegaram.

Mary era uma nova adição à rede das Belas Fatais, tendo herdado recentemente a administração da Galinha Faminta de sua tia, um contato antigo da Duquesa. Mas ela logo entrou em ação quando Adelaide se apresentou, indo buscar a chave para o cômodo reservado às Belas.

A jornada fora silenciosa, Adelaide repassando os eventos vespertinos, o prazer da corrida deles, o terror de ver a carruagem de Clayborn se desintegrar na estrada.

Não porque o duque poderia ter morrido, é claro. Ele poderia fazer o que quisesse. Adelaide não estava se afeiçoando àquele homem bonito que era cada vez menos o aristocrata puritano que julgou que ele era, negociando com salteadoras e dormindo em cadeiras na frente de portas para alimentar um instinto maluco de mantê-la a salvo.

A mão dele na dela, os dedos entrelaçados.

Aquilo já acontecera antes com ela? Alguma vez se sentira tão protegida?

Claro que não, e estava tudo bem. Addie era perfeitamente capaz de se proteger. Era *Clayborn* que necessitava de proteção, afinal. Pior, se ela não estivesse lá, o duque teria sido roubado por Lucia e seus homens, ou, pior, por Danny Stoke, capanga de confiança de Alfie Trumbull, que estivera procurando por ela na noite que roubara d'Os Calhordas e ainda estava procurando por ela ali.

O que significava que Os Calhordas estavam envolvidos, e que ela deveria ficar fora de vista.

Adelaide também estava ligeiramente surpresa que Alfie enviara Danny para fora de Londres para encontrá-la. Ela não costumava sair da cidade e, quando estava por lá, não era impossível de achar. Mas ser caçada ali, dois dias ao norte da cidade, significava uma de duas coisas: ou ela roubara algo de muito valor ou Alfie Trumbull estava com raiva.

E com a forma pela qual Danny olhara para a carruagem, a forma como fitara o brasão do Duque de Clayborn, como uma raposa faminta em um galinheiro, ela sentia que era as duas coisas. E, enquanto a maioria d'Os Calhordas eram mercenários de cabeça-oca, Danny era diferente. Ele era a mão direita do pai de Adelaide por um motivo. Danny sabia o que estava fazendo e estava mais perto do que ela gostaria.

Ela afastou o pensamento, deslizando o dedo por baixo do selo de cera e lendo a curta mensagem ali dentro, maravilhada como sempre. Meros mortais precisavam de descanso, mas a Duquesa tinha uma rede vasta de mensageiros que pareciam não necessitar de nada daquilo. Quando combinados com a vasta rede de tavernas e estalagens postais de Mithra Singh, não havia nenhum lugar nas ilhas britânicas que as Belas não conseguissem alcançar em até 48 horas.

Adelaide fechou a mensagem. Helene e Jack estavam seguros, por enquanto.

– Meu irmão, presumo eu?

– Uma hora ao norte – respondeu ela. – Mesmo com seu desvio em uma vala ao lado da estrada, não estamos tão longe assim.

– Eles tinham seis horas de vantagem – retrucou ele. – Por que estão se movendo tão lentamente?

– Casais a caminho de Gretna têm a tendência de se demorar se acham que há tempo para isso.

– Por quê? Eles não iriam querer resolver logo tudo?

Adelaide encontrou os olhos dele, o calor subindo às suas bochechas.

– Eles também querem… resolver *outras* coisas.

– Ah. – Clayborn arregalou os olhos ao compreender.

Ela ajustou os óculos.

– Devemos trocar de cavalos e partir assim que descansarmos e comermos.

– Você ainda quer romper a união deles? – Os lábios de Clayborn se estreitaram em uma linha fina. – Deixar a garota solteira e arruinada?

– Pretendo devolver Lady Helene para Londres. – Adelaide fez o melhor para se esquivar da pergunta.

– Para a casa dos pais desagradáveis dela? Quando a moça poderia voltar para um marido que a ama?

Se tudo corresse conforme os planos das Belas, Helene e Lorde Carrington iriam viver seus dias em uma bênção romântica, com o pai da moça nas profundezas da prisão de Newgate. Mas, se Helene estivesse perdida, o plano também estaria.

– Para Londres.

Ele suspirou.

– Em algum momento você vai ter que me dizer o que está aprontando.

Era impossível. Addie não poderia dizer nada para ele sem revelar *tudo*. O assassinato cometido por Havistock, a ameaça a Helene e Jack, o plano das Belas.

Quando Adelaide não respondeu, Clayborn fez um som que saiu do fundo do peito, pura frustração. Um grunhido que não cedia em absolutamente nada.

Ela olhou para o duque, o rosto dele claro na luz de velas da taverna, e se encolheu.

– Você está… – Ela hesitou, estendendo a mão para o duque, parando logo antes de tocá-lo. Havia um arranhão alto na bochecha direita dele. Um do lado direito do queixo. O cabelo dele estava bagunçado.

– Uma bagunça? – ofereceu ele.

Ela assentiu e falou, baixinho:

– Você também perdeu seu chapéu.

Clayborn correu uma mão pelo cabelo escuro, o olhar dele sondando o cabelo dela, que Adelaide tinha prendido novamente com pressa quando deixaram a cena do acidente. Algo brilhou nos olhos dele, algo meio perigoso, meio excitante, e a ladra se forçou a desviar o olhar. Limpou a garganta e considerou a taverna, catalogando cada ocupante, buscando Danny.

Danny, que Addie sabia, sem dúvidas, que estava buscando por *ela*, em qualquer lugar aonde fosse.

– Ele não está aqui – contou Clayborn, as palavras baixas e severas, seus olhos azuis sérios e urgentes. – Você acha que não olhei? Acha que eu permitiria ficarmos aqui se ele estivesse? Você não precisa ficar tão surpresa, Adelaide. Eu nunca o deixaria chegar perto de você. – Ele fez uma pausa, então acrescentou, gentil, mas firme: – Ninguém nunca a protegeu antes?

Ela foi salva de responder quando Mary voltou com a chave para a acomodação das Belas.

Clayborn se inclinou sobre o bar de uma forma completamente não ducal. Ele estava *flertando* com a outra mulher? A taverneira deu uma risadinha do outro lado do mogno antes de fazer um espetáculo ao olhar para o livro de reservas.

Adelaide resistiu à vontade de fazer uma careta com a cena que os dois pintavam e se inclinou também enquanto Mary dizia:

– Sinto informar que não temos quarto disponível para a noite, senhor.

– Nada mesmo, é isso? – Ele se inclinou mais, para ler o que estava escrito no livro. – Hmm.

E então, antes que ela pudesse sugerir que o duque deveria encontrar um monte de feno nos estábulos, ele se virou para Adelaide e lançou um sorriso quente o suficiente para aumentar a temperatura do cômodo.

Tão quente que, quando ele estendeu uma mão acolhedora para ela, Addie se esqueceu de que não deveria segurá-la. Que não deveria deixá-lo puxar para perto.

Definitivamente não deveria ter deixado ele dizer:

– Tudo bem. Apenas terei que dividir o quarto com minha esposa.

Adelaide arregalou os olhos.

–Sua *o quê?*

– Só um quarto – disse ele, as palavras líquidas e apaixonadas. – Mais uma vez, acredita nisso?

Adelaide ignorou o arrepio que sentiu quando o duque sorriu e levantou a mão dela, *a mão que a traíra!*, até os lábios e beijou os nós de seus dedos.

Ela definitivamente não gostava daquilo.

Mas Adelaide não se afastou quando ele repetiu o gesto e voltou o sorriso na direção de Mary.

– Recém-casados. Ainda estamos nos acostumando com as palavras. Você poderia enviar comida e um banho para o nosso quarto?

– *Nosso* quarto? – Quem aquele homem pensava que era? A noite anterior fora uma exceção.

– De fato – disse ele, apalpando os bolsos, irritação e fogo acendendo no olhar dele. – E, para nossa sorte, devo dizer, já que parece que minha carteira sumiu mais uma vez.

– Lucia – falou Adelaide com um sorriso malicioso. Ele merecia aquilo.

– Sua alma gêmea. – Ele arqueou uma sobrancelha.

– Dedos leves geram bolsos pesados – respondeu ela, com simplicidade. – É um trabalho honesto.

– É mesmo? – Ele fez uma pausa. – Os homens dela, Tobias e Rufus… eles são…

– Os homens dela – Adelaide explicou. – Apesar disso, para mim eu acho que são mais homens do que um corpo precisa.

– Parece que Lucia não concorda – retrucou ele secamente.

Adelaide nunca vira Lucia reclamar, aquilo era verdade.

– Mary! – Adelaide fora salva da conversa pelo brutamontes grande demais, barulhento demais, gritando do outro lado da taverna, e a taverneira se assustou de uma forma que Addie conhecia bem até demais, a coluna ficando ereta e o queixo abaixando para esconder o sorriso que desaparecera. – Traga outra bebida pra mim!

O homem não precisava de mais uma bebida, Adelaide teve certeza quando viu a expressão tempestuosa no rosto da outra mulher enquanto ela obedecia. Adelaide vira aquela cena antes: contrariar o grosseirão não iria acabar bem para Mary ou para qualquer viajante que não fosse rico, poderoso e um homem.

Ela estendeu a mão para o braço de Mary, impedindo-a por um instante e cruzando o olhar com o dela. Uma vida inteira de conversas se passou pelas duas antes que a outra mulher se afastasse e fosse até o bêbado.

– Quem eram eles? – O homem perguntou alto o suficiente para ser ouvido do outro lado do recinto, mas foi impossível ouvir a resposta baixa de Mary. – Pare de falar com o almofadinha. Você não é cara o suficiente para ele.

A gargalhada foi alta demais, o tipo de risada que homens dão quando querem atenção, não diversão. Adelaide ficou tensa, os dedos se coçando para achar sua faca. Para dar um aviso ao homem.

– Se você vai para cima dele, vai precisar de um suporte – sussurrou Clayborn ao lado dela, as palavras afiadas como aço.

Ela não desviou a atenção do homem no fundo do bar. Adelaide não conseguia ouvir o tom que ele usava, mas não precisava, pois a forma que os ombros de Mary se encurvaram um pouquinho, como se pudesse se tornar pequena, invisível, era mais do que o suficiente. Addie sentiu raiva.

– Você está se oferecendo?

– Depende. Ainda estamos tentando não chamar atenção?

O coração dela acelerou.

– Raramente prestam atenção em mim.

Clayborn fez um som de descrença.

– O que é que isso quer dizer? – Adelaide olhou para ele.

– Algum dia, Adelaide Frampton, você vai perceber que é impossível não prestar atenção em você.

Antes que ela pudesse responder, o homem do outro lado da taverna tocou Mary no queixo, um gesto que poderia ser brincalhão se não carregasse tanta ameaça. Clayborn ficou tenso, fechando a mão em punho em cima do bar.

Adelaide colocou a mão na manga dele, sentindo os músculos rígidos do antebraço do duque.

– Agora não.

– Por que não? – Ele olhou para ela e Adelaide gostou do fogo nos olhos dele, como se a ideia de não fazer nada fosse uma heresia para o duque.

– Porque existem outras formas de lidar com homens como esse – respondeu ela. – Formas que são mais silenciosas e efetivas.

Formas que mandariam esse homem embora e fariam com que nunca mais pisasse na Galinha Faminta novamente. Porque eles não podiam se dar ao luxo de ter a atenção que estariam prestes a receber, com metade do lugar já os olhando e a outra metade se virando para fazer o mesmo.

– Ei! – O grito veio do outro lado. O homem imenso estava fazendo careta para eles, para Clayborn, que se levantou então, por que o que mais faria?

– Também conheço formas efetivas, Srta. Frampton.

Antes que ela pudesse responder, o bêbado continuou:

– Que que cê tá olhando, almofadinha?

– Maldição, Clayborn – Adelaide sussurrou baixinho. Eles precisavam ir para o andar de cima, rapidamente. – Fale nada não.

Por um momento, ela não teve certeza se ele a ouvira. E então, aumentando a voz, o duque disse exatamente aquilo, no maior tom de superioridade que Adelaide já ouvira:

– Nada não.

O brutamontes percebeu o insulto, ficando em pé, os punhos parecendo pedregulhos.

– Maldição, Clayborn!

– Para fora! – gritou Mary, apontando para o bêbado. – Estou cansada dessa merda, Billy.

– Para fora então. – Foi a resposta de Billy enquanto empurrava as pessoas da frente do seu caminho para chegar a Clayborn.

Adelaide empurrou sua parcela de pessoas, tentando levar Clayborn para a porta. Se corressem, os dois poderiam chegar à carruagem antes de os cavalos serem desatrelados.

Mas Clayborn virara pedra, imóvel.

Adelaide olhou para ele, que mantinha sua atenção no homem que se aproximava.

– Você não pode brigar com ele.

– Eu gostaria que você parasse com isso – disse ele, sua voz um poço de calma.

– Parar com o quê? – Maldição! Ela ia precisar de sua faca. Adelaide enfiou uma mão no bolso, buscando pela abertura lá dentro, atrás da faca amarrada à sua coxa.

– Parar de insistir que não sou bom de briga.

O homem imenso se aproximava e Clayborn nem estava olhando. Adelaide protestou:

– Seis anos de boxe na escola não é…

– Fique para trás – ele interrompeu.

Adelaide piscou com a instrução calma.

– Você não pode estar pensando…

– Bem ali, perto das escadas.

– Deus me livre de homens e suas insistências em brigas que não fazem sentido. – Ela balançou a cabeça, o olhar buscando o oponente de Clayborn. – Não, precisamos partir.

– Uma vez na vida, me escute, sua cabeça-dura. Perto das escadas. Agora.

A ordem foi afiada e inflexível, e, por algum motivo que Adelaide nunca compreenderia, ela obedeceu, se afastando.

Exatamente como Clayborn sabia que faria, porque ele não esperou para ver se ela obedeceria e, em vez disso, se virou para encarar seu adversário, que já esticara o braço para segurá-lo.

O brutamontes nunca teve chance.

O murro de Clayborn tinha uma velocidade sinistra e foi direto no rosto do homem mais largo, derrubando-o como um saco de farinha, direto no chão.

– Bem-feito! – gritou Mary, soando um pouco alegre e um pouco aliviada.

– Minha nossa! – Adelaide sussurrou, sentindo algo completamente diferente.

Clayborn olhou para Mary, que estava com os olhos arregalados atrás do bar enquanto os colegas de Billy vinham buscar o homem desacordado e tirá-lo da taverna.

– Não é da minha conta, mas esse homem não deveria ter permissão para frequentar seu estabelecimento, senhora. – Mary piscou, mas antes que pudesse responder, Clayborn se virou para Adelaide: – Agora, qual é a sua forma?

Quando ela não respondeu imediatamente, Clayborn acrescentou alto o suficiente para a taverna inteira ouvir:

– Não nos incomodem, nem a mim e nem à minha esposa.

E então Clayborn foi na direção de Adelaide, sua expressão severa e inflexível. O coração dela se acelerou enquanto ele se aproximava, e ela praticamente estava vibrando enquanto ficava parada no lugar, se recusando a se afastar da aproximação dele.

Sem querer se afastar.

Quando o duque a alcançou, ele se inclinou, próximo o suficiente para tocá-la. Para fazer mais do que isso.

Para beijá-la.

– Só seis anos? – Adelaide levantou o queixo.

– Na escola. – Clayborn arqueara a sobrancelha escura.

Onde ele aprendera o resto?

– Impressionante – disse ela, genuinamente. Querendo dizer ainda mais.

– Para cima. Agora.

– Por que você me chamou daquele jeito? – Adelaide não se moveu, mesmo quando todos os músculos de seu corpo pareciam gritar para que ela obedecesse. – Sua esposa?

– O que você preferiria? Inimiga? Adversária? Nêmesis?

– Todas as opções mais precisas – disse ela.

Clayborn suspirou.

– Talvez eu estivesse buscando a forma mais rápida de protegê-la.

– Eu não preciso de proteção – retrucou ela imediatamente. Adelaide estivera se protegendo havia anos. A outros também.

Ele não discordou, mas pressionou os lábios em uma linha fina.

– Um caminho de menor resistência, então.

– Resistência ao quê?

– A mim. Não tenho interesse em brigar com você agora.

E foi quando Adelaide percebeu que havia algo errado. Ela focou a vista nele, na forma como estava em pé, coluna ereta e orgulhoso… e se inclinando um pouquinho para a esquerda. Não o suficiente para alguém perceber, era verdade, mas Adelaide não era uma pessoa qualquer… muito menos aquele homem. Ela deveria ter percebido mais cedo, quando jogara sua bolsa na parte de trás da carruagem e subira no banco do motorista, os movimentos mais rígidos do que nunca.

Ela deveria ter percebido quando Clayborn tensionara a mandíbula com força nos minutos finais de sua jornada. Ou quando ele levantara sua mala e caminhara para a Galinha Faminta, os ombros um pouco mais encurvados do que deveriam.

Não que nada daquilo tivesse impedido que ele nocauteasse um homem.

Ela franziu a testa.

– O que foi?

– Nada importante. – Clayborn olhou para ela. – Um salto de uma carruagem em movimento e alguns hematomas nos dedos podem fazer com que um corpo queira um banho quente e uma companhia amigável, é apenas isso.

O olhar dela foi até o arranhão nas bochechas altas dele. O duque se virou instintivamente, não querendo que ela visse. Não querendo mostrar para Adelaide nem uma gota de fraqueza.

– Eu sou perfeitamente amigável.

– Sim, é exatamente desse jeito que eu o descreveria – disse ele, o humor na voz, deixando-a segurar a mão dele. Deixando que ela levantasse o seu pulso e corresse os dedos pelos nós dos dedos, vermelhos onde acertaram o brutamontes.

Quando o duque sugou o ar com o toque – seria dor? Ou algo a mais? – ela falou, as palavras quase um sussurro:

– Para cima, então.

Para cima, para o quarto dela. Para um banho. Para a comida. Para o descanso.

Para os dois, sozinhos.

Ela foi na frente.

O quarto ficava aos fundos da estalagem, virado para os estábulos e longe da taverna da parte de baixo. No tempo em que levara para Clayborn transformar o bar em caos, comida e uma água de banho escaldante haviam sido entregues, e, quando a porta foi fechada e trancada, os dois ficaram sozinhos com nada além do vapor que subia da água.

Clayborn inspecionou o quarto arrumado, pequeno e discreto com exceção à pintura a óleo imensa em uma das paredes, quase tão alta quanto uma pessoa, retratando seis mulheres, cada uma vestida em um vestido diáfano branco com detalhes em dourado, cada uma delas com uma espada e um escudo.

– Por que não estou surpreso de lhe darem o quarto em que deusas estão a protegendo?

– Donzelas-escudeiras – Adelaide o corrigiu.

Ele olhou para ela com uma pergunta no olhar.

Ela foi até a sua bolsa, ansiosa por se ocupar, sem querer considerar como os eventos no andar de baixo modificaram o que pensava do duque, que não parecia mais ducal.

– Elas decidiam quais guerreiros viviam e quais morriam no campo de batalha. – Movendo-se rapidamente, Adelaide pegou um frasco de óleo e adicionou várias gotas ao banho quente, mexendo a água para soltar o cheiro rico de alecrim no cômodo.

Adelaide se esforçou ao máximo para ficar de costas para o duque mesmo enquanto ele a observava de onde estava, próximo à porta, pressionado contra a parede. Ela não queria olhar para ele, não queria pensar no que viria a seguir.

– O que é isso? – A pergunta foi baixa, tranquila como o quarto, mas ainda pareceu roçar contra a pele dela como um toque.

– Essência de louro e alecrim. E casca de salgueiro. Vai ajudar com a dor.

– Então você decidiu que devo viver – disse Clayborn.

Ele não negou haver dor, e ela admirava aquilo.

– Para mais uma batalha, com certeza – falou Adelaide. – Você deveria entrar, antes de a água esfriar.

Clayborn resmungou, e ela foi até a janela, olhando para a escuridão abaixo, a luz das velas refletidas no vidro.

– Não há biombo – disse ela suavemente. – Não vou olhar.

Ele não pareceu se importar, e Adelaide foi consumida pelo som dele se despindo, lã e algodão deslizando lentamente, uma tentação pecaminosa no cômodo silencioso. Ela ouviu quando o duque botou um pé na banheira. O gemido abafado. Uma inspiração profunda, uma exalação longa.

A pele dela pareceu se repuxar, quente e desconfortável sobre seus músculos e ossos, e Adelaide precisou de toda a força de vontade para não se virar e olhar para ele. Aquele homem que viera de um mundo tão diferente do dela. Parecia impossível que estivessem no mesmo universo, muito menos no mesmo prédio… muito menos no mesmo quarto, enquanto ele tomava banho.

O duque era valioso demais para ser simplesmente olhado.

Como joias ou seda ou peles em uma vitrine. Caras demais.

Roube-o.

– Obrigado. Pelo banho.

Adelaide ficou tensa com as palavras, buscando por nada em sua bolsa.

– Mas é claro – respondeu ela, virada para o brocado escuro.

– Adelaide – Clayborn falou suavemente.

– Você não deveria me chamar assim – disse ela, porque achou que deveria.

– Está certa. Srta. Frampton.

Maldição! Ela não gostava de ter ele concordado com ela.

– Por outro lado… – A língua traiçoeira dela acrescentou. – Se vamos fingir ser casados…

O silêncio recaiu quando ela divagou, e Adelaide tentou manter o calor longe de suas bochechas no momento interminável.

– Vários casais casados usam os títulos.

– Que romântico. – Ela franziu o nariz.

– Não achei que você estaria interessada em romantismo.

– Não estou. – Ela se apressou em dizer. – Mas você deve concordar que chamar pelo primeiro nome é literalmente o mínimo que alguém deveria esperar da pessoa que deveria ser sua parceira em todas as coisas, amarrando gravatas e dobrando calças e essas coisas.

Ele riu.

– Nós estamos falando de uma esposa ou um valete?

– Eles são muito diferentes?

– Suponho que depende muito de o casamento ser romântico ou não. – Os olhos azuis dele brilharam na luz da vela. – Adelaide.

Clayborn falou como se estivesse testando o sabor do nome dela.

Qual era o gosto que ele sentira? Por que ela se importava com aquilo?

– Se formos fingir, é melhor fingir a versão romântica.

Ela ficou paralisada com a sugestão, outra oferenda. Outra coisa que ela poderia roubar. Mas em todo o tempo que Adelaide Frampton, batedora de carteiras de dedos leves e ladra lendária, atuara em qualquer lado do Tâmisa, ela nunca ficara tão enervada com o que poderia acontecer se cometesse um crime.

– Olhe para mim. – Outra ordem.

O coração de Adelaide parecia um trovão no peito. Ciente de que se ela aproveitasse a oportunidade naquela noite, de que, se roubasse naquela noite, poderia ser a única oportunidade que teria. Ciente, também, de que a punição poderia ser ainda pior do que qualquer outra que sofrera antes.

Ansiosa por algo que mantivesse a distância entre ambos, ela enfiou a mão em sua bolsa, tirando a caixa de Clayborn de lá. Só então, com a madeira contra sua mão, ela se virou para encará-lo.

Como regra, Adelaide não achava aristocratas atraentes. Não gostava dos cantos suaves e direitos, das roupas impecáveis. Tampouco gostava da forma como o cabelo deles nunca saía do lugar e suas luvas brancas que nunca se manchavam. Não gostava do fato de que nunca riam muito alto e nunca eram pegos de surpresa por um espirro e nunca faziam barulho enquanto tomavam sopa. Aristocratas, na visão de Adelaide, passavam tempo demais tentando ser perfeitos quando era a imperfeição que tornava viver algo bom.

E o Duque de Clayborn era a perfeição personificada. Na maioria das vezes.

Exceto ali, no banho, com o cabelo bagunçado e as bochechas vermelhas com a marca de sua queda da carruagem e o calor úmido que saía da água, um hematoma surgindo no ombro que usara para amortecer a queda, e a mão direita, dobrada de forma impensada na quina da banheira de cobre, como se ele pudesse se livrar da ardência do soco que dera no andar de baixo… nada nele era perfeito.

Ah, seu queixo era forte e o nariz era reto, e se o duque abrisse aquela bela boca, que era empiricamente bonita, Adelaide sabia que ele falaria com o tom nivelado e suave de uma vida inteira frequentando as melhores casas e as melhores escolas. O tipo de homem que Adelaide nunca achara atraente. O tipo de homem que não era para ela.

Mas ali, naquela banheira em um quartinho em cima da taverna Galinha Faminta, no meio do nada, em Lancashire, os olhos azuis dele a encaravam, cheios de um calor que Addie não ousava ponderar, e o Duque de Clayborn parecia… grosseiro. Selvagem. Livre.

Como se pudesse ser dela.

Adelaide respirou fundo, mas não falou. O que ela poderia dizer?

Quero você.

Ela foi salva de encontrar algo para dizer quando o olhar dele se moveu para a caixa vagarosamente, fazendo uma onda de calor atravessar Adelaide.

– Você vai devolver?

Segurando o cubo com mais força, ela respondeu:

– Como sua esposa, ele já não é meu?

– Vá em frente então. – Um canto dos lábios dele se curvou. – Você descobriu a solução?

Grata pela distração, Adelaide olhou para a caixa e virou o fundo. Pressionou os cantos como ele mostrara para ela na noite anterior, e então voltou à base novamente, fazendo aparecer um pequeno quadrado na lateral do cubo, um tipo de botão que, quando pressionado, revelava um cilindro estreito que não tinha mais de 3 centímetros.

Adelaide encontrou o olhar dele, o prazer correndo por ela ao descobrir a surpresa evidente e, melhor ainda, a admiração ali. A ladra segurou o cilindro no alto.

– A solução?

Ele negou com a cabeça.

– Não, mas um passo na direção certa. Estou impressionado.

– Obrigada. – Ela inclinou um pouco a cabeça para frente.

– Deveria estar enervado com a velocidade com a qual avançou.

Adelaide deu um sorriso torto.

– Você não seria o primeiro a hesitar com meus avanços.

Ele não riu.

– Eu lhe garanto, Adelaide, se você fosse fazer avanços em minha direção, eu não hesitaria.

Ah, não, aquilo era perigoso.

Faça. Vá em frente.

Ela não poderia. Nada de bom viria de seguir seus desejos com aquele homem. Em vez disso, Addie limpou a garganta e balançou o cilindro.

– O que é isso?

Clayborn balançou a cabeça, e ela sabia antes mesmo que o duque falasse que ele estava prestes a invocar as regras.

– Você gostou de nossa corrida?

Perigoso. Ela se esquivou:

– Não pensei muito a respeito.

Era uma mentira. Ela amara a corrida. Ainda conseguia sentir a forma que o coração dela se acelerava quando percebera que o duque a encontrara. Ele a pegara.

O olhar de Clayborn se estreitou um pouco, rápido o suficiente para Adelaide saber que ele sabia que ela estava se fazendo de desentendida.

– Você gostou.

– Você está tentando receber um elogio por saltar de carruagens e brigar em tavernas? – Adelaide fingiu inspecionar o pequeno objeto.

– Eu também fui bom em brigas nas docas, não fui?

Ele fora. *Bom até demais.*

Ela o encarou.

– Que tipo de duque é bom em brigas?

– Diga-me que gostou quando eu a encontrei. Na nossa corrida.

Uma verdade por uma verdade. Que regras estúpidas.

Quando Adelaide não respondeu, Clayborn apoiou as duas mãos nos cantos da banheira e disse:

– Justo.

E, antes que Adelaide pudesse fazer qualquer coisa para impedi-lo, ele ficou em pé, sem vergonha nenhuma.

Minha Nossa Senhora.

Se estivesse preparada, Adelaide poderia não ter olhado. Poderia ter se virado e evitado notar os rios de água que desciam pelo corpo dele, deslizando pelo relevo dos ângulos e gomos dos seus músculos, músculos que nenhum aristocrata deveria ter. Ela poderia não ter catalogado os hematomas por todo o torso dele, não apenas do salto da carruagem, mas vestígios da briga nas docas. A que o duque lutara por ela, para evitar que Adelaide caísse nas mãos d'Os Calhordas, da mesma forma como ele quisera mantê-la longe de Danny mais cedo e de Billy, no andar de baixo.

Hematomas não eram novidade para Adelaide. Passara a vida toda olhando para eles, cuidando deles. Hematomas eram como o mundo funcionava no South Bank.

Então por que ela sentia urgência em tocar os dele? Em curá-lo?

Por que gostava daquilo?

E por que ela *desgostara* tanto quando o duque pegou uma toalha e a colocou em seus quadris, escondendo o resto dele, o lugar escondido e privado que Adelaide não tivera tempo de catalogar.

Clayborn saiu da banheira, o som da água interrompendo os pensamentos dela e chamando sua atenção para onde as mãos longas e musculosas dobravam um lado do linho apertado contra um tendão saliente de seu quadril. Minha nossa, como ele era bonito.

– Obrigado.

O olhar de Adelaide subiu para o dele, e o duque explicou, mas não sem dar um sorriso misterioso, como se fosse capaz de ler os pensamentos dela:

– Pelo banho. O óleo... você estava certa, ajudou.

Ela balançou uma mão para minimizar as palavras.

– Não foi nada. É o que as esposas fazem pelos maridos, não?

Que diabos? De onde viera aquilo?

– Eu não saberia. Provavelmente não todas as esposas.

Adelaide o encarou então.

– Só as falsas.

Ele gargalhou, e ela gostou mais do que queria admitir.

– Humilha toda a instituição do casamento no chinelo.

– Como deveria ser – entoou ela e imediatamente se arrependeu das palavras quando o duque olhou para ela, curioso e aguçado.

– Você não liga para a instituição do casamento?

– Eu sou a Quebra-Laços. – Ela deu de ombros.

– Por quê? – Quando ela franziu a testa, ele acrescentou: – Por que fazer isso?

Adelaide pensou por um longo momento e então respondeu:

– No início, eu fazia porque alguém fez por mim.

– Você ia se casar.

– Eu iria ser casada – corrigiu ela. – A única filha de meu pai, uma oferenda de paz para um rival nos negócios.

Clayborn arqueou as sobrancelhas e, quando falou, foi um grunhido baixo e ameaçador:

– O que aconteceu?

– Foi algo bem comum, não muito diferente do que foi para várias outras. – Adelaide se perdeu na memória por um instante. – Nasci menina, então meu único valor era o casamento. Era ser trocada por dinheiro e poder ou paz. Sabia o que era esperado e estava pronta para isso. Eu vesti meu vestido de casamento e caminhei sozinha até St. Stephen na chuva.

– Sozinha. – Ele sussurrou um xingamento. – St. Stephen? Onde é isso?

Ela não queria contar a ele. Não queria que aquilo acabasse ali.

Clayborn assentiu, parecendo entender. Sem julgamento.

– Continue.

– O noivo ficou em pé ao meu lado e tudo foi perfeitamente ordinário. Perfeitamente normal. O padre começou e…

– E? – Ele a encorajou.

Ela balançou a cabeça.

– Antes do fim da cerimônia, um novo caminho me foi oferecido.

– A Duquesa de Trevescan.

Ele percebia tanto. Tão mais do que qualquer outra pessoa já percebera. Adelaide assentiu.

– Ela me ajudou a escapar.

– E o casamento?

Ela não entendera mal a pergunta. Ele queria saber se ela era casada.

– Não deu certo.

– Graças a Deus por isso. – Ela gostava do alívio na voz dele, como se o duque fosse pedir um ato no parlamento ele mesmo se a resposta dela fosse diferente.

Ela concordou.

– Depois disso, eu sabia que esse era o trabalho que eu queria fazer. Acabar com uniões ruins. Oferecer novos caminhos para as mulheres. Lembrá-las de que o casamento com um homem mau não é melhor do que uma vida sem um. Garantir que entrem em suas uniões com olhos abertos e, com sorte, de coração.

– De coração – repetiu ele.

Ela meneou a cabeça.

– Não finjo que todos os casamentos são por amor, mas, quando você se casar, não gostaria que sua noiva viesse com essa esperança?

Na sua vida, Adelaide nunca imaginou que teria tal conversa com um homem seminu. Muito menos com um *duque* seminu. Ela fazia bem em se lembrar daquele detalhe. Duques e homens eram sabores completamente diferentes.

Clayborn hesitou, e ela ponderou o que significaria aquela pausa. Em vez de perguntar, Adelaide disse:

– É o mínimo que deveríamos esperar.

– Ir de coração – disse ele, experimentando as palavras. – Parece-me que você acredita no amor.

– Isso é algo que você saberia. – Ela empurrou os óculos na ponte do nariz.

– Hmm – respondeu ele. – Então você acredita nele.

– Eu acredito nele – disse Adelaide, e era a verdade. Um ano antes, ela responderia diferente. Mas vira Sesily se apaixonar loucamente, visto até onde a amiga estava disposta a ir para proteger o homem que agora era seu marido. Vira o sacrifício, a tristeza e a alegria intensa. Mas aquilo era para Sesily, que nunca na vida aceitara não como uma resposta.

Adelaide não era Sesily.

– Também acredito que não é para todos.

Clayborn a observou por um longo instante, e ela se perguntou o que ele estaria pensando, em todas as respostas que jogara fora antes de escolher uma:

– Concordo.

Ele concordava?

– Também não é para você? – Por que perguntara aquilo? Ela não se importava.

– Isso – respondeu ele, como se tivesse ponderado sobre a questão por muito tempo. – Não tenho a intenção de me casar.

Adelaide pensou nas palavras, a memória de quando ele dissera que o irmão era seu herdeiro vindo com elas.

– Você não pretende se casar – disse ela. – Mas isso não é o mesmo de não amar.

Ele negou com a cabeça.

– Nenhum dos dois está nas minhas cartas.

– Que bobagem – disse ela, incapaz de manter o julgamento longe de seu tom.

– É mesmo? – A surpresa brilhou nos olhos dele.

– É, sim. Você é um homem decente, rico, poderoso e aristocrata, e, com um único propósito, se formos sinceros.

– Parece que estamos sendo sinceros – disse ele, cruzando os braços em seu peito nu. – Continue.

– Você se casar é algo exigido pela lei. Preferivelmente com alguém que compreenda seu mundo rico, poderoso e aristocrático, que então lhe proverá com herdeiros ricos, poderosos e aristocráticos.

Alguém mundos de distância da garota que passara a infância batendo carteiras de ricaços que se perdiam em South Bank. Alguém que nunca acabaria em um quarto escuro em cima de uma estalagem de beira de estrada conversando casualmente com um homem seminu. Um *duque* seminu.

Ela deixou aquele detalhe de fora.

– Jack e Helene irão me dar herdeiros ricos, poderosos e aristocráticos – Clayborn disse, se inclinando no canto da banheira. – E agora você sabe por que estou tão comprometido em vê-lo casado.

– Pelos *seus* herdeiros? – Ela sentia como se estivesse embaixo d'água. Ele poderia se casar e ter seus próprios herdeiros e, ainda assim, deixava o trabalho para o irmão.

Ela olhou para a caixa em suas mãos. *Que segredos tinha aquele homem?*

– Pelo herdeiro *dele*. Pelo casamento com amor dele. O que sempre foi o plano.

– E o seu plano? O seu casamento com amor? Com sua esposa perfeita?

Não havia tristeza alguma nos olhos dele quando respondeu:

– Não há casamento com amor para mim. – Ele hesitou e então acrescentou: – Se ela não vier com óleo de alecrim para meus ferimentos, acho que não seria tão perfeita assim.

Deveria ter sido uma piada. Honestamente começara como se aquela fosse a intenção de Clayborn. Na superfície, as palavras eram perfeitamente cordiais, cheias de gratidão comum e cavalheiresca.

Mas elas ficaram suaves e graves e, quando o duque falou novamente, soavam tudo menos cavalheiresco.

– Obrigado, Adelaide.

As palavras a puxaram até ele, apesar de não deverem.

– De nada.

– Hoje, nós brincamos de casamento, e eu voto pelo tipo que usa o primeiro nome. – Ele continuou falando, a voz grave e cheia de promessas. – Parece não valer a pena brincar se a única vantagem for ter alguém para dobrar minhas calças.

– Você não está usando calças.

Os olhos dele ficaram escuros e ele se endireitou, vencendo a distância entre eles.

– Você é bastante perceptiva.

– É uma habilidade bem treinada – disse ela distraidamente enquanto o duque avançava, ainda seminu. Praticamente todo nu, se ela fosse alguém que se importava com aqueles detalhes.

– Se nós fôssemos casados, eu a chamaria de Adelaide e não seria um escândalo.

Se eles fossem casados, ela não estaria tão quente. Tão tentada. Não estaria se movendo na direção dele, cada vez mais perto até não ter mais para onde ir, até conseguir cheirar o óleo de alecrim na pele dele.

Perto o suficiente para sentir o calor do banho, para tocá-lo.

– Eu a chamaria de Adelaide e você me chamaria… – As palavras dele foram tão graves que pareciam um trovoar no peito dele. Adelaide as sentiu como um toque em sua pele, como uma promessa.

Não termine. Não fale.

– Henry. – Perto o suficiente para saborear o primeiro nome dele, o nome proibido, na língua.

Perto o suficiente para ver a forma como as pupilas dele se dilataram, escurecendo seus olhos.

Perto o suficiente para gostar da mão do duque em sua bochecha, de como ele virara seu rosto para cima e a beijara.

Algo de que Adelaide gostou mais ainda.

CAPÍTULO 9

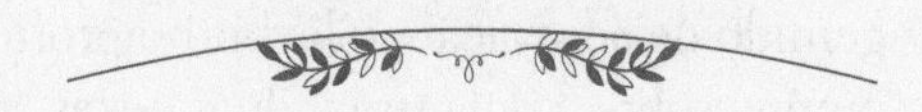

Havia pelo menos meia dúzia de motivos pelos quais beijar Adelaide Frampton era uma má ideia.

Primeiro, eles não estavam em férias divertidas. Estavam em uma missão para encontrar Jack e Helene e deveriam estar preparando uma nova dupla de cavalos, e não se demorando em quartos compartilhados em estalagens postais.

Segundo, Adelaide era uma ladra e tanto, algo que o costumeiro grupo de idiotas da sociedade pareceu não reparar, mas que ele notara, e, como naquele momento ela estava em posse da coisa mais importante que ele possuía, beijá-la deveria estar fora de cogitação.

Terceiro, apesar de Adelaide não parecer estar mentindo para ele, ela definitivamente estava escondendo muitas informações relacionadas à missão de ambos. Só por aquilo, ele não deveria beijá-la.

E a mais importante? Adelaide Frampton merecia um homem que a beijaria, a amaria e se casaria com ela. E Henry não era aquele homem.

Mas, naquele momento, com as velas e a luz da lareira projetando sombras longas que dançavam ao redor do quarto; as dores no seu ombro, na lateral do tórax e em sua bochecha dissipadas na fragrância mágica de alecrim que ela preparara, e com a memória dos longos e adoráveis dedos de Adelaide mexendo a água lentamente para misturar o elixir, ele não pensou em nenhum daqueles motivos.

Em vez disso, pensou que ela estava usando roupas demais.

E então Adelaide Frampton arfou, um suspiro suave e baixinho que a abriu para o beijo, e ele não pensou em mais nada. Henry a puxou mais para perto, a caixa que ela segurava caindo no tapete com um som abafado com o qual ele teria se importado se não fosse a tentação selvagem da boca de Adelaide, larga e macia e tão *bonita*.

Quando voltasse a pensar, o duque iria relembrar todos aqueles motivos pelos quais beijá-la era uma má ideia.

Mas, naquele momento, aqueles belos lábios se entreabriram, e Henry aprofundou o beijo, alinhando sua boca com a dela, desenhando o lábio inferior carnudo de Adelaide com a língua, saboreando seu sabor, doce e pecaminoso, enquanto ela se apoiava nele, deslizando a mão pelos ombros largos dele e abraçando-o pelo pescoço, pressionando-se contra ele.

Isso. Com um gemido de aprovação, Clayborn aprofundou ainda mais o beijo, passando a língua sobre a dela uma, duas vezes, antes de ela interromper a carícia e inclinar o rosto para cima, desnudando a extensão pálida da garganta para ele… uma oferenda.

O duque a tomou, sabendo que não deveria, sabendo que um cavalheiro nunca faria aquilo.

Sabendo que ele não era um cavaleiro.

Adelaide sugou o ar quando ele beijou o caminho do pescoço dela até a orelha, onde o duque sussurrou o nome dela mais uma vez, *Adelaide*, saboreando-o. Amando a forma que dizê-lo fazia com que se sentisse como um ladrão, não merecedor da familiaridade. Ela também amava aquilo, pela forma com que seus dedos deslizaram pelos cabelos de Henry e os seguraram com força, a ardência o encorajando.

Ele respondeu o gesto com uma mordida, tomando o lóbulo da orelha dela entre os dentes, até a ladra estremecer de prazer.

– Você gosta disso. – Ele não conseguiu impedir um sorriso.

– Hmm – disse ela, e o som, baixo e rico, quase o desfez. Ele estava duro e quente, e a única coisa que o impedia de colocá-la no colo e levá-la imediatamente para a cama era o desejo de fazê-la sentir o mesmo.

– Do que mais você gosta, Adelaide Frampton?

Ela abriu os olhos com a pergunta, as pupilas imensas com o prazer… Como se não tivesse certeza da resposta. Como se ela tivesse medo.

Henry se afastou, o dedo acariciando a bochecha dela, algo inesperado se apertando em seu peito enquanto ele esperava que Adelaide respondesse. Ele esperaria para sempre se fosse preciso.

– Eu não sei – sussurrou ela.

Ele se inclinou e deu um beijo suave no canto de um dos lábios dela, demorando-se ali um instante, maravilhando-se com aquela pele macia.

– Essa foi uma verdade. Devo lhe revelar o próximo passo para abrir a caixa?

Adelaide deu uma risadinha, os dedos se repousando na pele nua dos braços de Henry.

– Por favor, não me julgue se eu disser que não me importo nem um pouco com essa caixa no momento.

Henry teria gargalhado se não estivesse tão grato pela resposta. E, ainda assim, ele prosseguiu com calma, com medo de assustá-la.

– Um jogo diferente, então.

Ela se afastou, os olhos castanhos e curiosos demonstravam seu nervosismo, e o peito de Henry se apertou novamente, com algo inesperado e importante. Ele a soltou por um instante, gostando da forma que as mãos dela foram até seus antebraços, segurando-o com força. Talvez para se equilibrar. Ele esperava mantê-la por perto.

Henry se virou de costas mesmo quando ela soltou um som baixinho, questionador, e rapidamente encontrou suas calças, trocando a toalha por elas antes de encará-la novamente. Ele fechou os botões da braguilha enquanto Adelaide observava, o olhar cobiçoso e bem-vindo na pele ainda nua de Henry.

– Você... – começou ela e então parou, considerando a próxima palavra. – Acabou?

Céus, não.

– Só se você quiser que acabe – respondeu ele, voltando lentamente.

– Não quero. – Ela balançou a cabeça.

Que bom.

– Só achei que fosse gostar mais do jogo se ele não fosse tão... urgente.

A atenção de Adelaide voltara para o seu corpo, se demorando nas mãos que ele apoiava na cintura das calças. Ela engoliu em seco.

– Calças fazem as coisas serem menos urgentes?

Henry bufou uma risadinha sem humor, o seu membro enrijecido protestando contra a roupa em questão.

– Elas ajudam.

Aquele som baixinho novamente, o que sugeria que ela estava considerando a informação e ainda não decidira como continuar.

Continue, Adelaide, ele desejou.

O olhar dela se demorou no torso dele.

– Você tem um hematoma horroroso. Mais de um.

– Está tudo bem. – Ele não tirou a atenção dela.

– Não está – disse ela. – Você pode ter quebrado algo.

– Não quebrei. – Mesmo se tivesse quebrado, ele nunca iria admitir, não iria arriscar que ela parasse antes de começarem.

– Como você saberia? – questionou Adelaide, com um pouco de selvageria na voz. Ela estava frustrada, inquieta e incerta. Fora de controle. Ela não gostava daquilo, algo que Henry entendia.

– Adelaide, eu vou me remendar. – Ele lhe garantiu.

– Tem certeza? – Ela encontrou o olhar dele.

– Nenhum duque morto nas suas mãos hoje, meu amor.

Ela deu uma risada baixinha, e ele se sentiu quente com aquele som, antes de pegar fogo com as próximas palavras que ela falou:

– Então acredito que deva me contar mais a respeito de seu jogo.

– Descobrirmos do que você gosta.

Os olhos dela se arregalaram.

– Do que eu gosto?

O agudo na última palavra foi mais atraente do que deveria.

– É um conceito tão exótico assim?

– Não – respondeu ela, a palavra tão arrastada que Henry não acreditou. – Mas ninguém nunca… quer dizer, eu nunca realmente… Eu não…

– Srta. Frampton – ele a provocou. – Imagine minha surpresa ao descobrir que é possível deixá-la sem palavras.

– Eu não estou sem palavras. – Ela arqueou as duas sobrancelhas.

Henry esticou uma mão até ela, o mundo insano fora do quarto desaparecendo quando ele deslizou uma mão pela nuca, o dedão se posicionando perto da linha da mandíbula dela, virando o rosto de Adelaide para cima enquanto ele vencia a distância entre ambos.

– Então devo me esforçar mais.

A mulher abriu a boca para argumentar, e o duque roubou as palavras dela em um beijo lento que deixou os dois ofegantes.

– O fato de ninguém nunca ter te perguntado o que você gosta é um erro imperdoável. Pretendo corrigi-lo.

– Achei que você não gostasse de me beijar.

Ele ficou paralisado. Certamente ouvira errado.

– O quê? – O olhar dela se desviou, olhando para algum lugar atrás do ombro dele. Henry se inclinou para entrar na visão dela. – Não, não faça isso. O que você disse?

– Você… – Adelaide hesitou, e ele se forçou a ser paciente. – Você disse que eu não era digna de ser beijada.

Que diabos…

– Quando eu disse isso?

– Noite passada.

– Eu definitivamente *não* disse isso. – Ele estava ofendido com a própria ideia.

– Bem, você pediu desculpas pelo beijo. – Henry a observou enquanto Adelaide desviava os belos olhos castanhos para baixo, para algum lugar entre eles. O peito dele. Minha nossa, os cílios daquela mulher poderiam destruir um homem.

Não que Henry já tivesse pensado muito em cílios.

De volta ao assunto em questão, ele disse:

– Pedi desculpas por não ser cavalheiresco. Não era o momento. Você estava sendo perseguida, e eu me aproveitei de você.

– Você não se aproveitou de mim. – Ela o encarou.

– Eu lhe garanto que me aproveitei, sim.

– Não – disse ela. – Eu que o beijei.

– E eu a beijei de volta.

– Porque... você queria.

Ele assentiu.

– Bastante.

Adelaide deu um pequeno sorriso, como um segredo, um sorriso de que ele gostara bastante. Ainda mais quando ela disse suavemente:

– Bom, eu sei que sou um pouco sem graça...

Havia uma dúzia de coisas que Henry queria responder, mas começou com o mais importante:

– Adelaide... quem disse que você é sem graça?

Ela ficou espantada com a pergunta e balançou a cabeça.

– Todo mundo. Ninguém. Ninguém nunca precisou falar. Eu sei o que é bonito e o que não é e... eu tenho outros atributos.

Henry estava com dificuldade de encontrar as palavras para dizer que ela estava errada sem correr o risco de que ela o deixasse naquele quarto para sempre, e ela deve ter considerado a pausa dele como um encorajamento para enumerar os atributos que possuía.

– Eu sou forte e rápida e sou esperta...

– Você é tudo isso – ele concedeu. – Mas você também... – Ele pausou, buscando a descrição adequada. – Minha nossa, não há nada sem graça em você. Você é... *magnificente.*

Ela corou com a palavra, abaixando a cabeça, e Henry soube que aquela mulher não acreditara nele, algo que o deixou extremamente frustrado. Ele envolveu o rosto de Adelaide e disse com firmeza:

– Eu já lhe disse, eu não minto.

Adelaide o encarou por um longo momento.

– E você acha que eu sou digna de ser beijada.

Ele deu uma risada de descrença.

– Eu lhe garanto, Adelaide, há poucas coisas mais valiosas do que beijá-la. – Henry acariciou a pele suave da bochecha dela. Como conseguia ser tão macia? – Agora… não tenho certeza de que há algo mais valioso do que lhe beijar. – Ele esperou que ela olhasse para ele e disse: – Devo provar?

– Por favor – sussurrou Adelaide, e ele ficou ainda mais enrijecido com a forma suave com que ela falara, uma tentação imoral que o fez querer ouvi-la vez após outra naquela noite.

Henry começou com um beijo lento e profundo, até que ela suspirasse e se apoiasse contra ele, os deliciosos dedos longos de Adelaide traçando um caminho flamejante no peito nu dele enquanto ele a levantava e a carregava para a cadeira, colocando-a em seu colo. Ela arfou com o movimento quando Henry se demorou nos lábios carnudos dela por um instante. Uma mordidinha. Deliciosa. Quando ele a soltou e encarou os olhos deliciados dela, disse:

– E isso? Você gosta disso?

Outro sorriso, que ele beijou rapidamente antes de ela dizer:

– Sim. – Os dedos dela deslizaram pela pele dele, mal tocando-o. – Mas você não está com frio?

– Oh, não. – Ele estava pegando fogo, queimando por ela. Henry lambeu a pele do lugar onde o pescoço e o ombro dela se encontravam, onde a corrente de ouro que ela escondia dentro do corpete estava quente contra a pele macia, protegendo a pulsação forte e rápida dela. A satisfação correu por ele com a prova da reação dela. – Nem você.

– Não. Eu estou… quente.

– Hmmm. Isso *eu* gosto. – Henry rugiu seu prazer e levantou o queixo dela. – Mas este é um jogo do que *você* gosta. – Ele pressionou os lábios na parte de baixo da mandíbula dela, amando a forma como Adelaide estremeceu nos braços dele e afundou os dedos em seu cabelo.

– Isso – ela sussurrou. – Eu gosto disso.

Ele recompensou a confissão com uma carícia exuberante e longa nas costas, puxando-a contra si antes de deslizar uma mão até o canto do seio dela.

Os dois paralisaram, Henry usando toda a sua força de vontade para aguardar o consentimento dela.

Adelaide puxou o cabelo dele, e ela olhou de cima para baixo para Henry com aquele sorriso secreto mais uma vez, não mais tão secreto. Não mais tão recatado. Uma mulher que sabia exatamente o que queria.

– Eu acho…

Henry deixou o polegar se mover lentamente ao longo da curva do seio dela. Adelaide sugou o ar, a mão dela encontrando a dele, segurando-a com firmeza, pressionando-a com força.

– O que você acha? – Ele grunhiu, incapaz de parar. Céus, como ele queria aquela mulher.

– Eu acho… – As palavras dela se dissiparam, e ele pensou que estava prestes a enlouquecer.

E então Adelaide se moveu, segurando a mão dele com mais firmeza, movendo-a, usando-a, usando-o.

Colocando-o exatamente onde ela o queria. Exatamente onde ele queria estar.

– Aqui? – Ele mal reconheceu a palavra, que saiu grave e incompleta. Ele a provocou, tocando-a com a ponta dos dedos por cima dos seios, encontrando o mamilo endurecido embaixo do corpete, acariciando-o até ela se retorcer no colo dele e os dois estarem ofegantes. – Você gosta disso?

– Sim – respondeu ela. – Sim, eu gosto.

Henry a recompensou com um beijo.

– Do que mais você gostaria?

– Eu quero… – Ele ficou preso no silêncio depois das palavras. O que quer que Adelaide quisesse, ele daria a ela.

Então ela se levantou, maldição.

– Onde você está… – Ele tentou segurá-la.

Mas, antes que Henry pudesse terminar a pergunta, ela se ocupara com o laço das saias, desamarrando algo e desabotoando outra coisa de forma mágica e magnífica que as fez desaparecer, deixando-a com nada além do corpete do vestido e calças justas de uma seda verde. Ela montou no colo dele novamente, como se já tivesse feito aquilo mil vezes antes, e ele disse:

– Eu tenho uma dívida de gratidão com a sua costureira.

Adelaide gargalhou, os joelhos dela se apoiando na cadeira ao lado dos quadris dele quando ela se sentou nas coxas de Henry.

Ele a segurou pelos quadris e a puxou para perto, roubando outro beijo, se inclinando e traçando o decote do corpete dela com a língua, deslizando as mãos pelo torso dela. As mãos de Adelaide encontraram as dele outra vez, movendo-as para que ele segurasse os seios, testando o peso delicioso deles.

– Mais. – Ela abriu os seus olhos bonitos.

– Mais o quê? – ele provocou.

– Mais, por favor.

Não era o que ele esperava, mas, céus, era o que Henry queria. Aquilo o fez ficar desesperado para dar qualquer coisa para ela, tudo o que Adelaide pedisse naquela voz ofegante e cheia de desejo. Ele encontrou a renda frontal do corpete dela e desamarrou os laços até ela ficar quase descoberta. Puxou um canto da vestimenta, as costas dos dedos parando ao sentirem a pele quente dos seios de Adelaide, uma tortura para ambos.

– Henry – ela gemeu, e o nome de batismo dele quase foi o suficiente para fazê-lo atingir o ápice.

– Peça novamente.

Adelaide o encarou.

– Por favor.

– Hmmm – Ele grunhiu e deu o que Adelaide queria. O que os dois desejavam. Puxou o corpete para baixo e encontrou o mamilo dela com a boca, acariciando o bico enrijecido com lambidas suaves e chupando demoradamente.

– Minha nossa, isso, *por favor* – ela sussurrou.

E todas as vezes que ela falava aquelas duas palavras, aquele conjunto delicioso e indecente de palavras, todas as vezes que pedia para ele, Henry chupava e lambia novamente, dava o que ela desejava, até aquela mulher estar ofegante de prazer, as unhas afundadas nos ombros dele enquanto se roçava contra o colo de Henry, o calor dela era um presente e uma punição contra a ereção dele.

Clayborn a soltou e arrancou o corpete fora por cima da cabeça dela, querendo tocar mais da pele dela. Adelaide levantou os braços e deixou que ele a despisse, e ele os segurou acima da cabeça dela com uma mão, emaranhada nos tecidos e fitas, enquanto a outra acariciava a pele dela, testando o calor, se deliciando com a perfeição suave.

– Olhe para você – disse ele com suavidade, virando-a na direção da lareira, se deleitando com as curvas dela. Henry levou um dedo ao pingente pesado que ele finalmente revelara, um cilindro de cobre entre os seios dela e a encarou. – Cheia de segredos.

– Eu os troco pelos seus.

Ele quase concordou. Mas tinha outros planos para aquela noite.

– Você é linda.

Adelaide balançou a cabeça.

– Você me faz pensar que eu poderia ser.

Ela estava errada, é claro, e Henry se dedicou a provar, beijando, lambendo e chupando o caminho pelo corpo dela, acariciando a curva da cintura, a pele suave da lateral do corpo dela, a bela proeminência da barriga.

E Adelaide permitiu que ele o fizesse, se arqueando sob o toque dele, suspirando de prazer quando ele lambeu o lado de baixo de um seio, se contorcendo quando a provocara. Ela era tão responsiva que Henry se esqueceu de tudo além daquele quarto nos minutos em que Adelaide o deixou explorá-la.

Henry sentiu a cicatriz antes de ver, uma linha de cinco centímetros na última costela do lado esquerdo.

Não fora sua intenção se demorar ali. Na verdade, assim que percebeu o que encontrara, disse a si mesmo para deixar de lado. Para ignorar. Era antiga, já estava curada e não era da conta dele.

Talvez Henry pudesse ter feito aquilo se Adelaide não tivesse se encolhido, como se o toque dele tivesse trazido de volta uma memória. Alguém a tinha ferido. E, apesar de a cicatriz estar curada, ela não havia superado a dor.

Henry a libertou das amarras, jogando o corpete para o outro lado do quarto enquanto Adelaide passava um braço em cima da marca. *Quem a machucou? Como? Quando?* Ele mordeu a língua para não perguntar e não insistir que ela dissesse um nome. Ele não precisava perguntar para saber que ela não gostaria daquilo.

E Henry queria que Adelaide gostasse daquilo.

Ele queria que ela gostasse *dele*.

O choque do pensamento o fez olhar para ela novamente, guardando aqueles olhos que viam tudo, que seguiam todos os caminhos e calculavam todos os riscos. Henry sabia o suficiente de Adelaide Frampton para saber que ela passara seus dias enfrentando riscos. E ele não queria ser um risco, queria ser apenas uma recompensa.

– Adelaide? – Ele encontrou os olhos dela.

– Sim. – Uma resposta para uma pergunta que ele ainda não fizera.

– Solte seu cabelo.

Adelaide não hesitou, levando as mãos para tirar os grampos que prendiam o cabelo de forma apertada. Havia uma dúzia deles, talvez mais, e não foi um processo rápido. Mas Henry adorou cada segundo daquilo, amando a forma como os cachos rebeldes começaram a cair por cima do ombro dela, desenhando curvas, se enrolando ao redor dos seios e então…

Havia tanto, revoltoso e livre como uma nuvem de fogo. Ele xingou baixinho, indecente, deslizando os dedos pelo cabelo, a textura macia e sedosa era um deleite.

– Isso – ele grunhiu. – Céus, Adelaide, esse cabelo quase me matou hoje… eu acho que pode me matar de novo.

Henry pegou uma mecha longa e vermelha e a usou para pintar círculos ao redor dos mamilos dela, seu membro duro como aço enquanto ela se roçava contra ele, entregando-se. Quando ele não conseguiu manter a boca longe dela por mais um segundo, Henry se inclinou para roçar os dentes no bico rosado antes de acariciá-lo com a língua. Adelaide gritou, e ele a soltou, se afastando novamente.

– Eu gosto disso – falou ela. – De tudo isso.

– Eu sei.

Adelaide deu uma risadinha e estendeu a mão para ele, o toque dela como um presente, se inclinando para beijá-lo, seu cabelo glorioso caindo ao redor deles.

– Você é demasiadamente arrogante.

Ela o fazia ser. Fazia com que Henry quisesse se gabar para o mundo todo.

– Você diz isso como se eu não tivesse motivo para ser.

Ela arqueou uma sobrancelha ruiva em desafio.

– Você também é demasiadamente convencido.

Em resposta. Henry se moveu, levantando-a, virando-a, invertendo as posições deles e colocando-a sentada na cadeira enquanto ele se ajoelhava na frente dela. Adelaide fez um som de deleite quando o duque se inclinou e a beijou, os dedos dela enrolados no cabelo dele quando a ladra o encontrou, quando ela ficou à sua altura.

Ele a puxou pelos quadris, trazendo-a até a beirada da cadeira enquanto ela acariciava o peito dele, o torso e a bainha da cintura da calça, e foi a vez dela de agarrar o tecido, puxá-lo para perto.

Adelaide abriu as pernas, e Henry pensou que poderia se perder ali, na visão dela nua da cintura para cima, olhando-o de cima para baixo com deleite e desejo, e aquela ousadia belíssima que o fazia querer exibir para ela todas as melhores partes dele.

– Eu devo lhe dizer do que eu gostaria? – perguntou ele.

– Por favor.

Aquelas palavras novamente. Elas seriam seu fim.

– Eu gostaria de vê-la nua.

Adelaide arregalou os olhos, surpresa.

– Eu… você gostaria?

– Muito – respondeu ele, levando as mãos para o fecho da calça dela. – E, neste caso em particular, as calças não estão ajudando.

Adelaide deu uma risadinha, mas o som pareceu assustá-la, e ela levou uma mão à boca como se quisesse contê-la.

Ele odiava aquilo, o fato de ela manter o prazer reprimido, e jurou que faria o que pudesse para mostrar a Adelaide o tipo de prazer que não seria contido enquanto desabotoava a seda verde.

– Algum dia, eu gostaria de ficar uma hora ou duas a observando nelas. Mas hoje…

Ele terminou de desabotoar e puxou a calça na cintura, amando a forma como ela levantou os quadris e o deixou desnudá-la.

Henry sugou o ar ao vê-la à sua frente, a luz da lareira projetando sombras no corpo nu de Adelaide, por cima dos seios dela, dos músculos do tórax, da cicatriz nas costelas, dos ângulos de seus quadris e no monte de cachinhos ruivos entre as coxas longas dela, fortes e musculosas. Adelaide não se parecia com nada com o que ele já vira antes. Era um presente dos deuses.

O duque se sentou em seus calcanhares e passou uma mão pela boca, distraído com a visão dela, longilínea e bela. Não percebeu quanto tempo passou observando-a até a ladra se mover sob o seu olhar e se cobrir. E só então, quando percebeu o que ela estava prestes a fazer, ele também se moveu, segurando as mãos dela e deslizando os dedos entre os de Adelaide.

– Não.

Adelaide corou e, de alguma forma, a profusão de vermelho nas bochechas dela a deixou ainda mais bonita. Fez com que Henry se sentisse ainda mais sortudo.

– Eu… – Ela buscou por palavras e se decidiu por: – Diga algo.

Uma dúzia de coisas veio à mente de Henry. Ele poderia dizer a ela o quanto era bela, que ela o fascinava, que ele queria conhecer cada centímetro dela. Poderia ter contado que nunca estivera tão duro quanto naquele momento, que nunca quisera ninguém como a queria e que ele certamente nunca desejara ninguém daquela forma urgente e impaciente, que o fazia pensar que estava enlouquecendo.

Mas não queria assustá-la. E também queria que Adelaide acreditasse nele. Que confiasse nele.

Então em vez de falar qualquer um desses sentimentos desmedidos e inesperados que formaram um turbilhão dentro dele ao ouvi-la, Henry deu um beijo na pele sensível acima de onde as mãos deles se uniam e desenhou um círculo vagaroso e preguiçoso ali, até a respiração dela ficar ofegante e os dedos dela estarem mais uma vez no cabelo dele.

E então Henry apenas disse:

– Vamos ver do que mais você gosta?

CAPÍTULO 10

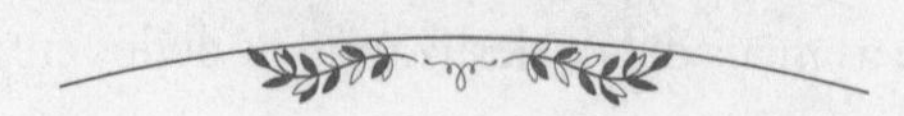

Ela já fizera aquilo antes. Não muito, mas uma garota que nascera onde Adelaide tinha nascido logo aprendia a não valorizar a virgindade. Addie fora noiva e havia alguns garotos quando ela era jovem e cheia de raiva. Uma vez ou outra tinha sido prazeroso.

É claro que ela sabia que outras mulheres achavam que o ato era mais do que prazeroso. Testemunhar durante um ano o hábito de Sesily e Caleb desaparecerem e voltarem amassados, bagunçados e brilhando era prova suficiente daquilo. Mas Adelaide nunca realmente imaginara que poderia ser *bom*.

Então o Duque de Clayborn tomara um banho na sua frente. E ele a chamara de Adelaide, a queimara com o seu toque e tinha a beijado em uma dúzia de lugares que ninguém nunca a beijara antes, e subitamente aquele ato que sempre fora rápido, desajeitado e no máximo *satisfatório* parecia que poderia ser... bem... extremamente *bom*.

E então ele a despira e olhara para ela como se estivesse faminto, e Adelaide se sentira quente, pesada e mais disposta do que nunca, não só por causa do toque dele – apesar do toque ser magnífico –, mas porque aquele homem a queria tão claramente.

Clayborn não queria as habilidades de ladra que ela possuía, ou acesso ao poder ao redor dela ou à vasta quantidade de informação que ela detinha sobre os homens de Londres.

Ele *a* queria.

E Adelaide gostava mais daquilo do que qualquer outra coisa.

Porque ela também o queria.

Henry a puxou ainda mais para a ponta da cadeira, deslizando suas mãos grandes pelas coxas dela, fazendo-a se abrir para ele. Adelaide permitiu, adorando a sensação. Ela nunca se sentira tão quente ou excitada, nunca sentira tanto desejo antes. Não pôde resistir a estender uma mão na direção dele, deixando os dedos deslizarem pelo peito e pelo torso daquele homem, explorando os músculos que ela admirara mais cedo. Addie se demorou em um hematoma que nascia na lateral do corpo dele.

– Você está machucado.

Ele segurou a mão de Adelaide e pressionou a palma da mão dela contra sua pele quente.

– Isso ajuda.

Ela também gostava daquilo, da forma como os músculos dele se tensionavam sob o toque dela enquanto o acariciava cada vez mais para baixo, até o lugar onde as calças dele encontravam a pele.

Os dois hesitaram então, e Adelaide sentiu uma explosão de deleite em seu peito, um sentimento inebriante que vinha da exploração. Ela se deliciou com o gemido baixo de prazer que veio quando explorou o membro ereto dele, apertado contra o tecido das calças.

– Mostre pra mim – sussurrou ela, pronta para o que viria a seguir. Ansiosa.

Henry balançou a cabeça.

– Você primeiro. – E ele abriu as pernas dela, se movendo entre elas para mantê-las abertas, deixando Adelaide exposta, quente e nua, só para ele.

Ela prendeu a respiração enquanto Henry a encarava, seu olhar severo e focado, como se tentasse memorizar o que via. Os segundos pareceram se estender em uma eternidade até ela não conseguir mais aguentar e se mover para se cobrir.

Ele segurou as mãos dela antes que Addie conseguisse, colocando-as nos braços da cadeira enquanto a beijava uma vez, brusco e selvagem. E, antes que ela pudesse retribuir a carícia, Henry já se fora, se movendo para lamber a pele macia do ombro dela, para roçar os dentes ao longo da curva do seio, para chupar primeiro um mamilo e depois o outro, até ela não se importar mais em estar nua – a única coisa que importava era que ele cumprisse a promessa de ondas intermináveis de prazer.

Ela levantou os quadris, dolorida, vazia e *cheia de desejo.*

Como se Adelaide tivesse falado em voz alta, ele deslizou os lábios mais para baixo, voltando a se sentar sobre seus calcanhares, abrindo-a ainda mais até que ela conseguisse sentir o olhar dele bem em seu centro.

– Você também gosta disso, não gosta, meu amor?

Mais um movimento dos quadris dela, outra arfada.

– Henry… – ela gemeu o nome dele.

O cafajeste gargalhou, o som grave e cheio de elogio.

– Daqui a pouco – sussurrou ele, a promessa feita para a pele macia do lado de dentro da coxa de Adelaide, seguida de uma fila de beijos.

Ele claramente estava fazendo aquilo para torturá-la, não podia ser para si mesmo. Adelaide não se enganava pensando que homens gostavam das partes antes do evento principal. E, apesar de estar gostando daquilo mais do que gostara de qualquer coisa antes, se viu mais do que disposta para chegar ao grande evento ela mesma.

– Você pode… – Ela parou, incerta de como dizer aquilo. – O que quero dizer é… – Outro início falso. – É que…

A língua dele fez um círculo mais acima na coxa dela, fazendo o prazer queimar por ela. Addie respirou profundamente.

– Eu já fiz isso antes.

Henry lentamente levantou a boca e olhou para ela de baixo para cima, do seu lugar ajoelhado aos pés dela. *Minha Nossa.* Ela gostava daquilo. Ele era largo e bonito e os lábios dele, que haviam dado tanto prazer, formavam uma curva pequena e curiosa que fazia o calor subir pelas bochechas dele, especialmente quando disse, simplesmente:

– Eu também.

Adelaide fechou os olhos. Aquilo estava óbvio. Da maneira como se sentia, Adelaide imaginou que ele estava em alta demanda atrás de vasos de samambaia em todos os salões de baile de Mayfair. Provavelmente por mulheres que tinham menos vergonha daquele cenário em particular.

– O que quis dizer…

Ele se virou para a coxa dela novamente, beijando-a mais alto, mais perto de onde ela o desejava.

Oh, céus!

– Você não precisa…

Mais beijos, ainda mais alto.

Ela se contorceu, e ele colocou uma mão pesada no ventre dela, impedindo-a de se movimentar. Mas Henry não parou, beijando-a novamente na outra coxa, dando uma lambida. Chupando um pouquinho.

Addie suspirou baixinho.

– Você pode só… fazer.

Desta vez, quando Henry olhou para ela, havia algo novo em seus olhos azuis. Algo que atravessava o desejo, algo selvagem.

– Fazer o quê?

Adelaide olhou para o teto, desejando desaparecer nas sombras ali em cima.

– Eu…

– Não – disse ele, o dedão acariciando a pele dela em um único movimento. – Conte para mim. Fazer o quê?

Por um momento, Adelaide pensou no que uma dama diria. E então percebeu que não havia situação em que uma dama diria algo remotamente próximo da resposta para aquela pergunta. Então escolheu as palavras que ouvira a vida inteira, o que ela sabia que ele queria.

– Você pode só… me comer.

O ar saiu de Henry como um sibilo.

Ela fechou os olhos. Fora muito grosseira. Maldição, ele iria parar.

Só que Henry não parou. Em vez disso, falou:

– Hmm. – Como se não tivesse considerado aquilo como possibilidade, e se moveu, as mãos deslizando pelas coxas dela e abrindo-a ainda mais. – Obrigado pela sugestão.

– De… nada – disse Adelaide, as palavras saindo com dificuldade enquanto os dedões dele circulavam a pele que nunca havia sido tocada com tanta demora e propósito.

– Diga, posso fazer isso? Tocá-la assim?

– S-sim.

– Você gosta?

– Eu… sim. – Muito.

– E posso beijá-la aqui? – Henry moveu os dedos, acariciando mais para cima, por cima de sua pele.

Um beijo na junção de suas coxas, onde se encontravam com o resto do corpo. Como aquilo era tão bom?

– Sim.

– Você gosta disso?

– Sim.

– Hmm. – Aquele som. Não deveria afetá-la daquela forma. Não era nem uma palavra e ainda assim, ela se enchia de desejo. – E você se importaria se eu…

Ele deixou as palavras morrerem e assoprou contra o centro dela.

– Eu… ah… não… – Ela ofegou.

– Você gosta disso.

– *Sim*. – Não era uma pergunta, mas ela respondeu de todo jeito.

– Bom – disse ele, a palavra como um elogio, deixando-a mais quente. Mais úmida.

Um grunhido suave saiu da garganta dele.

– Hmmm, você também gosta disso, não gosta, Adelaide? Quando lhe digo como você é boa? Como me agrada quando fala do seu prazer.

– Sim – sussurrou ela.

– Boa garota – disse ele, o elogio fazendo-a queimar de prazer.

E então Henry recompensou sua sinceridade com uma lambida longa e lenta que a fez pegar fogo. Ela gritou com o prazer, com a forma que ele se demorava na parte de cima de sua vulva. Quando ele levantou a cabeça, Adelaide estava ofegante e seu corpo não era mais seu, os quadris se levantando na direção dele, os dedos querendo segurar o cabelo dele e o fazê-lo voltar à posição.

Henry sabia, também, o brilho em seu olhar consciente como uma promessa arrogante.

– Não tenho intenção alguma de *só te comer*, Adelaide. Não há nada de "só" no que pretendo fazer com você. Nada banal na forma como pretendo tocá-la, na forma que pretendo beijá-la. – Céus, os dedos dele estavam lá, no centro dela, um deles deslizando pelas curvas suaves que a protegiam, dividindo suas dobras. – E quando eu fizer… não haverá nada banal nisso também.

Ela estava vibrando de excitação, a sensação da promessa aveludada nas suas partes mais íntimas. Adelaide nunca quis tanto algo como ela o queria.

E então ele disse:

– Mas não vou te comer esta noite, meu amor.

– Não vai?

Ele não ia?

– Não – respondeu ele, na direção do centro dela, acariciando o calor úmido de Adelaide com dois dedos agora, para cima e para baixo em movimentos lentos e excruciantes que a faziam querer gritar, chorar e gargalhar. Ele enfiou os dois no calor dela, dando um gostinho do que Addie queria. Uma dica de como seria ser preenchida por ele, forte e profundamente.

Uma pausa e então:

– Bem, talvez eu a coma um pouquinho.

Como era que o sotaque forjado em Mayfair, Eton, Oxford e na Câmara dos Lordes fazia a palavra crassa soar ainda mais suja? Ela não conseguiu se impedir e se moveu contra ele, tomando-o mais fundo.

– Sim. Por favor.

– É disso que você precisa?

Ela fechou os olhos com as carícias suaves e soltou um gemido baixinho de prazer.

– Hmmm. – Aquele som novamente, grave, rico e cheio de descoberta. Então ele começou a tocá-la com o dedão, circulando, buscando, achando lugares que a faziam arfar e suspirar, o tempo todo falando. – Você está tão molhada aqui, tão macia. – Ele deu um beijo no lado de dentro da coxa dela e sussurrou: – Tão doce.

Henry desenhou um círculo apertado onde o prazer dela se acumulava e ela gritou:

– Isso!

– Você também gosta disso. – A resposta dele era tão arrogante que Addie o teria chutado com felicidade se ele não fosse o responsável pelo que ela sentia.

– Não pare – falou ela, ofegante.

Ele obedeceu, mas não sem perguntar:

– Tem certeza?

– Minha nossa, sim.

Henry se moveu mais rápido, fazendo círculos menores e mais firmes, e ela se arqueou novamente, se esfregando contra o toque dele, sabendo que mais tarde, muito mais tarde, ela sentiria vergonha de ser tão devassa. Do espetáculo que fizera com seu desejo. Mas, naquele momento, ela não se importava. Naquele momento, tudo o que desejava era o toque dele.

Ele era tudo o que ela desejava.

– Tão bonita – sussurrou ele. – Tão perfeita.

Addie não era e sabia disso. Mas, naquele momento, ela acreditava nele.

– Por favor, não pare.

Adelaide se tensionou quando o clímax a alcançou, ao mesmo tempo em que ele afundava mais os dedos dentro dela, acompanhando o ritmo dos quadris, o som entrecortado da respiração dela alto e desesperado.

Tão desesperado. Não era o suficiente.

– Henry…

Ela não precisou dizer mais nada, pedir mais nada. Ele já sabia.

– Hmm – Mais uma vez aquele som que ela começava a adorar, o que indicava que ele estava pensando em todas as coisas pervertidas que poderia fazer com ela.

E, antes que Adelaide pudesse pensar melhor nessas coisas, ele já as colocava em prática, repousando a boca no lugar logo acima dos dedos dele, onde ela o desejava, arrancando um xingamento dela.

Deslizando os dedos no cabelo dele, ela se pressionou contra ele, o grunhido de Henry deixando-a louca, fazendo-a implorar ainda mais enquanto ele lhe dava exatamente o que ela queria, a boca dele como um presente, como o paraíso.

Henry a lambeu, explorando o calor quente, úmido e escuro dela de todas as formas possíveis – quando as lambidas longas e firmes a deixaram ofegante, ele diminuiu a velocidade para uma tortura deliciosa que a fizera xingar e mexer os quadris, e pulsar e implorar, e então ele apoiou as coxas dela no ombro, segurando o traseiro dela com as mãos largas. Puxou-a para perto, aumentando a velocidade, a língua dançando por ela até Addie abrir os olhos e encará-lo abaixo do seu corpo, encontrando o fogo azul do olhar dele. Presunçoso, satisfeito e pecaminoso.

– Isso – ele falou contra ela, a vibração fazendo-a tremer, os dedos dela puxando o cabelo dele. – Tome tudo.

Adelaide nunca fizera nada como aquilo, mas desejava. Queria obedecer. Então ela o fez, segurando-o com firmeza contra ela, a língua dele trabalhando em um ritmo glorioso, para frente e para trás, vez após outra enquanto Addie se roçava contra ele, ofegante, controlando-se para não gritar, buscando aquele prazer glorioso que estava quase chegando.

– Por favor – sussurrou para ele, para o universo. – Eu não consigo... Por favor.

E, então, o mundo inteiro estava se movendo. Não, ela estava se movendo. *Ele* estava, e Henry a soltou e... não. *Não.* O que ele estava fazendo? Por que ele estava parando?

Adelaide se agarrou a ele quando Henry a levantou da cadeira.

– O quê...

– Você vai gostar mais, meu bem.

Meu bem. Que palavras adoráveis. Que apelido adorável.

Antes que Adelaide pudesse corrigi-lo, fosse na cabeça ou em voz alta, ela estava caindo de costas na cama, com Henry seguindo-a, pressionando as coxas dela abertas contra a colcha de cama. Beijando a protuberância ali no centro. Chupando-a devagar, arrancando um gritinho dela.

– Melhor, não?

Ela encontrou os olhos dele, que brilhavam de prazer.

– Não, pior.

– Pior? – Ele franziu a testa.

Ela assentiu, sem compreender o que a possuíra.

– Você parou.

– Ah – disse ele, finalmente compreendendo. – Horrível isso.

Aquela sombra de sorriso estava de volta, e ela deslizou um dedão no canto da boca bonita dele.

– Eu gosto disso.

Henry mordeu a pele do dedão dela, correndo a língua por ela até Adelaide estremecer em seus braços.

– Minha boca? Eu percebi.

Ela riu.

– Não, seu sorriso. É tão raro que parece precioso.

O sorriso sumiu, e ela se arrependeu das palavras no mesmo instante.

– Devo lhe dizer o que acho raro e precioso?

O desejo na pergunta era inegável.

– Por favor.

– Isso aqui – disse ele, acariciando-a novamente, fazendo-a pegar fogo outra vez quando encontrou o lugar onde todos os nervos do corpo dela pareciam se juntar. Ele a circulou mais uma vez, e outra e falou na direção da pele dela. – Macia e molhada… – Ela fez um som baixinho e mexeu os quadris contra ele. – E tão reativa.

Henry se inclinou e a lambeu, estimulando a protuberância que estivera provocando. Parou novamente.

– Você tem gosto de verão. Como calor e céu… e pecado. – Ele voltou a chupá-la e depois a lambeu lentamente, até ela puxar os cabelos dele. – E quando você me cavalgar… – Ela fechou os olhos, tão indecentes na voz grandiosa dele. – Você me faz desejar que monte em mim de todas as formas, até você gozar.

Antes que Adelaide pudesse responder, enquanto as palavras espalhavam fogo pelas veias dela, Henry a abriu com dois dedos e se inclinou para frente, lambendo e chupando, acariciando-a em círculos pequenos e firmes, sem descanso. Ela não precisou pedir para que não parasse desta vez, ele não o faria. Não precisava lhe dizer do que ela gostava, ele sabia. De alguma maneira, Henry conhecia o corpo dela melhor que ela mesma naquele instante, e quando Addie estremeceu contra ele, fora de controle, continuava sendo de Henry, as mãos dele o dominando, o controlando, acariciando a pele dela, aliviando-a, deixando prazer e elogios em todos os lugares que tocou.

Adelaide gritou o nome dele e uma dúzia de outras coisas sem sentido enquanto ele a devorava, sem descanso, até ela parecer se partir ao meio e gozar, transbordando sob a carícia dele e os sons urgentes, bajuladores, deliciosos que falava contra ela. E, quando Addie gozara, forte e rápido, Henry continuou ali, a língua dele lisa contra ela enquanto ela tremia, a respiração ofegante, qualquer vergonha desaparecendo, tudo menos ele e o toque que a trazia de volta parecendo desvanecer.

E então Henry subiu em cima dela, se acomodando entre as pernas de Adelaide, pressionando sua ereção onde ela precisava do toque dele, sabendo de alguma forma que ainda o desejava, o tecido áspero da calça dele era a única coisa impedindo-o de estar dentro dela. Ele roçou os quadris contra ela, lenta e pecaminosamente.

– Coisa linda. Seu toque como brasa, o cabelo como fogo. Ameaçando me queimar por inteiro – ele sussurrou. – Onde você esteve?

Em lugar nenhum. A resposta surgiu em sua mente e Addie mordeu os lábios para se impedir de falar, apesar de, naquele momento, quando Henry pressionou o corpo contra o dela, envolvendo sua bochecha em uma mão e lambendo sua boca em um beijo profundo e devastador que tinha o gosto do prazer dela e do dele, ela sentiu como se estivesse sendo refeita.

Uma Adelaide diferente. Uma que ela não conhecia. Uma feita de prazer. Uma que não era só dela.

E, ao perceber isso, Adelaide se encheu de medo e de algo ainda pior. Algo que parecia esperança. Algo que a fazia se perguntar como seria acreditar nele quando o duque se separara do beijo e segurara o rosto dela com as duas mãos, encarando-a como se ela fosse algo para ser apreciado. Algo para ser notado. Algo para ser estimado.

Como se houvesse mais entre ambos do que aquele momento, aquele lugar e aquela noite.

Mas não havia.

Ela era Adelaide Frampton, plebeia e ladra vinda do lado errado do rio, mais confortável em becos escuros do que em salões de baile dourados. E ele era um maldito duque.

Tome prumo, menina. A voz que sussurrou em sua mente veio com o sotaque do South Bank, o que ela se esforçara tanto para esconder nos últimos anos.

Adelaide resolveu ouvi-la, puxando-o mais para perto para beijá-lo, tomando as rédeas na esperança de que isso a ajudasse a retomar o controle sobre si mesma, sobre a situação e sobre o que iria acontecer a seguir. Tentou se convencer de que a onda de prazer que sentiu quando Clayborn se entregou a ela era causada pelo controle, e não pela felicidade que vinha de saber que poderia afetá-lo como ele a afetava.

Ela precisava retomar o controle da situação e havia uma forma certa de fazer aquilo.

Adelaide o beijou nas bochechas, por cima da barba de um dia, e sussurrou:

– Tem certeza?

Ele acariciou o seio nu nela, o dedão circulando o mamilo até ficar rígido.

– Tenho certeza de quê?

– De que não vai me comer esta noite?

Henry ficou paralisado, colocando as mãos na cama e se levantando para encará-la, buscando seu olhar, profundo e abrasador. Como se pudesse ver tudo, a incerteza dela, o desejo por controle. Como se soubesse que o pedido era por mais do que prazer, era por poder.

– Não, meu amor. Hoje, não.

Adelaide não gostou do que viu nos olhos dele. Algo que poderia ser decepção, mas parecia mais compreensão, como se Henry ouvisse os pensamentos dela e estivesse já uma dúzia de passos na frente no jogo que jogavam.

Fazia com que ela quisesse se esconder.

Addie o empurrou no peito e ele rolou até ficar de costas. A decepção a assolou. Chegara ao fim – algo que não deveria ser decepcionante. Era o esperado, não era? Ela sabia que não havia nada além daquilo para Adelaide Frampton e o Duque de Clayborn, nada além daquele quarto quieto nos fundos da Galinha Faminta. Nada além daquela noite.

Era errado esperar que a noite não acabasse tão rápido?

Henry interrompeu os pensamentos dela puxando-a para perto, envolvendo-a em seus braços longilíneos e a aninhando ao seu lado. E, apesar de Adelaide querer resistir, se afastar, se enrolar no tecido do lençol e se esconder dele até a manhã, ela não conseguiu encontrar a força de vontade para tal. Não quando ele era tão quente, firme e acolhedor. Não quando Henry roçou as pontas dos dedos no ombro dela, pintando-o com o toque.

Não quando ele se virou e pressionou um beijo na testa dela, abraçando-a tão perto que Addie conseguia ouvir o coração dele.

Ficaram em silêncio por muito tempo, a taverna quieta abaixo deles, o mundo esquecido, do lado de fora. Adelaide se relembrou do toque dele e da forma como ela havia se perdido nos seus braços, na forma como aquele lugar, aquela noite, aquele homem de alguma forma pareciam estar fora do tempo, como se não estivessem em uma competição para alcançar o irmão dele, para salvar Lady Helene, para fugir do pai da moça e dos seus capangas. Como se ela não fosse Adelaide Frampton, uma garota das ruas, e ele não fosse o Duque de Clayborn.

Era como se os dois tivessem um futuro.

Era como se tivessem todo o tempo do mundo, quando não tinham.

Eles só tinham uma noite.

Menos de uma noite, quando ele sussurrou:

– Eu deveria…

Henry parou, mas ela terminou a frase de uma dezena de formas. *Eu deveria ter parado. Eu não deveria tê-la beijado. Não deveria ter a seguido. Não deveria ter me misturado com você.*

Eu deveria ir embora.

– Henry – sussurrou ela para o peito dele enfim, os dedos brincando com o pelo escuro ali. Adelaide não conseguia olhar para ele. Não podia arriscar a vergonha da recusa dele, uma vergonha que já ameaçava surgir, que estivera ali, nas beiradas de sua consciência a noite inteira. A vergonha que vinha de ser uma mulher sozinha, ocupando espaço demais, pedindo coisa demais. – Durma comigo.

Quando os dedos dele pararam de se mover no ombro dela, a vergonha se tornou algo vivo, um animal enjaulado, lambendo os beiços, como se estivesse esperando aquele exato momento para atacar. Tola Adelaide, plebeia do lado errado do rio, fazendo uma proposta a um *duque*.

Clayborn iria recusar o pedido, é claro, e voltar ao seu papel de cavalheiro responsável e apropriado. Voltar para a cadeira, a mesma em que ela se entregara para ele, colocá-la na frente da porta e se contorcer de forma desconfortável até dormir. Adelaide ficaria na cama, pronta para ser devorada por inteiro pela vergonha.

Mas de algum jeito, mesmo perante aquela fera, Adelaide não conseguiu resistir acrescentar um pedido, baixinho e insinuante:

– Eu iria gostar muito.

– Adelaide. – Ele respondeu com uma voz grave, dolorida.

Ela fechou os olhos. *Horrível. Um completo horror.*

Deveria se mexer, deixá-lo sozinho antes que ele a deixasse. Entrar em sua carruagem e ir atrás de Lady Helene, que estava, naquele mesmo instante, na cama com um homem que não desejava deixá-la.

Mas, antes que Adelaide pudesse fazer aquilo, Henry apoiou a palma da mão na pele dela, quente e pesada, abraçando-a apertado enquanto puxava a coberta da cama por cima deles. Uma resposta para o pedido dela.

Ficaram em silêncio mais algum tempo, os corações desacelerando, as respirações mais ritmadas, e Adelaide sabia que deveria fechar os olhos e tentar dormir. Ela definitivamente não deveria falar com aquele homem, que oferecia palavras bonitas e tentadoras. Ela não deveria se acostumar a conversar com ele.

Não deveria se acostumar com nada a respeito dele.

– Conte uma história para mim.

Adelaide levantou a cabeça.

– Que tipo de história?

– Uma indecente. – Ele arqueou uma sobrancelha.

Ela sorriu.

– Era uma vez um duque em uma estalagem de beira de estrada.

A gargalhada dele era grave e fazia o peito dele vibrar.

– Eu gosto dessa.

– Eu também – concordou ela, se inclinando para beijá-lo lenta e suavemente.

Quando pararam de se beijar, ela suspirou e Henry disse:

– Conte sobre o seu primeiro beijo.

Ela hesitou. Uma menina que nascera no coração de Lambeth perdia a inocência nova, mesmo se seu pai fosse um rei no lugar. Talvez *porque* seu pai era rei. Inocência era para garotas de Mayfair, não garotas como Addie.

– Você quer saber da concorrência?

– Acho que consigo vencer. – Adelaide nunca vira ninguém parecer tão arrogante quanto ele.

Ela não tinha dúvidas quanto aquilo. Mas apoiou as mãos no peito dele e o queixo em cima delas.

– Jamie Buck vivia no fim da rua. O pai dele trabalhava para o meu.

– Ah, a garota da torre.

Não havia torre, mas Adelaide não contou aquilo para ele. Não podia mudar de onde viera, e era bom que se lembrassem de que o mundo dela era muito diferente do dele.

Só que ela não queria que Henry pensasse naquilo, não naquele momento. Naquele momento, Adelaide queria que ele conhecesse a garota que ela fora um dia, então lhe contou mais do que ele precisava saber.

Ridículo.

– Eu gosto da ponte de Westminster. – Um lampejo de surpresa passou pelo rosto bonito de Henry com a mudança de assunto. – Sei que é esquisito, mas gosto. Suponho que posso dizer que só gosto de pontes, e eu gosto muito de pontes no geral mesmo, mas há algo especial na de Westminster. Há um poema sobre ela, de Wordsworth, acho? Sobre olhar a cidade a partir dela. *Como um traje veste agora esta cidade a beleza da manhã.* Conhece esse?

– Não – respondeu ele, e Adelaide temeu ter ido longe demais em sua história. Não havia nada interessante em poemas a respeito de pontes. – Mas gostaria de vê-la vestindo a beleza da manhã.

As palavras viraram um turbilhão dentro dela, fazendo o coração acelerar e Adelaide percebeu que talvez houvesse, afinal, algo fascinante em poemas escritos a respeito de pontes.

– Isso é adorável.

– Você é adorável – respondeu Henry, os olhos dele ainda fechados firmemente. – Continue. O que Westminster tem a ver com Jamie Buck?

– Há um torreão mais ou menos no meio dela que dá uma visão incrível do Parlamento. Você pensaria que toda a ponte teria a mesma vista, mas não é verdade. É um lugar específico, o quarto a partir do lado de Westminster, que tem o ângulo perfeito, onde você consegue ver diretamente os pequenos aposentos do Parlamento, e se estiver lá na hora certa, parece… mágico – disse ela com simplicidade, desejando conseguir explicar de forma mais clara. – Eu ficava naquele torreão por horas, desejando… – Ela deixou a palavra no ar.

– Desejando o quê?

Adelaide deveria ter previsto que ele não a deixaria parar por ali.

– Desejando que houvesse alguém ali, comigo – disse ela suavemente. – Estava sozinha a maior parte do tempo. Eu não odiava, mas meu pai… ele assustava as pessoas, meninos mais especificamente. E aqueles que ele não assustava estavam dispostos a fazer qualquer coisa para se aproximar dele, incluindo fingir ser amigo da filha dele.

Os olhos de Henry estavam abertos agora, observando-a como se não quisesse perder uma palavra que fosse e Adelaide mordeu o lábio, sentindo-se envergonhada e estranha, como se não devesse estar entregando partes dela para aquele homem, que era tão diferente dela, tão acima dela, de tal modo que, quando partisse, ela não tivesse mais esperança de tomá-las de volta.

– Eu costumava ficar parada no torreão e desejar um amigo – ela admitiu baixinho. – Desejava algo além do mundo que eu tinha, alguém que não fingisse interesse em mim por temer meu pai, ou querer se aproximar dele. Alguém que não me visse como um caminho para algo maior. Queria alguém que poderia ser… um parceiro. Que gostasse de mim por quem eu era. Que iria me *amar* por quem eu era, suponho.

– Continue. – Ele a abraçou mais apertado.

Adelaide engoliu em seco, subitamente desejando que houvesse alguma distância entre os dois.

– Uma tarde… Eu tinha 14 anos? Talvez 15? E Jamie entrou no meu torreão com um grupo de outros meninos, claramente procurando encrenca. Mas ele me viu primeiro. – Ela fechou os olhos. – Ele me *ouviu* primeiro.

– O que você estava dizendo?

Ela imediatamente se arrependeu de ter começado a contar a história, mas era tarde demais para parar agora.

– Por favor, lembre-se de que eu era uma garota novinha com a cabeça cheia de devaneios. Não sou mais tão impressionável assim.

– Já estou desapontado em ouvir isso.

A gargalhada ajudou com a vergonha, um pouco.

– Eu estava falando sozinha.

– Sobre o quê?

– Bem, não era exatamente sozinha, suponho. Estava falando com outra pessoa, alguém que não estava lá. Fingindo ter o parceiro que sempre sonhei. E Jamie Buck *ouviu*. Ele riu e riu…

– E? – Os olhos de Henry se estreitaram.

– E ameaçou contar para todo mundo. O que agora parece tão bobo, quem iria se importar? Mas, na época, era algo assustador. Ele conhecia meu… – Ela hesitou, sem querer revelar o passado dela naquele momento, quando estavam tão próximos e calmos.

Era questão de tempo antes que Clayborn soubesse de tudo. Mas Adelaide sempre fora uma ladra, e, ali, ela queria roubar tempo para eles.

– Meu pai teria odiado – disse ela. – Ele garantiria que eu nunca mais visitasse aquele torreão. Jamie disse que manteria o segredo se eu o beijasse.

Henry sugou o ar, Adelaide cruzou o olhar com o dele e encontrou fúria em seus olhos.

– Você tinha 15 anos. Isso foi o que, onze anos atrás?

Ela assentiu.

– Eu poderia estar lá. Eu poderia estar no Parlamento, passando por lá ao mesmo tempo. Poderia ter jogado o jovem Jamie para fora do maldito torreão.

– Isso parece um pouco exagerado. – Ela sorriu.

– Eu não estou achando graça, Adelaide. – Um grunhido veio do fundo do peito dele.

– Ajuda saber que ele foi encorajado por meia dúzia de meninos que estavam assistindo de um canto?

– Definitivamente *não*. – Ele parecia completamente furioso, e Adelaide precisava admitir que gostava bastante.

– Ajuda ouvir que ele beijava como um bacalhau e fedia a arenque em conserva? Dois fatos que garanti que o mundo inteiro pudesse ouvir?

– Bem, eu iria sugerir que você informasse o endereço atual do jovem Jamie, mas não imagino que ele foi capaz de fugir dessa avaliação em particular por muito tempo. – O duque fez uma pausa. – Ainda assim, pretendo levá-la para aquele torreão e beijá-la como você merece.

Henry não iria, mas era um pensamento amável. Adelaide colocou uma mão na bochecha dele, testando a aspereza da barba dele, amando o ângulo de sua mandíbula e a forma como ele puxou o ar ao sentir seu toque.

– Ponte ou não, Vossa Graça, você é um beijo muito mais memorável do que aquele.

Ele provou o que Adelaide dizia, então, em um beijo demorado, suculento e delicioso, saboreando o seu gosto, a sensação de seu toque e a respiração. E, quando Henry parou, pressionou beijos suaves ao longo do queixo de Adelaide e sussurrou *linda* no ouvido dela, e ela não conseguia parar de sussurrar as palavras que estavam se revirando em sua mente, um quebra-cabeça que não conseguia resolver.

– Por que você não se casa?

O toque dele hesitou na pele do ombro de Adelaide, mas ele não respondeu.

Ela apertou os olhos, grata por ele não conseguir vê-la na escuridão.

– Eu não deveria ter perguntado. Não é de minha conta.

Henry deu um beijo na testa dela.

– Para se casar, alguém deve entregar todo o coração. Não foi isso que você disse?

– Isso – ela assentiu.

– Eu concordo. O casamento deve vir com cada uma das promessas. Família, esperança e uma vida inteira com alguém que se importa com você. *Amor verdadeiro,* como chamam. Acho que é porque é o mais sincero que uma pessoa pode ser. – Ele parou um instante, olhando para o teto. – Não consigo amar dessa forma.

Adelaide queria gritar em protesto. Se alguém merecia amor, era aquele homem, nobre de uma forma que palavras não conseguiam descrever. Sincero ao máximo. Em vez de dizer isso, ela falou suavemente:

– Por que não?

Henry respirou profundamente, e ela se maravilhou com o som rico e quente, ao pé do ouvido.

– Porque algum dia, ela pode descobrir algo a meu respeito de que não goste e então onde estaríamos? Eu, completamente apaixonado, e a dama, desesperada para se livrar de mim.

– Segredos. – Adelaide compreendeu imediatamente.

– Já vi o que perder quem se ama faz com alguém. Não quero isso.

O que poderia ser? O aquele homem formidável estaria escondendo?

O peito dele subiu e desceu embaixo da orelha dela.

– No entanto, meu irmão planeja casar-se com uma mulher adorável. De fato, eu apostaria que os dois estarão casados até o fim da semana e bem empenhados em produzir os herdeiros ao meu título.

Adelaide levantou a cabeça e encontrou os olhos dele com um sorriso suave.

– Você se esquece de que eu raramente falho quando me dedico a uma tarefa.

– Então nossa corrida continua – disse ele, as palavras suaves, sem desafio.

– Não é mais uma corrida, estamos com uma carruagem a menos.

– Logo, você ganhou. E amanhã? Eu vou acordar com um quarto vazio, uma carruagem destruída e sem minha bolsa de dinheiro? Você acha que Mary me empregaria?

– É possível. Você daria um ótimo segurança para manter a paz.

– Seis anos de boxe na escola – disse ele, secamente.

Adelaide gargalhou novamente, apoiando a bochecha no peito dele.

– Acredito que há espaço na minha carruagem para você – disse ela, ciente de que não deveria estar tão feliz em fazer aquele convite. Ciente de que cada momento em que estavam juntos era um momento que ameaçava a vida que construíra para si mesma tão cuidadosamente.

As mãos de Henry deslizaram pelos ombros dela, e ele ressoou sob o ouvido dela:

– Você está disposta a dividi-la comigo?

Talvez fosse a calma do quarto, o calor da cama e a aspereza da barba dele enquanto beijava o topo da cabeça dela. Mas a pergunta não pareceu mais ser sobre carruagens. Não que fizesse diferença, porque Adelaide sentia que a resposta seria a mesma.

– Sim, eu gostaria muito.

– Hmm. – Aquele som delicioso, quente e maravilhoso. – Nós precisamos partir ainda hoje?

Eles deviam.

Mas Jack e Helene estavam a salvo em seus aposentos uma hora para o norte, sob o olhar atento da batedora da duquesa. E uma hora não era tão longe assim. Adelaide e Clayborn poderiam sair mais cedo, alcançá-los na hora do almoço. Levá-los até Gretna e deixá-los a salvo lá e durante o retorno.

Ficar longe de Londres um pouquinho mais, escondidos de todos.

Juntos.

– Suponho que poderíamos esperar – disse ela com suavidade, ciente de que roubava tempo. Ciente de que era um risco.

Henry a abraçou mais apertado em aprovação, aninhando-a contra ele, correndo a ponta dos dedos no ombro dela, para frente e para trás no ritmo lento de seu coração. Adelaide deixou seus pensamentos divagarem, passando por Jack e Helene, as Belas e a Quebra-Laços, Alfie Trumbull e Havistock… até chegarem a Henry e seus segredos.

A ideia de que ele não se casaria, que simplesmente iria… definhar. Que ficaria sozinho. Algo se acendeu no fundo do peito de Adelaide com aquela ideia. Não deveria tê-la incomodado. Ela era sozinha, não era? Fora por toda a vida até ali e esperava ser pelo resto dela.

Mas a ideia dele sozinho… dos dois sozinhos.

Havia algo naquilo, algo… sem amarras.

O que ele fizera com ela?

– Se você não se casar – sussurrou ela. Os dedos dele perderam o ritmo quando Adelaide o acariciou no peito, brincando com o pelo escuro ali. – Se você encontrar uma mulher sem planos de se casar, que sabe o que quer…

E de alguma forma, na escuridão, com os planos dele para o futuro revelados... Adelaide via algo a mais. Algo como possibilidade.

– Sou todo ouvidos. – Ele esticou a mão no ombro dela, pressionando-a contra o calor do corpo dele.

Ela respirou fundo, sentindo o cheiro dele.

– Casamento não é o único caminho.

– Eu deveria deixar a mulher me transformar em um amante?

A pergunta era grave e pesada, e com mais humor do que Adelaide gostaria. *Talvez.* Talvez houvesse um meio-termo? Um arranjo com ela? Um em que Addie continuaria a trabalhar e no mundo a que pertencia, e simplesmente... adicionava noites como aquela, com ele?

Ambos precisariam ser discretos, é claro. Ele era um dos rostos mais reconhecíveis do Parlamento, um orador brilhante, uma mente astuta e uma voz poderosa.

Mas Adelaide vivera a vida inteira sem ser percebida. E se conseguissem achar uma forma de repetir aquela noite? Por que não aproveitar?

Ficaram em silêncio, o burburinho baixo da taverna se transformando em uma calmaria tão impossível que parecia que não havia nenhum som além do coração dela. Ou era o dele, batendo em um ritmo estável sob o ouvido dela, se desacelerando enquanto o subir e descer do peito dele ficou mais lento e Henry dormiu com Addie em seus braços.

Adelaide ficou parada por uma era, minutos, talvez horas, aproveitando a sensação do corpo de Henry contra o seu. Da pele quente dele e o cheiro agradável do couro aquecido pelo sol que se misturava com o alecrim do banho dele. Ela nunca percebera o cheiro de um homem antes. Nunca percebera a marca que deixara.

Nunca sentira o prazer agudo que vinha de saber que ele era, mesmo que por um momento passageiro, dela.

Nunca se perguntara se havia uma forma de mantê-lo perto, abraçá-lo apertado.

Era a intensidade da experiência, toda a loucura daquilo, que a fez sussurrar na escuridão:

– Meu.

Certamente era loucura aquela palavra dar ainda mais prazer quando dita em voz alta do que dava em pensamento. Prazer, triunfo e um sentimento mais profundo que Addie preferia não nomear, sabendo institivamente que se ela o inspecionasse, que se ela colocasse em palavras... nunca seria capaz de esquecer.

Mas e se?

Pela primeira vez, Adelaide se permitiu considerar a possibilidade de que não precisaria esquecer o Duque de Clayborn, em toda a sua divindade aristocrática inalcançável. Talvez houvesse uma forma de continuar com ele – pouco convencional e limitada, mas um caminho que poderiam trilhar... *juntos*.

Amante, ele dissera. Uma brincadeira.

Uma palavra que ela nunca considerara antes, porque mulheres como Adelaide não eram feitas para serem amantes. Ela não era bonita o suficiente ou divertida ou sedutora para atrair homens para a sua cama. Mas por que não outra palavra? Se ele a quisesse? Por que não *companheira*? Por que não *guardiã de seu segredo*?

Por que não *parceira*?

Ela prendeu a respiração quando os pensamentos tomaram forma. Adelaide Frampton, que passara a vida inteira sozinha, enfrentando dor, perigo e solidão, que construíra seu lugar no mundo como uma mulher com um senso de justiça implacável, e uma vontade de fazer o que fosse necessário para que a justiça fosse feita, havia se desestruturado ali, no escuro... por *esperança*.

Estranho e desconfortável, o sentimento se revirou, transformando-se em algo ainda mais conhecido. Fácil de ignorar. Medo. Quem seria ela se começasse a se permitir esperar algo de outra pessoa?

Se ela permitisse dar um nome a ele, um rosto?

Se o roubasse para si?

As respostas ficariam para outro dia, porque naquela noite, para variar um pouco, Adelaide se permitiu experimentar como seria dormir nos braços de um amante, segura e desejada.

CAPÍTULO 11

Henry acordou com um barulho do lado de fora.

O quarto estava no breu que vinha na parte mais pesada da madrugada, as velas há muito terminadas e a lareira com nada além de algumas brasas. Ele tinha dormido com Adelaide em seus braços, quente, macia e relaxada pela primeira vez desde que se conheceram. O aroma dela o envolvendo, fresco como a chuva, o peso e o calor dela pressionados contra ele, os dedos brincando no peito dele em círculos perfeitos e sensuais, fazendo-o querer comprar a Galinha Faminta e nunca mais ir embora.

Fazendo-o desejar mantê-la ali, naquela cama, até que aquela mulher lhe contasse cada um de seus segredos.

Fazendo-o desejar contar para ela todos os seus.

O que era loucura, é claro.

Não era?

Adelaide lhe oferecera um futuro.

Desde os 14 anos ele sabia que não se casaria, que era melhor não se apaixonar perdidamente como os outros homens. Henry construíra para si uma identidade fria e impassível, que não o deixava aprazível para mulheres. Ou para qualquer outra pessoa, se fosse sincero. E uma vez que os outros percebiam que o ducado não era acessível, eles partiam, pois havia pouca recompensa em ficar.

Mas, de certo modo, aquela mulher desbravara o caminho com seus toques, seus beijos e os pequenos vislumbres com que ela o presenteava, como se fossem um tesouro. Algo bom, também, porque se Adelaide não tivesse oferecido ele poderia ter roubado, com o tanto que gostava deles. Pedaços soltos da vida dela, do mundo e da mente dela. Dos beijos.

E então, na noite anterior, depois que a segurou em seus braços e lhe contou que um casamento não estava no seu futuro, como ele temia amar uma mulher mais do que ela poderia amá-lo, a ladra não pedira por seus segredos.

Em vez disso, oferecera um novo caminho.

Ser amante dele.

É claro que era impossível. Henry observara Adelaide Frampton o suficiente para saber que não havia meio-termo com ela. Aquela mulher merecia um homem que pudesse lhe dar tudo: um casamento, uma casa, um maldito palácio se fosse o que ela quisesse. Crianças para encher o lugar de gargalhadas. Sinceridade. Uma vida sem segredos.

Ela merecia alguém que estaria ao seu lado de todo o coração.

Mas, nas profundezas da noite, naquela estalagem escura que parecia estar no fim do mundo, se Henry fechasse os olhos até conseguiria pensar que aquela pessoa poderia ser ele.

Mesmo sabendo que não deveria, ele a abraçou mais apertado, puxando-a para perto. Correu a mão pela pele suave das costas dela, parando quando encontrou uma saliência. Um indício de outra cicatriz, maior do que a da lateral do corpo dela.

O que o mundo fizera com aquela mulher? A raiva queimou por ele, quente e impaciente, seguida de um desejo voraz de encontrar quem lhe fizera mal e destruí-los. Para vingá-la. Para protegê-la.

Não preciso da proteção de ninguém, ela dissera no andar de baixo depois que ele enfrentara o brutamontes e a chamara de esposa.

E ela não precisava mesmo. Pelo menos não o tempo todo. Ele já a vira proteger pessoas muitas vezes. Ele já a tinha visto encarar de frente aristocratas e brutamontes, da mesma forma. Minha nossa, ele a vira pular em um barco em movimento, como se cair no Tâmisa não fosse tirar a vida de qualquer desafortunado que tivesse esse fim.

Adelaide não precisava de proteção, mas, ainda assim, ele queria protegê-la.

O pensamento ficou mais claro na escuridão, e a porta do quarto se estilhaçou, batendo contra a parede com a força de um chute bem dado.

E, então, não mais havia *necessidade* de protegê-la, só restava fazer isso.

Adelaide se sentou, acordando abruptamente, os lençóis deslizando até sua cintura e Henry gritou:

– Fique aí!

Enquanto ele saía da cama e buscava sua adaga.

– Ah, de jeito nenhum que vou fazer isso – retrucou ela quando ele subiu na cama para cruzá-la, saltando e caindo agachado ao pé da cama para encarar os intrusos, colocando-se entre eles e ela.

Sob a luz da lamparina do corredor, Henry conseguia discernir dois deles, um alto e magro e o outro largo, grande e fedendo a cerveja, algo óbvio por sua lentidão. Era o brutamontes de mais cedo.

– Ah, Billy – disse Henry ao se aproximar. – Você deveria ter ficado desacordado.

– Eu não vou ser vencido por um almofadinha, não vou – disse Billy, seus punhos gigantescos levantados no escuro. – E esse camarada aqui precisava de ajuda pra te colocar no seu lugar.

Henry olhou para o outro homem que estava mais para trás, envolto nas sombras e o reconheceu. Era o homem da estrada, o que diminuíra a velocidade, espreitara como um predador, como se soubesse o que estava caçando… até que achara.

Que gentileza tornar mais fácil para Henry tirá-lo de ação, também.

Uma pederneira brilhou atrás deles e uma vela se acendeu. Os olhos de Billy se arregalaram quando ele olhou para Adelaide, os lábios grossos se curvando em um sorriso nojento.

– Não esperava a bela vista. A sua *esposa* não parece muita coisa assim vestida.

E aquilo era tudo que Henry precisava saber.

– Está claro que você *não* aprendeu a lição – disse ele com uma certeza gélida. – Aquela que diz que você deve tratar mulheres com respeito.

Billy olhou para ele.

– Eu vou tratar com respeito quando não estiverem de bunda de fora. Parece que até uma dama pode parecer uma puta.

E, quando o sujeito voltou o olhar malicioso para Adelaide, todos os pensamentos de Henry o abandonaram e ele acertou Billy com um soco preciso e rancoroso. O brutamontes gritou, cambaleante depois do golpe, mas Henry não deu trégua.

– Você… não… pode olhar… para ela… – disse ele, uma fúria gélida nas palavras, cada uma delas pontuada com outro soco, cercando-o. – Você não pode nem *pensar* nela.

Ele deu um golpe final, e o homem caiu novamente, desacordado. No entanto, antes que Clayborn pudesse considerar seu trabalho, algo chacoalhou na mesa de cabeceira atrás dele. Um castiçal, uma jarra de água, ele nunca saberia. Fosse o que fosse, ele não gostou e, quando se virou para encarar o que o esperava sem hesitar, descobriu o porquê.

Henry cometera um erro. Enquanto se vingava de um homem orgulhoso demais e genuinamente estúpido para ser um perigo real, o outro homem, o silencioso, o que ele logo descobriria ser muito mais perigoso, havia ido atrás de Adelaide.

E, em vez de gritar por ajuda como era esperado, aquela mulher o encarara, alta e de cabeça erguida, como se fosse uma guerreira em armadura completa e não estivesse enrolada em um lençol que arriscava cair no chão.

Adelaide estava nua. Ele a despira e a levara para a cama, ignorando o fato de que fizera um inimigo na taverna. Ignorando o fato de que poucas horas antes, ele saltara de uma carruagem em movimento, uma ação que o desgastara.

Os dois deveriam ter se vestido antes de dormir, mas ele queria sentir a pele dela contra a dele, tudo isso com a crença de que poderia mantê-la a salvo do que fosse. E, em seu egoísmo, em sua arrogância, ele a colocara em perigo.

Henry se precipitou na direção deles, mas parou ao entender o que se desenrolava.

Enrolada em nada além de um lençol, parecendo uma deusa, Adelaide segurava sua adaga prateada no pescoço de seu agressor.

Quando ela falou, era com a calma praticada por alguém que já ameaçara cortar gargantas antes.

– Não se aproxime, duque. Eu não quero que minha mão escorregue.

Henry parou, considerando a situação.

– Não decidi ainda como me sentiria se sua mão escorregasse, para ser sincero. Eu deveria ter dado um jeito nele na estrada.

Adelaide não olhou para ele – *boa garota, continue focada em seu inimigo* –, mas ela sorriu para o outro homem.

– O duque sugere que eu o mate, Danny. O que você acha disso?

E ali, na familiaridade do diminutivo, Henry percebeu que os dois não apenas se reconheciam, eles tinham uma história.

Ele continuou parado, observando as emoções que passaram pelo rosto dela. Frustração. Decepção. Raiva. E algo a mais, algo parecido com vergonha. Henry fechou uma mão em sua lateral, mal sentindo a ardência dos vergões devido à raiva que sentia daquele homem por fazer Adelaide sentir qualquer coisa parecida com vergonha.

Danny, vários centímetros mais alto e cerca de 10 quilos mais pesado, abriu os braços e levantou o queixo, exibindo o pescoço com audácia, como se estivessem no andar de baixo bebendo cerveja e não ali, no escuro, com uma lâmina na garganta.

– Não importa como você se chama agora que anda com esse povo de Mayfair, 'cê sempre vai ser de Lambeth, Addie Trumbull. – Ele olhou para Clayborn de forma combativa. – Mesmo trepando com um duque. – Ele deu um sorriso. – Mas talvez ele goste de rolar na lama como alguns almofadinhas gostam.

Foi ali que Henry decidiu que destruiria aquele homem.

– Certo, Danny, então você me encontrou. E agora?

Ela sabia que estava sendo perseguida? Por que a estavam perseguindo? E, ainda por cima, por que perseguida por aquele... cavalo?

Danny sorriu.

– Alfie quer falar com você. Não tá feliz que 'cê entrou no território dele e pegou o que não era seu.

– Eu já sofri as punições de Alfie antes – ela argumentou.

– Agora, não tava esperando por ele. – Danny apontou para Clayborn com a cabeça. – Tem uma recompensa pela cabeça dele. Imagine minha surpresa quando a carruagem do duque apareceu quebrada na estrada no meu caminho para te alcançar, Addie? O duque que está viajando com a Quebra-Laços? Isso que chamo de dia de sorte. – Ele fungou. – Claro que a culpa é do duque por andar por aí com um brasão na porta como um cafetão. Uma carruagem feita pra ostentar e não pra resistir. – Ele fez um som de desaprovação com a língua. – Nenhuma escolha esperta, Addie. Seu paizinho não vai ficar feliz.

O *paizinho dela?*

– Quem colocou a recompensa no duque? – perguntou Adelaide.

– Havistock não gosta de pontas soltas e paga bem por uns cadáveres. – Ele fungou novamente. – Pretendo entregá-los.

Havistock. Henry sabia que Havistock queria arruiná-lo, mas...

– Por que Havistock me quer morto?

Danny deu de ombros, mas nem olhou para ele.

– Não importa para nós, o dinheiro vale o mesmo sem importar se o motivo é bom ou ruim.

– Alfie pegou o trabalho de matar um duque?

Danny lançou um olhar arrogante para ela.

– Alfie pega todos os trabalhos que eu digo para ele pegar.

– Bom, 'cê deve mandar ele direto para o hospital psiquiátrico de Bedlam por esse – disse ela, o sotaque do sul de Londres pesado em suas palavras. – Matar um duque te levará pra forca mais rápido que 'cê esquartejar alguém, Danzão.

O homem fungou.

– Vale o risco. Agora, minha única pergunta é... devolvo 'cê pro seu paizinho como o pedido, só um pouco usada, ou eu levo 'cê para Londres como a Quebra-Laços? Tem tantos bastardos cheios da grana te querendo morta que daria para vender ingressos e nunca mais precisar trabalhar na vida.

Adelaide sugou o ar com as palavras, e Clayborn se empertigou com a dureza do som. A preocupação que vinha nele. O segredo, o que ele sabia porque parecia ser a única pessoa de Londres que conseguia ver a luz de Adelaide Frampton, às claras e nas mãos erradas.

Enquanto considerava o que seria necessário para manter o inimigo em silêncio, Adelaide disse:

– Então o que, 'cê acha que vou pagar pelo seu silêncio?

– Eu acho que 'cê não tem escolha – respondeu o homem. – Mas vamos falar sério, cê não consegue me pagar nem perto do que o resto de Mayfair pagaria para se vingar da ruína que 'cê trouxe para eles. Nem se as suas meninas rasparem os cofres. – Ele olhou para Clayborn novamente. – Nem se seu duque jogar uma moedinha ou outra. Mayfair te odeia tanto assim.

– Isso era pra ser uma ofensa? – questionou ela.

– Não era pra ser bom, gracinha. – Danny sorriu.

Ela pressionou a ponta da lâmina mais fundo e uma gota de sangue escorreu pela lateral do pescoço dele. Quando Danny respirou fundo e o sorriso desapareceu do rosto dele, Adelaide disse:

– Acredito que você vai ver que é necessário mais do que a opinião de uns homenzinhos medíocres para me deixar irritada, Danny.

– Você ainda é uma vaca, né?

Antes que Clayborn pudesse despedaçá-lo pelo insulto, o homem se condenou ao inferno, pegando a lâmina de Adelaide em sua mão e torcendo o braço até as costas dela, usando a velocidade a força para puxá-la para perto, correndo as mãos sujas pelo corpo dela, seu sorriso cheio de dentes podres.

– Tire as mãos dela! – grunhiu ele, as palavras vindas de um lugar que Clayborn raramente reconhecia, um lugar em que não havia controle. Ambos se viraram com o som, e o intruso se moveu como um raio, o luar refletido na lâmina de sua adaga.

Adelaide puxou o ar quando a adaga encostou em seu pescoço e Henry parou instantaneamente, vibrando com uma fúria frustrada.

– Olha se isso não é divertido – disse o homem, os olhos brilhando com um deleite perverso. – Olha como parou rápido, como um brinquedo de criança que a corda acabou. – Ele deslizou a mão pelo torso de Adelaide, enrolando o lençol em uma mão imunda. – Sempre me perguntei se você era boa na cama e me parece que é boa o suficiente.

– Solte-a – Henry grunhiu, grave e perigoso.

– Não, não tô a fim – disse Danny. – Olha, eu tava me perguntando como que a gente ia te pegar. Não é todo dia que a gente pega um duque, sabe. – A lâmina se apertou mais contra a garganta de Adelaide, e ela fechou os olhos. – Mas aqui tá você, disposto a fazer qualquer coisa pra manter nossa Addie a salvo, né?

Aquele *nossa* era outra infração pela qual aquele homem pagaria. Henry estava registrando tudo.

– Você pagará por cada segundo que tocar nela – disse Henry, as palavras cruas com o controle cheio de fúria. Ela estava parada e impassível, o rosto revelando nada de seus pensamentos. Mas ali, quando os olhos dela encontraram os dele, havia algo de que ele não gostara.

– Ownnn, não foi nada – disse Danny. – A gente se conhece faz tempo, né, garota? Pintados com a mesma fuligem do South Bank. Sem ressentimentos, né, Addie?

– Não mais do que o de costume – ela sibilou.

– Eu quase achei que ele se importava com você, mas isso não pode estar certo. Ninguém liga para você. Você não é nada. Nada. Nem seu pai se importou quando foi embora. Ele só entregou tudo pra mim.

Adelaide ficou paralisada com as palavras por um segundo, tempo suficiente para Clayborn perceber e odiar. Ele se moveu na direção da dupla, preparado para tirar a lâmina do caminho e fazer o que fosse necessário para libertá-la, para salvá-la.

Só que Billy acordara.

Antes que Henry pudesse alcançar Adelaide, o paspalho bêbado o derrubou segurando-o pela cintura com uma falta de elegância que só era rivalizada por sua falta de noção. Usando a inércia do ataque, Clayborn se virou antes de bater contra o chão, para dar de cara com seu adversário anterior.

– Maldição, Billy. Você é um autômato.

– Isso é o nome para alguém que vai te picar em pedacinhos? – perguntou Billy, mirando seu punho imenso no rosto de Henry.

– Não, para falar a verdade – disse ele, se esquivando do soco no último instante, fazendo Billy acertar a madeira abaixo dele. Henry rolou para se levantar, mas o oponente se recuperou, segurando-o pela cintura novamente, puxando-o mais uma vez para o chão e dando vários socos fortes antes de Clayborn recuperar sua vantagem, invertendo suas posições e desacordando Billy com facilidade mais uma vez.

– Eu vou ter que reconhecer, Addie. Você encontrou um belo lutador, e ainda luta sujo. Sem regras de Queensberry para ele.

– Seis anos na escola – disse Henry, ficando em pé mais devagar do que antes.

– Qual escola?

– A que garantiu que é melhor que você tenha um plano para me matar, porque depois das ameaças que fez a Adelaide, se me deixar viver, não descansarei até eu tornar a sua vida um inferno.

– Ameaças! – disse Danny. – Tudo está completamente normal, só estou tendo uma conversinha com a nossa Adelaide.

Minha Adelaide. As palavras correram por Henry, altas o suficiente para fazê-lo cerrar os dentes para não falar em voz alta na escuridão. *Minha.*

– Eu vou com você – disse ela.

O quarto congelou. Toda a Grã-Bretanha congelou. E Henry não conseguiu conter sua raiva.

– O quê?

– Estou ouvindo – disse Danny.

– Eu vou com você. Pode me levar até meu pai, ou me revele como a Quebra-Laços, faça o que quiser.

Um dos socos de Billy havia sido mais forte do que Henry achara.

– Só por cima do meu cadáver.

– Não se preocupe, duque. É provável que seja assim mesmo – respondeu Danny.

– Adelaide, que jogo é esse? – questionou Henry.

Ela balançou a cabeça, encontrando o olhar dele, seus lindos olhos cheios de verdade.

– Não é jogo algum, eu vou com Danny. Ele me leva de volta para Londres, sob uma condição… – Ela fez uma pausa. – Você deixa o dinheiro de Havistock para trás. Deixa Lady Helene ir até Gretna com o rapaz dela. Deixa Clayborn aqui.

Helene? O que estava acontecendo?

– Puta que pariu, Adelaide – disse Henry. – O sujeito vai ter que me matar para me fazer ficar aqui se você for embora com ele.

– Podemos dar um jeito – respondeu Danny.

Adelaide balançou a cabeça.

– Você precisa ir pegar Jack e Helene. Precisa mantê-la a salvo.

Mesmo em sua fúria, Clayborn registrou as palavras, uma nova peça do quebra-cabeça. Mantê-*la* a salvo. Não Adelaide, Helene. A *salvo de quê?*

Danny pareceu considerar a proposta por um momento, tempo suficiente para Clayborn pensar que enlouqueceria de fúria por ela fazer aquilo, por não acreditar que ele poderia tomar conta da situação, livrá-los daquilo.

E então o vilão disse:

– *Nah.* Sem acordo. Mas palavras bonitas, viu. – Ele fingiu limpar uma lágrima dos olhos. – Addiezinha, se apaixonando por Mayfair como você sempre fez, parada naquela ponte que amava tanto encarando o Parlamento como se ele fosse cuspir uma vida diferente para você.

No momento em que ele a soltasse, Clayborn arrancaria a garganta dele fora.

Danny fez um som de desaprovação teatral.

– E esse é o melhor que pode fazer, não é? Nos deixou no South Bank e acabou como uma trabalhadora do mesmo jeito. Duque ou não, todos os homens são iguais no escuro, não são?

– Não tenha tanta certeza, Danny – Adelaide retrucou, o sotaque pesado do South Bank na voz. – Alguns sabem o que estão fazendo.

O insulto funcionou, e Danny deu uma gargalhada cruel, se virando para encará-lo. Henry se moveu rapidamente, mas a lâmina voltou ao pescoço de Adelaide, mais apertada. Uma gota de sangue se precipitou em sua pele.

Clayborn prendeu um grito.

– Ainda uma vaca – disse Danny. – Sabe, vai ser bom levar 'cê comigo. Te dar uma lição que já devia ter ensinado anos atrás. 'Cê sempre achou que era melhor que eu.

– Eu *era* melhor que você, só esqueci o tanto. – Ele a apertou mais. – Há coisas que não esqueci, no entanto. – Antes que Danny pudesse responder, ela cuspiu diretamente no rosto dele, então levantou uma de suas pernas longilíneas e deu uma joelhada na virilha dele, sem misericórdia.

Boa garota.

Clayborn se moveu mesmo quando ela pegou a cabeça de Danny, enquanto ele se dobrava de dor, e deu uma joelhada no nariz do canalha.

O homem gritou e caiu como uma árvore.

Adelaide já estava se virando.

– Precisamos partir. – Ela cruzou o quarto, tirando a caixa dele de onde ela caíra no chão na noite anterior, jogando-a em sua bolsa. – Agora. Precisamos alcançar Helene.

– Adelaide. – Danny a chamou de onde estava, encolhido no chão. Ela se virou. – Suas garotas não podem te proteger em todos os lugares. – Não havia como não perceber a ameaça na voz dele. – E seu duque não vai te proteger por muito mais tempo, vai? Rapazes de Mayfair não ficam com garotas do South Bank.

Sem titubear, Clayborn passou por cima de Billy e foi na direção de Danny.

– Não – disse Adelaide, esticando uma mão na direção dele. – Não.

Ele a ignorou.

– Henry – ela o chamou. – Não temos *tempo*.

Haveria tempo para aquilo. O duque criaria tempo para aquilo, ele *pararia* o tempo se fosse necessário. Henry se inclinou e levantou o outro homem pela blusa, encarando-o, os olhos semiabertos.

– Você mande dizer ao *paizinho* dela – ele cuspiu a palavra no rosto do outro homem –, e a qualquer outra pessoa que perguntar, que Adelaide

Frampton está sob a proteção do Duque de Clayborn e que qualquer pessoa que se aproximar terá que passar por mim antes.

Um silêncio pesado recaiu no cômodo. Um segundo passou. Dois. E então Adelaide disse suavemente, de uma forma que indicou que ele fizera a coisa mais errada que poderia ter feito:

– Clayborn.

– Ohhh – o imbecil vangloriou-se. – *Proteção.*

Henry resistiu ao reflexo de se encolher com a ênfase, na percepção do que aquilo poderia significar. Que Adelaide poderia ser paga para ser acompanhante. E então Danny se virou para ela e disse:

– Você deve ser melhor de cama do que achei.

Que aquele homem se ferrasse.

Sem hesitar, Henry o desacordou com um soco.

– Não acho que vou cansar de ver você fazendo isso – disse Adelaide, puxando várias fitas das saias do dia anterior e estendendo a ele.

– Esperta – elogiou ele, olhando para as fitas em cores vibrantes. – Lembre-me de nunca desdenhar dessas miudezas.

Ela lançou um sorriso rápido para ele.

– Se precisamos seguir as regras da vestimenta adequada, podemos usá-la a nosso favor.

Com eficiência, Henry amarrou a dupla e tirou todas as armas deles. Adelaide o observava pelos óculos que agora usava, vestindo-se com uma eficiência silenciosa.

Quando ele terminou, foi até ela, puxando-a para perto e levantando o rosto dela para o dele, encarando-a profundamente.

– Você está bem? Ele a machucou?

Adelaide pressionou a mão na dele.

– Não, estou bem. – Adelaide apontou com o queixo na direção das facas dos intrusos na mão livre dele. – Também deveríamos tirar os sapatos deles.

Ele franziu a testa.

– Os sapatos?

– Hábitos antigos. – Ela abaixou a cabeça com pesar.

– Que tipo de situação requer que você roube os calçados de um oponente?

– O tipo que precisa que seja difícil para o oponente lhe perseguir. O que precisa da garantia de que você terá um novo par de sapatos se precisar.

Mesmo com todas as dúvidas e incertezas que Henry tivera na vida, nunca se preocupara com sapatos. As palavras eram um lembrete duro do mundo em que Adelaide crescera, fazendo-o sentir que merecia cada dor e ardência que colecionara naquela noite.

E eram muitas.

Ele levou uma mão até o nariz, que doía depois da briga.

– Acho que você ganhou o que tanto desejava.

– O que foi? – Ela apertou os lábios, preocupada.

– Eu apostaria que meu nariz está quebrado.

Adelaide se aproximou para inspecionar, virando-se para a banheira em que a toalha fora esquecida depois do banho dele, o que parecia ter acontecido semanas antes. Afundou uma ponta na água fria e limpou o rosto dele, fazendo-o se encolher.

– Você tem um hematoma sinistro surgindo – disse ela com suavidade. – Mais de um.

Henry assentiu.

– Meu rosto finalmente terá personalidade.

O sorriso de Adelaide foi tão suave quanto o toque dela, quanto a sua provocação.

– Finalmente algo que vale a pena admirar.

– Você vai me contar sobre Havistock – disse ele. – Há mais acontecendo aqui do que um pai ultrajado tentando impedir um casamento inadequado.

Ela hesitou.

Confie em mim, Adelaide. Confie em mim para ajudá-la.

Ele não falou nada, sabendo que ela não o ouviria.

Adelaide encontrou os olhos de Henry, buscando por algo por tempo o suficiente para fazê-lo ter esperança de que ela acharia o que procurava. A verdade, que ele era seu aliado. Finalmente, ela concordou.

– Quando estivermos a salvo.

Teria que ser o suficiente, Henry tentou se convencer enquanto buscava se assegurar de que ela estava a salvo. Não teve que buscar muito.

– Você está sangrando.

Ela levou uma mão ao pescoço.

– Um arranhão.

Henry tirou a toalha da mão dela e repetiu os movimentos de Adelaide, limpando o lugar onde a faca perfurara a pele.

– Quero parti-lo em pedacinhos de novo. Por cada gota de sangue.

Adelaide balançou a cabeça.

– Não esta noite. – Ela estava certa. Apesar de ter feito seu melhor para não mostrar, a briga causara ainda mais danos ao seu corpo dolorido. – Nós já fizemos algo muito pior.

– E como foi isso? – Ele arqueou as sobrancelhas.

– Estamos mandando-o de volta para Os Calhordas… amarrado para ser punido por perder. Ninguém pune um brutamontes por uma perda pior do que outro brutamontes.

– Eu gostaria de tentar ser pior que esses sujeitos – disse ele antes de cambalear e se segurar na borda da banheira, esperando que ela não percebesse.

Mas Adelaide percebeu. É claro que perceberia.

– Clayborn?

O título, de volta na boca dela. Ele queria pedir que ela o chamasse de Henry enquanto a luz do luar iluminava o cômodo, com sombras prateadas na pele que Adelaide cobrira com tanta eficiência. Ela sempre fora tão bonita?

Sempre.

Henry respirou fundo, ignorando a dor aguda que surgiu em sua lateral. Ele precisava de uma cama, uma noite de sono. Não havia tempo para aquilo, precisavam alcançar Helene e Jack.

– Você devia estar vestida. Assim ele não a teria ferido.

Adelaide se moveu na direção dele, a camisa dele na mão e a testa franzida.

– Não é surpreendente que não tive tempo de fechar meu espartilho quando os criminosos invadiram e arrombaram a porta? – Ela pressionou a bola de tecido contra o peito dele e ele se afastou com o toque.

– O quê… – O fim da pergunta ficou presa na sua garganta enquanto ela direcionava a atenção para o corpo dele, as mãos seguindo o olhar preocupado na escuridão.

– Adelaide, por mais que eu goste de seu…

– Ah, cale a boca – ela o interrompeu.

– Com licença… – *Dor.* A mão dele foi até a dela, na lateral do seu corpo. – Minha nossa.

– Merda! – A exclamação dela foi mais exuberante. – Você precisa de um médico. – Ela olhou para cima, para ele. – Você consegue andar?

– Claro que consigo! – insistiu ele, ofendido. – Estou perfeitamente bem. Não preciso de um médico. – Ele olhou para baixo e encontrou um corte na lateral do corpo. – Billy deve ter acertado alguma vez.

– Até um relógio quebrado… – retrucou ela, mas Clayborn conseguia ver a preocupação no olhar dela.

– Ficarei bem, é só um arranhão.

– Não é um arranhão – disse ela. – Eu já vi arranhões e facadas e já vi o que vem da junção das duas coisas e você precisa de cuidados. – Ela coletou as bolsas dos dois e se moveu para além dele, indo até o canto mais afastado do quarto. – Você precisa de um cirurgião – ela repetiu para si mesma. – E precisamos ir para o mais longe possível daqui.

Henry pegou a bolsa de onde ela a segurava. Só se estivesse morto a deixaria carregá-la para ele.

– Ou o quê?

– Ou Danny recobrará a consciência e se unirá a nós mais uma vez – respondeu ela, apontando na direção da porta que fora arrombada.

– Danny – repetiu ele, não gostando da onda de raiva que sentira. – Você o conhece.

Ela não respondeu, movendo-se com velocidade para a pintura que ele percebera quando entrara ali. Como ela as chamara? Donzelas-escudeiras. Adelaide segurou a moldura e tirou a pintura da parede.

Não, não da parede.

Ela a abriu, revelando outra porta.

– Outra passagem secreta – falou Henry, encontrando o olhar de Adelaide. – Eu demorei vinte minutos para achar a última.

Adelaide arqueou as sobrancelhas com as palavras enquanto tirava a corrente de seu corpete, desenroscando o pendente de bronze enquanto tirava uma caixa de rapé das saias.

– Estou impressionada, aquela era muito mais difícil do que esta.

Henry a observou cuidadosamente enquanto Adelaide escolhia um item da caixa e o afixava ao cilindro. Ela fizera uma chave mestra. Brilhante.

– Vocês têm passagens secretas em cada estalagem da Grã-Bretanha.

– Sinto muito, duque – disse ela, metade da boca bonita dela se levantando em um sorriso que não chegara a seus olhos. – Não tenho tempo para brincar com sua caixa quebra-cabeça agora.

Ele a deixou gracejar, manter os segredos que guardava.

Ela era magnífica.

– Dá nos estábulos – sussurrou ela. – Se tivermos sorte, sairemos antes que esses dois acordem.

A carruagem de Adelaide já estava pronta quando chegaram aos estábulos, Mary parada ao lado dela. Adelaide agradeceu com um meneio de cabeça à mulher.

– Mande notícia para Lucia. Precisamos que um dos rapazes faça uma entrega. E diga a ela que preciso dela, Lucia saberá onde me encontrar.

A jovem assentiu, lançando um olhar nervoso para Clayborn.

– Billy...

– Billy esfaqueou um duque e tem muita sorte de estar vivo – Adelaide respondeu.

– E se eu desejar que ele estivesse vivo em um lugar bem longe daqui?

– Então mande-o embora com o outro. O transporte dele está pago, e você nunca o verá novamente. Precisamos ir, este lugar não é seguro. – Ela falou enquanto abria a porta e jogou a bolsa no veículo, indicando que Henry precisava entrar. – Para dentro, duque. Não temos tempo para enrolação.

– Eu vou em cima, com você. – Ele balançou a cabeça.

– Não, você precisa ir deitado.

– E você precisa de alguém para protegê-la.

– E você fará isso como, sangrando neles?

Ele se virou de costas para ela e subiu na carruagem, envergonhado por sua fraqueza, pela forma como seus músculos pareciam não estar mais sob controle. Quando finalmente subiu, Adelaide se inclinou sobre ele, olhando-o profundamente nos olhos, os dela cheios de preocupação.

– Precisamos levar você para algum lugar seguro.

– Danny a conhecia.

Adelaide não respondeu, colocando um dos cobertores da carruagem por cima dele.

Henry segurou a mão dela firmemente.

– Ele a conhecia. Ele conhece seu pai.

Adelaide o olhou por algum tempo.

– Todo mundo conhece meu pai.

Ele balançou a cabeça.

– Eu não conheço.

– Tem certeza disso? – Ela sorriu, mas não havia diversão alguma na expressão.

Henry franziu a testa, e uma onda de fraqueza o tomou. *Maldição*. Se não tivesse sido esfaqueado, conseguiria pensar. Poderia entender tudo, quem ela era, quem era o pai dela. *Danny falara algo. Por que ele não conseguia se lembrar?*

– Eu acho que vou… – Ele repousou todo seu peso no assento, inclinando a cabeça para trás, encostando na parte da carruagem atrás dele. – Merda.

Ela já estava do outro lado do veículo, subindo ao lado dele.

– Duque?

– Não me chame assim – pediu, o que era algo ridículo a se dizer, mas subitamente parecia importante. Ele fechou os olhos. – Ontem à noite você me chamou de Henry.

Adelaide suspirou e lhe deu o que ele queria, suas palavras suaves e doces na escuridão, quase como se gostasse delas. Quase como se ela gostasse *dele*.

– Certo, Henry. Precisamos levar você para algum lugar seguro.

Mas ele já estava inconsciente e não pôde ouvi-la.

CAPÍTULO 12

Oito quilômetros depois da Galinha Faminta, após passarem por várias estradas menores, duas que voltavam para a pousada, havia um grande caminho escondido por uma cerca e coberto por arbustos que tornavam impossível de encontrar se não estivessem procurando.

Adelaide estava procurando.

Ela instigou os cavalos pelo caminho até o pequeno chalé acima do morro, um chalé que ficava vazio na maior parte do ano, exceto em noites como aquela, quando uma emergência forçava alguém que pertencia à vasta rede de contatos da Duquesa de Trevescan a buscar abrigo.

Adelaide fez a carruagem ir o mais rápido que ousava, usando apenas uma das mãos nas rédeas. Com a outra, ela aplicava pressão ao ferimento na lateral de Henry, tentando não pensar na quantidade de sangue vazando para o lençol que ela pegara da estalagem e cobria sua mão. Para fazer com que nenhum dos dois desistisse, ela fez a única coisa que podia pensar: conversou com ele.

Adelaide começou com um tom de zombaria e exasperação, tendo ela nascido em um mundo que valorizava aquele tipo de resposta acima de qualquer outra quando enfrentava eventos incomuns.

– É isso o que acontece quando você aprende a lutar em uma escola para riquinhos que não tem nada melhor para fazer, almofadinha – reclamou enquanto saíam da Galinha Faminta, se inclinando na direção do corpo desacordado do duque para garantir que eles não estavam sendo seguidos. – Seis anos em Eton não é nada contra um brutamontes bêbado sem noção e com uma faca afiada. Claro que você apagou. Não dava para esperar nada além disso. – Ela parou e acrescentou: – Apesar disso, preciso admitir que continuo impressionada com a força de seus socos.

Ameaças não funcionaram, Henry não reagiu quando ela falou:

– Se não acordar, eu vou jogar você pra fora da carruagem e deixar que se vire sozinho!

Muito menos quando Adelaide acrescentou:

– Não tenho nem tempo nem paciência para o que você vai trazer para a minha porta, Vossa Graça. O que tenho é um grupo de mulheres mais do que dispostas a me ajudarem a sumir com seu corpo.

Ela tentou convencê-lo a acordar.

– Vamos lá, Clayborn. Se você acordar, deixo que pergunte o que quiser. Eu responderei tudo. Entrego o dossiê, deixo você ver tudo a respeito de seu irmão e a seu respeito.

Adelaide deixou de lado a percepção de que sabiam muito menos do que deveriam a respeito do Duque de Clayborn, considerando como ele espreitava galpões e nocauteava brutamontes. Em vez disso, tentou outra abordagem.

– Deixo você ganhar. Deixo os pombinhos se casarem. Só acorde.

E, quando nenhuma das outras estratégias funcionou, ela se contentou em implorar enquanto subiam para o chalé, uma litania simples de palavras que poderia ser uma prece, se por caso orações fossem algo que Addie costumasse fazer. Ela nunca encontrara uma deidade disposta a ouvi-la, então rezava para algo que não eram deidades. Implorou para a carruagem não perder uma roda e pediu para os cavalos se moverem mais rápido. E rezou para que a casa estivesse bem estocada com suprimentos.

Mas, principalmente, rezava para Clayborn, pelo que parecia. Para que ele continuasse respirando.

– Por favor, não morra – ela sussurrou sem parar. – Você prometeu que não ia morrer. *Por favor.*

O pedido não deveria pesar tanto. Ela vira muitas pessoas morrerem em sua curta vida. Uma menina não crescia onde Addie crescera sem encarar a morte de frente. Mas, de certa forma, a ideia de que *Henry* pudesse morrer não deveria deixar um nó na garganta e uma ardência nos olhos, não deveria ser tão cheia de pânico ou de preocupação.

Por favor, não morra.

E, então, no encalço do pensamento silencioso:

Eu gosto demais de você.

Adelaide sugou o ar, ciente de que as palavras eram bobas e egoístas. Frívolas. Irrelevantes. Ele viveria ou morreria, e como ela se sentia a respeito dele era irrelevante.

Ele não era alguém para se gostar. Não para Addie. Especialmente agora que Henry sabia que ela não era a Srta. Adelaide Frampton, prima da

Duquesa de Trevescan que praticava furto de forma recreativa, mas sim a filha de um dos piores criminosos londrinos, crescida nas gangues do South Bank.

Faria bem em se lembrar daquilo, em se revestir da verdade naquilo e se proteger do que estava por vir. Emoções eram um luxo que Adelaide não poderia ter, então ela deixou a decepção, a raiva, a frustração, a vergonha e a quantidade considerável de medo de lado, se focando na casa, que entrava na linha de visão, envolta pelas sombras. Próxima assim, se levantava mais escura do que a noite ao redor deles. Não havia ninguém lá dentro.

Adelaide parou os cavalos fora da vista de qualquer pessoa que pudesse olhar para o topo do morro enquanto passava por ali, e saltou com um:

– Não se mova.

Quando retornou alguns minutos depois, tendo acendido várias lamparinas dentro do chalé e pendurado uma do lado oeste da casa, na janela central do andar de cima, Henry não havia se movido.

Ele estava tão parado que parecia morto.

Então, ela fez a única coisa que conseguiu pensar: soltou a pressão no ferimento dele e o apertou com força. O suficiente para acordá-lo com a dor. Ele grunhiu, levando a mão ao ferimento e cobrindo a mão de Adelaide. Henry olhou para ela, a confusão sumindo quase imediatamente... quase. Mais devagar do que deveria em uma mente tão rápida quanto a dele.

– Precisamos levá-lo lá para dentro – sussurrou ela, incapaz de manter o tom de súplica e a preocupação da voz. Talvez, quando entrassem, ele voltasse a dormir. Se o duque estivesse inconsciente quando a ladra tratasse seu ferimento, seria melhor para ambos.

Ele olhou ao redor na escuridão.

– Onde estamos?

– Em um lugar seguro.

– Há outras pessoas aqui?

– Não.

Henry não pareceu gostar daquilo.

– Então você não está a salvo. Não se eu não puder lutar. – Ele tentou se levantar, mas chiou com a dor, a mão indo direto para a lateral do corpo.

– Eu posso me cuidar sozinha. E já nos livramos de Danny.

– Pare de chamá-lo assim. – A raiva encheu o olhar dele.

– Mas esse é o nome dele.

– Eu odeio que você saiba disso.

Claro que odiava. Adelaide Frampton não era uma aristocrata, todos sabiam daquilo, mas a ideia de que pudesse ser íntima de criminosos de verdade... era o primeiro tijolo da reputação dela a cair. Quantos mais cairiam?

– Temo dizer que o desapontarei, então, duque. – Ela encheu as palavras de uma provocação falsa enquanto o pegava pelo braço. – Você precisa focar em ficar vivo, todo o resto pode esperar até levar os pontos.

– Quem fará isso? – Ele olhou para baixo, para ela.

Adelaide lançou um sorriso brilhante, falso.

– É tudo parte do serviço que ofereço.

– Você sabe costurar?

– Você não acredita que eu fui treinada apropriadamente nas artes domésticas?

– Eu tenho dificuldade em acreditar que você tinha tempo para a costura quando estava treinando para ser a melhor batedora de carteiras do mundo.

Ela aprendera mais a respeito de facadas como a dele, para falar a verdade, mas se impediu de contar aquilo para Henry. Em vez disso, disse:

– Temo, duque, que roubar a *sua* carteira não exige tanto treino assim.

Ele balançou a cabeça.

– Não estou falando do meu. Eu vi você roubar Havistock no baile dos Beaufetheringstone.

Adelaide ficou surpresa.

– Você viu?

– Sim – respondeu ele, se encolhendo enquanto ela apontava para a larga extensão de madeira no centro da cozinha. – Espero que tenha sido muito dinheiro.

Fora uma lista de fábricas que o marquês possuía e pelas quais buscava investimento de outros pares, apesar do lugar ser cheio de crianças que trabalhavam em troca de nada e muitas vezes não sobreviviam às condições adversas. Adelaide tinha planos para as fábricas.

Ela balançou a cabeça, sua mente a mil, o que provavelmente foi o motivo para contar a ele:

– Não era dinheiro, e você não deveria me notar. Ele não notou. Eu não devo ter sido rápida o suficiente.

– Você foi como um relâmpago – disse Henry, se encolhendo de dor novamente quando se recostou contra a mesa. – Eu só tenho prática em notá-la.

Adelaide ignorou o calor que se espalhou por ela com a confissão.

Mas era muito difícil ignorar as palavras que o seguiram, as palavras que escapuliram de sua boca.

– Não morra.

– Não vou. – Ele levou uma das mãos à bochecha dela, mas seus dedos mal tocaram a pele dela antes de voltarem para a mesa. Clayborn fechou os olhos e acrescentou: – Você prometeu responder todas as minhas perguntas.

É claro que ele a ouvira na carruagem. Maldição.

Adelaide começou a se virar para ir buscar as coisas de que precisaria para tratar os ferimentos dele, mas Henry usou o resto de sua força para segurar a mão dela e encontrar seus olhos, o olhar claro e firme.

– Adelaide.

– Sim?

– Quem irá protegê-la se alguém vier?

Aquele calor pouco familiar novamente.

– Eu passei anos me protegendo, duque. Não se preocupe.

Ele franziu a testa até as sobrancelhas quase se juntarem.

– Você não deveria precisar fazer isso.

Ela forçou um sorriso.

– Você tem um corte gigante na lateral do corpo e está prestes a sangrar até a morte em um balcão de cozinha, Vossa Graça. Agora não é a hora de amor cortês.

– Quando tudo isso acabar… – As palavras dele estavam enfraquecendo, ficando mais débeis enquanto caía no sono.

– Conte pra mim – disse ela, subitamente desesperada para mantê-lo acordado, com ela.

Adelaide não estava pronta para perdê-lo.

– Eu deveria ter cuidado melhor de você – disse ele, fracamente, a admissão fazendo o peito dela se apertar enquanto ficava em pé, próxima à mesa, considerando a constelação de ferimentos que o duque levara por ela. Os hematomas de brigar por ela. Os ralados de seu acidente de carruagem, obtidos enquanto a seguia. Os arranhões nos ombros onde afundara os dedos nele, em seu prazer.

Antes que Addie pudesse encontrar as palavras para dizer a ele que tinha cuidado melhor dela do que qualquer outra pessoa antes, Henry falou:

– Quando eu acordar… vou cuidar melhor de você.

Adelaide respirou fundo, resistindo às palavras, mais tentadoras do que deveria admitir. Ela sabia a verdade, afinal. Quando tudo aquilo acabasse, eles nunca mais se veriam outra vez.

CAPÍTULO 13

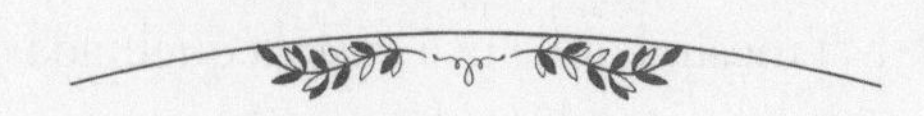

Enquanto Clayborn dormia, Adelaide buscou água fervente, lençóis e outras coisas de que precisaria e atiçou o fogo da lareira da cozinha. Acabara de cortar a blusa cheia de sangue dele quando uma batida na porta revelou Lucia.

– Vejo que não perdi a melhor parte – notou Lucia, entrando no cômodo, o olhar no corpo inerte de Henry enquanto Adelaide empurrava a camisa para o lado, revelando um peito largo e musculoso.

– Ele está inconsciente. – Adelaide olhou feio para a amiga.

– Mas ainda não está morto, assim como eu – retrucou Lucia, se movendo para molhar um pedaço de linho na bacia de água quente que Addie botara ao lado de Henry. Ela o torceu e ofereceu para a amiga. – Nem você.

Era verdade. Mesmo enquanto se convencia de que estava apenas limpando-o ver melhor o lugar onde Henry levara a facada de Billy, o corte em seu tórax onde a ponta da faca havia corrido e deslizado até abrir a pele, Adelaide não conseguia ignorar os montes e vales do corpo dele.

– Teve notícias de Mary? – ela perguntou a Lucia.

A outra mulher assentiu.

– Suas encomendas já estão a caminho de Londres. Espero que saiba o que está fazendo ao enviar Danny de volta para seu pai.

– Qualquer ressalva que poderia ter a respeito da habilidade e da boa vontade de meu pai em me punir desapareceu depois que soube que ele enviou Danny para o norte para me levar de volta à Londres. Alfie não gosta de perder. Muito menos quando os seus Calhordas são o motivo para isso. – Ela colocou um pano frio na testa de Henry. – Obrigada por ajudar.

Lucia fez um gesto com a mão para dizer que não era nada.

– Qual a utilidade de ter Rufus e Tobias se não posso observá-los enquanto jogam homens crescidos de um lado pro outro? – Ela apontou para o lugar onde um hematoma crescia rapidamente. – Seu homem está com pelo menos uma costela quebrada. Além do nariz.

– Eu percebi – disse Adelaide, odiando todos os roxos, cortes e galos ao longo do corpo dele, todos por causa dela.

– Imaginei que sim – Lucia disse em um tom cúmplice.

Adelaide disse a si mesma que era a costela quebrada que a fizera notar todo o resto, os músculos e tendões. E, mesmo assim, só tinha reparado porque duques não tinham corpos daquele jeito, eles eram pálidos, macios e sem ter trabalhado um dia em sua vida de ócio.

– Não me parece que é só luta de escola – Lucia comentou o que Adelaide pensara.

– Não tinha notado – disse ela.

Lucia bufou em descrença.

– Você pode admitir, Adelaide, estamos só nós duas, e estou aqui para ajudar você a salvar o almofadinha. O que é uma decepção considerável, vou dizer. Esperava algum tipo de suavidade com um nobre ricaço de Sesily, Imogen e a Duquesa, considerando que elas têm convites permanentes para o Almack's e sei lá o quê...

– Ninguém liga mais para o Almack's hoje em dia – retrucou Adelaide, lavando o pano cheio de sangue.

Lucia arqueou as sobrancelhas escuras.

– Sério. Como é ruim descobrir que você sabe dessas coisas. O que aconteceu da solidariedade entre ladrões?

– Eu não pendurei a lamparina na janela e a chamei até aqui? – Adelaide sorriu para a outra mulher.

– Para salvar um almofadinha, não para roubá-lo – respondeu Lucia, levantando a garrafa com alto teor alcóolico que Adelaide trouxera com os outros itens. – Você realmente quer que ele seja salvo?

– Quero muito – respondeu ela. Então continuou, engolindo em seco o nó de emoção que subiu para sua garganta com as palavras: – Ele nunca deveria ter se misturado comigo.

E Addie deveria saber que não podia pedir por mais.

Lucia fez um som de repreensão com as palavras de Adelaide.

– Aposto que, se ele estivesse acordado, diria que foi a melhor semana da vida dele. Vamos torná-la ainda melhor, que tal? – Ela se inclinou para frente e gritou no ouvido de Henry: – Acorde, duque!

Ele franziu a testa.

– Não está inconsciente – Lucia anunciou enquanto Adelaide empurrava o seu alívio irracional para o fundo da mente. – Suponho que, se não vamos roubá-lo, é hora de acordá-lo!

Lucia segurou a garrafa no alto e olhou para Adelaide, pedindo permissão. *Concedida.*

A garrafa se inclinou, encharcando-o com o líquido claro.

Com uma blasfêmia, Henry se sentou de uma vez, a mão indo imediatamente para a lateral do corpo, onde a ardência do licor sem dúvida era excruciante. Adelaide segurou a mão do duque antes que ele pudesse alcançar o ferimento.

– Não. Não encoste.

– Você não me encoste! – Ele rugiu. – Que diabos?

– Olha o que eu falei, definitivamente não está morto – disse Lucia com felicidade, e ele se virou para encará-la.

– A salteadora. É claro. – Ele fez uma careta na direção de Lucia. – Você já roubou meu dinheiro, está aqui para roubar meu sangue também?

– Está decidido. – Lucia olhou para Adelaide. – Eu gosto desse duque.

– Henry, por favor... – falou Adelaide. – Você precisa se deitar...

– Você ainda está sangrando – disse ele, as palavras como uma chicotada. Henry olhou de novo para Lucia. – Ela está sangrando.

– Não é nada – Adelaide tentou intervir.

– Está saindo sangue do *pescoço* dela – Henry esclareceu.

– Sim, eu reparei – disse Lucia. – E você está sangrando do lado do corpo. Que dupla e tanto.

– Ela precisa de cuidados. Agora. Antes do que vocês iam fazer comigo.

Lucia se virou para Adelaide com uma expressão de divertimento.

– Você sabe que esse homem já está caidinho por você, né?

– Ele não...

– Ela está *sangrando*. – Ele olhou para Lucia. – Precisa de pontos.

– Ela não precisa de pontos – retrucou Lucia, como se estivesse falando com uma criança. – É um arranhão.

– É uma *ferida no pescoço.*

– Escuta aqui, duque. Se eu achasse por um segundo sequer que Adelaide estivesse em perigo, você poderia apostar todo o dinheiro daquela carteira que você fica perdendo que eu cuidaria dela antes de qualquer pessoa te tocar. Mas ela está bem, e a possibilidade de você não sobreviver à noite é considerável, então por que não cala a boca e nos deixa trabalhar?

O silêncio recaiu no cômodo com as palavras de Lucia e Adelaide poderia rir da expressão de choque do Duque de Clayborn se não estivesse tão preocupada com as chances consideráveis que a amiga mencionara.

Henry cheirou o ar.

– Você jogou aguardente em mim.

Adelaide inclinou a cabeça com um pequeno sorriso.

– Algumas pessoas acreditam que pode ajudar a manter uma ferida limpa.

– E você acredita?

– Acredito. Fique grato por isso, porque há outras pessoas que acham que urina é melhor. – Antes que ele pudesse responder, Adelaide o empurrou para se deitar na mesa. – Não se preocupe. Eu sou um sonho de linha e agulha. Antes de termos Jane, eu que costurava nossas roupas.

– Eu não sou uma roupa. – Ele se deitou.

– Mas pense no bordado com o qual vai acordar – ela retrucou, se forçando a soar leve, como se não estivesse aterrorizada com o que estava por vir.

Henry estendeu a mão na direção dela, o dedão áspero contra a bochecha dela.

– Você está sangrando.

– É um arranhão.

– Eu quero que tenha desaparecido quando eu acordar.

Ela sorriu com a ordem arrogante.

– Você não pode mandar que vá embora. Esse não é o Parlamento. Não pode usar retórica contra um machucado.

– Faça o que quiser comigo – disse ele. – Mas você é mais importante.

Adelaide engoliu em seco. Não era nem perto da verdade, e, ainda assim, aquele homem… aquele homem magnífico.

– Você que precisa acordar, duque. Você tem um mundo para mudar.

– Você já o está mudando – respondeu ele calmamente. – Você primeiro.

– Ah, eu gosto muito dele – disse Lucia com suavidade.

Henry respondeu Lucia sem desviar os olhos de Adelaide:

– Ela primeiro.

– Henry – Adelaide falou, encontrando a mão dele e a segurando apertado, permitindo-se fingir, por um instante, que havia mais entre ambos do que alguns beijos roubados e uma noite de prazer. Que poderia haver a esperança do futuro que sussurraram na escuridão.

Addie olhou para o ferimento horroroso, ainda vertendo sangue. Lucia molhou um pedaço limpo de tecido em um líquido de uma pequena garrafa marrom e estendeu para Adelaide.

Ela o pegou, voltando a atenção para os lindos olhos azuis de Henry.

– Você me perguntou quem iria me proteger mais cedo. – Até a lembrança da pergunta a deixava quente, que coisa incrível e estranha, ter alguém que se preocupava com ela.

– Eu vou. – O olhar dele correu pelo rosto de Adelaide, e ele voltou a acariciar a bochecha dela com o dedão. – Você é tão linda.

– Esta noite, me deixe proteger *você*.

Ele não gostou daquilo, ela podia ver. Mas, antes que a informasse o quanto, Lucia falou, encontrando o olhar de Adelaide do outro lado da mesa.

– Olha a hora.

Não havia mais muito tempo, precisavam mover-se rapidamente.

Sem hesitar, Adelaide se inclinou e deu um beijo rápido na boca de Henry. Ele repousou a mão na cabeça dela, a mão segurando o cabelo. Ela separou o beijo e sussurrou:

– Até logo.

E então colocou o tecido que segurava em cima do nariz e da boca, desacordando-o.

– Impressionante esse negócio – disse Lucia. – Imogen realmente mudou a forma como nós trabalhamos, não é mesmo?

Adelaide olhou para o tecido, embebido em algo que Imogen chamara de éter clorado. Inofensivo e extremamente eficiente quando se tratava de derrubar vilões. Ou, naquele caso, duques que precisavam de pontos.

– Ajuda ter uma pessoa genial no grupo – Adelaide reconheceu.

– Aposto que seu duque não vai concordar – disse Lucia com uma gostosa gargalhada. – Ele vai estar uma fera quando acordar.

– Ele não é meu duque – retrucou Adelaide imediatamente, porque isso era claro. Mas Henry era dela, naquele momento. Era dela para cuidar, dela para manter a salvo.

– Ah, então agora o estamos chamando de seu Henry? – Adelaide deu um meio-sorriso com a provocação da amiga. – Addie – Lucia acrescentou com suavidade –, pessoas sobrevivem a facadas.

Adelaide não desviou o olhar do rosto de Henry, com hematomas, maltratado e ainda assim extremamente belo.

– Nem todas.

A febre poderia vir rapidamente e, com frequência, nunca ia embora.

Houve um longo silêncio enquanto Adelaide trabalhava em sua fileira de pontos bem-feitos na lateral do corpo de Clayborn. Quando terminou, cortou a linha e cuidou do ferimento, aplicando mel antes que ela e Lucia passassem uma bandagem para cobrir o ferimento e proteger a costela que o duque quebrara. Quando terminaram, o olhar de Adelaide correu pelo rosto inerte dele, o subir e descer uniforme do peito ferido, os braços longos.

Por fim, olhou para Lucia.

– Obrigada.

A outra mulher arqueou uma sobrancelha.

– Pelo quê?

Adelaide balançou a cabeça.

– Por... – *Por estar aqui.* – Por ser minha amiga.

Os olhos escuros de Lucia viam mais do que Adelaide desejava, mas a outra mulher não fez nenhuma das dezenas de perguntas que passaram por seu belo rosto. Ela ponderou a respeito da forma como Addie segurava a mão do duque. Em vez disso, Lucia disse:

– Ele estava tão furioso por você ter tido uma faca em sua garganta que não me surpreenderia se acordasse apenas para garantir que você foi tratada.

Adelaide deu uma risadinha, sentindo um nó na garganta.

Lucia se ocupou por um momento antes de olhar de esguelha para Adelaide e dizer:

– E a menina? Como fica?

Lady Helene, que Adelaide deveria estar rastreando naquele momento. Que precisava da proteção das Belas mais do que nunca, já que seu horrível pai tinha contratado Os Calhordas para levá-la de volta para casa.

– Ela está próxima o suficiente da fronteira. Com Danny de volta a Londres, espero que a garota e Jack cheguem lá amanhã. E se casem. – Ela olhou para Henry, que estava inconsciente. – Por amor.

Jack, que Henry amava sem limites. Jack, que Adelaide deveria manter a salvo se Henry não pudesse.

– Boas notícias no meio dessa confusão toda. – Lucia fez uma pausa. – Mas o casal precisa ser avisado de que não pode retornar para Londres, ou eles vão cair direto na boca do lobo.

Um novo genro não impediria Havistock de silenciar a filha. Em vez disso, Jack era outra preocupação para o marquês, já na lista de cabeças que esperava que alguém cortasse para ele, se fosse para acreditar em Danny. Lucia estava certa. Adelaide deveria deixar Henry ali. Deveria se ater ao plano. Chegar até Helene e Jack e usar a rede das Belas para levar os recém-casados para um lugar seguro.

Ficar era loucura. Não mudaria nada. Adelaide já fizera tudo o que podia, e agora só restava esperar. Óleo de alecrim não iria ajudar Henry naquele momento. Olhando para o rosto dele, com os hematomas e um nariz quebrado, ela disse a si mesma para partir.

– Preciso de ajuda.

Lucia franziu a testa.

– Adelaide Frampton pedindo ajuda? Você deve *amar* esse homem.

Amar. Então aquilo era isso? A necessidade desesperada de mantê-lo seguro, junto com as pessoas que importavam para ele? Esse incômodo com a ideia de que Henry não deveria acordar? Com a ideia de que nunca mais falaria com ele?

Com certeza, não. Aquilo era péssimo.

Adelaide olhou para a amiga, deixando os pensamentos de lado.

– Preciso que envie mensagens para Helene e Jack e para a Duquesa.

Ela não precisava nem olhar para saber que Lucia arqueara as sobrancelhas em surpresa, mas ficou grata quando a outra mulher disse baixinho:

– Feito.

Adelaide assentiu, olhar fixo na quietude de Henry antes de sussurrar:

– E agora, o que eu faço?

– Você deixa Tobias o carregar até a cama.

– E então?

– Reza? – Lucia deu de ombros.

Adelaide conteve uma gargalhada rebelde.

– Eu tentei fazer isso no caminho até aqui. Não sou muito boa nisso.

– Para sua sorte, é uma habilidade que não exige elegância.

A salteadora deu as costas e foi buscar o homem que ficara de vigia do lado de fora da porta, protegendo a mulher que amava e estava do lado de dentro. Adelaide ficou ao lado de Henry, observando atentamente os movimentos uniformes do peito dele, que estavam um pouco acelerados.

Focando-se no corpo machucado e na palidez de sua pele.

Odiando a forma como observá-lo fazia sua respiração ficar presa no peito enquanto a preocupação, a frustração e o nervosismo corriam por ela.

Addie passara uma vida inteira fugindo daquele sentimento, da forma como ele a deixava fraca. Vulnerável. Fora de controle.

Mas ali, sozinha naquela cozinha, rodeada pelo silêncio rural inglês e a luz fraca de algumas dezenas de velas, com Henry preenchendo o espaço mesmo dormindo, ela não conseguia mais fugir.

Ela estava fora de controle.

Fazendo a única coisa que conseguia pensar em fazer.

Pedindo *por favor.*

CAPÍTULO 14

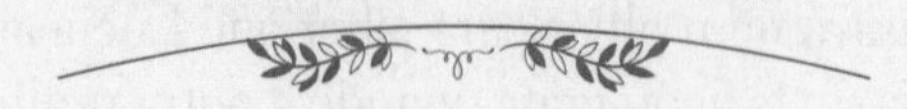

O Duque de Clayborn raramente dormia mais de seis horas por dia.

Ah, ele contara ao seu valete que era um homem que não precisava de mais do que poucas horas de sono. Acordava cedo para cavalgadas matinais, trabalhava até tarde da noite e simplesmente vivia uma vida que nem exigia nem tinha espaço para ficar definhando em cima de uma cama.

Era uma história boa, mas falsa.

Henry não dormia porque sonhava. Sonhos em cores vívidas, com sons altos e cheiros intensos. Do tipo que deixavam um homem exausto e drenado ao acordar. Às vezes, os sonhos o faziam desejar algo além de sua existência séria e severa.

Então, ele se treinara para ir dormir tarde e acordar cedo.

No entanto, naquela noite, deitado na cama estranha de uma casa estranha em cima de uma montanha nas profundezas de Lancashire, Henry sonhou.

Naquela noite, e na seguinte, e na seguinte, enquanto a febre tomava seu corpo, queimando-o, e os sonhos vieram indomados, vívidos e inescapáveis.

Sombras ameaçadoras. Homens espreitando no canto de sua visão, desaparecendo sempre que ele tentava vê-los claramente. Segredos.

Uma mulher com o cabelo de fogo. Olhos aveludados. O nome dele nos lábios como a água fria em sua testa.

Às vezes, outra mulher se juntava a ela. Eram uma dupla, uma salteadora de olhos brilhantes e que montava cavalos grandes e roubados, parando carruagens para coletar mais membros para o bando serelepe delas. A mulher de cabelo flamejante vestia saias imensas amarradas na cintura com fitas longas e coloridas. Ela girava, girava e girava enquanto esperavam a próxima carruagem, as saias amplas expandindo até Henry conseguir tocar nelas de onde assistia, a metros de distância. Mas, assim que seus dedos tocavam na seda suave, ela desaparecia.

Uma carruagem quebrada. Um garoto em uma árvore.

Outra vez a mulher de cachos escarlate, desta vez, gargalhando enquanto saltava da beirada de uma doca no lago azul e gélido de sua propriedade do campo, quebrando a água como um espelho. Espere um pouco. Era a propriedade do campo? Não. Era o Tâmisa, aquelas saias coloridas se espalhando ao redor dela enquanto boiava para longe, a gargalhada dela ao vento enquanto ele a perseguia, com medo de perdê-la para a correnteza. Para a lama. Com medo de que não pudesse mantê-la a salvo.

Henry não conseguia pegá-la. E ela não queria ser pega.

Mas ele a perseguiu ao longo do leito do rio, primeiro nas docas, depois nos barcos e na própria água, a frustração em seu peito enquanto tentava gritar por ela, mas não encontrava o nome. Estava desesperado para alcançá-la, sabendo que aquela perseguição, não importava o tempo que durasse ou como acabasse, era tudo o que tinha.

E então, quando a pegava, por pura sorte, pela ponta de uma fita longa e dourada, a mulher se virava para ele, a fita se soltando e uma chave brilhante e decorada na ponta dela.

Henry a guardou no bolso, perto do coração, deixando-a quente, como ela fizera, e boiaram, a água fria em sua pele fervente, os dedos dela acariciando seus braços, se entrelaçando neles.

– Henry – ela sussurrara.

Quietude.

A água estava parada, um espelho mais uma vez. Reparada.

O sonho acabara, mas ele não conseguia acordar.

Fazia quatro dias que haviam tratado a ferida de Henry, e ele dormira. Quatro noites o vendo se contorcer na cama. A febre viera poucas horas depois, Adelaide dormindo inquieta na cadeira ao lado da cama dele, acordando para alimentá-lo com caldo, trocar as bandagens e passar unguento nos ferimentos.

Na terceira manhã, Lucia e ela estavam observando-o se contorcer e chutar os lençóis recém-lavados para longe do corpo, e a salteadora dera voz à preocupação que Adelaide tinha medo demais de considerar.

Ou, pelo menos, deu voz à metade da preocupação, soando muito mais séria do que Adelaide já ouvira.

– Se não passar logo…

A garganta de Adelaide se fechou com o silêncio pesado que seguiu as palavras, o ponto atrás de seu nariz ardendo com a frustração.

– Eu sei – disse ela, mal reconhecendo a própria voz, exausta pela preocupação, pelo pouco sono e da repetição constante do nome dele, a única palavra que ela falava, porque não sabia mais o que dizer.

Addie tinha pedido a Lucia para rastrear Helene e Jack, para garantir que encontraram o caminho para Gretna e estavam em algum lugar seguro. Ela poderia não ser capaz de manter Henry a salvo, mas poderia muito bem achar o irmão dele. Sua amiga partiu, aninhada debaixo de um braço pesado de Tobias, prometendo que faria o que pudesse, e Adelaide voltou para Henry, encontrando palavras diferentes agora. Mais desesperadas.

Não morra.

Não agora... não quando finalmente o encontrei.

Ele prometera que acordaria, não prometera? Dissera aquilo. *Vou cuidar melhor de você.* Ele falara como se ela fosse valiosa. Não apenas uma mulher para ser trocada, ou uma ladra para ser usada nos negócios, ou uma vigia silenciosa em um baile cheio de almofadinhas horríveis, coletando informações que valiam mais do que dinheiro. Não só uma garota do South Bank, sonhando com um duque.

Henry dissera aquilo como se ela fosse digna de ser cuidada só por *existir.*

E Adelaide queria que fosse verdade enquanto o vigiava, implorando para o universo deixá-lo viver. Ela imaginou que o duque cumpriria a promessa, que ficaria ao lado dela, que a protegeria.

Que ficaria com ela, em vez de ambos ficarem sozinhos. Tornaria suas fantasias reais.

Como seria?

Impossível.

Ainda assim, Adelaide passou os dias longos e intermináveis vigiando Henry, contando histórias, desejando que ele acordasse, que se curasse – aquele homem tão forte, tão poderoso, que agora parecia tão quieto.

À primeira vista, parecia que conseguia acalmá-lo com um toque. Com um pano molhado e um sussurro gentil. Ela contou um milhão de história naqueles dias, coisas nas quais não pensava havia anos. Contou do gato que tivera quando criança, o que ela escondera do pai porque ele pensava que animais de estimação deixavam crianças molengas. Contou da vez que ela roubara fitas de cabelo de um armarinho em Croydon. Da vez que se esgueirou no teatro da Drury Lane e se viu nas coxias do palco.

Ela parou quando estava quase contando as piores partes, os segredos.

Mas Adelaide barganhou com o universo e seja lá quais deuses poderiam estar observando e, quando isso não funcionou, ela barganhou com Henry, prometendo que iria contar tudo o que ele pedisse quando despertasse.

Os sonhos dele pararam um pouco depois daquilo, e Adelaide não sabia se era um bom sinal ou não.

Ele parou de se contorcer e grunhiu, caindo em algo que qualquer pessoa reconheceria como um estupor, e Adelaide imaginou que algumas pessoas veriam aquilo como uma bênção. Mas ela odiava vê-lo sucumbir ao silêncio e à quietude. Odiava que a respiração dele estivesse uniforme e o fato de não se mover mais. Odiava que Henry não virava mais na direção dela quando ela sussurrava seu nome. Que ele não se encolhia quando ela pressionava um pano frio demais na pele dele.

Odiava outras coisas, também. Não ter lhe agradecido por ter levado a facada por ela. Por lutar por ela. Por deixar um brutamontes quebrar seu nariz e uma de suas costelas.

Não ter agradecido pela noite em que a abraçara e a fizera sentir um prazer como ela nunca sentira antes.

Odiava ele não acordar logo, para Adelaide poder fazer essas coisas, para ter mais coisas para fazer, para ter mais *dele*.

Adelaide o observou quase morto até não conseguir mais, até precisar se mover, achando um pote de unguento em sua bolsa e cuidando dos hematomas e arranhões que Henry juntara por ela.

O nariz. A bochecha. As costelas. Um hematoma que parecia bem dolorido na coxa. Um arranhão sinistro no ombro. Os nós do dedo em carne viva que conquistara ficando louco para protegê-la.

Addie xingou pesadamente no quarto silencioso. Henry estivera ao lado dela por menos de uma semana e era aquilo que ela fizera com ele. Aquele era o mundo dela, que ameaçava aquele homem bom e decente a cada passo do caminho.

A testa dele queimava como fogo. Quanto tempo um corpo poderia sobreviver a uma febre? A pergunta a fez saltar de supetão e cruzar o quarto para molhar outro pano, em um esforço final.

Ele não se moveu.

– Henry – sussurrou ela, colocando todo o medo e tristeza que nunca assumiria em voz alta no nome dele. Não havia mais nada a dizer a não ser: – Por favor.

Adelaide estava cansada.

E então, sussurrando o nome dele mais uma vez, ela se acomodou na cadeira, encostou a bochecha na colcha de cama e com os dedos entrelaçados nos de Henry, dormiu.

CAPÍTULO 15

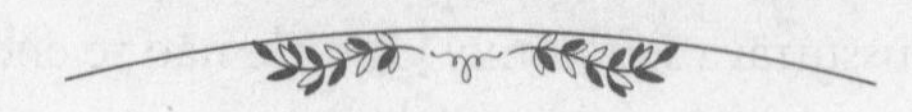

Quando Henry abriu os olhos, o quarto estava em chamas, e ele imaginou, por um instante, que era outro sonho, um que só tinha os cachos brilhantes de Adelaide enrolando-se nele como fogo.

Ficou ali por muito tempo, catalogando o espaço. As vigas de madeira no telhado, o reboco branco das paredes e a janela no canto extremo do quarto que dava para o leste, onde o sol nascia, afastando a noite.

Estava frio, o fogo na lareira apagado em algum momento da noite, e ele se virou na direção dela, sentindo uma dor no pescoço, como se não se movesse há dias. Ele tinha se movido nos últimos dias? Da última vez que estivera consciente, era noite, logo antes de Adelaide enfiar uma agulha na lateral de seu corpo. Logo antes de ela desacordá-lo com uma substância que certamente era feita por alguém do grupo dela. Eles teriam uma conversinha a respeito daquilo.

Henry se virou, testando o lugar onde fora esfaqueado. Novidade, mas não agradável.

Lentamente, ele inventariou o estado de seu corpo, a ardência na lateral e a dor no pescoço. O senso simultâneo de exaustão e descanso, como se tivesse ficado inconsciente por um momento e por uma era ao mesmo tempo.

As mãos nas dele.

As mãos de *Adelaide* nas dele.

Ele olhou para o pé da cama, por cima da coberta, e as dores desapareceram e ele perdeu o fôlego. Adelaide estava ali, encolhida em uma cadeira, a bochecha no canto da cama, virada para ele, dormindo.

Dormindo e segurando a mão dele, os dedos entrelaçados, como se fosse ela quem o estivesse mantendo ali, preso àquela cama, àquele quarto e àquela existência.

Preso a ela.

E, naquele momento, um pensamento despropositado passou por ele.

Talvez ela tivesse *de fato* o mantido ali.

Talvez Adelaide Frampton o tivesse mantido vivo por pura força de vontade.

Henry apertou os dedos, sabendo que não deveria. Ciente de que deveria deixá-la dormir, mas querendo que ela abrisse os olhos mais do que qualquer coisa que já desejou antes.

– Adelaide – sussurrou ele. Sua primeira palavra, como um novo começo.

Ela abriu bem os olhos, tão bonitos e a alertas, mesmo sem os óculos. O choque correu pelos dois e uma pequena ruga se formou entre as sobrancelhas dela, como se Adelaide não pudesse acreditar no que via, e Henry não conseguia evitar o prazer que sentira com a ideia de que ela poderia estar feliz por ele ter acordado.

Adelaide se levantou, tirando as mãos das dele, e Clayborn resistiu à vontade de buscá-las, de tomá-las novamente. Para tocá-la mais uma vez.

– Adelaide… – ele repetiu suavemente, como se fosse assustá-la se falasse em um tom mais alto do que um sussurro.

Ela sugou o ar com a palavra, endireitando a coluna e então…

Lágrimas. Os belos olhos castanhos dela se encheram de lágrimas, e ele não conseguiu se conter então, esticando uma das mãos para ela, chamando-a novamente.

Henry sentou-se, ignorando o repuxão em sua ferida, a dor nas costelas, nada daquilo importava. Não se ela estivesse chorando.

– Você não deveria… – ela começou a falar para ele não se mover, mas parou, balançando a cabeça e ficando em silêncio por muito tempo, a mão que estivera na dele momentos antes fechada em um punho e pressionada com força contra a boca enquanto o olhava, as lágrimas escorrendo. – Eu achei…

A garganta de Henry se apertou enquanto Adelaide tinha dificuldade com as palavras. Ele colocou a mão no peito, onde a pior de todas as dores surgiu, a que vinha com a dor dela.

– Meu amor… não, não chore.

– Eu achei que você ia… – Ela parou por um momento, então acrescentou, urgente, enquanto enxugava as lágrimas. – Não estou chorando.

– Mas é claro que não – falou ele, observando as lágrimas que ela não conseguia conter, querendo puxá-la para perto, abraçá-la apertado e declarar guerra contra o que quer que as tivesse provocado.

No entanto, o culpado era ele. Henry as provocara.

Porque ela gostava dele.

Não que Adelaide fosse admitir. Ela estava balbuciando, tentando explicá-las:

– Eu não estou… – Ela parou e começou novamente: – Isso não é…

– Eu sei. – Ele balançou a cabeça.

– Estou apenas *aliviada*, veja bem. – Ela enxugou uma lágrima e outra. E deu uma gargalhada descontrolada que o fez querer imitá-la.

– É claro – disse ele –, você não queria um duque morto nas suas mãos.

Outra gargalhada, desta vez mais gostosa. O tipo de gargalhada que fazia um homem querer provocá-la todos os dias, por um longo tempo.

– Exatamente – Adelaide concordou. – Você não é um duque ruim, não deveria morrer.

E, embora Clayborn não gostasse das lágrimas, ele gostava muito daquele sentimento.

– Não sou um duque ruim – ele repetiu. – Um grande elogio vindo de você, Srta. Frampton.

Henry se moveu, tentando se levantar, ignorando os protestos de seu corpo.

Adelaide se inclinou até ele.

– Tome cuidado, vai se machucar. – Ela o segurou sem hesitar, os dedos frios deslizando pela pele de Henry para ajudá-lo, como se ele fosse dela para ser tocado.

O que ele era, com prazer.

Mas Adelaide não parecia tão certa assim, e o largou rápido demais, se afastando como se tivesse se queimado.

– Sinto muito – disse ela baixinho. – Eu não deveria ser tão…

Henry a interrompeu, não querendo que Adelaide terminasse a frase. Não quando ela definitivamente *deveria*. Não quando ele queria que ela o tocasse, a hora que quisesse, pelo tempo que quisesse.

– Por que você estava aqui?

Adelaide piscou.

– Aqui? Na casa?

– Aqui, neste quarto. Não há nenhum lugar que você pudesse dormir de forma mais confortável?

Os lábios dela formaram um pequeno círculo, e por um instante Henry achou que sua ladra não responderia. Mas, então, ela falou simplesmente:

– Você estava aqui, neste quarto.

O prazer floresceu no peito de Henry. Adelaide não queria deixá-lo. *Ótimo.* Ele lançou um olhar para a cama, larga o suficiente para dois.

– Com só esta cama? – Ela assentiu, e ele arqueou uma sobrancelha para ela. – Há uma grande escassez de camas neste país.

Adelaide gargalhou fraco, cansada.

– Será que devo escrever uma carta de reclamação formal?

Ali estava. As lágrimas que ela derramara por ele sumiram, enfim. Céus, a forma que elas o fizeram se sentir, ao mesmo tempo cheio de raiva e cheio de orgulho, era algo quase primitivo.

– Não é necessário – disse ele. – Estava em busca de uma nova questão parlamentar e acredito que isso é algo que toda a Grã-Bretanha apoiará.

– Camas extras? – Os olhos de Adelaide brilharam com diversão, e ele inclinou a cabeça para observá-la, para se deleitar na visão dela, que era como o bálsamo que uma janela aberta ou um banho quente ou um pouco de pó dentífrico seria naquele momento.

– Agora que penso no assunto, estou muito feliz com a quantidade de camas que encontrei em nossa jornada. – Ele fez uma pausa. – Há quanto tempo estou nesta em particular?

– Hoje é o quinto dia – Adelaide respondeu.

– Minha nossa, é sério?

– Nós achamos que você poderia não… – Ela respirou fundo antes que as lágrimas voltassem. – Bem, mas você conseguiu. Então não importa.

– E você tem dormido aqui, nessa cadeira, nessas quatro noites? – Ele odiava aquilo.

Ela assentiu.

– Você poderia ter acordado. Poderia ter precisado de mim.

– E eu precisei? De você?

Henry soube imediatamente a resposta. Conseguia se lembrar da forma como ele a seguira, como a desejara. A forma como a desejara ali também. Na realidade, mesmo naquele momento, depois de quatro dias de inconsciência e meia dúzia de dores que não eram nada confortáveis, a forma como ele a queria, aquele desejo que o devorava, era a pior de todas.

– Você poderia ter precisado – ela repetiu, dando um passo para trás para colocar distância entre eles. – Então fiquei aqui.

– Apenas uma cadeira – sussurrou ele, finalmente, finalmente permitindo-se tocá-la. Segurou-a pela mão, a mesma que estava na dele quando acordara, como se fosse sua casa.

Adelaide deixou que Henry a segurasse.

– É um quarto pequeno.

– E uma cama larga.

– Henry, você estava inconsciente. – Ela engoliu em seco.

– Hmm – disse ele. – No entanto, não estou inconsciente agora e não gosto de suas lágrimas. Deixe-me abraçá-la. Deixe-me espantá-las.

– Eu não chorei – Adelaide insistiu mesmo depois de, quase como um milagre, ter permitido que ele a puxasse para perto, abraçando-a, e cheirando o aroma de chuva fresca e alecrim dela.

Ela respirou fundo e relaxou nos braços dele, ficando macia e lânguida. A pobrezinha da garota dele estava exausta, o que talvez fosse o motivo para ela admitir:

– Estava com medo.

As palavras não deveriam ter causado tanto efeito em Henry, em uma nova onda de prazer e dor – ela havia temido pela vida dele, e ele fora a fonte da preocupação dela.

– Sinto muito – disse ele contra os cachos escarlate, que estavam presos, mas caíam pelos ombros dela. – Sinto muito por não estar com você. Mas estou aqui agora. Nossa, cinco dias... – falou ele com suavidade. – Eles já chegaram a Gretna.

– Provavelmente – respondeu Adelaide. – Outras pessoas os estão acompanhando.

Ele arqueou as sobrancelhas.

– Pessoas nossas? Ou de Havistock?

Adelaide deu um sorrisinho.

– Pessoas nossas. Mas estou surpresa de você se associar a nós.

– Se me permitir – disse ele. – Nunca tive um bando.

Adelaide assentiu, séria, e disse:

– Você pode experimentar o meu.

Eles ficaram parados ali, abraçados, com a certeza de que algo acontecera entre ambos, algo que não poderia ser modificado. Seja lá o que a Srta. Frampton e o Duque de Clayborn fossem cinco dias antes, não era o que eram naquele momento.

Henry se maravilhou com a ideia, com a mudança.

Com a promessa do que significaria.

Havia um mundo inteiro de preocupações além daquelas paredes. Jack e Helene, Os Calhordas e Havistock, e a gangue de mulheres de Adelaide, havia perigos a cada esquina. Mas ali, naquele quarto, o sol nasceu e dissipou tudo aquilo, deixando apenas os dois.

Só mais um pouquinho.

Adelaide se moveu nos braços de Henry, se afastando para pegar os óculos, as bochechas vermelhas. Ele compreendeu imediatamente – a sua Adelaide, forte, brilhante, solitária e que não precisava de nada além da própria inteligência, gostara de ser abraçada.

O que funcionava muito bem, porque não havia nada de que Henry gostasse tanto quanto abraçá-la.

Ainda assim, ele resistiu à tentação de puxá-la para perto novamente, para voltar para a cama com ela a tiracolo. Ele poderia não ter força para fazer amor com ela, mas tinha força o suficiente para tê-la em seus braços por um tempo.

Ela colocou uma mecha rebelde do cabelo atrás da orelha, escarlate, e saber que o que ela estava pensando a deixara corada até as orelhas fez Henry reavaliar a sua capacidade para fazer qualquer tipo de coisa.

Ele se perguntou onde mais Adelaide coraria.

Jurou que descobriria.

Rápido demais, Adelaide se recompôs e ficou claro que tinha outros planos. Ela se virou e arrumou a mesa próxima à bacia e, com um murmúrio de desculpas a respeito de comida e água fresca, saiu do quarto apressada, deixando-o para fazer a sua higiene matinal.

Quando Henry se lavou, considerou os ferimentos – desenrolando a bandagem ao redor de seu tórax e revelando o arranhão profundo em sua barriga que terminava com cinco centímetros de pontos na lateral de seu corpo. O feito de Billy, presumia ele, junto com a maioria dos hematomas amarelados que conseguia ver salpicando suas costelas.

Sem um espelho, não conseguia ver o resto, mas o rosto estava rígido com o que só poderiam ser ferimentos em processo de cura e ele definitivamente levara um soco na luta.

Era uma vergonha. Tudo o que poderia esperar era ter feito sua parcela de estragos.

Adelaide voltou com uma bandeja, entrando com uma determinação silenciosa que Henry suspeitava ser usada para não ser percebida. Impossível. Recusando-se a desperdiçar os momentos preciosos que poderia gastar olhando para ela, ele tomou seu tempo para enxugar o rosto e o peito, que estava despido enquanto convalescia na cama, e observou enquanto Adelaide se ocupava ao redor do quarto, se esforçando para não o olhar. Ela atiçou a lareira, serviu um copo de água, ajeitou os travesseiros e os lençóis e arrumou a cama.

Quando terminou aquela última tarefa, ela se endireitou, de costas para ele, e Henry percebeu que não parecia aceitável não ver o rosto dela.

– Obrigado – disse ele.

– De nada. – Ela não se virou.

– Adelaide?

– Sim? – A coluna dela não poderia estar mais ereta.

– Eu sou tão horroroso que você não aguenta olhar para mim?

Ela se virou na direção dele instantaneamente.

– O quê?

Antes que Henry pudesse responder, ela arregalou os olhos, considerando todo o corpo dele.

– Você tirou suas bandagens!

Adelaide atravessara o quarto em um segundo, colocando as mãos nele ao mesmo tempo em que pegava um rolo de tecido para refazer o trabalho que ele destruíra.

– Se eu soubesse que só bastava isso – disse ele baixinho, incapaz de desviar o olhar dela –, eu as teria tirado no momento em que me levantei.

– Você não pode só... tirá-las. Uma de suas costelas está quebrada.

Ele assentiu.

– Mais do que uma, eu acho.

Houve uma pausa minúscula no trabalho enquanto ela absorvia as palavras.

– Isso não me parece algo que um almofadinha saberia.

– Talvez eu não seja como os outros almofadinhas.

Adelaide o olhou de esguelha.

– Você se esquece, duque, que já passei muito tempo em bailes com você.

– Observando-me? – perguntou ele.

Ela voltou a atenção para as bandagens.

– Levante os braços.

– Suas orelhas estão ficando vermelhas, Adelaide.

Ela levantou a cabeça.

– O quê? – Adelaide levou a mão à ponta de uma de suas orelhas perfeitas. – Não sei o que você quer dizer.

– Em jogos de carta, isso é um cacoete.

Ela desviou o olhar.

– Conta pra mim como é que você sabe algo sobre costelas quebradas.

– Admita que você me observou nos bailes.

– Eu observo todo mundo nos bailes – Adelaide respondeu.

– Sim, mas estou perguntando a meu respeito, especificamente.

– Não consideraria um elogio – disse Adelaide. – Passei um tempo observando você e imaginando como seria destruí-lo.

– Hmm – disse ele. – E olha só aonde nós chegamos, você cuidando de mim até eu melhorar.

Adelaide não conseguiu esconder o sorriso.

– Uma tarefa que seria mais fácil se você não removesse suas bandagens.

– Ah, mas então como eu iria ter certeza de que você iria me tocar?

Henry esperou que ela corasse e fizesse piada, não que o olhasse através dos cílios como uma deusa e dissesse:

– Você poderia tentar pedir com educação. – Ele exalou pesadamente com as palavras, amando-as quase tanto quanto amava o sorriso travesso quando Adelaide percebeu como o afetara. – Sente-se, por favor.

Ele obedeceu, acomodando-se na beirada da cama, e se recusando a deitar.

– Para confirmar, você realmente me observa em bailes.

Adelaide revirou os olhos, sentando-se na cadeira na frente dele.

– Sim, tudo bem. Eu o observo.

Por que aquilo o fazia querer se vangloriar com orgulho?

– Agora me diga por que você sabe algo sobre costelas quebradas – ela repetiu.

– Tudo com você é uma troca? Eu respondo uma pergunta, você responde a próxima?

– Informação é a mercadoria mais valiosa que existe, Vossa Graça. Traz poder, segurança e um futuro certo.

– Você tem todas essas coisas.

Ela negou com a cabeça.

– Nenhuma mulher realmente tem essas coisas. Na melhor das hipóteses, elas têm algo próximo a isso.

– Adelaide Frampton, prometo-lhe o seguinte: enquanto eu respirar, manterei você a salvo e segura. – Ela o encarou com surpresa e algo quente no olhar, e ele sorriu. – Você e sua gangue de mulheres se dão poder sozinhas.

Os belos lábios dela se abrandaram.

Bom. Que ela ficasse pensando naquilo enquanto Henry respondia.

– Contei para você que lutei seis anos na escola. Mas o que não falei é que não foi *dentro da* escola.

– O que isso significa?

– Significa que eu era um garoto furioso de 14 anos, procurando um lugar para socar que não fosse o rosto do meu pai.

Adelaide arqueou as sobrancelhas, mas não falou nada.

– Você acredita que eu não era o único garoto de Eton que estava interessado em um lugar como esse?

Ela deu uma risadinha.

– Acredito, de fato. Apesar de que acredito que teriam feito um grande serviço para o planeta se tivessem a coragem de socar homens aristocratas.

Ele imitou o sorriso dela.

– Meu pai não era um homem ruim. Ele era bom e gentil.

– Então o quê, você tinha 14 anos e muita fúria?

– Isso é motivo mais do que o suficiente para muitos meninos de 14 anos, mas não... Ele escondeu um segredo de mim. – Henry encontrou o olhar de Adelaide. – Você sabe qual é?

– Não. – Ela balançou a cabeça.

Ele acreditava nela.

– Mas deseja saber.

– É claro que sim.

Por que seria? Seria porque informação era uma moeda de troca? Ou porque gostaria de guardar os segredos dele junto com os dela?

– Mas mais importante que isso é... você me contaria? – acrescentou ela, sem ter ideia do que Henry pensava.

Talvez. Mas não naquele momento.

– Não.

Adelaide sorriu.

– Não tenho dificuldades em imaginar que você pense que esse segredo é grande o suficiente para mandá-lo em um surto de lutas clandestinas por seis anos. Conte o resto da história.

– Eu estava furioso. Gostava de esmurrar outros garotos para fazer a raiva ficar menos...

– Raivosa? – ela ajudou.

Ele assentiu.

– Enquanto não lutávamos com todas as regras do boxe de cavalheiros, nós tínhamos regras que mantinham os hematomas fora dos rostos...

– E evitavam que narizes fossem quebrados?

– Isso – respondeu ele, se divertindo com ela mais do que deveria. – Aliás, como está meu nariz?

Ela ajustou os óculos de forma teatral e encarou o nariz dele.

– Parece que está doendo muito.

Doía, mas ele nunca admitiria.

– Vou lhe contar, Billy tinha um inferno de um cruzado direito.

– Não tema, duque. Você até que se saiu bem.

Com as palavras, Henry se lembrou da briga, que veio em pequenas lembranças e então de uma vez, com um relato completo do que acontecera.

– O que aconteceu com ele? Com Danny?

Adelaide encontrou os olhos dele, e Henry reconheceu algo como vergonha ali e quis que aquilo desaparecesse. Que fosse banido para sempre. Ela balançou a cabeça.

– Eu o mandei de volta para Lambeth.

Ela ainda não estava pronta para confiar nele, e Henry quis grunhir em frustração. Havia guardado cada segredo, cada informação, juntado tudo. Mas ainda não era o suficiente.

Quem era Adelaide Frampton?

Não Frampton.

As palavras repassaram em sua mente conforme Clayborn se lembrava da cena repetidamente, tentando se lembrar de todos os momentos.

Você sempre vai ser de Lambeth, Addie Trumbull. Clayborn arregalou os olhos, as peças se juntando. Trumbull, como Alfie Trumbull.

Subitamente tudo começou a fazer sentido.

Alfie Trumbull era o líder d'Os Calhordas, e Adelaide...

As histórias que ela contava. O casamento para consolidar uma parceria. Os garotos na ponte. O pai dela, o rei. A familiaridade dela com o galpão do South Bank, naquelas docas, lutando contra brutamontes do lugar e trocando farpas com aquele patife de Lambeth.

Ela não era simplesmente a Quebra-Laços, perseguida por criminosos que foram contratados por monstros de Mayfair. Adelaide era a filha do rei d'Os Calhordas, uma princesa do South Bank, deixada a sua própria sorte quando escapara do pai. *Como ele simplesmente a deixara partir?* Se ela fosse de Henry, ele faria tudo o que pudesse para mantê-la, para apreciá-la e para amá-la.

E Alfie Trumbull fizera o oposto. Ele a deixara partir, então enviara *Danny* para arrastá-la de volta para ser punida.

Danny. O homem era tão íntimo dela. Havia algo ali.

– Quem é ele para você?

A garganta dela se mexeu, e ele desejou que ela falasse, guardando suas suspeitas. Escondendo o que sabia. *Confie em mim.*

– Ele é o braço direito de meu pai.

Henry esperou por muito tempo, querendo perguntar mil coisas. Finalmente, deixou de lado.

– Você tem um espelho?

– Não acho que seja uma boa ideia. – Ela balançou a cabeça.

Ele arqueou as sobrancelhas.

– Está ruim assim?

– Você vai se curar. – Ela sorriu.

– Mostre para mim.

Enquanto considerava o pedido, Adelaide mordiscou o lábio inferior e Henry resistiu à vontade de se inclinar e beijá-la. Finalmente ela concordou, se virando para sua bolsa e, depois de buscar por um tempo, tirou um espelho de bolso menor do que a palma da mão dele.

Refletia bem o suficiente, mas Henry fez uma careta com o hematoma horroroso que ficara no lugar onde Billy o acertara.

– Credo, isso é horrível.

– *Shhh* – disse ela, sorrindo.

Henry sorriu também.

– Agora só posso esperar que ele esteja pior do que eu.

– Ah, tenho certeza de que está – disse ela. – Não tema. Em pouco tempo as damas de Londres vão sussurrar e desmaiar ao verem o severo Duque de Clayborn voltar com um nariz torto.

Henry abaixou o espelho, ciente do quão feio estava seu machucado.

– É esse o sonho das mulheres? Ossos quebrados?

– Não são os ossos quebrados, é a ideia de que você pode tê-los conseguido… – Ela parou tão rápido quanto começara a responder.

– Continue. – Henry inclinou a cabeça.

Ela balançou a cabeça.

Ele estendeu o espelho para Adelaide e, quando ela tentou pegá-lo, ele a puxou para perto, para ficar entre as coxas dele.

– Conte para mim. Conte os segredos das mulheres.

Adelaide gargalhou com as palavras e arrumou uma mecha do cabelo dele atrás da orelha, quase descuidada, como se nem percebesse o que estava fazendo. O toque suave dos dedos dela em sua testa o fizeram pegar fogo, desejando aquele toque em outras partes de seu corpo.

– É só… nós nos perguntamos onde o nariz foi quebrado. Sob que circunstâncias. Você foi o herói? Ou o vilão? E se foi o herói… estava lutando por outra pessoa?

A última pergunta foi enfraquecendo até ser mais respiração do que som.

Henry encontrou o olhar dela.

– Estava.

Ela assentiu.

– Essa fratura… é…

As mãos de Adelaide estavam nos ombros dele, o toque uma tentação. Ela não se movera, mas ah, como Henry queria que ela se movesse.

– O que foi, Adelaide?

– Não é horrível – disse ela. – Não é. É…

Henry daria sua fortuna inteira para fazê-la terminar aquela frase. Ele correu as mãos pela lateral do corpo dela, desenhando suas curvas e memorizando a sensação de tocá-la. A forma do corpo dela. A forma como a respiração dela ficava entrecortada, como se a estivesse traindo.

– Conte.

– É minha.

Sim. Ele era dela.

E logo descobriria como fazê-la ser dele, mas aquele era um começo.

Adelaide estava próxima agora, e Henry estava envolto no aroma dela, na hortelã de sua respiração e naquele cheiro rico de alecrim que ele agora sabia que era produto dos cuidados dela.

– Você me tocou – disse Henry com suavidade, os lábios tão próximos dos dela, testando a sanidade de ambos.

Ela dobrou os dedos nos ombros dele.

– Sim.

– Eu estava à sua mercê.

O olhar deles se cruzou, os centros dos olhos de Adelaide dilatados com excitação e algo que ele identificou instantaneamente – desejo.

– Você estava.

– Você percebeu os lugares onde eu precisava de sua atenção. Passou bálsamo nas minhas feridas e colocou panos frios na minha testa.

Adelaide assentiu, o movimento trêmulo e perfeito.

– Diga, Adelaide Frampton, que me observou em bailes por anos... você me observou aqui? Nas partes que não foram feridas?

Ela fechou os olhos, e o triunfo correu por ele. Adelaide não iria querer admitir a verdade, o tabu que tinha com aquilo.

Ele queria cada palavra.

– Conte – ele ordenou.

– Eu observei.

Ele assentiu.

– Muito bom. E você quis me tocar?

– Sim. – Henry ralhou, e ela abriu os olhos. – Eu sinto muito.

– Não. – A palavra saiu severa e firme. – Não peça desculpas por isso. Nunca peça desculpas por querer me tocar. Você pode me tocar quando quiser, onde quiser. A questão é que estou em uma situação um tanto estranha.

– Como assim?

Henry a puxou para perto e encostou a testa na dela, absorvendo cada detalhe dela. Deixando que ela o preenchesse por completo.

– De alguma forma, eu estou com inveja.

– De quem?

– De mim mesmo, porque não me lembro disso.

Ela gargalhou, aliviada.

– Você precisará de mais bálsamo em breve, Vossa Graça. Espero muito que esteja consciente na hora.

As palavras e a promessa que carregavam, o fizeram ficar duro imediatamente. Aparentemente Henry descansara o suficiente. Seria necessário mais do que uma facada e algumas costelas para fazê-lo parar de querer aquela linda mulher em seus braços. Em sua cama. Em sua vida.

– Adelaide?

– Sim.

Céus, ela seria a sua ruína. A palavra deveria ser uma resposta curiosa, deveria vir pontuada com um ponto de interrogação. Mas, em vez disso, veio sem fôlego e cheia de desejo, e, quando chegou até ele, estava cheia das coisas que Henry queria fazer com ela.

Como podia resistir a beijá-la? Ele lambeu a boca de Adelaide, chupando o lábio inferior carnudo até ela gemer de prazer. Muito bom. Ele a queria cheia de desejo. Ela era doce, macia e quente, e a forma como ela se inclinava contra ele, os dedos deslizando no cabelo dele, a língua encontrando a dele… ela era perfeita.

O beijo continuou sem fim, até a tentação deixar ambos ofegantes. Henry a soltou por um instante, pronto para deitá-la e tê-la. Não conseguia desviar o olhar dos olhos entreabertos, da boca cheia do prazer puro daquele beijo. E, na pele dela, os arranhões dos cinco dias de barba por fazer.

Henry passou um dedo na pele dela, odiando as marcas que deixara.

– Eu a machuquei.

Adelaide balançou a cabeça, levando as mãos ao rosto dele, as unhas arranhando a barba dele.

– Eu nem senti.

– Você vai sentir – disse ele, se inclinando para outro beijo, desta vez macio e lento e tão gentil quanto conseguia. Não o suficiente. – Então, uma coisa de cada vez.

Ela franziu a testa de novo e ele não se segurou, inclinando-se para beijar a ruga entre as sobrancelhas.

– Eu preciso me barbear.

CAPÍTULO 16

Adelaide era conhecida por seus nervos de aço.

Fora treinada como uma batedora de carteiras e testada nas ruas de Londres, além disso era notoriamente impassível, o que a tornava a parceira perfeita para associações criminosas e para recolher informações.

Mas, naquela manhã, enquanto Henry se sentava na beirada da cama, recém-acordado e tão lindo que parecia um sonho, sorrindo para ela, a provocando e perguntando coisas que a deixavam afogueada com uma combinação inebriante de vergonha e desejo, ela estava trêmula.

Trêmula e grata pela forma como ele a segurara e a puxara para perto, dando algo para que Addie segurasse – o corpo firme e quente dele. O cabelo macio. Os lábios que ela costumava pensar que eram implacáveis, mas, agora, enquanto ele a beijava, eram um lembrete tentador de que o duque não só estava vivo, como era *dela* pelo tempo que ainda tinham, até que o mundo voltasse e ele se lembrasse de que Adelaide era uma impostora, fingindo ser parte do mundo dele. Nascida e criada no South Bank, uma mulher que não era adequada para o Duque de Clayborn.

Mas, naquele dia, enquanto o sol avançava no campo, ela se permitiu imaginar como seria se ambos fossem pessoas diferentes, que viviam em cabanas em morros, cercados por fazendas. Pessoas que acordavam ao amanhecer e passavam os dias juntos, aproveitando um ao outro. Qual era o mal que imaginar tal coisa faria? Apenas um instante.

Apenas até o mundo voltar e ela perceber que o duque não poderia aliviar todos os lugares em que a marcara, porque ele a marcara demais, de forma que não dava para ser vista, e ela nunca voltaria a ser como era.

Adelaide pensaria naquilo depois, e aquilo a consumiria. Mas, por um momento, ela se obrigou a ficar firme, segurando o espelho para ele se barbear, observando os círculos rápidos e eficientes com o pincel e admirando a beleza do rosto dele.

Mesmo com o hematoma da luta, Henry era o homem mais bonito que ela já vira, de alguma forma mais agora do que antes. Nunca imaginara que ver um homem se barbear teria algum efeito nela, muito menos que desejaria montar no colo dele e olhar mais de perto.

Sinceramente, Adelaide, ele estava inconsciente poucas horas antes.

Ela encontrara uma lâmina na mesa ao lado da bacia, e Clayborn a deslizou para frente e para trás na tira de couro em um ritmo hipnotizante.

– No que está pensando?

Adelaide seguiu os movimentos, ignorando a forma como seu coração acelerava cada vez que a lâmina deslizava. Ignorando a forma como outras partes dela latejavam.

– Adelaide. – O nome dela estava firme na língua de Henry, e ela voltou a prestar atenção.

– Estava pensando que isso... isso é... – Ela tentou achar a palavra certa.

– Íntimo. – Henry a encontrou.

– Sim. – A resposta dela foi fraca, mais ar do que som.

Henry ronronou com a parte de trás da garganta.

– Nossa, isso é lindo – ele ressoou. – Fico pensando em todas as outras maneiras que eu poderia fazê-la dizer essa palavra.

Agora ela também estava pensando nisso enquanto ele levava a lâmina até a bochecha. No primeiro movimento, Henry se encolheu, respirando fundo.

– O que foi? – indagou Adelaide. – Você se cortou?

Ele balançou a cabeça rapidamente.

– Não, mas o ângulo. – Ele lentamente se moveu em seu assento. – É estranho o que a gente descobre que não consegue fazer com uma costela quebrada.

Henry virou a lâmina de barbear e ofereceu o cabo para ela.

– Será que você poderia...

Adelaide olhou para a lâmina e depois para ele.

– E se eu lhe dissesse que nunca barbeei um homem?

– Você já barbeou?

– Já. – Alfie achava que uma filha era como uma criada cara demais.

Ele fechou os olhos por um momento, um pouco mais do que o normal, e, quando os abriu, havia fogo ali.

– Devo dizer que essa revelação me deixou com um tanto de ciúme, Adelaide.

– Ah.

Ele riu.

– Você gosta disso? Que eu esteja subitamente transtornado com a ideia de que você barbeou outro homem? – Ela não precisava admitir, o prazer dela era visível para ele. – Diga que a lâmina escorregou e me livre deste sofrimento.

– Não escorregou. – Ela gargalhou. – E isso é uma coisa horrível para se desejar.

– Quem era ele?

Adelaide encontrou o olhar dele.

– E se eu disser que era meu amante?

– Então suspeito que diria que o azar dele é minha sorte. – Henry fez uma pausa e então acrescentou: – E resistiria à vontade de descobrir o nome para ir fazer uma visitinha a ele.

Adelaide abaixou a cabeça para esconder o sorriso.

– Ele não era meu amante – respondeu ela, por fim. – Não sou o tipo de mulher que atrai amantes.

Era a verdade e também uma tentativa descarada de conseguir um elogio. Seria bem-feito se ele concordasse com ela.

Por favor, não concorde.

– Como passei grande parte dos últimos dois anos imaginando tudo que gostaria de fazer com você, devo discordar. Veementemente.

– Você imaginou?

– Com muitos detalhes. Tanto que estou ansioso para retornar a meu lugar como seu amante atual, então será que podemos andar logo?

Era difícil pensar com a franca declaração de Henry.

– Que tipo de detalhe?

– Faça a minha barba e eu lhe mostro.

– Eu... – Ela engoliu em seco.

– A menos que tenha se cansado de mim – ele sondou.

– Não... – disse ela. – Não.

Henry respirou mais forte do que de costume, como se estivesse esperando por aquela resposta.

– Excelente. Então será que poderia se apressar? Porque tenho planos para voltar a beijá-la.

Ele não precisou pedir duas vezes. Adelaide colocou o espelho de lado e tomou a lâmina das mãos de Henry, em pé, considerando o melhor ângulo para sua tarefa.

– Você deveria se sentar – disse ele, como se pudesse ler a mente dela, as palavras um pouco roucas. – Vai dar para alcançar melhor.

Adelaide olhou para o colo dele, as calças apertadas ao redor das coxas. E ao redor de outras coisas… E ela percebeu algo, seguido de desejo. Ele a queria.

– Em você?

Uma hesitação deliciosa, e então um som grave.

– Se você quiser.

Ela não deveria. Aquilo não era um jogo. Era uma lâmina afiada na garganta de Henry, e não era como se Addie fosse treinada em barbearia. Mas a tentação de sentar-se no colo dele, de sentir os músculos rígidos dele contra ela… Era grande demais. Então ela se sentou, uma das mãos dele indo para o seu quadril para segurá-la firme, fazendo o calor arder dentro dela.

– Isso está… Você está confortável?

Não tinha como Henry estar confortável. Adelaide conseguia senti-lo rígido contra ela, as coxas, o peito, o… outros lugares. Ela resistiu à tentação de explorar o quão rígido o deixava quando ele falou, tenso e curto:

– Perfeitamente.

Ela o olhou com descrença, mas voltou o foco para a sua tarefa, deslizando cuidadosamente a lâmina pela bochecha dele. Adelaide soltou o ar quando chegou ao queixo e limpou a lâmina na bacia próxima.

– Você está nervosa? – Ele arqueou uma sobrancelha.

– Não – ela mentiu.

– Mas parece.

– Se estou, é porque você está me deixando nervosa – respondeu ela, limpando outra faixa de barba.

– Curioso, porque quem está com uma lâmina na garganta sou eu.

– É por isso que estou nervosa – respondeu Adelaide, limpando a lâmina mais uma vez. – Sem falar, por favor. Como você sabe, não gosto de duques mortos.

– Também não sei se você gostava de duques vivos antes de mim.

– Quem disse que me importo com duques vivos agora?

Henry segurou a mão que manuseava a lâmina de barbear e encontrou os olhos dela, firme.

– Você se importa comigo.

Por que aquilo importava tanto para ele? E por que confessar aquilo fazia parecer que ela estava se jogando de um penhasco, seu coração acelerado.

– Sim, me importo.

Ele a soltou e relaxou, os lábios, envoltos em sabão, se curvando em um pequeno sorriso de satisfação.

– Muito bom.

Ficaram em silêncio por um longo tempo, o olhar dele fixo nela, observando cada movimento até Adelaide achar que estava desesperada para se esconder do escrutínio. Quando começou a barbear o pescoço dele, ela sussurrou:

– Feche os olhos.

– Por quê?

– A lâmina em sua garganta não é motivo o suficiente?

– Devo admitir, Adelaide, que gosto de olhar para você o suficiente para querer correr esse risco.

Os olhos de Adelaide encontraram os dele então, pintados daquele azul cerúleo profundo, e ela balançou a cabeça.

– Não consigo me concentrar se você está me observando.

Henry pressionou com mais força os dedos que estavam na cintura dela com a confissão e resmungou:

– Só porque quero que seja o mais rápido possível.

Quando ele fechou os olhos, Adelaide aproveitou para apreciá-lo. Para guardar a memória daquele momento, dos cílios escuros e extremamente longos contra as bochechas, os pontos de sabão em intervalos ao longo do rosto dele, a recém-formada proeminência no nariz machucado – uma prova bem guardada de que se jogara em uma luta por ela. Que o duque fora dela por um instante.

– Se não posso olhar para você, pelo menos me deixe escutá-la – disse ele, as palavras a fazendo parar sua inspeção.

– Devo contar uma história pra você? – perguntou ela, permitindo-se provocá-lo. Só naquele momento. Só naquela noite.

– Sim. – Ele pareceu agarrar a pergunta. – Conte mil delas para mim.

Addie sorriu com esse novo homem, nada parecido com o duque que um dia ela achara que ele era, e moveu a lâmina para frente e para trás na água morna.

– O que gostaria de saber?

– Conte como você era quando mais jovem.

Adelaide balançou a cabeça antes de se lembrar de que ele não conseguia vê-la. Tomando um cuidado redobrado ao limpar a parte de baixo de seu queixo, falou com suavidade:

– Há histórias demais, mas nenhuma que seja boa de contar.

– Isso indica que há várias que podem ser boas de contar, meu amor. Vamos lá… tenho certeza de que consegue encontrar alguma.

O que ela poderia contar para ele que não o lembraria das diferenças entre ambos? A história de como aprendeu a bater carteiras? A história em que ela sempre, sempre se sentia sozinha?

A história de como encontrou um homem com quem ela gostaria de ficar sozinha?

Para enrolar, Adelaide o lembrou:

– Você também me deve uma história. Seu primeiro beijo.

Henry abriu os olhos, levando a mão ao rosto dela para acariciar a bochecha com o dedão antes de dizer:

– Percebi que não consigo me lembrar de nenhum outro beijo antes do seu, Srta. Frampton.

Ela não conseguiu conter o som de sua reação, algo que só poderia ser descrito como uma risadinha.

– Tenho certeza de que isso é mentira. Feche os olhos.

– É verdade – disse ele, obedecendo à ordem dela. – Só me resta esperar que você saiba barbear tão bem quanto sabe beijar.

Adelaide sorriu, se divertindo com a provocação. Desfrutando dele, enquanto observava seu trabalho, procurando por pontos de barba que ela poderia ter perdido.

– Não gostaria que você ficasse insatisfeito.

– Ah, eu estou insatisfeito – ele ressoou, grave, suave e tão perto. – Tanto que acho que mereço uma compensação.

Ela pegou a toalha que colocara perto dos dois, usando-a para limpar o sabão do rosto liso dele.

– Compensação pela barba?

– Hmm. – Aquele som. Aquele som delicioso e único. Será que algum dia ela não seria afetada por ele?

Inclinando-se para trás, Addie considerou seu trabalho.

– Sinto lhe informar que fiz um bom trabalho. Não será necessária nenhuma compensação.

– Então me resta apenas o pagamento. Dê o seu preço.

Beije-me.

Adelaide nunca saberia se ela dera voz ao pensamento. Não importava, porque Henry fez o que ela queria, puxando-a para encontrá-lo, lambendo a boca dela e dando o beijo que ela tanto desejava, as mãos dele correndo por sua cintura para segurá-la em seu colo enquanto ela enfiava as mãos no cabelo de Henry e o beijava de volta, correspondendo cada movimento, até o beijo acabar e ambos ficarem sem ar.

– Meus serviços custam mais caro que isso – ela provocou com suavidade, buscando-o novamente. Ele a encontrou no meio do caminho, beijando-a até ela sentir que o mundo havia desaparecido, tudo menos Henry, cheirando a menta e sabão e alecrim.

Finalmente Clayborn se afastou, encostando a testa na dela enquanto os dois ofegavam o prazer que sentiram e ele sussurrou palavrão antes de perguntar:

– Como é possível que você ainda não foi conquistada, Adelaide Frampton? Como é que está aqui, pronta para mim, me fazendo desejá-la e me desejando de volta?

Adelaide apoiou as mãos em cima das dele, onde Henry a segurava apertado.

– Ninguém nunca... – ela buscou pelas palavras. *Ninguém me quis. Nem veio até mim. Nem me seduziu nem conquistou.* Não podia revelar nada daquilo, é claro. Iria fazer que ela parecesse... carente.

Addie estava carente. Ela o queria.

Jogou os pensamentos de lado e terminou a frase:

– ...tinha me notado.

Ele balançou a cabeça, lentamente e com convicção.

– Você já disse isso antes. Que ninguém a nota. Não é verdade.

– Eu prefiro não ser notada.

– Por quê? – Ele franziu a testa.

– Porque se ninguém me nota, não vão perceber que ali não é meu lugar. – Adelaide riu. – Claro que é bobo, não é? Não é meu lugar mesmo. Mayfair. Seus jantares onde todo mundo ri quando maridos insultam as esposas, seus bailes onde as pessoas se esforçam para ignorar os que não se encaixam, os que não são belos, os que estão envelhecendo e os que nunca aprenderam a dançar quadrilha. – Ela olhou para ele, sentindo que deveria fazer mais uma confissão: – Eu não sou boa em quadrilha.

– Eu não me importo.

– É claro que se importa. Você percebe cada imperfeição. Já me disse que eu *passei dos limites* quando fui a única pessoa que defendeu a Lady Coleford em sua sala de estar quando o marido dela foi um monstro com ela.

O suspiro dele estava cheio de frustração... e arrependimento.

– Eu disse.

– Eu fiquei *furiosa.*

Henry assentiu, curvando os lábios em um meio-sorriso.

– Você ficou, foi magnífico.

– Você não deveria subestimar a fúria de uma mulher, duque.

Com o dedão, ele levantou o queixo dela e pressionou um beijo no lado de baixo de sua mandíbula.

– Eu já a vi em ação, senhorita. Em momento algum a subestimei.

– Sabe que quando eu parti, naquela noite, imediatamente fui atrás do seu dossiê?

Outro beijo, desta vez demorando um pouco mais, que ficou mais gostoso quando ele terminou sussurrando no ouvido dela:

– Eu respeito a vingança.

– Eu queria destruí-lo. – Ela segurou os antebraços dele, as palavras virando ar.

Outro beijo, mais baixo, onde a veia dela pulsava. Uma lambida, e o duque levantou a cabeça, olhando profundamente nos olhos dela.

– Eu fiz o que fiz para protegê-la, para lhe manter sem ser notada. Se aquele homem, se qualquer um desses homens que você odeia com um bom motivo, devo dizer, a notar… Adelaide, não vê o que aconteceria?

Adelaide já vira o que homens ruins poderiam fazer com sua falta de consciência. Passara anos lutando contra eles quando o mundo fingia não ver o comportamento deles.

– Eu posso me cuidar sozinha, duque.

Henry concordou.

– Disso eu já sei. Mas não deveria ter que fazer isso.

– Prefiro falar a ficar em silêncio. Prefiro lutar do que ser protegida. Mas você se esquece, Henry, que não é falar que me faz ser notada. Quando uma mulher fala alto demais, luta com paixão demais… é assim que ela passa despercebida. Eles preferem me evitar a me ouvir. – Ela fez uma pausa. – Gostariam que eu calasse a boca e dançasse a quadrilha.

– Para o inferno com a quadrilha.

– Eu apostaria tudo que tenho que você é excelente em quadrilha. – Quando ele não respondeu, ela disse: – Não é?

– Adelaide. – Henry deu uma risada baixa, como se ela estivesse sendo boba. Talvez estivesse. Talvez estivesse irascível.

Ou talvez fosse frustração e ela estava apenas se lembrando de que não havia futuro para eles. E talvez precisasse daquilo.

– Não é? – ela repediu.

– Sim, sou bom na quadrilha.

– Pronto, está vendo?

– Garanto que não. Mas também não me importo com a quadrilha, porque não tem nada a ver com ser notada. Devo dizer o porquê?

Addie não deveria se importar, mas ainda assim…

– Por quê?

– Porque a única pessoa que notei no baile dos Beaufetheringstone não dançou a quadrilha, ela nunca dança.

O coração de Adelaide se acelerou.

– O que você quer dizer?

– Ela nunca dança. Embora às vezes roube uma carteira ou outra.

– Eu danço às vezes. – As bochechas de Adelaide estavam queimando de novo.

– Quando?

Havia festas que não tinham danças com passos comedidos que ela não tinha sido capaz de dominar nos cinco anos desde que Duquesa a acolheu. Também não tinham pessoas comedidas. A Duquesa amava festas que existiam para além da aristocracia, que recebiam pessoas de todos os lugares. E ali não havia orquestras, mas bandas. Violinos, flautas, tambores e danças ensandecidas e barulhentas. E Adelaide amava aquelas danças. Mas não podia contar a Henry a respeito delas, pois não eram para duques.

– Quando não há ninguém por perto para notar.

Ele assentiu.

– Mostre.

– Mostrar o quê?

– Dance comigo.

– Mas não há música. – Ela franziu a testa.

– Não? – disse ele e se moveu, fazendo-a ficar em pé enquanto ele se levantava. – Tem certeza?

– Você enlouqueceu. É um efeito colateral da perda de sangue.

– Talvez. Você deveria ter pena de mim e dançar comigo, então, já que pode ser a última vez.

Adelaide não tinha a intenção de ir para os braços dele, mas, subitamente, ali estava ela, envolta no calor dele.

– Isso não é…

– Onde devo botar minhas mãos? – Ele não a deixou terminar.

Ela encostou nele, sabendo que não deveria, e colocou uma das mãos do homem em sua cintura e tomou a outra na própria mão.

– Isso me parece familiar – disse Henry.

Adelaide se aproximou até eles estarem quase se tocando.

– Assim?

– Ainda familiar – disse ele suavemente. – Já dancei assim antes.

Adelaide arqueou as sobrancelhas.

– Não no baile da Lady Beaufetheringstone, aposto.

– Está com ciúme?

– Não estou – respondeu ela com um sorriso. – Afinal, eu fui seu primeiro beijo.

Henry gargalhou, e Adelaide se aproximou mais. Ele a segurou com mais força, tornando impossível que ela se afastasse.

– E assim?

– Hmm. – Aquele som grave que o duque fazia com a garganta sempre a fazia se derreter. – Assim é menos familiar.

Ela não pode evitar um sorriso.

– E assim? – Ela ficou ainda mais perto.

O som virou um grunhido quando o antebraço dele envolveu a cintura de Adelaide.

– Srta. Frampton…

– Sim, Vossa Graça?

– Não gosto da ideia de que você já dançou assim com outros homens.

– Você está com ciúme? – As palavras de Henry, viradas contra ele.

– Morrendo – disse ele, a palavra grave e entrecortada. – Sei que não tenho o direito, mas odeio pensar em você nos braços de outro.

Adelaide não deveria gostar daquilo. Mas, minha nossa, ela gostava. Gostava muito, e o recompensou se pressionando contra ele.

– Isso ajuda? – sussurrou. – Nunca dancei tão perto de ninguém.

Henry tinha tantos sons diferentes. O que fez naquele instante era prazer e era o favorito dela.

– Então é assim que você gostaria que dançássemos?

– Se houvesse música, sim. – Ela fez uma pausa. – Mas Mayfair certamente notaria.

Os lábios dele estavam tão próximos. Ele estava bem o suficiente para aquilo?

– Não a mim – disse ele. – Mas certamente a notariam.

Henry estava tão quente, tão vivo e tão perfeito que era impossível imaginar o mundo inteiro ignorando-o por um momento que fosse. Ele era o oposto dela.

– Eu a noto, Adelaide.

O toque de Henry na pele dela, a voz no ouvido, o calor… ao redor dela.

– Eu noto isso aqui.

Adelaide se segurou naquele voto, na verdade quase impossível contida nele.

Sabia que não seria verdade por muito tempo, que tudo terminaria, porque não havia outra opção. Sabia que cada momento que ela roubava era só aquilo… um roubo. Um crime, algo clandestino.

E Henry a beijou e, desta vez, ele foi o ladrão.

CAPÍTULO 17

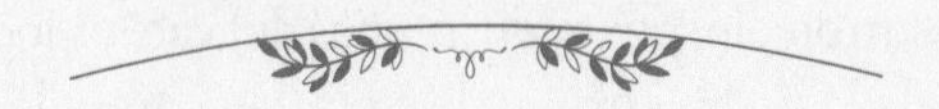

Henry soube que não havia mais volta assim que Adelaide se sentou em seu colo.

Antes mesmo daquilo, para dizer a verdade. Quando ela se posicionara no canto da cama com o espelho nas mãos e o duque percebera como os dedos dela tremiam enquanto ela tentava não o olhar. Mas ela queria. Adelaide gostava de olhar para ele.

Assim como Henry gostava de olhar para ela. Assim como ele gostava de tocá-la, testando a curva do quadril dela contra sua coxa, o peso dela em seu colo e a seda de sua pele.

O calor daquela mulher em seus braços quando ele a fizera ficar em pé e dançara com ela, provocando-a até os dois ficarem grudados um no outro, e ele se perguntar o quão rápido poderiam voltar para Londres para levá-la a um baile e escandalizar as matronas da aristocracia ao puxá-la para um jardim escuro e tomá-la para si.

E escandalizar *Adelaide*, porque Clayborn começava a perceber que ela gostava de ser escandalizada.

Que as bandagens e o bálsamo de alecrim fossem para o inferno, Adelaide era a sua cura.

Perceber aquilo era um presente, como encontrar algo que estivera buscando por anos, e agora que Henry achara – *a* encontrara – um novo caminho se desenrolava à sua frente. Ele passara meses observando-a, dias seguindo-a e poucas horas explorando-a, mas ali, naquela casinha em um morro, com seu irmão fugindo para se casar sabe-se lá onde e com herdeiros a caminho, subitamente ficou tudo claro, e Henry se sentiu livre para observá-la, segui-la e explorá-la no seu próprio ritmo.

Adelaide gostava quando ele a observava. E quando a seguia. E quando ele a explorava. Ela desabrochava com sua atenção. E Henry pretendia dar mais de tudo que ela desejasse.

Tudo o que ela pedisse. Tudo o que Adelaide merecia.

Então Henry fez o que qualquer homem inteligente faria e voltou para sua cadeira, puxando-a para seu colo, para que pudesse dar atenção incondicional para aquela mulher.

– Assim – sussurrou ele, puxando as saias dela até os joelhos de Adelaide estarem um de cada lado das coxas dele e ela o encarou de cima para baixo, como uma rainha.

Sua rainha.

– Tome cuidado com as costelas – disse ela, resistindo a apoiar todo seu peso nele. – Você não conseguiu nem se barbear.

– Não consegui? – perguntou Henry, os dedos nos quadris dela, segurando-a em seu colo. – Não consigo me lembrar de nada doloroso na experiência. Não quando você fez ser tão prazeroso. – Ele moveu os dedos para as fitas das saias dela, brincando com elas. – Essas fitas… a primeira vez que a vi usá-las, jogando suas saias para longe nas docas para correr mais rápido… elas são brilhantes.

O sorriso de Adelaide estava cheio de orgulho.

– Não só correr mais rápido! Não se esqueça da surpresa.

– Como eu poderia me esquecer? Aquelas saias cinza sumiram e subitamente eu estava seguindo isso aqui… – As mãos dele foram para o traseiro dela e apertaram. – Glorioso.

Ela respirou fundo.

– Tenho muita sorte de ter uma costureira bem esperta.

– Hmm – disse ele, puxando uma fita o suficiente para que começasse a se desamarrar. – Quem é ela?

Adelaide hesitou, e ele se arrependeu da pergunta. Não queria brincar do jogo de arrancar informação um do outro naquele momento. Clayborn não queria ser lembrado de que havia inúmeros segredos entre eles.

Para a surpresa de ambos, ela respondeu:

– O nome dela é Jane Berry.

Mesmo aquilo, aquela informação minúscula, parecia um triunfo.

– Presumo que ela não tenha uma loja na Bond Street.

Adelaide deu um sorriso cúmplice.

– Não, a loja dela é em Croydon.

Muito distante do olhar intrometido da aristocracia.

– E, mesmo assim, os trabalhos dela são um sucesso por toda Londres.

Ela se inclinou e o beijou, rápida e doce, uma distração e tanto.

Mas não o suficiente. Quando o beijo terminou, o duque passou uma mão pelo corpo longilíneo dela, amando a forma como Adelaide se arqueava contra o toque, e disse:

– Você confia em mim aqui. – Ele não esperou pela resposta dela, parando a mão no lugar logo acima de seu corpete, onde seu coração batia. – Mas não aqui. – Segurando-a pela nuca, ele a puxou mais para perto e deu um beijo suave na testa dela, sussurrando: – Nem aqui, também.

Ela olhou para algum ponto acima do ombro dele, desviando o olhar, como se buscasse a forma correta de responder.

– Não é pessoal. Eu confio em pouquíssimas pessoas.

– A Duquesa de Trevescan.

Ela assentiu.

– Sesily Calhoun. Lady Imogen Loveless. Maggie O'Tiernen. Lucia.

Adelaide assentiu novamente.

– Outras, presumo – disse ele. – Todas as mulheres com habilidades, talentos e uma vontade de fazer justiça.

Adelaide não mexeu a cabeça com isso. Em vez disso, o encarou de cima para baixo e disse:

– Você *realmente* tem me observado.

Do jeito que alguém observava uma vela na escuridão.

– Todas as vezes que você entra em um recinto. E, um dia, eu vou conseguir o restante de sua confiança.

As palavras não a tentaram a confiar nele, nem Henry esperava que fizessem, mas Adelaide o presenteou de outra forma, com um rubor em seu peito e um lampejo de desejo no olhar.

Ele esperara uma vida inteira por aquela mulher e tomaria cada pedacinho que ela lhe desse, cada dica de um segredo, e os colocaria com os seus. E a ladra confiaria nele algum dia porque o duque teria ganhado sua confiança.

Mas não era hora para tal jura, não quando Adelaide se escondia tão rápido. Em vez disso, Henry voltou às fitas dela, brincando com a bela seda.

– Quando eu estava com febre e inconsciente... sonhei com estas fitas.

– O que imaginou fazer com elas? – Ela o observou.

– Pegar você. Desvendá-la.

Adelaide assentiu.

– Então me mostre.

Henry obedeceu, afrouxando os laços que mantinham as saias amontoadas entre os dois. Quando ele terminou, encontrou onde as partes do tecido se juntavam e puxou.

Elas caíram pelas pernas dele, revelando…

Minha nossa.

– Ora, Srta. Frampton – disse ele, incapaz de impedir os dedos de deslizarem pela coxa dela até a curva nua do traseiro. – Isso é… escandaloso.

Por baixo das saias que ele conseguira tirar com tanta facilidade, não havia nada. Adelaide estava nua.

– Não esperava que ninguém estivesse interessado no que estaria embaixo de minhas saias hoje.

– Esse foi seu primeiro erro – retrucou ele, as palavras um grunhido grave que Clayborn não conseguia controlar. – Estou sempre interessado no que está embaixo de suas saias.

Os dedos de Henry deslizaram pela pele uniforme e quente do traseiro dela até a fenda ali, roçando contra a pele sensível, amando a forma como ela arfou de surpresa com o toque.

Adelaide se moveu contra ele, o calor dela o provocando pelo tecido da calça.

– Henry.

– Solte seu cabelo – pediu ele, buscando uma das mechas escarlate. – Sonhei com isso, com ele solto enquanto você reinava acima de mim.

– Não quero machucar você. – Os dedos dela passaram pelo tórax dele, até a ferida coberta, e ele sugou o ar.

– Eu te prometo, meu amor… o que sinto quando você me toca é completamente diferente de dor.

Adelaide levou as mãos ao cabelo, e Henry acariciou o corpete rendado, a única coisa que restava no corpo dela, o tecido se esticando onde o peito dela subia e descia em um ritmo descompassado, um sinal claro de que estava tão afetada quanto ele.

Adelaide era tão linda, em cima dele, os longos braços para cima enquanto ela tirava os grampos, os quadris encaixados contra ele, as deliciosas coxas fortes envolvendo as dele enquanto os dedos do duque encontravam os cachos sedosos, acariciando-os.

– Tão bonita – sussurrou Henry, acariciando gentilmente as dobras dela, provocando-a, amando a forma como aquela mulher se movia contra ele, o corpo dela implorando pelo seu toque.

– Henry. – Ela falou o nome dele como se estivesse implorando.

Ela queria que ele a tocasse, e ele gostava muito daquilo.

– Hmm. Aqui? – Mais uma carícia suave, mal tocando. Torturando os dois. – O que foi que você disse para mim nas docas naquele dia? Achado não é roubado? – Mais uma carícia, uma tentação. – Achei algo… formidável.

Henry a observou, ficando duro e pesado.

– E vou tomar para mim.

Ela abriu os olhos, encontrando os dele.

– A mim?

– Você é minha.

Adelaide se contorceu contra ele, buscando por mais, e Henry se afastou, se recusando a dar o que ela queria. Brincando com ela, que arfou e o som, cheio de um desejo desesperado, foi a coisa mais linda que ele já ouvira.

– Você vai deixar, não vai? Eu ficar com você?

– Sim – ela falou, ofegante. – Do jeito que você quiser. Desde que eu também possa ter você.

Então os grampos acabaram e os cachos vermelhos estavam soltos ao redor dos ombros dela, e Henry não conseguiu se conter, sua mão livre imediatamente se enfiando neles, e ele teve um segundo para admirar como eram macios até ela tocá-lo outra vez, uma mão em seu ombro e outra... *Ah*.

Adelaide encontrara o punho dele, o toque firme, segurando-o com precisão enquanto ela se abaixava nele, deslizando pelos dedos dele uma, duas vezes, até Henry estar dentro do calor sedoso dela, e os dois gemerem de prazer.

– Isso... – disse ele, quente contra a orelha dela, amando o som das respirações ofegantes. – Eu vou fazê-la gozar assim.

Henry a acariciou, lenta e suavemente, e ela choramingou, um barulhinho maravilhoso que o teria destruído se não tivesse outros planos para aquela mulher. Para aquele momento. Ele lambeu a orelha dela e usou o dedão para acariciar o botão de prazer no centro dela, se deliciando com a forma como ela estremecia com seu toque.

– E então vou fazê-la gozar com a minha boca.

– Henry... – Duas sílabas que haviam virado uma dúvida.

– Diga para mim, amor.

– Por favor.

Ele ficou ainda mais duro. Aquela palavra nos lábios dela. Henry estava perdido para qualquer uma que não fosse ela. E daria o que Adelaide quisesse, ela só precisava pedir.

– Olhe para mim, querida. – Ela obedeceu, os olhos abertos, as pupilas imensas. Ele grunhiu, se esticando para beijá-la, ignorando os repuxões na sua lateral. – Tenho mais para lhe dizer.

– Mostre em vez de falar. – Ela suspirou, se movendo contra a mão dele. – Quero mais.

– Olhe para você – sussurrou Henry, observando-a usá-lo para ter prazer, pintando pequenos círculos dentro da suavidade dela, achando o ponto em que os nervos imploravam por ele.

As mãos dela se apoiaram no ombro dele, e ela soltou um suspiro.

– Henry.

Ele virou a cabeça e mordiscou o punho dela, correndo o dente pela pele.

– O que você vai fazer depois de cavalgar na minha língua e nos meus dedos, meu amor? O que vai fazer depois de gozar em mim duas vezes?

– Eu vou… – Ela moveu os quadris contra os dedos dele. – Eu vou querer mais.

A confissão quase foi o suficiente para fazê-lo transbordar. Henry daria tudo o que Adelaide quisesse.

– Mais o quê?

– Seu… – Ela parou.

– Você sabe a palavra. Use-a.

– Eu não deveria.

– Ah, meu amor, você com certeza deveria – ele sussurrou, querendo que ela dissesse.

Os olhos dela novamente estavam cheios de desejo.

– Seu membro rígido.

Henry rugiu e tomou os lábios de Adelaide, lambendo-a profundamente, chupando a blasfêmia direto da língua dela.

– Muito bem – ele ofegou, severo e cheio de desejo quando se separou do beijo, buscando os laços do corpete dela, puxando as cordas até que ficasse frouxo o suficiente para revelar os seios de Adelaide.

O duque capturou um mamilo tenso entre os lábios, chupando-o profunda e lentamente, enquanto circulava o lugar onde a ladra o queria mais com o dedão. Quando ela gritou, uma mão entrelaçada no cabelo dele, segurando-o contra o peito, Henry soube que a tinha ganhado, os dedos, a boca e as palavras levando-a cada vez mais perto do ápice.

Quando Adelaide sussurrou "Por favor", ele soltou o peito dela por tempo suficiente para dizer:

– Eu vou deixar você me cavalgar.

As palavras a lançaram para o orgasmo, e ele se inclinou para olhá-la, amando a forma como o olhar deles se encontrara, ciente de que ter sua atenção era parte do prazer de Adelaide. Henry estava espetacularmente duro então, uma fina camada de suor cobrindo seu peito, o corpo uma agonia cheia de desejo, desesperado para tê-la.

Mas não ainda. Não até que cumprisse todas as suas promessas.

– Minha linda – Henry sussurrou, guiando-a de volta, por cima de seu braço, pressionando beijos no torso dela, chupando os mamilos novamente. – Tão doce. Tão deslumbrante.

Adelaide encontrara uma fonte de prazer forte o suficiente que nem sequer ficara envergonhada com os elogios e, pela primeira vez, desde que ele começara a lhe dizer o quão bela era, ela não negou nem se escondeu.

Uma onda de triunfo correu por Henry. Se era aquilo o necessário para fazê-la compreender o quão perfeita Adelaide era, ele faria todos os dias, para sempre.

Henry saboreou a palavra, uma que raramente considerava, uma vez que *para sempre* exigia um nível de certeza do futuro que ele não tinha desde criança.

Mas, de alguma maneira, ali, com aquela mulher, ele não fugia da ideia.

Adelaide. Ao lado dele. Um bando de garotinhas com cachos escarlate e olhos curiosos que observavam tudo.

Se aquela mulher soubesse o que ele pensava, ela *iria* fugir.

Como era esperado, Adelaide estava se movendo dos braços dele… será que ele falara em voz alta?

– Para onde está indo, meu amor?

Ela se inclinou e beijou um ponto no alto do peito dele, se demorando nos músculos ali antes de lamber um dos mamilos, forçando um chiado de prazer de Henry. Ela não estava fugindo. Céus! Estava descendo do colo dele, ajoelhando-se entre as coxas dele.

Ela não estava fugindo.

– Adelaide. – Ele estendeu a mão para ela, os dedos segurando o cabelo dela, fazendo-a olhar para ele. – O que está fazendo?

O sorriso dela o fez pegar fogo enquanto ela tirava os óculos e os jogava em uma mesa próxima, instantaneamente esquecidos quando as mãos dela deslizaram pelas pernas dele, pressionando suas coxas a caminho da missão de desabotoar os botões das calças do duque. Adelaide parou ali, o toque dos dedos dela era suave e tentador e ela olhou para cima, para Henry.

– Acho o seu plano para esta tarde extremamente atraente. Mas me pergunto se iria se importar se eu adicionasse mais uma atividade.

Adelaide era a coisa mais linda que Henry já vira, de joelhos, entre as pernas dele, exuberante e lânguida do orgasmo que ele lhe dera. Sabendo que ela o observava, Henry chupou os dedos, saboreando o gosto dela, doce e pecaminoso. Ela arregalou os olhos e ele ficou ainda mais ereto com a expressão, cheia de desejo e surpresa.

– Deliciosa – disse ele, rouco. – Por que não voltar e me dar mais um gostinho?

Henry percebeu que Adelaide ponderava sobre a opção e prendeu a respiração, esperando que escolhesse o próprio prazer. Ele se deliciou com a pausa, em conhecer o desejo que ela sentia por ele, pelo toque, pela boca e pelo membro dele. O duque levou uma mão ao cabelo dela, vermelho como fogo.

– Venha, Adelaide. Deixe que eu lhe dê prazer até nós dois nos perdermos nele.

– Não – Adelaide disse, segurando a mão dele e beijando a palma, lambendo-a até chegar a um dos dedos dele. Henry xingou, pesado e cheio de desejo, enquanto ela chupava a ponta do dedo, a língua acariciando-a, uma promessa.

Ela o soltou com um sorriso cúmplice, movendo as mãos dele para os braços da cadeira e fechando-as ao redor deles.

– Sem distrações. Tenho meus planos.

Henry soltou o ar e se recostou, seu coração descompassado enquanto a observava tomá-lo, as mãos dela explorando-o sem hesitar, os dedos dançando pela pele do tórax dele, os músculos se retesando sob o toque de Adelaide enquanto seu corpo inteiro ficava atento. Ele cerrou os dentes com a pontada na lateral do corpo.

Sem dor. Não naquele momento. Apenas prazer.

Apenas Adelaide.

Ela desceu cada vez mais, até chegar às calças dele, na ereção dura e tensa, impossível de ignorar. Adelaide pairou as mãos ali, acima do monte no tecido, por um segundo. Por uma vida inteira. Os belos olhos dela encontraram os dele.

– Eu posso?

– Porra, sim – ele arfou.

Outro sorriso secreto.

– Olha a boca, duque. Como o mundo reagiria se soubessem como você é boca-suja?

– Ah, me deixe usá-la em você – disse ele, as palavras roucas, meio de ordem. – Me deixe lambê-la sem parar, até você esquecer seu próprio nome.

Adelaide o recompensou inspirando o ar abruptamente, piscando os olhos. Ela queria.

Bom. Ele tinha toda a intenção de fazer aquilo com ela.

Mas então não era mais capaz de ter intenção nenhuma, porque ela estava o tocando, acariciando e explorando a ereção tensa embaixo do tecido. Henry segurou com mais força nos braços da cadeira, a madeira rangendo em suas mãos enquanto ela abria os botões dele com agilidade.

Até quem enfim. Ele não aguentaria se fosse devagar.

Ela lutou com um deles e soltou um som de frustração, e Henry achou que gozaria só com aquilo, a prova do desejo que Addie tinha por ele. Mas não. Ele não iria gozar sem ela.

Nem mesmo quando Adelaide separou o tecido e revelou a extensão dele, dura, quente e desejosa.

– Ah – disse ela suavemente. – Isso é…

Era rude. Um cavalheiro pediria desculpas por aquilo.

– Lindo – ela terminou, com deleite na voz.

Henry fechou os olhos, seu coração acelerou e o canto dos braços da cadeira se afundou em sua carne, e ele usou toda a sua força de vontade para não a tocar. Para deixar que ela o tocasse.

Ela iria tocá-lo?

Um dedo. Um dedo pecaminoso, indo da ponta até a base de sua ereção latejante. Como fogo. Como uma tortura.

– Adelaide. – Todos os anos que ele tinha tentado estar no controle. Que tentara ser um homem decente, ser nobre. E, com um dedo, ela o transformara em um animal. Ele xingou, grave e sujo.

Ela lhe deu o que ele desejava, segurando-o com mais força, deslizando o dedão na cabeça larga da ereção.

Henry soltou o ar em um chiado, jogando a cabeça para trás, contra a cadeira, sem desviar o olhar da mão dela enquanto Adelaide o acariciava com seus dedos, apertando-o, para baixo e então para cima novamente. Ele não seria capaz de se controlar por muito mais tempo. Aquela mulher não queria que ele a tocasse como ela o tocava? Achou que ele conseguia resistir a ela? Ela teria que amarrá-lo naquela cadeira se quisesse aquilo.

Com certo esforço, ele desviou o olhar de onde Adelaide o tocava para descobrir que ela esperava por ele. Aquela mulher não estava observando os movimentos, não estava medindo o desejo pela rigidez em sua mão. Em vez disso, observava o rosto dele, olhando-o enquanto ele olhava para ela.

Henry recuperou o controle novamente.

– Você gosta do que está vendo.

– Gosto. – Outro movimento, longo e demorado. Outra respiração expulsa do peito dele.

– Está vendo o que faz comigo?

Um sorrisinho. Um sussurro de triunfo:

– Você me quer.

Querer era uma palavra pequena demais. Seis letras onde ele precisaria de sessenta mil.

– Quero.

– Quer minha mão. – Aqueles movimentos uniformes e opulentos iriam matá-lo.

– Sim, quero. – A mão dele se fechou contra a cadeira. – Adelaide. Deixe-me tocá-la.

Ela balançou a cabeça.

– Ainda não.

– Por que não?

– Porque... – Ela fez uma pausa. – Se você me tocar, não serei capaz de me concentrar.

– Não preciso que se concentre, meu amor – disse ele. – Preciso que você deite e me deixe idolatrá-la. – Ela precisava daquilo também. Henry conseguia perceber na forma em que os belos cílios macios se moviam com desejo. – Nossa, você é linda. Deixe-me lhe mostrar o quanto.

Adelaide balançou a cabeça, se inclinando para frente e sussurrando contra a ponta da ereção:

– Você já imaginou isso?

Qual era a resposta certa? Deveria dizer como imaginara aquilo? Uma dúzia de vezes? Uma centena, de joelhos, daquele jeitinho? As mãos dela nele, os lábios entreabertos, esperando por ele? Deveria dizer como acariciara o próprio membro e gozara em jatos espessos, desejando que ela estivesse ali para lambê-los?

Não podia revelar aquilo para ela.

Mas não precisou falar nada.

– Você imaginou – disse ela, a compreensão e algo a mais em suas palavras. Algo sem fôlego. Algo como prazer. – Consigo ver. Você me imaginou aqui, sua.

– Como eu poderia não imaginar? – Ele admitiu com um grunhido. – Minha.

Ela o recompensou pela confissão, lambendo a cabeça rígida e latejante, colocando-o em sua boca perfeita, provando-o com pequenas lambidas. Ele expirou, sem fôlego e cru, os quadris se movendo um pouco antes de ele voltar toda a sua força em impedi-lo. Ele não queria machucá-la, não queria chocá-la.

E então aquela mulher o chocou com um longo som grave de...

Céus, ela estava gostando.

Henry podia ver no rosto dela, os olhos se fechando enquanto Adelaide relaxava e o tomava profundamente em sua boca. Prazer, poder e desejo absoluto. Desejo e necessidade, e um frenesi indomável de querer fazê-la ser sua. E não só ali, naquele momento, naquele quarto, naquela cadeira e naquela cama, mas em todos os lugares, sempre.

Uma mão deslizou pela ereção dele enquanto ela o devorava, o som se tornando um suspiro rítmico enquanto o amava com sua boca, sua língua e suas mãos, e ele se perdeu na sensação, agarrando-se à cadeira e lhe dizendo todas as formas que imaginara que ela o tomaria. *Mais fundo. Mais forte. Assim. Por favor, Adelaide.*

Os quadris dele movendo-se contra ela, a boca dele despejando as coisas mais indecentes, e o pênis dele, pesado e latejante, esperando que ela o guiasse até o ápice quando encontrou o ritmo exato que fazia os dois gemerem.

O controle desapareceu, e Henry estendeu a mão até ela, segurando o cabelo de Adelaide de onde caía em ondas sedosas na frente do rosto e nas coxas dele, para que ele pudesse tocá-la, para que pudesse vê-la… observando-o. Nossa, como ele amava ter a atenção dela. Amava a forma como ela olhava para ele. A forma como o notava. Sempre um passo à frente, lendo-o, sua mulher bela e brilhante.

– Adelaide. – Ele segurou o cabelo dela com mais força, puxando-a para longe, desacelerando o ritmo maravilhoso dela. – Se você continuar, meu amor…

– Sim – disse ela, os olhos acesos com um desejo que quase virava avareza. Que deusa ela era. – Sim. – A palavra correu por Henry em uma corrente de prazer. – É isso o que eu quero.

E então Adelaide voltou a estar no controle, devorando-o profundamente, envolvendo-o em um prazer quente e apertado até que ele não pode mais se conter e se entregou completamente a ela, gritando enquanto gozava, para o quarto, o campo e o sol ouvirem.

E o tempo todo Adelaide o observava, desejando-o, cheia de poder, de soberania.

Henry nunca a deixaria partir.

Ele se inclinou para frente, puxando-a para cima, beijando-a com um rugido indecente que a deixava saber exatamente quão boa ela fora, o orgasmo dele mal tendo efeito em diminuir o desejo selvagem que o consumia agora que ele sabia como era tê-la. Uma das mãos deslizou pelo corpo dela para achar um seio, duro e tenso.

Adelaide choramingou o prazer enquanto ele brincava com o mamilo, e seu próprio desejo se reacendeu. Henry a soltou e disse:

– Você se lembra do que me disse naquela outra noite, meu amor? Que eu poderia apenas te comer? – Ele a beijou novamente, as mãos dela se afundando nos cabelos da nuca dele.

Soltando-a, Henry se levantou, a mão ainda nos cachos de Adelaide, e a ajudou a se levantar, cambaleante.

– Agora você entende… nada do que fazemos juntos vai ser simples. Se nós fizermos isso um milhão de vezes… nunca será simples. – Outro beijo, profundo e lento. – Sempre vai ser de abalar as estruturas – ele prometeu. – Devo lhe mostrar?

– Sim, por favor. – Aquelas palavras. Henry daria o que ela quisesse, para sempre. E ele se certificaria de que ela iria gostar, para sempre.

Começando naquele instante.

CAPÍTULO 18

Desde que se unira à Duquesa e sua gangue, Adelaide desmanchara 43 uniões, salvando a mesma quantidade de mulheres de uma vida inteira de infelicidade com uma miríade de canalhas, cafajestes e monstros. Além disso, trabalhando com as Belas Fatais, ela destruíra seis condes, dois marqueses, um duque e mais de vinte cavalheiros ricos e titulados que mereciam tudo o que receberam.

E ainda assim, naquele dia, naquele quarto quente e maravilhoso dentro daquela casa silenciosa em um morro tranquilo na calmaria dos campos ingleses, enquanto Henry entregava o prazer dele nas mãos dela e perdia o controle que mantinha tão firmemente, incapaz de manter as mãos e a boca longe dela enquanto atingia seu ápice, Adelaide nunca se sentira tão poderosa.

Nunca se sentira mais cuidada, também.

Porque, de alguma maneira, mesmo de joelhos e dando prazer a ele de todas as formas que imaginou, fora Adelaide que se sentira idolatrada enquanto o duque a observava, os olhos azuis hipnotizados pelos movimentos dela, o peito subindo e descendo com uma respiração entrecortada, e, finalmente, quando ele não conseguiu mais resistir, o toque dele firme, cuidadoso e cheio de calor.

E então Henry a puxara para seus braços e voltara para a cama onde ela manteve vigília por tantos dias, mas, em vez de deixá-la ao lado da cama, o duque a levou com ele, as mãos quentes e certas na pele de Adelaide, os lábios tentadores e doces.

– Venha – ele sussurrou, a palavra suave e pecaminosa. – Assim.

Ele a puxou para que montasse em cima dele, e ela hesitou.

– Suas bandagens…

Henry sentou-se, correndo as mãos pelas costas dela e puxando-a para um beijo.

– Não se preocupe, amor. Você cuidou tão bem de mim e agora… é minha vez de cuidar de você.

Adelaide o acariciou no peito.

– Eu queria que você estivesse bem – confessou ela. – Queria que estive acordado e se mexendo. Odiei o quanto você estava imóvel.

Ele segurou uma das mãos dela e levou aos lábios, beijando a ponta dos dedos.

– Agora estou acordado. Agora eu me movo. – Henry a levantou, guiando-a para cima de seu peito. – Deixe-me mostrar o quanto.

Adelaide arregalou os olhos quando ele mostrou a ela, movendo-a mais para cima, por cima do peito dele, até estar montada em seus ombros.

– Henry, o quê…

– *Shhh* – sussurrou ele, usando uma mão para explorar as dobras dela, correndo um dedo pelo calor úmido entre as pernas dela. – Deixe-me olhar.

– Eu não posso… – Ela fechou os olhos. Era demais. Era… *bom* demais. Outra carícia e um círculo indecente onde Addie pulsava por ele.

– Tão bonita – ele sussurrou. – Esta é a coisa mais bonita que eu já vi. Tão úmida e quente… – Ele moveu o dedo outra vez e ela sugou o ar. – E cheia de desejo. – Ele terminou, levantando a cabeça e abrindo-a para ele, lambendo-a e chupando-a demoradamente. Ela gritou, e ele a soltou. Quando voltou a falar, estava cheio de satisfação. – Você me quer, não quer? Aqui?

Antes que Addie pudesse responder, ele estava lá, contra ela, e Adelaide não conseguiu conter o gemido, as mãos segurando-o, os dedos entrelaçados no cabelo dele, segurando firme enquanto ficava completamente parada, a vergonha ameaçando dominá-la mesmo com o prazer estrondoso que ele lhe dava.

Henry parou, segurando-a com mais firmeza em seu traseiro, virando-se para dar um beijo no alto da coxa dela.

– Você tem gosto de mel e pecado.

Adelaide fechou os olhos com as palavras, com a onda de deleite que correu por ela.

– Chegue mais perto, meu amor – ele sussurrou contra ela, contra o centro dela. – E me dê mais.

E então Henry a puxou para baixo para que ele pudesse cobri-la com a boca, estimulando-a com a língua vez após outra, ressoando contra ela conforme Adelaide perdia o controle, roçando-se contra ele. Só uma vez. Só o suficiente para…

– Mais perto – ele rugiu, dando um tapa no traseiro dela. Ela chiou, surpresa pela ardência rápida de dor seguida pelo prazer lento.

Adelaide olhou para baixo para descobrir… Minha nossa! Ele a observava, os belos olhos azuis correndo pela linha do corpo dela, um brilho delicioso de descoberta ali. *Você gosta disso.*

Ele não precisava falar em voz alta, podia ver a verdade.

– Eu… – Ela mordeu os lábios. Outro tapinha. A mão dele ficando em cima da ardência, larga e quente. Ela gemeu, se roçando contra o toque firme dele. – *Isso, Henry…* – O nome dele saiu em um suspiro longo e lento.

– Como você é uma boa garota – Clayborn sussurrou contra o corpo dela enquanto a puxava em sua direção, sem desviar o olhar. – Vamos explorar isso com mais afinco depois. Agora… – Ele a recompensou com uma lambida longa e luxuriante, o suficiente para fazê-la mover os quadris na direção dele, a cabeça pendendo para a frente enquanto ela arquejava seu prazer. Outro grunhido ressoou dele, o som quase demais para ela.

A boca magnífica de Henry a devorava, lambendo, chupando e roubando o controle dela até Addie ficar completamente perdida, entregando-se por inteira a ele, os dedos firmes no cabelo dele. Henry a soltou por um segundo, só o suficiente para ordenar:

– Isso, meu amor. Pegue tudo. E me tome para você.

E Adelaide obedeceu, incapaz de se impedir. Incapaz de resistir ao ápice que estava cada vez mais perto. Sem querer parar enquanto se mexia contra ele, a língua dele traçando seus lugares secretos e os dedos deslizando pelo traseiro dela, encontrando outro lugar secreto, desenhando círculos lentos e suaves até ela estar fora de si, ofegando o nome dele e implorando para que não parasse. Henry continuou até ela chegar ao clímax em uma onda lenta e crescente que quebrou forte e subitamente, com um grito.

Mesmo então, ele não a soltou, parecendo saber exatamente do que Adelaide precisava – a extensão da língua dele, o peso da palma da mão. E então Henry a deslizou lentamente pelo seu corpo, até onde o membro dele esperava, duro mais uma vez. Pronto para ela.

Adelaide hesitou, levantando o peso de cima dele.

– Suas bandagens…

Aquilo não era… eles não poderiam…

Henry se moveu, levantando-a para passar por onde o tecido branco se cruzava, até sentá-la abaixo dela, um joelho de cada lado do quadril dele, a ereção embaixo dela.

– Eu juro para você, Adelaide, não há dor agora. Não há nada além de você.

– É demais – ela sussurrou, apesar de ter movido o quadril contra ele um pouquinho, o suficiente para fazer os dois suspirarem. – É cedo demais.

– Já faz uma eternidade – respondeu ele, levando a mão ao rosto dela, correndo um dedo pela bochecha. – Você cuidou tão bem de mim, meu amor. – Então a mão desceu, encontrando a cicatriz na lateral do corpo dela, desenhando-a com gentileza. – Agora somos um par.

As palavras a atingiram como um raio, a ideia de que ele poderia ser um par para ela. Era uma mentira que a provocava e a tentava, a de que poderia haver um parceiro para Adelaide, que nascera e crescera sozinha. A ideia de que *ele* poderia ser o parceiro.

Impossível.

As lágrimas vieram, descontroladas. Indesejadas. Addie as enxugou, mas Henry as percebeu e entendeu tudo errado.

– Não, meu amor. Eu estou bem. Nunca a farei chorar novamente.

Adelaide se inclinou contra o toque, fechando os olhos com as palavras, com a mentira contida nelas.

Não havia dúvidas de que o duque a faria chorar novamente. Quando ele se fosse, seja no dia seguinte ou no próximo ano, ela talvez nunca pararia.

O duque não era para ela. Não para sempre. Mas, naquele instante, naquele quarto, naquela cabana e naquele morro… ele poderia ser dela.

E naquele momento, enquanto o montava e a mão dele deslizava por seus seios e pela barriga, até as coxas dela e o lugar onde Addie latejava e o desejava, ela não chorou. Adelaide se deliciou com ele, com a certeza nele. Com a forma como ele pegou sua ereção e a esfregou contra ela, deixando-a ainda mais úmida e desavergonhada.

– Henry. – A palavra saiu em um ganido, desesperada por ele.

– Você quer isso – disse ele, rouco e perfeito.

– Sim – ela admitiu, já se levantando, já dando espaço para Henry enquanto ele se posicionava na entrada dela.

– Adelaide – ele disse o nome dela como uma prece.

Ela encontrou os olhos dele.

– Henry… – E se abaixou contra ele, um pouquinho. Só o suficiente para ambos gemerem o seu prazer.

– Sim, amor…

– A sensação é…

– Perfeita.

Adelaide se moveu mais uma vez, alguns centímetros. Um pouco mais. Os olhos fechados e as mãos nas coxas abaixo dela.

– Você é tão…

Quente. Molhado. Grande. As palavras deles correram juntas. *Isso, por favor.*

As mãos de Henry nos quadris dela, segurando-a com firmeza enquanto Adelaide continuava até sentar-se nele.

– Você é uma rainha – ele disse com suavidade. – Reinando em acima de mim.

Ele moveu os quadris contra ela, e os dois gemeram com a sensação, as mãos de Adelaide repousando no peito dele.

– E me arruinando.

Adelaide se levantou um pouquinho, o suficiente para fazê-lo encontrar o olhar dela novamente, cheio de luxúria e avareza.

– Minha nossa – ele xingou, segurando-a. – Faça isso novamente.

Cheia de um poder inebriante e de triunfo, ela o fez. Mais uma vez, longo, devagar e lânguido, os quadris roçando contra os dele quando se sentava outra vez.

Ele xingou, grave e indecente, e ela não conseguiu conter o sorriso.

– Você gosta disso, não gosta? – Henry indagou, a mão deslizando pelo corpo dela, entre os seios, até o pescoço dela, onde seus dedos envolveram a garganta dela. Sem pressão, apenas prazer. – Você gosta de me tomar? De me controlar?

Adelaide gostava, mas não precisou responder. Ele sabia. O duque sabia e controlava a ladra de volta, os dedos em todos os lugares, nos seios, descendo pelo corpo dela, buscando o botão rígido de prazer que ele mesmo desejava enquanto ela o cavalgava. Acariciando-o em círculos pequenos enquanto Addie se movia devagar e sem tomá-lo profundamente, e depois em ondas de prazer, a mão dela se unindo à dele para segurá-lo com força contra ela e mostrar exatamente como tocá-la enquanto buscava o prazer, se movendo e implorando para chegar ao clímax.

Henry a provocou, diminuindo a velocidade quando ela chegou perto do ápice, tocando mais suavemente quando começou a gozar, até ela abrir os olhos e fulminá-lo com um olhar selvagem, sombrio.

– Chega – pediu ela, apoiando as palmas das mãos no peito dele. – Dê para mim o que eu quero.

A ordem, firme e cheia de desejo, invocou um grunhido grave e longo do fundo do peito dele e Clayborn a obedeceu, com prazer, tocando-a como se ela fosse um instrumento, estocando contra ela enquanto Adelaide se roçava nele, até estar repetindo o nome dele em uma litania e ele sussurrando o dela, rápido, e mais rápido, os dedos dele em círculos perfeitos até aquela mulher estar tão tensa quanto uma corda esticada.

– Henry – ela falou, ofegante. – Eu preciso de você. Preciso disso.

Ele beliscou um mamilo com a mão livre.

– Eu sei, meu amor. Tome. Tome o que quiser. É seu. Eu sou seu.

Eu sou seu.

O prazer correu por Adelaide, a sensação dele, o som das palavras, a promessa nelas, e ela chegou a um estado diferente de tudo o que ela experimentou.

– Agora, meu amor.

Como se tudo o que ela precisasse fosse a permissão dele, Adelaide olhou para baixo, para ele, a surpresa, o choque e uma quantidade colossal de medo correndo por ela, e Henry se sentou, abraçando-a, tomando a boca dela em um beijo profundo e delicioso, estocando contra ela uma, duas vezes antes de parar de tocá-la.

– Minha nossa. Sim. Você é a coisa mais linda que eu já vi. Goze para mim, meu amor. Agora!

Ela obedeceu ao pedido, o olhar preso no dele enquanto a onda de prazer a tomava. E só então, quando Addie estava perdida naquilo, selvagem e indecente em cima dele, Henry a seguiu para o êxtase, se movendo contra ela, acariciando-a, a circulando e gemendo, até ela relaxar em cima dele, os corações batendo no mesmo ritmo. Henry a abraçou como se Adelaide fosse um tesouro.

Em algum momento – segundos? Minutos? Mais tempo? – Adelaide se moveu, odiando deixá-lo, mas temendo que, se ficasse, o machucaria.

Temendo que, se ficasse, ela se machucaria.

Ainda assim, com o calor tentador de Henry e o beijo suave que ele deu na testa dela, a ladra descobriu que não era forte o suficiente para deixá-lo. Apesar de saber que era o melhor a fazer para proteger seu coração. Talvez ela soubesse a verdade, no entanto. Talvez soubesse que era tarde demais, e seu coração não era mais dela para proteger.

O sol, agora alto no céu, pintou as paredes com as sombras das árvores do lado de fora, e elas imitavam o que acontecia dentro da casa, tocando umas às outras. Adelaide ponderou sobre a calma do quarto, sobre os pensamentos dela.

Quando fora a última vez que ela apenas… existira?

Quando fora a última vez que se sentira puramente… como ela mesma?

Nunca.

Outra pessoa poderia ter pensado naquela palavra e imaginado uma vida partida em duas, o passado e o futuro. Um novo começo, finalmente compreendendo o significado de estar contente.

Adelaide sabia melhor. Poderia ter um passado e um futuro. Um novo começo. Uma nova compreensão de tudo. Mas o que *poderia* ser não era o que *seria*.

Momentos como aquele… não eram para sempre.

Se os seus sonhos mais loucos e mais secretos virassem realidade e Henry a quisesse, mesmo que por um curto período de tempo, mesmo com noites roubadas nos aposentos dela em cima d'O Canto, para momentos rápidos nas sombras de Westminster, para beijos quentes nas docas; ali, no coração de Lancashire, no meio do nada, um lugar secreto e sem compromisso que era só deles, não duraria.

Não poderia durar. E todas as vezes que Adelaide olhava para Henry, todas as vezes que o duque sorria aquele sorriso bonito que suavizava as linhas severas do rosto perfeito e aristocrático, ela precisava se lembrar… *ele não é seu. Não de verdade.*

Não para sempre.

Ela conseguiria viver com aquilo?

Adelaide ficou tensa com o pensamento, com a forma como apertava seu peito. A forma como ardia na garganta, mesmo enquanto Henry se virava para beijar a testa dela novamente, cheirando-a. Roubando um pouquinho mais dela, partes que ela nunca recuperaria.

O duque podia não ser dela, mas Addie sempre seria dele.

– Adelaide – ele sussurrou, e ela fechou os olhos, tentando guardar a palavra na memória. A forma como soava nos lábios dele, em sua língua, em seu sotaque perfeito, moldado em escolas extravagantes e nos corredores do Parlamento, onde ele falava por aqueles que não tinham voz.

– Henry – Adelaide sussurrou de volta, se encolhendo com a forma que sua emoção revelava a sua verdade. Os paralelepípedos de Lambeth. Os degraus vertiginosos e desiguais do South Bank. A educação cruel de milhares de bolsos que ela roubara.

O passado podre e estragado esticando seus dedos para lembrar a ela que nunca poderia ter para sempre alguém como Clayborn. Que aquilo, fosse o que fosse, se transformasse no que fosse, iria marcá-lo se fosse algo público. A filha do líder da maior gangue criminosa de Londres, nascida na sarjeta e criada nas ruas, sua habilidade de maior orgulho sendo seus dedos leves, uma batedora de carteiras do South Bank… e um *duque*.

Era uma piada.

Não ria, ela desejou. *Não ainda.*

Dê mais tempo para nós.

Addie estava perdida com ele, aqueles raros sorrisos, os braços fortes, o orgulho e a *bondade* dele.

Depois de tanto tempo, Adelaide encontrara um homem bom. E aceitaria um momento ao seu lado em vez de uma vida sem ele, sem hesitar. Iria ficar com Henry enquanto ele a quisesse, e se considerar sortuda por fazer parte de um lugar mesmo que secreto, minúsculo, da vida dele. E, quando chegasse a hora, ela o deixaria partir, livre e desimpedido, e ignoraria o buraco em seu peito onde o coração dela costumava estar.

Adelaide tomou aquela decisão, e a mão dele correu pela coluna dela, o toque dele a prendendo ainda mais. E então ele perguntou:

– Onde está minha caixa?

CAPÍTULO 19

Enquanto estavam ali deitados com a luz mudando no quarto, saindo da manhã até o brilho do sol do meio-dia, Henry se maravilhou com a tranquilidade do campo e inspirou os perfumes outonais no mundo fora da cabana, se perguntando quanto custaria comprar aquela casinha naquele morro daquela cidadezinha e viver ali com Adelaide pelo tempo que precisasse para convencê-la a ser dele.

O duque a seguiria para onde a ladra quisesse, daria o que ela desejasse. Viveria nos apartamentos dela em cima d'O Canto se ela preferisse, se Maggie O'Tiernen aceitasse o suplício de tê-lo como inquilino.

O que Adelaide quisesse, era dela. Ele se certificaria daquilo.

Henry abriu a boca para fazer aquela oferta, para pedir que ela fosse dele, que passasse a vida ao seu lado. Mas o que ele estaria pedindo? Odiava o termo *amante*, e a forma como carregava posse e efemeridade. Não havia nada efêmero no que desejava ter com aquela mulher gloriosa.

E, quanto à posse, Clayborn não se iludia pensando que iria possuí-la. Não quando ele era tão completamente dela.

Ele sabia o que Adelaide pensava da vida dela em Lambeth. Sabia que considerava uma marca, algo que contava contra ela. E Henry nunca daria a oportunidade de aquela mulher acreditar que não fosse digna do pacote completo. Casamento. O título. Uma coleção de bebês, preferivelmente uma coleção de menininhas com cabelos escarlate, olhos aveludados e um senso de justiça inabalável.

Com uma dor profunda, o duque soube que era o que queria com Adelaide. E sabia que não poderia ter.

No entanto, não conseguiria aguentar se houvesse um mal-entendido quanto ao real motivo.

Então era hora de ela abrir a caixa.

Quando pedira pelo objeto, Adelaide arregalara os olhos com surpresa, como se fosse a última coisa no mundo que esperasse que ele perguntasse, mas ela não hesitou. Encontrou os óculos na mesa de cabeceira e deslizou para fora da cama, deixando-o para trás, desejando-a enquanto ela atravessava o quarto para buscar a caixa.

– Você poderia ter tirado de mim a qualquer momento – ele falou enquanto a ladra devolvia o objeto para ele.

– Você acredita que me distraí com outras coisas?

Henry sorriu, uma vibração de prazer arrogante correndo em seu sangue.

– Comigo. – No entanto, ele vira as lágrimas nos olhos dela quando acordara. Clayborn a segurara em seus braços enquanto ela tremia de alívio. Aquela mulher sentia algo por ele, e Henry não iria dispensar aquilo.

Adelaide estendeu a caixa para ele, que balançou a cabeça.

– Você abre. Vou lhe ensinar.

A desconfiança no olhar de Adelaide era inegável, e Henry sabia que ela estava preocupada com as verdades que ele poderia exigir em troca das dicas a respeito do cubo, mas, antes que pudesse falar, ela deu um pequeno sorriso incerto e disse:

– Como eu disse quando começamos, eu sou um livro aberto.

Henry se cansara do jogo, apesar de desejar jogá-lo. Ele estivera se embriagando com os pequenos vislumbres de Adelaide, com os pequenos momentos de confissão, cheios de saias amarradas com fitas bonitas e passagens secretas atrás de pinturas de donzelas-escudeiras e beijos em pontes. Ela gostava da Ponte de Westminster. Ele a compraria para ela, maldição.

Mas as pequenas gotas não eram mais o suficiente. Ele queria mergulhar nela.

Primeiro, Henry iria mostrar que nunca mais pediria mais do que Adelaide estava disposta a dar. Que seria a única pessoa da qual ela não precisaria fingir. Ele levantou o queixo na direção da caixa que ela segurava.

– Então, me mostre do que se lembra.

Adelaide trabalhou rapidamente, se lembrando de cada passo sem hesitar, até chegar aonde chegara antes, com um pequeno cilindro nas mãos.

– Não abre – disse ela, mais para si mesma do que para ele. – Achei que poderia ser uma chave.

– Não é tão simples assim – respondeu o duque, querendo que ela continuasse falando. Fascinado pela forma com a qual ela repassava o quebra-cabeça na mente dela.

E, então, sua dama brilhante tocou a ponta do cilindro de obsidiana no exterior da caixa. E arfou.

– É um ímã!

Henry quis provar o deleite nos lábios dela.

– Sim, é.

Com um foco inabalável, Adelaide correu o objeto pela caixa.

– Fica preso em alguns lugares, mas não em outros. – O olhar dela encontrou o de Henry, brilhando com triunfo. – É um labirinto. A chave está *dentro*.

Adelaide não demorou muito para encontrar o lugar onde o ímã encontrava algo do lado de dentro do cubo, nem para traçar a larga letra C desenhada de um lado do cubo com paciência, devagar e certa, até chegar ao fim da curva com um pequeno *clique*. Os lábios dela se torceram no sorriso mais bonito que ele já vira, triunfante, doce e o suficiente para fazê-lo querer jogar a caixa longe e puxá-la de volta para a cama.

Ela encontrou outra lingueta, uma junção no canto da caixa se abrindo, permitindo-a deslizar um pedaço de madeira de onde se prendia ali, soltando o que parecia ser o topo do cubo.

– Cuidado agora. – Henry não conseguia evitar ajudar.

Adelaide olhou para ele, os olhares de ambos se entrelaçando por um momento, buscando por pistas. Ele não entregou nada para ela. Em vez disso, Henry deu uma dúzia de outras coisas, esperando que o compreendesse. Orgulho. Prazer. Adoração. Desejo. A promessa de que, quando Adelaide terminasse o quebra-cabeça, se ela deixasse a caixa de lado e lhe pedisse que fizesse amor com ela, ele faria sem pensar duas vezes.

Porque naquele instante, ele lhe pertencia por completo. Adelaide estava descobrindo seus segredos ao mesmo tempo em que descobria os segredos da caixa. E, pela primeira vez na vida, Henry sentiu a clareza para compartilhá-los. Ela explorava a caixa, o toque gentil, curioso e suave, o suficiente para fazê-lo desejar que aquela mulher estivesse explorando-o no lugar. Quando ela levantou um painel, revelou-se uma segunda camada do lado de dentro, um pedaço uniforme de carvalho pintado como um céu estrelado, que parecia uma pista falsa à primeira vista.

Mas não era. Havia três pequenos círculos na madeira pintada, belamente decorados: um som marcado com um L enfeitado, uma lua com um C, um planeta cercado de anéis com um H. Não apenas círculos, botões.

– Cuidado – Henry falou novamente, a palavra como aço.

Ela compreendeu imediatamente.

– O botão errado vai destruir o conteúdo.

Os olhos azuis de Henry encontraram os dela, e o orgulho dele foi sobreposto com algo a mais. Admiração. *Fogo*. Ela ponderou por um momento, um dedo batendo contra o lábio inferior, fazendo-o querer se inclinar para frente e tomá-lo entre os dentes, beijá-la até que ela estivesse ofegante de prazer. Sem perceber a direção dos pensamentos dele, Adelaide rapidamente compreendeu o que enfrentava.

– Tinta?

Ele assentiu.

– Garota esperta.

– As vantagens de ser uma ladra a vida inteira. Já vi armadilhas assim antes. – Ela franziu a testa. – Você não quer me perguntar nada?

– Eu quero perguntar mil coisas a você. – A verdade. – Mas não agora.

– E o que, eu vou ficar lhe devendo?

A pergunta o fez ficar furioso. Quem ensinara aquilo a ela? Que cada momento com outra pessoa era uma transação? Quem a fizera acreditar que tinha que dar partes de si mesma para as outras pessoas?

– Adelaide – ele falou, baixo. – Você não me deve nada. Não entende? Você salvou minha vida. Ficou de vigília ao meu lado enquanto eu convalescia, me curou e ainda acha que vou pedir por pagamento por compartilhar algo de mim? Você não me deve *nada*.

Adelaide balançou a cabeça.

– Não entendo.

Ele a beijou então, roubando a carícia, entrelaçando a língua na dela, lambendo-a profundamente antes de se afastar e lamber demoradamente o lábio inferior dela.

– Você está tão perto – ele sussurrou. – Termine.

Por um segundo, Adelaide pareceu considerar beijá-lo novamente em vez de prosseguir com o quebra-cabeça e Henry se perguntou se seriam capazes de interromper o que ela estava fazendo para fazer aquilo. Mas, antes que pudesse sugerir que seguissem o que ela desejava, Adelaide falou, o dedo correndo levemente na caixa.

– H é de Henry.

Ele assentiu.

– Mas a caixa não é minha.

– C é de... Clayborn?

– Meu pai. Mas a caixa também não é dele.

Adelaide inclinou a cabeça e o estudou, a caixa quase esquecida nas mãos.

– De quem é essa caixa?

Subitamente, ele sentiu mais tristeza pelo pai dele do que sentira em uma década. Em mais tempo.

– Era de minha mãe. Ele fez para ela, para guardar o que está aí dentro.

– Henry – Adelaide falou, se esquecendo de vez do cubo enquanto levantava a mão para o rosto dele, correndo o dedo na bochecha dele. – Eu sinto muito.

– Eu tinha 10 anos quando ela morreu. Tarde demais para esquecê-la, cedo demais para lembrar dela de verdade. Ela é sombras e sentimentos, calor e beleza em minhas memórias. Mas nunca consigo alcançá-las.

Ela assentiu.

– Eu não conheci minha mãe, mas às vezes acho que me lembro dela.

Sim, era daquele jeito. Henry se prendeu às palavras, à verdade contida nelas e o pedacinho dela que Adelaide compartilhara. Ele apontou o queixo para a caixa.

– Pressione L de Laura.

Adelaide obedeceu e o topo abriu.

– Henry – disse ela suavemente. Diferentemente de antes, quando falou com pena, agora soava como admiração. – É lindo.

Ela era linda.

– Todo ano, meu pai construía uma caixa nova no nosso aniversário e escondia algo dentro. – Adelaide se virou para olhá-lo, os olhos brilhando de interesse, deixando a caixa destravada e fechada na cama entre os dois. – Às vezes demorávamos horas para abrir. Jack sempre ficava frustrado e ia embora.

– Mas não você. – Ela sorriu.

Henry balançou a cabeça.

– Mas não eu. Adorava o mistério delas. O desafio. Amava a forma como revelavam o segredo só depois de eu ter me provado. – Ele olhou para ela. – Eu ainda gosto.

Henry não falou mais nada. Não falou para Adelaide que ele faria o que fosse necessário para se provar para ela.

Ela sabia. Tinha que saber.

– O que tinha dentro deles?

– Berloques. Uma moeda, um fio novo para pescar ou um saco de doces de limão. – Ele riu. – É por isso que Jack sempre desistia. Ele achava que o presente de verdade era o que estava amarrado em papel e fita.

– Você sabia que não era bem assim.

– Nunca me interessei pelo que é fácil. – Ele indicou a caixa. – Essa é uma das mais complexas que ele já fez. As nossas nunca tiveram medidas de segurança.

Porque guardava um segredo que ele nunca queria que fosse revelado. Adelaide pegou a caixa entre os dois, movendo-a vários centímetros na direção dele.

– Obrigada por me ensinar.

Ele arqueou as sobrancelhas.

– Você não quer saber o que está dentro da caixa? O que é tão valioso que uma gangue de notórios ladrões foi contratada para roubar? Que tipo de segredo pode destruir o Duque de Clayborn?

– Não – disse ela. – Alguns segredos não são para mim.

No entanto, aquele era. Aquele Clayborn queria que ela soubesse, a prova de que ficaria ao lado dela, enfrentando o que viesse pela frente, pelo tempo que Adelaide o quisesse. Prova, também, que não poderia se casar com ela. Ela compreenderia quando visse. Ele empurrou a caixa na direção dela.

– Abra.

Um lampejo passou pelos olhos dela. Um lampejo de algo honesto e urgente.

– Henry, se eu a abrir preciso que você saiba que seja o que for... nunca vou usar.

– Eu sei – ele falou. – Mas, mesmo se usasse, nunca me arrependeria de ter lhe entregado. Nunca me arrependeria deste momento. Deste período, aqui neste lugar.

– Mas... eu trabalho com segredos.

Henry envolveu a bochecha dela com uma das mãos e se inclinou para a frente, beijando o sussurro dos lábios dela.

– Esse vem de graça.

Adelaide abriu a caixa como ele fizera mil vezes antes dela, se maravilhando com a pequena bandeja dentro, suspensa embaixo de um frasco de tinta azul que teria se partido em dois se ela pressionasse o botão errado, inutilizando o pedaço de papel que estava na bandeja.

Henry observou enquanto a ladra inspecionava o mecanismo, se deliciando com o sorriso quando ela entendeu como funcionava.

– Que esperto – ela falou, e ele descobriu que queria que Adelaide se sentisse assim quanto a ele, e jurou fazer seu melhor para impressioná-la todos os dias, pelo tempo que ela quisesse.

Retirando o papel, ela levantou a bandeja para revelar um pequeno compartimento ali, largo o suficiente para uma segunda caixa de madeira, essa com uma filigrana com um L elaborado. Ela hesitou, e um nó surgiu na garganta de Henry. Com o respeito. Com a compreensão que Adelaide tivera de que o que estava ali dentro era a coisa mais valiosa que ele poderia dar a ela.

– Vá em frente – Henry a encorajou, as palavras descompassadas.

Adelaide olhou para ele, os olhos arregalados em preocupação, mas obedeceu, levantando a caixa e abrindo-a, revelando o anel de casamento da mãe de Henry, um pequeno círculo com as esmeraldas mais verdes que já vira.

– É deslumbrante – disse, correndo o dedo nas joias.

– Esmeraldas pelos olhos dela… uma das únicas coisas de que me lembro dela – disse ele. – Os olhos verdes. *Como a primavera, o tempo todo*, meu pai dizia.

Adelaide sorriu com a história.

– Quando você diz que acredita no amor, é por causa deles.

Henry apontou com a cabeça para o papel que ela removera e prendeu a respiração quando Adelaide levantou o quadrado cuidadosamente, desdobrando o pergaminho de trinta e seis anos. Sabia o que ela estava lendo. Ele lera tantas vezes que decorara.

Minha querida L.,

É provável que esta não seja a carta que gostaria de receber ou, pelo menos, não foi enviada por quem você gostaria que a enviasse. E, ainda assim, é imperativo que eu lhe escreva para dizer tudo o que queria lhe falar nesta manhã. As coisas que você não me deixou oferecer, na sua crença equivocada de que eu estava sendo cavalheiresco demais.

O que sinto agora, neste momento, não é nada cavalheiresco. Estou cheio de raiva pela forma como foi deixada. Cheio de raiva por como você foi ferida. E cheio de esperança pelas formas nas quais você pode se curar.

Eu a conheço a vida inteira. Eu a amo a vida inteira. E agora, se você me quiser, quero passar a vida toda ao seu lado, como pai de seus filhos. O que eu tenho, lhe ofereço – uma casa, uma lareira, e um futuro.

Nunca coloquei tanto peso no título; sempre acreditei que a forma que um homem vive é muito mais valiosa do que o que o mundo o chama. Mas me pego desejoso de fazer todas as argumentações na esperança de que aceite minha oferta. Se é esta terra que você deseja para o bebê, ou riqueza para ele, ou um título, é essa a minha oferta. Considere-o aqui, com você, já meu herdeiro. Já com um pai que se encherá de orgulho de cada conquista.

Aqui está tudo o que ofereço: você pode ter tudo o que é meu se quiser. Tudo o que desejo é um futuro que podemos chamar de nosso.

Sempre seu,
Clayborn

– Clayborn – disse ela quando chegou ao fim, desenhando com um dedo a assinatura que um dia fora ousada e apaixonada, e que agora desaparecia com o tempo.

– Meu pai – explicou ele, apesar de não ser necessário. – Bem, não é o meu pai de verdade. O pai que me criou.

– Não, é *seu pai de verdade* – Adelaide insistiu, olhando da carta com lágrimas nos olhos.

A dor no peito de Henry aumentou quando estendeu a mão, querendo parar as lágrimas dela, uma que escorreu pela bochecha, deixando marcas na linda pele de Adelaide. Ele a limpou com o dedão e sussurrou:

– Meu amor, não…

Ela balançou a cabeça.

– Eu sinto muito… é tão, isso é tão…

Ele assentiu.

– É tão bonito.

– Ele a amava tanto. – Adelaide olhou para baixo novamente. – E você… céus, Henry. A forma como ele o amava… antes mesmo de você nascer.

– Eu não sabia – ele falou. – Nunca houve um momento em minha infância em que ele não foi meu pai. Nem quando Jack, sangue do sangue dele, nasceu.

– Você era tanto dele quanto Jack. Esta carta é nada além da prova disso – disse ela com um sorriso. – Imagino que ele era um pai insuportável, se vangloriando do seu filho para todo mundo que estivesse disposto a ouvir depois de que você nasceu.

Henry se permitiu rir.

– Do que eu sei, eu estava andando com 4 meses. E lendo com 6!

– Claro que sim. – Adelaide olhou para a carta com uma melancolia que o fez se sentir igual, desejando um passado que nunca conheceria.

Desejando um futuro que ele nunca imaginara.

Até ela.

– Ela se casou com ele, é claro.

Henry assentiu.

– Ela era a filha de um cavalheiro da nobreza rural com quem meu pai fazia negócios, em uma cidade não muito longe da propriedade rural. Ela acreditou em outro homem quando ele disse que ficaria. Mas ele não ficou.

– Ela não foi a única a acreditar em promessas bonitas. Nem será a última – Adelaide ponderou.

– Meu pai… ele a amava o suficiente pelos dois. Ele fez a caixa para a minha mãe quando eu nasci – explicou Henry com calma, querendo que

Adelaide compreendesse. – Para que ela pudesse manter a promessa dele a salvo. Para que sempre se lembrasse de que ele cuidaria de nós. – Ele fez uma pausa. – Nós deveríamos ter destruído, mas…

Adelaide balançou a cabeça.

– Eu nunca me livraria disso. É lindo demais.

– É a última coisa que tenho dos dois juntos. – Ele ficou em silêncio por um instante, as memórias voltando. – Eu não sei quem é meu pai. Ele poderia ser qualquer um.

– Você gostaria de saber?

Henry considerara a possibilidade antes, é claro.

– Ao longo dos anos, houve algumas vezes que me perguntei se poderia encontrá-lo. O que eu diria a ele se o descobrisse.

– E?

Ele balançou a cabeça.

– Eu tive um pai e trocaria cada pergunta que tenho para o homem que me gerou por mais cinco minutos com o homem que me criou. – Ele fez uma pausa. – Eu gostaria de saber se eu o deixei orgulhoso.

Henry nunca dissera aquilo para ninguém antes, nem mesmo para Jack. Mas, por algum motivo, saiu fácil com Adelaide.

Talvez porque também quisesse deixá-la orgulhosa.

– Você o deixou – disse ela sem hesitar. Sem dúvida. – Você o deixou muito orgulhoso antes de ele morrer, tenho certeza. E agora… se pudesse vê-lo como o mundo o vê, como eu o vejo. – Ela sorriu. – O garoto dele. A família dele. Não de sangue, mas de amor. De cuidado.

– Não sou o único com uma família assim – ele concordou. – A sua também é assim. Nestes últimos dias, percebi o tipo de amigos que coleciona. A Duquesa. A Srta. O'Tiernen. Gwen. Lucia.

Adelaide concordou com a cabeça.

– Eu tenho muita sorte de fazer uma família de amigos desde quando deixei South Bank. E ainda assim…

Henry esperou que ela terminasse, sabendo que era melhor não a pressionar. Finalmente, Adelaide olhou para a carta nas mãos, a que o pai de Henry mudara um destino.

– Isso… ela era o sol dele.

Como Adelaide poderia ser para Henry.

Como ela já era.

E, assim, ele entendeu. Henry enxergava a vida do pai com perfeita claridade. Via, também, como a mãe dele o abençoara, como abençoara a todos eles.

Como ele também poderia ser abençoado.

– Que presente minha mãe deu a ele – disse Henry. – Uma família para amar. E para se orgulhar.

– E que presente ele lhe deu. – Adelaide acrescentou. – Seu amor. Seu apoio. – Ela deu um beijo suave nos lábios dele.

Deixe-me lhe dar o mesmo.

Os dois se olharam por muito tempo, e Henry daria qualquer coisa para ouvir os pensamentos dela antes de Adelaide voltar a falar:

– Não me surpreende você ser um homem assim. Tão vocal no Parlamento. Usando cada momento da sua voz para defender crianças que não tiveram a mesma sorte.

– Acho que qualquer pessoa decente com alguma noção e um pouco de humanidade faria o mesmo se visse as condições em que essas crianças vivem.

Adelaide negou com a cabeça.

– Várias pessoas veem e não falam nada. Não fazem nada.

Henry limpou o nó na garganta, o alívio de que alguém finalmente compreendia.

– Minha mãe teria sido deserdada. Expulsa da família e da comunidade. E eu junto com ela. Poderíamos facilmente ir parar em uma casa de trabalho e não em uma casa ancestral. Eu poderia não ter virado um duque. – Uma pausa, então: – E há o fato de que não sou um duque, não de verdade.

– O que isso significa? Não de verdade? Você tem o nome, o título e as cartas-patente.

– E outra carta. Uma que diz a verdade. Que apesar de ter nascido de pais casados, não sou filho legítimo do meu pai.

Uma tempestade surgiu nos olhos dela.

– Bobagem. – Ela levantou a carta. – Confie em mim, como alguém que passou uma infância com um pai que achava que eu era nada além de dinheiro nos cofres, a ideia de um pai reivindicando os filhos com tanta certeza, com tanta *devoção*... Henry, o que poderia ser mais legítimo? – Os imensos olhos castanhos dela estavam nele, cheios de uma preocupação urgente. – Esse homem, ele o amava incondicionalmente. E a sua mãe também. Que verdade gloriosa para guardar junto ao peito.

– Quando ele me contou... – Henry começou, mas parou, a memória do dia vindo com uma onda de vergonha. – Fiquei furioso. – Ela ficou parada, observando-o sem julgamento, e ele continuou. – Eu tinha 14 anos e havia voltado da escola. Um monstro completo. Convencido e cheio de arrogância e certeza de que sabia sobre tudo o que eu precisava saber no mundo.

– Um homem aristocrático em construção – disse ela com uma provocação gentil.

– Meu pai não era nada desse jeito. Ele era... – Ele buscou uma palavra.

– Eu o conheço. – Ela levantou a carta.

– Conhece – ele concordou. – Essa carta, era o coração dele. E eu estava com raiva demais para perceber. Fiquei tão furioso com ele, o culpei por mentir para nós. Por contar para nós. Por botar a verdade nas minhas costas, e o peso de saber que, se alguém descobrisse, isso nos marcaria para sempre.

– Mas não marcaria. Eles eram casados quando você nasceu. Você era filho dele. – Ela fez uma pausa. – Você *é* filho dele.

– Ele morreu três anos depois de me contar. E eu ainda estava com raiva. Porque os segredos dele eram meus, e eles me faziam ser uma fraude.

– Eles certamente *não* faziam – retrucou Adelaide, as palavras altas o suficiente para assustá-lo. Henry encontrou os olhos dela, cheios de frustração e ultraje. – Acho que o transformavam mais em um duque do que qualquer um dos outros que vagam pela Câmara dos Lordes. Acho que eles o fizeram ser forte, gentil e decente. – As palavras eram suaves, mas cheias de aço, e, se alguém entrasse ali e discordasse dela, Adelaide arrancaria a cabeça da pessoa antes de mandá-la embora. – Acho que passou uma vida tentando provar que era digno de um título que não é nem de perto digno de você. E acho que o homem que escreveu essa carta estaria muito orgulhoso de você, Henry Carrington, Duque de Clayborn. Filho. E irmão. Príncipe entre homens.

Ela era magnífica em sua raiva, e ocorreu a Henry que qualquer um que tivesse Adelaide ao seu lado, em lutas ou na vida, teria uma sorte imensa.

– Sinto muito que seu pai não pôde ver o que você se tornou – Adelaide continuou, tocando-o, descendo os dedos pelo braço dele até chegar à mão, onde ela entrelaçou os dedos nos dele, o movimento carregando toda a verdade das palavras dela.

Henry levou a mão dela para os lábios, salpicando beijinhos nos nós dos dedos.

– Obrigado.

Ela o deixou adorá-la por alguns instantes, observando-o antes de acrescentar:

– A única coisa que não compreendo é porque você não se casa.

– Adelaide, a confusão que viria nessa situação... não só eu perderia o título, mas perderia todo o resto. Reputação. A sociedade. O respeito. Qualquer mulher se arrependeria de me amar quando chegasse a hora.

– E por quê? Porque a sociedade poderia pensar que você é menos digno para ser um duque só porque seu pai foi um homem mais digno?

– Não é só isso.

– Então me conte o resto – disse ela, quase vibrando de afronta. Ele se aproximou dela, atraído pela fúria que Adelaide sentia em nome dele, os dedos deslizando pelas curvas que a transformavam em um anjo vingador.

– Quando eu tinha 10 anos, Jack nasceu. Ele é a cópia do meu pai.

Ela ficou tensa, compreendendo imediatamente.

– Henry.

– Não... – ele falou. – Sei o que vai dizer.

– E deveria ouvir. *Você é Clayborn.* A lei diz isso. Seus pais eram casados quando você nasceu, seu pai o reivindicou como dele. Isso o faz ser legítimo. – Ela sacudiu a carta. – Esse homem, ele gostaria que você assumisse o título.

– Você não entendeu tudo – disse ele, suavemente. – Não é que meu pai não quisesse que eu fosse o herdeiro. Ele queria. Era o melhor dos homens e nem por um instante duvidei de seu amor, que é o motivo pelo qual fiquei tão furioso quando ele me contou a verdade. Ele nunca me expulsou. Eu me expulsei.

– Por quê? –- Ela balançou a cabeça.

– Porque Jack... – Ele suspirou, buscando as palavras adequadas. – Eu não passo o título para ele por causa das circunstâncias de meu nascimento, passo por causa das circunstâncias do dele. – Henry desviou o olhar dela. – Ele é *deles*. Nascido do amor. Não é essa a melhor forma de continuar o ducado?

– Henry... – Adelaide falou suavemente, abraçando-o com força. – Ele nasceu do amor deles, e você cresceu nele. – Ela o beijou, suave e doce. Ainda ali, envolvendo-o, mesmo depois dos segredos dele serem revelados. – E o quê? Você não merece filhos nascidos do amor?

Aquelas crianças novamente. A coleção de menininhas ruivas e de óculos. Um menino sério ou dois no meio. O peito dele se apertou.

– Eu nunca pensei neles até recentemente. Até você.

Algo surgiu nos olhos castanhos dela. Algo suave e que logo foi abafado.

– Também pensei neles recentemente. – Ela pressionou os lábios contra os dele e então sussurrou: – Mas não posso lhe prometer crianças. Tudo o que posso prometer sou eu mesma. Enquanto for bom para nós dois.

Era uma oferta. Ela já a fizera antes.

O casamento não é a única opção.

– E então o que, nos escondemos do mundo?

Para a surpresa dele, ela gargalhou.

– Tudo o que eu já fiz na vida foi me esconder do mundo, Henry. – Ele não gostou daquilo, mas, antes que pudesse falar algo, ela prosseguiu. – Pense nisso. Nós não estaríamos ferindo ninguém, e não acho imoral dois adultos que se desejam terem um ao outro. Não preciso de um benfeitor, nenhum dinheiro precisa mudar de mãos. Tenho minha própria renda, trabalho que não quero parar de fazer… um mundo para mudar direto do Covent Garden.

As garotas dela. As donzelas-escudeiras.

– E você… – ela continuou. – Você tem um mundo inteiro para mudar do Parlamento. E, dessa forma, podemos ter tudo.

Era para ser tentador.

Certamente vários homens fizeram aquele jogo ao longo dos anos, tomando parcerias em segredo. Amaram, envelheceram e formaram famílias com elas. O mundo dava um sem-número de oportunidades para homens fazerem aquilo. Mas para Adelaide, que passara a vida inteira sozinha em uma torre na Ponte de Westminster, mantendo-se a salvo, trocando partes dela por medo de ser expulsa… aquilo não era o suficiente.

Ela merecia muito mais do mundo.

Muito mais dele.

– Eu transito entre dois mundos, Henry, um pé na lama de Lambeth e outro nos salões de baile de Mayfair. Nenhum dos dois combina comigo. – Ela deu de ombros. – É uma vida esquisita em um meio-termo que nunca pareceu ter um caminho que poderia levar a isso. Mas esse caminho, eu posso andar nele.

Havia outro caminho, no entanto. Adelaide poderia encontrar um homem decente que pudesse lhe dar um futuro completo. O coração por inteiro. Tudo o que ela merecia.

E, ainda assim, Clayborn era ganancioso e a queria, desejava que ela dissesse sim. Queria que ela pegasse tudo o que ele poderia lhe oferecer, os pedaços que ele conseguisse pegar.

Juntar.

Antes que Henry achasse as palavras para explicar, Adelaide mais uma vez se perdeu na carta.

– Calma, eu *roubei* a caixa. Eu a roubei e também a carta dentro dela, d'Os Calhordas, que roubaram de você, para alguém. Alfie Trumbull não rouba quebra-cabeças para se divertir e não imagino que ele se importaria se soubesse a verdade a seu respeito, a não ser para chantageá-lo até você não ter mais um centavo. Mas mesmo isso não é a diversão favorita do meu pai. O que significa que alguém o contratou para roubá-la, e o pagou bem o suficiente para que invadisse uma casa em Mayfair. Ele sabe que não deve chamar a atenção da Scotland Yard.

Henry assentiu.

– Havistock. – Ela se encolheu com o nome enquanto ele continuava: – O marquês de Havistock era um amigo de infância do meu pai. *Amigo* – Henry cuspiu a palavra. – Meu pai era um homem decente que levava tudo com muita gentileza, acreditava demais nas pessoas. Achou que Havistock era o tipo de amigo que merecia confiança e mostrou a ele a carta. A caixa. O anel.

– *Não* – Adelaide falou. – Um homem como Havistock... ele usaria isso para conseguir o que quisesse, para sempre. – Ela balançou a cabeça. – Mas não há sombra de nada disso no dossiê de seu irmão. Por mais que Havistock desdenhasse de seus pais... ele nunca falou a respeito.

– Não acho que fazia diferença para ele. Pelo menos até recentemente.

– Por que agora? – Ele não precisava responder. Adelaide adivinhou a resposta quase no instante em que fizera a pergunta. Era a vez dela de ser esperta. – Trabalho infantil. Ele queria parar sua campanha, que ameaçava as casas de trabalho dele.

– Como você sabe da existência delas? – Henry não deveria se surpreender, mas ainda assim.

– Havistock também tem um dossiê. E não é cheio de dívidas de jogo e bobagens. É tão grosso como meu dedo e cheio de registros de atividades que, apesar de não serem ilegais, certamente são imorais.

– Incluindo empregar crianças em fábricas – disse ele.

– Sim, mas, bem, *empregar* não seria a palavra que eu usaria para a forma como ele as trata, e o valor pífio que paga para elas.

– E não há nada a ser feito. Não é ilegal. Mas será – ele jurou. – A menos que Havistock encontre uma forma de virar o Parlamento contra mim.

– Ao transformá-lo em um escândalo.

Henry concordou com a cabeça.

– Eu não perderia o título, mas perderia toda a influência. O avanço retrocederia em anos. Talvez mais tempo.

– E o único motivo pelo qual não foi revelado ainda...

Ele encontrou o olhar dela.

– ...é porque você roubou a caixa.

– Você pode me agradecer quando quiser. – Adelaide ajustou os óculos, incapaz de segurar a provocação.

Eles não deveriam fazer piada. Mas Henry gostava demais dela para não o fazer. E Adelaide gostava dele também. O duque sorriu para ela.

– Eu pretendo. Completamente.

Ela se inclinou para beijá-lo longamente, doce, como um tesouro, intoxicando-o com sua suavidade e seu aroma de tomilho e chuva. Quando se separaram, ele disse:

– Eu tive medo dessa caixa e do que ela continha por muito tempo. Quis destruí-la um milhão de vezes, ciente de que era um risco deixá-la existir.

Mas não consegui, porque provava que o amor existia. Que era bom, digno e verdadeiro. Então, eu me arrisquei.

Henry a beijou novamente, incapaz de se impedir de roubar outro momento com ela. Outro pedaço de Adelaide ali, naquele lugar tão mágico.

– Todo esse tempo, achei que a verdade dessa carta seria um peso quando fosse revelada. Mas em vez disso… por sua causa… estou livre.

Olhando profundamente nos olhos de Henry, Adelaide perguntou:

– Por que me deixou ficar com a caixa? Por que me deixou abri-la? – Houve uma dezena de momentos em que ele poderia ter esvaziado o objeto, e ela sabia. – Por que deixou a carta aí dentro?

Henry se perguntara aquilo uma dúzia de vezes. Ele se convencera de que era porque a carta estava mais segura lá dentro do que com ele. Mas não era a verdade.

– Eu queria que você soubesse – confessou ele, por fim. – Queria confiar a informação a alguém. E queria que a pessoa fosse você.

Adelaide balançou a cabeça, e ele sabia o que ela iria dizer antes de Addie abrir a boca.

– Eu sou uma ladra.

Ele a puxou contra si, desejando que Adelaide compreendesse todas as formas que ela era maravilhosa.

– Você acha que não sei disso? – indagou ele. – Você me roubou naquele primeiro dia, nas docas. Na primeira vez que me beijou.

Ela pressionou a testa contra a dele e fechou os olhos.

– Eu pretendia devolver.

– Impossível. Nunca permitirei.

– Tão imperioso. – Algo brilhou novamente nos olhos dela enquanto sorria. Algo que Henry queria que desaparecesse da mente dela, algo que queria que desaparecesse do tempo que passaram juntos.

Ela o beijou, então, suculenta e demoradamente, e de alguma forma também triste e urgente, um beijo que o deixou apreensivo e com medo de que pudesse ser o último. E, quando acabou, Henry falou a única coisa que restava dizer para aquela mulher que roubara seu coração.

– Deixei que ficasse com a caixa porque confio em você. – Outro beijo, como uma recompensa. – Deixei ficar com ela porque queria que tivesse uma parte de mim que ninguém mais tem. – E outro, como uma tentação. A tentação de contar tudo para ela.

– Adelaide, eu deixei você ficar com a caixa porque a amo.

CAPÍTULO 20

A declaração fora bela e pura, e Adelaide não soube o que fazer com tal dádiva, então agiu como sempre fizera em sua vida e fugiu dela. A ladra deixou a cama, lembrando-se de que eles precisavam de comidas e bebidas.

Na cozinha, ela encheu um prato com queijo, presunto, maçãs e colheradas de mostarda e picles que haviam sido deixadas na despensa, tentando o tempo todo se esquecer do que ele dissera. Tentando se esquecer da corrente de excitação que correu por ela.

Tentando se esquecer de como a fizera acreditar em um futuro ao lado dele.

Em sua vida, Adelaide nunca fora covarde. Mas, quando voltou ao quarto, o prato empilhado com comida, e descobriu que Henry havia se levantado e se lavado novamente, a camisa abaixada para cobrir bandagens e músculos, ela descobriu que não conseguia olhá-lo nos olhos. Estava cheia de uma dezena de emoções, nenhuma delas agradável, e temeu que se Henry as visse, ele viria atrás delas. Faria com que elas sumissem, as espantando.

Como Adelaide era tola; Henry fora até ela do mesmo jeito. Cruzou o quarto no momento em que ela entrara, aliviando-a do peso que carregava e abraçando-a, levantando o queixo para poder olhar além dos óculos dela, para os olhos, e ler o que ela pensava. E então, sem falar nada, ele a puxou para o seu colo, se recusando a deixá-la se esconder.

De alguma forma que pareceu impossível, ela não se importou, porque Adelaide nunca se interessara em se esconder dele nem na primeira vez que se viram. E em nenhum momento desde então. Era por isso que o enfrentara cara a cara na primeira vez que se falaram. Era por isso que o observava nos bailes de Mayfair, desejando que ele a visse. Era por isso que ela o beijara nas docas, por isso que o desafiara para uma corrida cruzando a Grã-Bretanha, era por isso que ficara, naqueles quatro dias, esperando que ele acordasse. Esperando que ele a visse.

O que o duque fizera desde o início.

Então ela deixou que Henry a puxasse para seu colo e a abraçasse enquanto comia o prato que tinha preparado para ele. É claro que deixou. Porque de todas as emoções estranhas, desconfortáveis e maravilhosas que ele evocava, a que ela conseguia nomear, a que ela queria nomear, era desejo.

Ela o desejava. Desejava aquilo. Não da forma que Adelaide fora treinada para pensar em desejo. Não com olhares cobiçosos, rápidos e quentes. E era um bálsamo quando Henry a tocava, aliviando dores que ela nunca percebera até ele estar ali, coisas que Addie tinha há uma vida inteira.

A fome dele voltara, e Adelaide se deleitou observando-o comer, amando a ideia de que era ela quem o nutria de alguma forma, por menor que fosse, dando para aquele homem magnífico um pouquinho dela, arriscando-se.

Isso não pode durar, ela tentou se lembrar mais uma vez, mas as palavras de aviso sumiam sempre que ele parava para dar comida para ela, os melhores pedaços do prato, como se ela fosse uma dádiva a ser conquistada. Um tesouro para ser guardado.

Como se fosse ele que a nutria.

Henry a amava.

Então Adelaide olhou para aquele homem maravilhoso que a fazia se sentir maravilhosa também e disse:

– Quero confiar em você. Quero descobrir como é fazer isso.

Henry ficou paralisado, um pedaço de queijo na mão, a meio caminho da boca de Adelaide. Os olhos dele encontraram os dela, sérios e buscando por algo, e um músculo da bochecha dele latejou, como se tivesse um milhão de coisas para dizer. Finalmente ele pareceu escolher o que falar:

– Por favor.

Ela segurou a mão dele, aceitando a comida que o duque estava prestes a dar para ela, usando o tempo de mastigar para considerar como lhe contar todas as coisas que ela gostaria que ele soubesse, mesmo ciente de que a história dela acabaria com tudo o que sonhara.

– Você perguntou a respeito de informação. Querendo saber por que eu a reúno, por que as conversas comigo parecem que devem ser compradas e pagas.

Henry balançou a cabeça, passando a mão nas costas dela.

– Você não precisa explicar.

– Eu acho... – Ela fez uma pausa. – Eu acho que quero.

Para cima e para baixo, os dedos dele correram pelo algodão fino do *chemise* de Adelaide, ignorando o monte que ela sabia que Henry conseguia sentir ali, sabia que ele encontrara anteriormente. Ele não era bobo: não ficaria surpreso em descobrir que era parte da história dela. Na verdade, era Adelaide que estava surpresa, porque ela nunca pensou que contaria aquilo para ninguém.

– Não sei por onde começar.

– Seu pai é o Alfie Trumbull. – A mão dele ainda estava lá, nas costas dela, acariciando-a.

Ela olhou para ele.

– Como você...

– Nossos visitantes na Galinha Faminta.

– Você estava quase morto.

– Dá licença, não estava não.

Adelaide o olhou de esguelha, mas não discutiu.

– Eu podia até estar em más condições, mas meus ouvidos estavam perfeitos.

Henry sabia. Todo aquele tempo, ele soubera quem era o pai dela. E, ainda assim, fizera amor com ela. Ainda assim, Henry a abraçara, a alimentara, a tocara e a ouvira. E confiara nela.

E a amara.

Impossível. Henry não devia ter entendido.

– Alfie não é dono apenas de um galpão em Lambeth. Ele é o líder d'Os Calhordas. A gangue literalmente tem esse nome por causa dele.

– Duas gangues rivais, unidas por um líder destemido. – Ele também sabia daquilo. – O pior de Londres. Acredite se quiser, eles foram citados no Parlamento uma vez ou outra.

– E você prestou atenção?

O duque pareceu ficar genuinamente ofendido.

– Desculpa – ela falou no mesmo instante. – Claro que prestou atenção. Você é você.

– Isso, e meu irmão já teve dívidas com eles mais de uma vez.

– Seu irmão não é muito inteligente. – Adelaide balançou a cabeça.

– Estou esperando que a nova noiva resolva isso. – Ele a alimentou com um pedaço de maçã. – Ele é o irmão bonito, no entanto, então pelo menos tem essa vantagem.

– Ah, é claro, com você sendo tão horroroso. – Mesmo machucado, sangrando e cheio de feridas meio curadas, ele era a pessoa mais linda que Addie já vira.

– Não mais.

– Não?

Ele balançou a cabeça e disse:

– Não agora que meu nariz está quebrado.

Adelaide gargalhou e o momento foi uma bênção, uma calma antes da tempestade que ela estava prestes a soltar.

– Meu pai... ele era um rei. Nunca teve nada que não acreditasse que poderia vender por mais do que ele pagou. Tudo tinha um preço, e o objetivo de Alfie Trumbull era cobrar o mais alto. Sempre. Tudo em sua posse, todos os que empregava... se não tivessem valor monetário, não eram para Alfie. – Ela fez uma pausa e acrescentou: – E isso me incluía.

O toque dele hesitou no caminho de descer pela coluna dela, só um pouquinho. Só o suficiente para Adelaide olhá-lo outra vez, descobrindo que os olhos dele estavam cheios de algo que ela poderia gostar se pensasse um pouco mais no assunto.

– Ser filha dele não era o suficiente, eu tinha que fazer minha parte.

– Então você virou uma batedora de carteiras.

Ela assentiu.

– Uma gatuna. Várias garotas faziam o mesmo. Quando você é pequena e rápida, tem uma chance de cortar uma bolsa e não ser pega.

– E você era boa.

Ela não conseguiu segurar o sorriso orgulhoso.

– Sim – disse ela, deixando o sotaque do South Bank voltar para suas palavras. – Os dedos mais leves de todo o sul de Londres. Mayfair nunca nem me viu chegando.

– Eles mereceram o que tiveram, tenho certeza. – Henry riu.

– Almofadinhas nunca esperam que aconteça dentro dos próprios círculos. E deixa te contar – ela ressaltou – que há meia dúzia de pessoas com títulos que são ladrões.

– Sério? – Ele arqueou as sobrancelhas.

– Oxford. Tillborn. Lady Weatherby. – Ela contou nos dedos.

Henry estava surpreso.

– Eles são bons?

– Não, são terríveis. Seriam esfaqueados em dois minutos em Lambeth. Mas, como eu disse, almofadinhas não esperam que venha dos círculos que frequentam. E, ao contrário de todos nós, aristocratas não são pegos.

Ele a segurou com mais força no quadril.

– Você já foi pega?

– Você não se torna a melhor batedora de carteiras no South Bank sem aprender o que acontece quando falha.

– Conte.

Adelaide arriscou olhá-lo e viu que ele a observava. Por um instante, ela olhou nos olhos dele, certa de que encontraria julgamento. Em vez disso, encontrou um Henry aberto e acolhedor. Um homem que partilhara seus próprios segredos, pensando que eram sombrios. Sem saber o que um segredo poderia ser de verdade.

– A luz do dia é inimiga da maioria dos criminosos, mas sempre foi minha amiga. Eu roubava a maioria das vezes de manhã cedinho, quando o sol estava despontando nos telhados, transformando toda aquela imundice em ouro. Os bolsos estavam mais leves de noitadas de bebedeira, mas fáceis de pegar. Alvos bêbados e cansados são tolos. E aprendi cedo a tirar vantagem disso. – Ela fez uma pausa. – Isso e, se eu cumprisse minha meta cedo, poderia passar o dia inteiro fazendo o que quisesse.

– Explorando as pontes de Londres?

– Cada uma delas – respondeu ela. – Claro que foram as pontes que me deixaram encrencada. – Ela levantou um pouco de comida do prato e mordiscou, usando como desculpa para pensar. – Erroneamente pensei que cedo da manhã em Mayfair seria o mesmo que cedo da manhã em Lambeth.

Henry puxou o ar, mesmo com a risada que ela dera.

– O alvo me pegou no momento em que peguei a carteira dele.

– Quantos anos você tinha?

– Eu tinha 8.

Ele ficou tenso como pedra, todos os músculos do corpo se retesando, e Adelaide olhou para ele.

– Henry…

– Quero o nome dele. – As palavras vieram ásperas, como o som de rodas batendo contra paralelepípedos.

– Para o punir?

– Isso mesmo.

Ela deu uma risadinha.

– Você é tão honrado.

– Você era uma criança.

– E você sabe melhor do que a maioria das pessoas que isso não faz diferença.

Os olhos de Henry estavam sombrios com sua fúria, as palavras saindo entrecortadas quando perguntou:

– O que aconteceu?

– O magistrado ficou com pena de mim.

– E a soltou?

Adelaide olhou para ele de canto de olho.

– Não, me sentenciou a dezesseis dias.

– Dezesseis... – Ele parou, fechando os punhos. – Nossa, Adelaide. Na prisão.

Ela assentiu.

– Vou descobrir esse bastardo e o destruir. Vou acabar com ele junto com o amigo que achou que era uma boa ideia mandar uma criança de 8 anos para o magistrado.

Adelaide não conseguiu conter a onda de calor que a invadiu com a raiva dele.

– Você acha que pode destruir todas as pessoas que já me fizeram mal?

– Sim. – A resposta foi instantânea e categórica.

Como seria sua vida se tivesse aquele homem desde o começo? Que parceiro Henry seria. Que ele será. Que pai.

Um vislumbre surgiu em sua mente, uma fileira de crianças de cabelo escuro e olhos azuis, cada uma muito amada. Bem cuidadas, com o pai, o duque, tomando conta delas. O pai deles, e a mãe, que seria sua igual em todas as coisas. Bela, perfeita e impecável, nascida com graça e um bom temperamento. O oposto de Adelaide.

– Onde estava sua gangue? – perguntou ele, sem perceber a agitação na mente dela.

Adelaide engoliu em seco e se voltou à história.

– Alfie estava do lado de fora quando eu fui solta.

– Seu pai só apareceu quando você foi solta? Não antes?

– O que ele poderia ter feito?

– Eu teria destruído o lugar, tijolo por tijolo, e então a libertado.

– E eles poderiam ter deixado que você fizesse isso, duque. – Ela sorriu.

Talvez Henry não merecesse o lembrete gentil de sua posição, mas Adelaide o fez mesmo assim, para relembrar o quão distantes eram um do outro. Para lembrar a ela mesma, terminou a história:

– Alfie estava lá para me dar a minha segunda punição. – Ele pareceu congelar, mas ela continuou. – A punição por ser pega.

– Esta aqui? – Os dedos de Henry encontraram a longa cicatriz nas costas dela e pararam por ali.

– Não. – Adelaide balançou a cabeça. – *Essa* foi a segunda vez que fui pega. Eu era ambiciosa. Um regalo de pele. Queria para a consorte de meu pai, a única que já foi boa comigo, como presente de Natal. Ele a deixara por uma nova garota e ela estava de coração partido. Achei que um presente a deixaria feliz.

– E? – O peito dele se tensionou.

Ela sorriu.

– Difícil esconder uma peça de roupa de uma mulher na saia de uma menina. – Adelaide fez uma pausa. – Quinze chicotadas pela segunda infração e dois meses presa.

– Cruzes, Adelaide... a prisão não é lugar para uma criança.

– A prisão não é o lugar para a maioria das pessoas que são enviadas para lá – ela respondeu. E Adelaide estivera na parte da prisão que era reservada para crianças. – Depois de minha segunda vez, eu jurei nunca voltar. – Ela deu um breve sorriso para ele. – Também jurei que me viraria contra Mayfair um dia, os peixes grandes que estava determinada a pegar.

– E olhe onde está agora. – Henry arqueou as sobrancelhas.

– Roubando beijos e segredos de duques – ela sussurrou, mesmo que ele é quem tenha roubado o beijo depois das palavras.

– E corações – ele acrescentou em um tom grave quando a soltou.

– Não me dê seu coração – ela implorou baixinho. – Não sou virtuosa o suficiente para devolvê-lo.

Henry precisava entender. Addie precisava que ele entendesse. Se pudessem concordar que estar juntos seria mais problema do que felicidade, ela podia colocar aquele belo momento idílico no passado e deixar que o resto da vida dela começasse. Ele viraria uma dor incômoda, o tipo que vinha com um osso que fora quebrado quando chovia. Uma memória distante de quando ela havia se apaixonado de forma estúpida por um homem que não poderia ter.

Adelaide se forçou a acrescentar:

– Então aqui está, o pior de tudo.

Agora você sabe por que não deveria me amar. Porque não pode ter um para sempre para nós.

Ele assentiu solenemente e então disse:

– Agora me fale do melhor.

– Do... melhor? – Ela franziu a testa.

– Conte sobre suas memórias mais felizes.

Alguém já perguntara aquilo para ela? Para piorar, por que era tão difícil pensar em uma resposta? Addie ponderou por muito tempo antes de se decidir:

– Eu não desgosto da memória desta manhã. – O nome dela nos lábios de Henry, o toque dele na pele, o corpo dele no dela.

Henry sorriu e beijou a testa dela.

– Nem eu. Mas me conte algo de antes de nos conhecermos.

– Não – ela falou suavemente, não querendo entregar outra parte dela. – Você não entende, não pode saber mais sobre mim.

– Por que não? E se eu desejar saber tudo sobre você?

– Você não pode. – Adelaide balançou a cabeça. – Não podemos. Você não consegue ver? – Ela se sentia desesperada, como se tivesse se perdido em um beco escuro. Ou, pior, na luz do dia em Mayfair. – *Eu* não posso.

Henry ficou em silêncio por muito tempo, considerando o que falar. *Por favor, Henry,* ela implorou em silêncio. *Por favor, compreenda. Eu preciso me segurar para ser capaz de continuar em pé quando você partir.*

E, ainda assim, quando ele repetiu seu pedido, Adelaide não conseguiu resistir.

– Uma memória feliz. Dê-me isso, pelo menos.

Henry fazia parecer que aquilo não era nada, impossível de recusar mesmo com os dois sabendo da verdade. Toda vez que ela oferecia uma parte dela e compartilhava com ele… era mais difícil imaginar vê-lo partir.

Ainda assim, Adelaide pensou um pouco, procurando o tipo de memórias felizes que outras pessoas discutiam. Ceias de Natal, presentes de aniversários e férias no litoral. Mas tivera pouco daquelas coisas, e as que tivera foram transações, pagamentos de seu pai por um roubo considerável ou por ficar quieta. Então nenhuma delas realmente era feliz, porque não vieram de graça.

Então se decidiu por:

– Eu tive um gato.

Ele a aninhou contra o peito e apoiou o queixo no topo da cabeça dela.

– Tinha um nome?

– Rabo. – Ela sorriu.

– Um nome muito comum – ele provocou.

– Ele era preto com as patinhas brancas e uma ponta branca na ponta do rabo – ela explicou. – E um nariz rosa que parecia um coração. – Henry sorriu com a descrição, que era desnecessária para a história, mas, de alguma forma, era muito importante que ele soubesse. – Uma vez, os garotos do meu pai foram contratados para roubar uma carga de uísque ilegal de um navio nas docas e, quando chegou, um bocado dos caixotes não eram uísque. Eram livros.

Henry fez um som para que ela continuasse.

– Cavendish, Austen e os mitos nórdicos. – Ela balançou a mão.

– As donzelas-escudeiras.

– Dentre outras. – Ela assentiu. – Meu pai não queria nada com livros, não tinham valor para ele.

– Então ele os deu para você?

– Claro que não. Ele nunca me daria algo que eu estivesse disposta a fazer uma troca para ter. Aqueles livros, eles teriam exigido uma dúzia mais de carteiras roubadas. – Ela fez uma pausa. – Eles foram a primeira coisa que eu roubei do galpão.

– Hmm – Henry falou, o som aquecendo-a com a aprovação contida ali. – E essa é a memória mais feliz? Roubar livros de debaixo do nariz do seu pai?

Ela riu.

– Não era para ser, sinceramente, mas agora que você sugeriu... não posso dizer que não gostei.

– Claro que você gostou. Estava livre dele naquele momento. Das regras dele. Livre para se divertir sem ter que pagar por isso.

Addie concordou com a cabeça, olhando para ele.

– Adelaide – Henry falou, o dedão acariciando a bochecha dela. – Sua felicidade... ela deveria ser de graça. Deveria vir sem taxas e acertos de conta.

Ela afastou a cabeça do peito dele então, com medo de encarar as palavras. Com medo da verdade de que, se pedisse, Henry daria o que ela quisesse, de graça.

Henry suspirou pesadamente, o único sinal de que estava desapontado por ela não olhar para ele. Não havia sinal algum daquilo quando perguntou:

– E quanto ao gato?

Ela correu os dedos ao longo do braço dele, brincando com o pelo ali.

– Rabo é a memória feliz. Eu escondi aqueles livros no meu quarto como um tesouro, os enfileirei embaixo da cama. E, de noite, acendia uma vela pequena e os devorava enquanto Rabo se acomodava em meu peito e ronronava. – Adelaide fez uma pausa, perdida na memória daquelas noites, quando livros a transportaram do mundo real, de suas ameaças e promessas.

Uma das mãos largas de Henry deslizou pelas costas dela, quente, pesada e perfeita.

– Um livro, uma cama e um gato é o que basta, é isso?

Ela se aninhou contra ele.

– Um duque poderia ser o arremate final.

As palavras saíram antes que ela pudesse se impedir. Antes que pudesse impedir que ele a cheirasse, os lábios na testa dela e o nariz no cabelo.

– Obrigado – ele sussurrou. – Por compartilhar comigo.

Adelaide queria compartilhar mais com ele. Todo o resto. Cada instante de alegria. Cada vez que fora a primeira a sair em uma nevasca. O sabor dos pãezinhos de limão na padaria próxima ao Palácio de Lambeth. A animação que vinha de um roubo bem-sucedido. Em vez disso, falou:

– Aquelas noites com um livro e um gato foram as mais felizes que já tive. Antes de eu virar uma... – Ela parou, o resto da frase a surpreendendo.

A mão dele parou na parte de baixo das costas dela.

– Uma?

Ela brincou com um fio que saia do *chemise* que usava e considerou as repercussões das próximas palavras. Henry confiara nela com seu segredo, não confiara?

– Uma Bela.

Ele exalou, o som menos surpreso e mais aliviado.

– Então é verdade o que dizem os jornais, essa gangue de mulheres existe.

– É verdade. E você pode nos culpar?

– Suponho que isso explique os dossiês.

– A Quebra-Laços serve a vários propósitos.

– Deixe-me adivinhar.

Adelaide ficou em silêncio enquanto ele pensava, ansiosa para que Henry adivinhasse. Querendo que ele fosse um dos poucos que compreendia.

– Há a parte óbvia. Seu grupo de mulheres derruba os piores homens, aqueles com poder ilimitado e morais inexistentes.

– Não precisaríamos fazer isso se Westminster o fizesse por nós – ela respondeu.

– Em vez disso, são vocês que são chamadas para fazer o serviço. E se colocam em perigo. – Ele franziu a testa. – Você sabe que se for pega… se descobrirem que é uma das Belas Fatais… – Ele tirou uma mecha do cabelo dela da frente do rosto. – Minha nossa, Adelaide, vou ter que repensar o Parlamento. Você precisa de um guarda-costas.

Ela sorriu com as palavras.

– Você se provou um brutamontes e tanto.

– Não faça piada. – A frustração surgiu no belo rosto de Henry. – O que vocês fazem…

Adelaide se inclinou e o beijou vagarosamente, com a doçura que ele merecia, aquele príncipe entre os homens.

– Sei o que estamos fazendo, Henry. Mesmo se não fôssemos extremamente boas, é algo que faço a vida inteira sozinha.

– Não mais.

Ela se irritou.

– Você espera que eu faça o que, espere que quem está no poder policie uns aos outros? Que mudem as regras? Essa é uma bela sugestão, duque, mas, enquanto você discursa, o mundo real continua girando. E pessoas reais são pegas no fogo cruzado.

Ela começou a sair do colo dele, mas o duque a segurou, a manteve no lugar.

– Não, Adelaide. Não é nada disso. – Ela olhou de volta para ele, os belos olhos azul-claros e honestos. – Quero dizer que você não está mais sozinha. Agora tem a mim.

A respiração de Adelaide falhou.

– Juro a ti minha espada, donzela-escudeira. Deixe-me lutar com você. Por você. Ao seu lado.

Ah.

Aquele homem. Ele a quebraria se ela não tomasse cuidado. Clayborn a destruiria com seus votos, suas promessas, seus belos olhos e seu toque quente, e também com a forma como ele sempre a notava.

Adelaide quase acreditou nele e na promessa que fizera. Deus sabia como ela queria. Entretanto, a ladra sabia da verdade – tinha sorte o suficiente para tê-lo ali, naquele instante, por algum tempo. Como um sonho.

Ela deveria mandar uma nota de agradecimento para Danny.

– Henry… – Adelaide começou a falar, mas ele a interrompeu, como se soubesse o que ela iria dizer.

– Conte-me o resto. Para destruir esses homens, para tirá-los de seus pedestais… Você precisa ter informações a respeito deles. Alguns vêm de suas amigas, certamente. Mas jantares não revelam segredos. Não os importantes.

Adelaide assentiu, permitindo que ele mudasse de assunto.

– Ninguém tem uma língua mais frouxa que uma mulher que quer fugir de um casamento ruim.

– Então você faz dossiês a respeito das escolhas infelizes de noivado como Jack… e consegue os segredos de verdade em troca?

– Existem segredos e existem segredos – respondeu ela, querendo que Henry compreendesse que as circunstâncias do nascimento dele não eram o que as Belas procuravam. – Queremos os que destruiriam um homem, os que seriam a ruína. Fazer um arquivo a respeito de Jack foi muito fácil e nos deu acesso a Helene que… guarda um segredo.

– Que tipo de segredo? – Ele ficou mais atento e alerta.

Ela balançou a cabeça. Não podia dizer a ele tudo, não sem saber se Helene estava a salvo.

– O tipo que manda aristocratas para a prisão.

Henry ficou tenso com a revelação, imediatamente identificando o vilão em questão.

– Adelaide, você não pode enfrentar Havistock diretamente. Ele é um monstro. O que ele escondia, o que escondeu de meu pai… agora ele mostra à luz do dia. Ele vê que o mundo está mudando e sabe que tem pouco tempo. Ele está encurralado… e vai destruí-la se tiver a oportunidade.

Ela assentiu.

– É exatamente por isso que devemos enfrentá-lo diretamente, entende? Ninguém mais vai atrás desses homens. Ninguém mais os leva até a justiça.

Henry sabia que ela estava certa, Adelaide conseguia ver nos olhos dele, na sombra de frustração ali.

– Havistock construiu uma fortuna nas costas dos nossos piores pecados, cada um deles legal e cada um deles corrupto – explicou ela. Henry sabia daquilo, ele via a forma como o mundo se contorcia para manter Havistock e sua laia fora de problemas.

– Mas homens como ele… – ela continuou. – Eles não param no que é legal. E nosso trabalho é encontrá-los quando passam dos limites. Pelo menos quando nossa justiça é feita, nós somos capazes de proteger os espectadores inocentes.

– Esposas e filhos – ele elucidou.

– Filhos com frequência, como Helene. Esposas… – Adelaide inclinou a cabeça. – Elas são mais complicadas.

– A proximidade do poder é uma droga poderosa.

– Muitas delas não conseguem ver a verdade. – Adelaide assentiu. – Por vezes são cúmplices dos maridos lamentáveis. Contra o que é melhor para elas.

– O longo prazo nunca vai ser tão atraente quanto o curto prazo – Henry raciocinou. – Você está falando com um reformista do parlamentar.

– Eu li um discurso seu uma vez, no *Notícias*. A respeito de Newgate.

– Sobre fechá-la de vez. – Ele fez uma pausa, perdido nos pensamentos. Então disse: – Eu tiraria todas elas se eu pudesse; passaria minha vida limpando memórias, se você permitisse.

Adelaide negou com a cabeça.

– Não quero me esquecer.

– Não?

– Não, Henry. Não vê que essas memórias são combustível?

Clayborn não havia percebido, mas, no instante em que Adelaide proferiu as palavras, ele pareceu entender.

– Elas que me forjaram – Adelaide falou com suavidade. – Uma garota de Lambeth que deveria ter se casado com um bruto e criado uma nova geração deles. Mas em vez disso…

– Um novo caminho.

– Um meio estranho – ela disse. – Sem lugar, metade de um lado do rio e a outra metade no outro. E, por causa disso, sem conexão com nenhum deles. Não mais uma gatuna no sul de Londres, não ainda uma queridinha no norte.

– Você é minha queridinha do norte londrino – ele falou com suavidade, roubando um beijo.

Adelaide sorriu e permitiu.

– É curioso. Logicamente eu sei que tenho um lugar com as Belas. Elas são minha equipe, minha família. Ainda assim, às vezes no meu coração tenho medo de que, a qualquer instante, elas decidam que eu não valho o tempo ou a energia delas. Como se fossem se lembrar de que eu só não faço parte daquele lugar.

Assim como você perceberá um dia. Addie odiava o pensamento, a forma como corria por ela como um animal selvagem.

O quarto ficou em silêncio por tempo o suficiente para ela finalmente olhá-lo no rosto.

Henry parecia furioso.

– Não vale o tempo delas? Adelaide... – Ele conteve o que estava prestes a dizer. – Você é uma maravilha em dezenas de aspectos. Em milhares. Seu valor nem pode ser quantificado, nem em tempo nem em energia. A imensidão dele... Minha nossa, Adelaide, você não enxergar isso me faz querer destruir todo o império do seu pai para puni-lo por não mostrar como você é preciosa todos os dias da sua vida.

– Eu já ouvi ideias piores – falou uma voz da direção da porta. – E certamente podemos dar um jeito. Mas, no momento, temos um problema maior e mais urgente.

Adelaide e Henry se sobressaltaram, virando-se para a porta e encontrarem a Duquesa de Trevescan ali, alta, os cabelos com um novo tom aloirado e linda, a sua saia lilás exuberante sem sinal da viagem de dias que deveria ter feito para encontrá-los ali.

Chocada, Adelaide tentou se levantar, mas Henry a abraçou apertado e não se moveu.

– Ainda não tenho certeza se você também não merece ser punida, Duquesa.

A outra mulher o encarou com surpresa nos olhos.

– Devo dizer que estou positivamente surpresa com sua ferocidade. Não achei que era desse tipo. – Os olhos azuis gélidos correram pelos hematomas e bandagens. – Apesar de que você já esteve melhor, Clayborn.

A Duquesa entrou no cômodo, revelando que não estava sozinha. Imogen e Sesily a seguiram para dentro.

– Ah! – Imogen arqueou as sobrancelhas, e Adelaide imaginou o que as amigas viam: ela apenas em um *chemise* e de óculos, no colo de Henry.

– Ahhh!! – Sesily sorriu em deleite. – Muito bem, minha amiga!

Ignorando a declaração animada e suas bochechas que pareciam em chamas, Adelaide falou diretamente para a inabalável Duquesa:

– Qual é o problema urgente?

A Duquesa cruzou o quarto e levantou a caixa quebra-cabeça que estava aberta, inspecionando o mecanismo.

– Lorde Carrington e Lady Helene.

– Espero que estejam voltando como Lorde e Lady Carrington – disse Henry. – Uma vez que estive na cama por cinco dias.

– Imagino que tenha ficado mesmo – Sesily retrucou de onde estava, na soleira da porta.

A Duquesa olhou de canto de olho para Sesily antes de responder:

– Na verdade, eles não estão voltando.

Adelaide congelou, a preocupação subindo em seu estômago.

– O que aconteceu?

– Eles desapareceram. – A Duquesa bateu as palmas uma vez, firme. – Acredito que deveriam estar apropriadamente vestidos para isso.

CAPÍTULO 21

A última vez que Henry estivera na cozinha daquela casa, Adelaide o desacordara. Agora, de pé ali novamente, cercado por aquelas mulheres que sempre julgou que eram destemidas e agora sabia que eram assustadoras, não tinha muita certeza se ficar inconsciente não estava completamente fora das possibilidades.

Não lhe passou despercebido que Adelaide estivera pronta para fugir do quarto inúmeras vezes desde que abrira a caixa, e ele sabia sem dúvida que o trio de mulheres que acabara de chegar não hesitaria um segundo para ajudá-la a partir sem ele se Adelaide pedisse.

Inclusive, nos dez minutos que demorara para se vestir e descer as escadas até a cozinha, a equipe dela se posicionara para protegê-la – ela estava no fundo do recinto, próxima ao fogão, ao lado da Duquesa. Entre elas e a porta, Lady Imogen e Lady Calhoun se sentavam na grande mesa. Quando ele entrou, as mulheres se viraram como um batalhão de guerreiras protegendo algo precioso. Donzelas-escudeiras, prontas para reduzir as fileiras inimigas.

Adelaide podia não compreender bem a mensagem que as amigas mandavam, podia não acreditar que fosse em nome dela, mas para Henry estava claro. Se quisesse se aproximar de Adelaide, teria que passar por todas elas

O que ele faria.

Mas, primeiro, ficaria grato por elas estarem ao lado de Adelaide.

Isso e ele tinha perguntas que precisavam de respostas.

Virando-se para as quatro, Clayborn questionou:

– Onde está meu irmão?

– Não é a primeira vez que você o perde, não é mesmo? – A Duquesa de Trevescan falou, seus olhos azul-gelo nos dele. – Nem é a primeira vez que ele desaparece com Lady Helene a tiracolo.

– Duquesa – Adelaide falou, a voz incisiva, cheia de aviso. – Preciso lembrar a você que Henry esteve inconsciente pelos últimos quatro dias e não merece sua censura?

– E você então, Adelaide? – A Duquesa retrucou. – Você merece minha censura? Afinal, foi você que deixou a menina ir embora para ficar pra trás e proteger *Henry*...

Adelaide estreitou os olhos na direção da outra mulher.

– Achei que estavam a salvo. Foi um erro de julgamento.

Bem, Henry não gostava daquilo.

– Você não comete erros de julgamento – respondeu a duquesa, as palavras gélidas deixando o duque agoniado.

– Não fale com ela desse jeito – disse ele.

Fez-se silêncio, e as quatro mulheres o encararam, diversas emoções em seus rostos.

Finalmente, a Duquesa disse:

– Não me interprete mal, duque. Adelaide escolheu ficar para trás e mantê-lo vivo. Minha pergunta é: você vale a pena?

– Provavelmente não – respondeu Henry, arqueando uma sobrancelha na direção da mulher que toda a Londres idolatrava. – E, ainda assim, aqui estou eu.

– Então voltamos para o erro de julgamento de Adelaide. – Ela fez uma pausa e então acrescentou: – Desgraça, é isso que acontece quando deixamos homens fazer parte.

Ele deveria ter ficado irritado, mas, em vez disso, Henry imaginou que estava sendo iniciado. E aquilo não era nada irritante.

– Já chega, Duquesa – disse Adelaide, lançando um olhar severo para a amiga, que não se abalou.

– Meu irmão é muitas coisas – disse Henry, incapaz de manter a frustração longe da voz. – Ele é um lutador até bom, terrível em jogos de azar, e confia demais no mundo como um todo. Deus sabe que ele errou várias vezes, mas não tem malícia e, se estava indo para Gretna com a dama, estava mesmo se casar. Você está dizendo que nunca nem chegaram?

– Ele chegaram – a Duquesa esclareceu. – Nós temos meia dúzia de testemunhas que podem atestar isso, incluindo o ferreiro que os casou. Seu irmão e a noiva passaram a noite na taverna ali, para começar a jornada de volta na manhã seguinte. Faz três dias. Eles trocaram de cavalos, almoçaram pouco mais de 8 quilômetros daqui e então... desapareceram.

O coração de Henry se acelerou. Jack estivera a 8 quilômetros de distância, em risco, e Henry não fora capaz de ajudar. Ele falhou em protegê-los.

– Eu deveria ter estado lá. – As palavras de Adelaide ecoaram as que ele tinha no coração, e Henry voltou a atenção para ela, encontrando os olhos castanhos do outro lado do cômodo. Havia uma tristeza ali, nos olhos dela. – Achei que estariam a salvo assim que se casassem. Fiquei aqui, quando poderia tê-los seguido.

– E aí o que – ele respondeu, – seria pega com eles?

A raiva e a frustração que Henry sentia com o sumiço de seu irmão teria se transformado em uma raiva cheia de pânico. Já corria o risco de se transformar só de pensar que Adelaide poderia ter sumido, e ele não saberia onde ela estaria.

– Ninguém teria me levado. Mesmo se eu tivesse algum valor para ser levada, eu tenho uma faca e sei como usá-la.

Ali estava novamente. *Mesmo se eu tivesse algum valor para ser levada.* Como se ela não valesse nada.

– Céus, Adelaide…

– Por mais que eu fosse gostar do que esse espetáculo está prestes a se tornar, nós devemos encontrar Lady Carrington. E o lorde dela, eu suponho. – A Duquesa interrompeu.

Na cozinha, as mulheres se puseram ao trabalho, as palavras saindo em um ritmo rápido, como se tivessem participado daquele jogo em particular mil vezes antes. Adelaide começou:

– Quem os pegou? Os Calhordas?

– Esse é nosso chute – Sesily respondeu, se virando para vasculhar os armários. – Tem comida aqui?

Henry olhou para Adelaide com a pergunta, e ela sacudiu a mão.

– Ignore-as. Ela sempre está com fome – disse ela, antes de voltar para a discussão. – Danny esteve aqui.

– Foi o que ouvimos – respondeu a Duquesa. – Ele foi entregue em um espetáculo e tanto para o galpão de Alfie, amarrado como um porco assado, ao lado de um brutamontes imenso que Mary pediu para darmos um jeito.

– É Billy – disse Adelaide. – Ele que esfaqueou Henry.

– Ah – falou Imogen, olhando para Henry. – Bem, ele não será mais um problema. Está a caminho da Austrália, pelo que soube.

Henry piscou.

– Excelente.

– No entanto, Danny reportou algo bem interessante antes de Alfie o humilhar publicamente. *Ahá*! – Sesily se virou de volta para o grupo, segurando triunfante uma lata de sardinhas. – Aparentemente você é a amante do duque.

Henry se moveu com a palavra, vinda do mundo lá fora. De Londres, proferida por aquele canalha que ele deveria ter mandado de volta para o criador. Clayborn não gostava da forma como soava, lasciva, como se o que os dois tivessem feito fosse algo para ser sussurrado e trocado como fofoca, como se Adelaide fosse uma parada a caminho de algo diferente, algo que o mundo considerava mais valioso.

E ele não gostava de ter feito isso com Adelaide – colocado o nome dela e o que ambos fizeram nos lábios dos criminosos que faziam parecer que os dois estavam se escondendo nas sombras, quando estar com Adelaide apenas o fazia sentir como se estivesse sob o sol.

Como se ela fosse sua igual de todas as formas.

Henry estava prestes a falar aquilo, a pedir desculpas pela confusão que ele fizera, quando ela falou:

– Eu não sou.

– Você não é a amante dele? – Imogen esclareceu.

– Não sou – Adelaide repetiu. – Não é…

As sobrancelhas das mulheres se arquearam ao mesmo tempo.

– Certamente pareceu que vocês estavam… – Imogen acenou na direção do quarto do andar de cima.

– Nós estávamos – disse Adelaide, as palavras com um pouco de pânico. – Mas… não somos…

Seja lá o que estivesse prestes a dizer, eles certamente *eram*, e Henry não gostou da ideia de que o que estava acontecendo entre os dois não era para sempre. Se não havia uma palavra para descrevê-los, inventariam uma juntos. Parceiros. Companheiros. Amor.

Ele nunca a deixaria partir, será que ela não via aquilo? *Merda*. Henry não queria que fosse daquele jeito, não queria que a cidade toda soubesse dos dois antes que ele tivesse a oportunidade de convencê-la a viver publicamente ao seu lado. Ele não queria segredos. Ou uma amante secreta, ou qualquer coisa meio escondida que ela lhe oferecera. Ele queria Adelaide, ao seu lado, naquele momento. Para sempre.

E faria o que fosse necessário para conseguir.

As palavras da carta de seu pai passaram em sua mente: *você pode ter tudo o que é meu se quiser. Tudo o que desejo é um futuro que podemos chamar de nosso.*

O que Adelaide desejasse, ele lhe daria.

Antes que pudesse pedir para as amigas dela se retirarem e se declarar para Adelaide, ela falou:

– Não preciso de um benfeitor ou um protetor, não sou a amante dele.

– Então o que ele é seu? – perguntou a Duquesa de onde estava no fim do quarto.

Adelaide deu uma breve gargalhada.

– Não tenho cacife para isso.

– Você precisa de um empréstimo? – Sesily também encontrara uma caixa de bolachas e estava mastigando uma delas.

– Não!

Sesily olhou para Imogen.

– Talvez o beijo nas docas a inspirou a... fazer um pouco de degustação.

Foi a vez de Henry de arquear as sobrancelhas, e ele não resistiu a olhar firmemente para Adelaide, cujas belas orelhas estavam corando.

– Não haverá degustação.

– Espere aí! – anunciou Sesily, como se estivesse acabasse de inventar a roda. – Você era o homem nas docas! Eu não o reconheci de barba, inclusive, você foi muito bem barbeado hoje. Então. Você não está degustando, e ela não é sua amante... Você vai fazer nossa Adelaide virar uma mulher direita?

– Sesily – um pequeno grunhido escapou de Adelaide.

– Alguém tem que fazer o papel de irmã mais velha.

– E você acha que é adequada para esse papel? – Imogen interrompeu. – Você? Sexily Talbot?

Henry arqueou as sobrancelhas. Ele ouvira o nome sendo utilizado em clubes masculinos e salas de fumo, mas ficou chocado ao ouvir em voz alta, direcionado à mulher em questão.

– Vocês são sempre assim?

– Sempre – respondeu Imogen.

– Você vai se acostumar assim que fizer nossa Adelaide virar uma mulher direita – Sesily falou com um sorrisão.

– Ninguém vai me fazer virar uma mulher direita! – Todos no cômodo paralisaram, virando-se para olhar para Adelaide. – Não tenho intenção alguma de me casar, nem ele.

Um fato de antes que subitamente não parecia tão verdadeiro assim. Henry guardou a percepção para mais tarde.

– Justíssimo, mas então resta uma pergunta, Adelaide... – Lady Sesily começou, seu tom deixando claro o quanto se divertia com a provocação.

– Não resta pergunta alguma, na verdade – interrompeu Adelaide.

– O duque está se aproveitando de você? – Imogen terminou o raciocínio.

Ali estava. A abertura de que Henry precisava.

– Estou.

Todas na cozinha olharam para ele, cada uma com uma expressão diferente. Admiração. Deleite. Surpresa... e no rosto da única mulher que importava... a única que importaria...

O mais abjeto horror.

– Você *não está.*

– Estou, sim – disse ele. – Só há uma solução.

– Não existe solução! – Adelaide insistiu.

– Ah, então você admite que há um problema?

– Com a sua noção? Sim. Você a perdeu. – Ela se virou para as amigas. – Não existe problema algum. Ele não está se aproveitando de mim. Se pensarmos bem, eu que estou me aproveitando dele.

O *quê?* Ele não gostava daquilo.

– Espere um pouco…

– Estou, sim. Está óbvio para o mundo inteiro. – Adelaide ajustou os óculos. – Eu sou eu e você é… você. E tem essa… sua aparência e eu tenho… essa minha aparência… e você foi bom para uma…

– Caminhada vigorosa? – sugeriu Imogen.

– Sim. Certo. Sim. Não importa. – Adelaide acenou uma mão na direção de Imogen. – Uma *caminhada vigorosa.* Então, sim, estou me aproveitando dele.

Todos ficaram em silêncio com as palavras, e, se o duque conseguisse desviar o olhar da mulher exasperante que ele amava, Henry teria notado que todas elas estavam encarando-o, observando com olhos arregalados enquanto ele cruzava a cozinha, ignorando todas elas, até parar na frente de Adelaide.

Alta e bela, ela levantou o queixo orgulhosa, um desafio no marrom aveludado dos olhos atrás dos óculos quando disse:

– Alguém deveria lhe libertar das minhas garras.

– Pois me escute bem, Adelaide Frampton – ele falou, uma determinação de aço em suas palavras. – Você é a pessoa mais extraordinária que já conheci. Forte e brilhante e com mais coragem do que qualquer outra pessoa que já conheci. E mais bonita do que alguém tem direito de ser. Não tenho interesse algum de ser libertado das suas garras.

E então, na frente daquelas mulheres que eram amigas e parceiras de Adelaide, que claramente a amavam tanto quanto ele, Clayborn puxou Adelaide para perto e a beijou, rápido, mas com vigor, até ela estar se segurando contra ele, sem dúvidas quanto às intenções dele.

Quando Henry levantou a cabeça, encontrou os olhos dela e sussurrou:

– Você pode me agarrar quando quiser, meu amor.

– Ah, isso é tão romântico – disse Sesily, com felicidade.

As palavras pareceram libertar Adelaide, que o encarou com um olhar atordoado que o fez se sentir imenso.

– Não incentive ele. É um disparate – Adelaide falou, se desvencilhando do abraço dele. – E *irrelevante* em nossa atual situação.

Henry mordeu a língua, tentado a colocar toda a conversa de lado e levá-la de volta para a cama por algum tempo, mesmo sabendo que Jack e Helene era um assunto mais urgente.

Mas quando os encontrassem... Henry a levaria para uma caminhada vigorosa até ela ficar fraca demais de prazer para negar o que ele pedia.

– Então, Os Calhordas estão com eles. – Adelaide olhou para Duquesa.

– É o que acreditamos. Mas não avisaram Havistock – disse a Duquesa. – O que é... peculiar.

– Por que não?

Henry olhou de uma mulher para a outra.

– Você está sugerindo que Os Calhordas querem cobrar um resgate do pai de Helene pelo sequestro deles?

– Você não contou a ele. – A Duquesa se virou para Adelaide.

– Não é meu segredo para eu contar. – Adelaide balançou a cabeça rapidamente.

– Que segredo? – exigiu Henry. No silêncio que se seguiu, as coisas começaram a se encaixar. – Havistock. Você disse que ele tinha um dossiê.

Adelaide assentiu.

– Grosso como seu dedão, foi o que disse. Achei que falava das fábricas.

– Como se isso já não fosse o suficiente – interrompeu Imogen. – Mas vamos dar um jeito nelas.

Ele ignorou as palavras.

– Adelaide?

– Há algo a mais.

– O quê? – Ele parou, sua mente a mil. – Você estava na casa como a Quebra-Laços. Não para impedir o casamento de Helene e Jack. Você não liga para isso.

– Não mesmo, Jack é imperfeito, mas não um monstro. Eu estava lá para descobrir o paradeiro de Lady Helene.

Henry se aproximou, a irritação surgindo. Adelaide escondera algo dele, algo importante. Algo que ameaçava a segurança dela e do irmão dele.

– Por quê? Por que ela importa? O que vocês sabem? As crianças nas fábricas... nada disso é ilegal.

– Até você tornar ilegal, não.

O duque conseguiria. Faria tudo o que poderia fazer para ter certeza, para fazer Adelaide se orgulhar dele. Mas aquilo não significava que ele não estava cada vez mais frustrado com ela.

– Não que vá fazer muita diferença em breve – Imogen acrescentou alegremente, um ponto que Henry queria muito discutir.

Mas então a Duquesa falou, e tudo mudou:

– Lady Helene testemunhou o assassinato do Lorde Draven.

Draven. Henry franziu a testa com o nome. O conde fora empurrado de uma varanda em um baile umas semanas antes. Uma mulher fora vista fugindo da cena do crime. Um grupo delas.

– Eles acharam que foram vocês e seu bando.

– Sério, duque – Sesily disse. – Nós temos um nome agora.

– Não foram vocês que explodiram a Scotland Yard também? – Henry perguntou.

– Ninguém pode provar isso – Lady Imogen respondeu animada.

O orgulho surgiu no olhar de Adelaide, como se estivesse esperando que ele juntasse todas as peças.

– Lady Helene veio diretamente para nós para pedir ajuda, sabendo que, se fosse para qualquer outro lugar, poderiam não acreditar nela. Nós concordamos com a garota, é claro. Ela precisava fugir da casa do pai e se esconder o mais rápido possível, pelo tempo necessário para organizarmos a captura dele.

– Nada fácil com um membro da nobreza – disse ele.

– Exatamente, então fizemos um plano elaborado… A reunião de Lady Havistock com a Quebra-Laços era para ser uma distração enquanto Lady Helene fugia. Mas ela e seu irmão fugiram para se casar, sem nos informar dos planos.

– Não era o que planejamos, mas decidimos que poderia ser usado para nossa vantagem. O pai dela poderia acreditar que foi esse o motivo de ela desaparecer e a garota seria protegida por Jack. Tudo o que precisávamos fazer era segui-la até a fronteira e acolhê-la. Ela deveria estar casada e segura, fora da vista do pai. – Adelaide fez uma pausa. – Nós não esperávamos…

– Vocês não esperavam que eu ficasse inconsciente no esconderijo de vocês por cinco dias. – Henry xingou, a culpa o envolvendo. – Você deveria ter me dito. – Ele estava furioso. Todos estavam em perigo. Adelaide. Jack. Lady Helene. – Você deveria ter me dito por que nós estávamos indo para o norte. Por que era importante que nós os encontrássemos.

– Eu não precisava – Adelaide disse, dando um passo à frente, sentindo a frustração dele. – Sabíamos onde eles estavam a cada momento da jornada… até você se ferir. E aí então… – As palavras morreram.

Ela ficara por ele, porque se importava com ele.

– Nós estávamos de olho neles. – A Duquesa acrescentou. – Sabíamos onde estavam. Cada lugar onde pernoitaram, onde trocaram os cavalos. Cada parada para comer ou por causa do tempo. Você não os perdeu de vista, Adelaide. Algo deu errado.

– Eles estão mortos? – Henry finalmente deu voz à preocupação que o atormentava desde o começo da conversa. O irmão dele estava tão envolvido naquela confusão que morrera por causa daquilo?

– Acreditamos que não – explicou a Duquesa. – Primeiro, qualquer pessoa disposta a receber para matar não só um, mas dois aristocratas, não é inteligente o suficiente para fazê-lo discretamente. Estamos falando de homens que não conseguem roubar uma carteira sem presentear meio mundo com as histórias de sua grande aventura.

– E além disso?

Ela colocou a mão no bolso de sua saia e tirou um pequeno cartão.

– Isso aqui.

O olhar de Adelaide fuzilou o bilhete bege.

– O que é isso?

– Foi entregue na Galinha Faminta há menos de duas horas. – A Duquesa fez uma pausa. – Endereçado para uma tal de Adelaide Trumbull.

***

Adelaide congelou com as palavras da Duquesa.

Trumbull.

Não Frampton. Não o nome que ela usara por anos enquanto se reconstruía.

– O que ele diz? – Ela estendeu uma mão para pegá-lo.

– Não sei – respondeu a Duquesa.

Adelaide ficou trêmula enquanto abria o selo vermelho-sangue ali, o coração acelerado conforme percebia a gravidade do momento. Enquanto ela compreendia o que aquela pequena carta significava. Como, mesmo antes de lê-la, sem dúvida a mandava de volta para o mundo de onde ela fugira anos antes.

Como aquela lembrança gélida do passado, de suas origens e de quem um dia fora, acentuava todos os motivos pelos quais não poderia se acomodar nesse novo mundo, nessa nova vida. Como acentuava a forma como Adelaide passara os últimos cinco anos vivendo uma meia-vida, com medo daquilo, de ficar tão emaranhada no mundo do norte do rio e, ainda assim, continuar sendo nada além de uma garota do South Bank.

Ao abrir o pergaminho, ela leu, reconhecendo a escrita irregular no papel. As escolhas de ortografia criativas de um homem com uma cabeça para números que aprendera a ler e escrever sozinho.

Recebi a encomenda. Muito bem, Addie.
Tô com o minino e a minina.
Hora de voltar pra casa. Venha com o duque que cê tá de rala e rola.

Adelaide sentiu um calafrio com as palavras, dobrando o papel em um quadrado perfeito. Odiando tudo aquilo, ela olhou para Clayborn, que já a puxava para seus braços, quente, firme e seguro. Por um segundo, Adelaide permitiu que ele o fizesse. Mesmo ciente da verdade, de que aquilo ali era o fim de ambos.

O duque levantou o rosto dela para olhar para ele. Buscando algo nos olhos da ladra.

– Conte-me.

– Jack e Helene estão vivos, por enquanto.

Ele expirou, e ela conseguia sentir o alívio ali. Henry não percebeu que não havia motivo para se sentir aliviado.

– Onde?

Ah, não. Adelaide balançou a cabeça. Não podia contar para ele, não podia suportar nem a ideia de tê-lo ao seu lado em Lambeth, sua silhueta alta se esgueirando por becos escuros e estreitos, as botas brilhantes nos paralelepípedos imundos do lugar onde ela crescera.

– Adelaide – disse ele com firmeza, as palavras atraindo a atenção dela para ele, como se estivessem conectados. – Seja o que for… – Henry começou, tocando-a de forma certa e verdadeira, e ela mal conseguiu se impedir de se inclinar contra a mão quente dele e se entregar completamente. – Nós vamos enfrentar isso juntos. Eu e você. E sua liga de mulheres aterrorizantes.

A atenção dela foi desviada para as mulheres em questão. Não eram aterrorizantes, eram maravilhosas. Queridas. E fortes como aço, uma parede de guerreiras observando, aguardando, prontas para fazer o que for necessário para manter Adelaide a salvo. Mas a que custo? Era grande demais.

Não as Belas, que tinham uma batalha maior, mais ampla, por vir.

E não Henry. Seu Henry, forte, belo e honrado, e bom e poderoso o suficiente para moldar parte do mundo à sua vontade.

Não naquele mundo, no entanto.

Aquele mundo tinha regras diferentes. Poderes diferentes.

E se Henry o adentrasse... se qualquer um deles o fizesse, seriam destruídos.

Mas Adelaide fora forjada naquele fogo, logo aquela luta era dela.

Era hora de voltar para casa.

***

Juntos, fizeram um plano. Passaram a maior parte da noite resolvendo o que estava por vir e como iriam lutar. Decidiram partir na primeira luz da manhã, para poderem viajar o mais rápido possível nas carruagens que tinham.

Planejaram os pontos de parada para comida, segurança e trocas de cavalos para uma viagem direta à Londres, usando um mapa amplo, aberto em cima do tampo da mesa onde ela e Lucia haviam salvado a vida de Henry.

E o tempo todo, enquanto as pessoas que ela amava planejavam como iriam para a guerra por ela, Adelaide fazia seu próprio plano... para manter todos a salvo.

Porque se permitisse que aquela equipe maravilhosa adentrasse o covil de seu pai e fosse cercada pelos homens dele, nunca sairiam de lá vivos.

Naquela noite, quando se retiraram e Henry a puxou para a sua cama, fazendo amor lenta e silenciosamente com ela, sussurrando o quanto a amava ao pé de seu ouvido, contra o bico de seu peito, contra a protuberância de sua barriga e o seu âmago quente e cheio de desejo. Ele lhe deu uma última noite imaginando que ficarem juntos era possível. Uma última noite amando-a.

Deixando que Adelaide o amasse, mesmo que ela tenha feito de tudo para não falar em voz alta, com medo de que, se começasse, nunca fosse capaz de parar.

Quando ele adormeceu, Adelaide se esgueirou dos braços dele, ignorando a dor que vinha ao se separar dele. Pegando sua bolsa, saiu no corredor, se vestindo rapidamente antes de descer as escadas, planejando estar a milhas de distância antes de alguém na casa perceber que ela partira.

Saiu pela porta de trás para a noite fresca, caminhando até os estábulos, preparando um dos cavalos e jogando a bolsa na carruagem – quase conseguindo fugir antes de a Duquesa falar da escuridão:

– Fugir no meio da noite é um clichê e tanto, não acha?

Adelaide parou, de certa forma nada surpresa de ter sido encontrada.

A Duquesa a encontrara uma vez antes, não fora? No dia de seu casamento, enquanto as gangues de rua de Lambeth lutavam por poder e território. Ela lhe oferecera uma nova vida e não piscara por um instante quando Adelaide a ameaçara com uma bíblia. Ela era o tipo de mulher que sempre encontraria o que estava buscando.

Adelaide se virou e fechou a porta antes de encarar a Duquesa, inclinando-se contra a porta da carruagem com os braços cruzados próximos ao corpo, para afastar o frio.

– Por que você me escolheu? – indagou Adelaide, por fim. – Não foi minha idade nem minha posição.

– Não mesmo. – A outra mulher assentiu.

– Nem quem eu era, nem de onde vim.

– Não teve nada a ver com de onde você veio, mesmo… – Os olhos azuis brilhavam à luz da lamparina. – Mas, Adelaide, teve tudo a ver com quem você era.

– A filha de Alfie Trumbull. – Adelaide fez uma pausa. – Mas nunca pediu que eu voltasse. Em cinco anos, a única vez que me mandou para Lambeth foi essa.

A Duquesa assentiu.

– Um erro.

Não, foi perfeito.

– Não foi um erro.

– Graças a Clayborn. – Os lábios da outra mulher se curvaram.

Graças a Henry. Ela voltaria para Lambeth, passaria a vida inteira no South Bank se significasse mais um dia com ele. Mais uma hora.

Ela estava prestes a fazer aquilo.

A Duquesa balançou a cabeça e se moveu até os cavalos na frente da carruagem, checando arreios e freios.

– Eu não a convidei para fazer parte porque você era filha de Alfie Trumbull. Alfie poderia ter uma dúzia de filhas e eu não as teria convidado a se juntar a mim. – Ela fez uma pausa. – Ou melhor, poderia até convidar, mas só se tivessem seu gosto por justiça.

Adelaide gargalhou baixinho.

– Eu fui muitas coisas, mas uma serva da justiça definitivamente não era uma delas.

– Não? – A Duquesa perguntou casualmente.

– Eu era uma gatuna de Lambeth, vi o interior de mais de uma prisão de Londres.

– Bem, há justiça e há *justiça,* não acha? O tipo de justiça que faz um homem construir uma prisão e o tipo que leva uma garota para dentro dela. – A Duquesa ficou em silêncio por um minuto, o cabelo loiro reluzindo na luz da única lamparina. – Você faz um desserviço a si mesma, Adelaide. Você não era só uma batedora de carteiras, era uma gênia. Conseguia ver moeda em um bolso a mais de 15 metros de distância. Mas, mais do que isso, você conseguia ler seus alvos. E, nos dois anos que a observei no South Bank, nunca a vi tirar a carteira de alguém que não tivesse poder no norte do rio. – Ela acariciou o pescoço do cavalo cinzento. – Não estou errada.

– Não está.

– Então me diga, Adelaide Trumbull... – O nome antigo foi como um golpe em Adelaide. – Por que é que na única vez que um duque lhe oferece sua fortuna livremente, você fica assustada demais para aceitar?

As palavras, mais suaves e delicadas do que a aparência da Duquesa sugeria, fez lágrimas marejarem os olhos de Adelaide. Ela balançou a cabeça.

– Ele vai se arrepender, no final.

– Por quê? Por que você nasceu de um jeito e se transformou em algo diferente? – A Duquesa balançou a cabeça. – Minha amiga... essa não é a história de todo mundo que vale a pena amar?

– Ele é um duque, e eu sou uma ladra. – Adelaide encolheu os ombros.

– A única coisa que isso me diz é que um de vocês trabalhou pelo que tem e o outro nasceu com o mundo em suas mãos.

Adelaide se conteve e não comentou como o trabalho dela não era exatamente honesto. Ou que Henry vivera a vida inteira sabendo que não merecia o que ganhara ao nascer. No entanto, suspeitava que a Duquesa lhe diria com felicidade de que nenhum aristocrata merecia o que recebera ao nascer.

– Ele vale a pena – ela confessou em um sussurro. – Ficar com Henry. Cuidar dele. Valeu a pena.

Não havia censura no olhar da Duquesa quando ela assentiu.

– Lá dentro, você disse que não tinha cacife para estar com ele.

– Não sou o que ele requer.

– Por que não?

Por algum tempo, Adelaide pensou que poderia ter uma chance de fazer tudo dar certo. De serem parceiros, talvez até se amarem. Um caso secreto além das margens da sociedade, das famílias e dos amigos.

Privado.

Mas, agora, com seu passado alcançando-a, Adelaide percebeu que a vida que conjurara ali no meio do nada nunca seria deles. Henry sempre seria um duque, com educação, dinheiro e poder, e ela sempre seria...

– Sou uma garota que foi convocada de volta para casa, em Lambeth.

Fora um sonho lindo, os dois juntos compartilhando pedacinhos da vida e de quem eram, fingindo que tinham um futuro não nomeado.

Mas o sonho acabara agora.

Era hora de acordar.

A Duquesa a observou por muito tempo antes de suspirar e se aproximar.

– Adelaide, será que não vê? Você não é uma garota chamada de volta para casa. É a heroína indo para a batalha. E, algum dia, você vai aprender que nunca precisa lutar sozinha.

Eram palavras lindas. Mas, naquela noite, enquanto ela se acomodava no banco do cocheiro, Adelaide sabia a verdade. Aquela batalha era dela, e sozinha era a única forma de vencê-la.

CAPÍTULO 22

— Eu mandei você trazer seu duque.

Adelaide não titubeou quando o pai falou, com um porrete nas mãos, parado na porta da Catedral de São Estevão, que ainda era uma fortaleza para Os Calhordas mesmo cinco anos depois da vida dela ter mudado completamente dentro de suas paredes.

Ela viajara durante a noite toda, pagando generosamente para um cocheiro no primeiro lugar em que trocara os cavalos, algo que lhe permitira parar apenas para substituir os animais no caminho de volta à Londres. Viajara rápido, pois sabia que, assim que Henry descobrisse que ela partira, iria segui-la com as Belas a tiracolo.

O sono viera em espasmos assustados e paradas no caminho, até chegarem à cidade no anoitecer da segunda noite, e Adelaide liberou o cocheiro com dinheiro o suficiente para levá-lo para qualquer lugar que ele desejasse. Ela sabia que não deveria levar um desconhecido para o território do pai, e não queria ninguém envolvido na confusão em que estava prestes a entrar.

Adelaide levantou o queixo e encontrou os olhos castanhos do pai, que a encarava de cima da escadaria, o rosto anguloso ficando ainda mais pronunciado com as sombras do fim do dia. Ele não ia gostar do desafio no olhar. O pai voltou a atenção a ela, observando o cabelo preso, a capa de linho, as saias púrpuras e as botas de couro que usava, que não haviam sido roubadas de ninguém.

– Você parece um deles.

Era o pior dos insultos. O tipo que vinha antes de uma boa surra nas ruas, um desdém por qualquer um que achasse que poderia subir além de sua classe e sair daquele lugar. E se ela tivesse 12 anos ou 16 ou até mesmo 20 anos, as palavras a atingiriam como um soco.

Pior, se tivesse sido três semanas antes, poderiam ter tido efeito.

Mas as coisas mudaram, e Adelaide Frampton, nascida Trumbull, não tinha planos de ser intimidade pelo pai naquele dia.

– Onde estão eles?

Alfie Trumbull não gostava de insolência, e não gostava de ser tratado como um qualquer. Reis que haviam construído seu reinado raramente gostavam. Ele estreitou o olhar na única filha que reconheceu e disse:

– Seu duque, Addie. Eu mandei que trouxesse ele.

Não era o duque dela.

Era uma mentira, é claro. Henry sempre seria o duque dela. Mesmo quando se casasse com uma adorável mulher da nobreza e tivesse uma ninhada de crianças nobres... para Adelaide, ele sempre seria dela.

– Por quê? Ele não tem nada a ver com isso. – Essa era a Addie mais nova, de volta a casa, para o território que a criara para a batalha.

– Credo, Addie. Toda vez que tenho um plano, 'cê aparece e estraga ele. – Alfie fez uma pausa. – Encontrem a desgraça do duque! – Ele olhou de volta para Adelaide. – Danny me diz que ele está atrás de você como um cachorro no cio, então não vai ser difícil.

O medo sussurrou no ouvido de Adelaide, mas ela não deu ouvidos.

– Onde estão Jack e Helene?

– Lá dentro – Alfie respondeu, apontando por cima do ombro para a capela. – Achei que já era hora de o lugar ter recém-casados que se aturam.

Passando por ele, Adelaide adentrou a capela, com alguma expectativa de vê-la revirada, intocada desde o dia em que seu casamento se transformara em uma luta territorial que deixara muitas fatalidades, incluindo o noivo. Mas não havia evidências do passado. Naquela noite, a capela estava arrumada. Um punhado de velas queimava na sacristia de um lado do cômodo, seu nariz ardendo com o incenso, uma luz fraca o suficiente para fazê-la ter problema para se acostumar. Ela ficou parada um instante, absorvendo o lugar. E então:

– Onde?

– Ora, ora, Addie, e isso é jeito de tratar seu bom e velho paizinho? Faz anos que não vejo você!

– Estaria mentindo se dissesse que não estou decepcionada por termos mudado essa situação – retrucou ela, se movimentando agilmente pela nave central, buscando no chão, nos bancos. Todos vazios. – Arriscado estar aqui sozinho, Alfie.

– 'Cê acha que consegue dar três passos pra fora dessa igreja se me ferir? – Ele sorriu maliciosamente.

Adelaide o observou por um instante.

– Acho que me sairia bem. A gente daqui sempre achou que eu era a melhor parte de você.

Um segundo. Algo nos olhos do pai que ela nunca vira antes. Algo como… nervosismo. Antes que Addie pudesse ter certeza, ele gargalhou, alto e impertinente.

– Ah, gosto disso. Mayfair não limpou você da minha influência, né, menina?

Ela não respondeu enquanto se aproximava da primeira fileira de bancos.

– Mas 'cê não mora em Mayfair, mora? – O pai dela continuou de onde estava, no fundo da igreja. – 'Cê nunca foi bem-vinda lá, foi? É, cê tem suas meninas, e agora aquele brutamontes americano que fez Timmy Crouch se aposentar…

– Caleb Calhoun – disse Adelaide. Caleb fora atrás do Calhorda do alto escalão um ano atrás por ele ter colocado as mãos em Sesily.

– É, esse mesmo. Timmy era um dos meus melhores meninos, sabia. Agora ele tem um ombro estragado e gosta de chorar por isso. Ainda tô puto com essa.

– Vou avisar pra ele – respondeu Adelaide, secamente.

– …mas nada disso tem a ver com esse incidente, Addie. Tem a ver com você não ser realmente um deles, e cê sabe disso. Eles também, menina. Vejo você vivendo em cima daquele lugar no Covent Garden e indo pra bailes como se fossem festas a fantasia chiques, fingindo o tempo todo que não foi batizada aqui, na minha sujeira.

– Sei exatamente de onde vim – ela disse, levantando um canto do banco e puxando para frente, revelando um painel cortado no chão abaixo, uma tranca incrustrada na madeira. – É impossível esquecer.

– Bom – disse ele. – Você não deveria esquecer. Eu te dou o mundo e 'cê foge na primeira chance? Onde está a gratidão?

Adelaide levantou os olhos de onde estava o pendente de seu colar, prendendo uma das chaves mestras nele.

– Gratidão! Pelo quê? Por me fazer trabalhar em troca de comida, de roupas, de… – *Amor.* Ela conteve a última palavra. – Por me vender para John Scully como noiva?

– Ah, vamos lá, Addie. Não é possível que esteja com raiva disso. É assim que são as coisas! Eu estava consolidando meu poder!

– Você entrou em guerra no dia do meu casamento!

– No final parece que *ele* achava que estava consolidando o poder – disse Alfie, dando de ombros. – E do que tá reclamando? 'Cê escapuliu e fugiu aquele dia. Deixou seu paizinho sozinho. Como acha que me senti?

Adelaide revirou os olhos e deu a volta no banco.

– Acredito que ficou grato pelo cômodo que ficou vago em sua casa.

Alfie enfiou as mãos nos bolsos e se balançou em cima dos calcanhares.

– Veja bem, um homem precisa de seu espaço. Mas o importante é que não te trouxe pra casa na época. Poderia ter feito. Poderia ter transformado você em um exemplo primoroso, mostrado pras pessoas o que elas ganham se vão embora sem eu deixar. Mas não fiz nada disso. Deixei 'cê se juntar àquela Duquesa, que não age como nenhuma almofadinha que já conheci, e a maldição de exército que ela tem.

Como ele sabia a respeito da Duquesa?

– Tá surpresa? Achou que eu não ia saber o que acontece com um dos meus? Meu próprio sangue?

– Estou mesmo, na verdade – respondeu ela, se virando para se abaixar acima do alçapão. – Você nunca mostrou interesse algum em mim quando eu morava aqui.

– É porque, quando 'cê vivia aqui, 'cê não era uma porra de uma lenda. – Ele gesticulou na direção das portas da igreja. – Metade do meu território tá cheio de menininhas sonhando ser iguais a Addie Trumbull.

– Saindo daqui.

– 'Cê sabe o trabalho que tive pra fazer parecer que fui eu te mandei pra Mayfair dos almofadinhas? Credo, Addie. Cê me deve. E a gente tava bem, mas cê não pode voltar pra cá e fazer confusão.

– Vamos considerar que aprendi uma lição, então, Alfie – disse ela, buscando a chave adequada para abrir o alçapão.

Ele pausou, observando-a manusear o colar.

– Cê ainda é a melhor ladra de toda a Lambeth, Addie Trumbull.

– Tenho ferramentas melhores agora – retrucou ela, ignorando o orgulho na voz do pai. Sabia que aquilo, como sempre, não passava de manipulação. Inseriu a chave na tranca e abriu o alçapão. No pequeno cômodo abaixo do santuário, Adelaide percebeu que havia meia dúzia de caixotes marcados como "Explosivos", e outra pilha que provavelmente era de armas.

E bem ali, sentados no chão de terra batida ao lado das munições, estava uma jovem mulher branca, tão bela como uma pintura trajando um vestido rosa adorável, segurando uma touca que combinava. Próximo a ela, havia um homem loiro, muito bonito, com um hematoma horroroso ao redor do olho e uma bochecha inchada. Os dois olharam para cima, os olhos arregalados em preocupação.

Adelaide fitou Alfie.

– Por que esse homem está com o olho roxo, Alfie?

– Eu não posso ser responsabilizado pelo que acontece quando minhas encomendas são... desagradáveis.

Com um olhar de nojo para o pai, ela voltou sua atenção para o alçapão.

– Jack e Helene?

O casal assentiu, e Jack empurrou Helene para trás dele, o quanto conseguiu.

– Quem é você?

Protegendo-a, exatamente como o irmão faria.

– Eu... – Havia dezenas de formas de se apresentar, e por algum motivo ela escolheu: – Sou uma conhecida do Duque de Clayborn.

– Henry? – O rapaz franziu a testa.

– Trumbull! – O grito veio de longe do lado de fora da igreja, e Adelaide fechou os olhos, reconhecendo a voz de Henry, grave, alta e irritada, reverberando nas pedras da rua estreita que dava na Capela de São Estevão.

Ela fechou os olhos. *Não.* Ele não poderia estar ali. Uma vez que chegasse, Alfie teria todo o poder.

– Parece que ele chegou! – Jack falou, olhando para Helene, que sorriu pela primeira vez desde que Adelaide abrira a porta. – Eu falei que meu irmão viria. E, se eu pudesse apostar, ele está furioso.

– Não aceitaria essa aposta – disse Adelaide, ajustando os óculos, desejando que seu coração desacelerasse.

Ele estava ali.

Que homem exasperante

Que homem maravilhoso.

Mantendo a atenção nos recém-casados, ela falou:

– Estão feridos? Além de... – Ela gesticulou apontando para o próprio olho. Quando o casal negou com a cabeça, ela continuou: – Fiquem aqui. Há guardas de Trumbull em todos os lugares. Em breve estarão a salvo.

– Alfred Trumbull! – Outro grito do lado de fora, soando exatamente como se um professor de oratória de Oxford tivesse acabado de chegar.

Adelaide se endireitou e se virou na direção do som, na mesma hora em que o pai dela arqueou as sobrancelhas.

– Uau, ele me chamou de *Alfred!* Exatamente como um almofadinha faria.

Alfie fez um espetáculo de verificar se sua pistola estava no coldre e levantou a cintura da calça, indo até o portal da igreja, deixando Adelaide sem escolha a não ser segui-lo, mas não sem antes tirar a sua adaga de onde estava presa contra a coxa.

Henry viera sozinho? Para aquele lugar? Para o território inimigo?

É claro que sim. Porque para Henry, Duque de Clayborn, não existia algo como território inimigo. Ele nascera em um mundo em que podia ir para onde quisesse, sem repercussões.

Entretanto, ali não. Ali, havia consequências.

– Vamos dar uma olhada no seu rapazote, que tal?

– Ele não é um rapazote – retrucou ela, se arrependendo no momento em que as palavras escapuliram e a fizeram parecer uma criança petulante.

– Claro que é. Ele nunca teve motivo para crescer e virar um homem, teve? Tudo foi dado a ele de bandeja, junto com o berço de ouro em que se deitou assim que nasceu. – Alfie parou na porta, olhando para o fim da ruela, e Addie se uniu a ele com o coração batendo em um ritmo caótico enquanto acompanhava o olhar do pai. É claro que a ruela não estava vazia. Estava cheia de transeuntes e bisbilhoteiros, além de meia dúzia de brutamontes que foram pagos para ficar por perto e manter Alfie a salvo. A única razão para Adelaide ter conseguido se aproximar, o único motivo para Henry fazer o mesmo, era porque haviam sido chamados. De outra forma, teriam sido desacordados muito antes de chegarem até ali.

Alfie levantou o seu porrete, segurando-o melhor de forma espalhafatosa. Lembrando a filha de que Henry ainda poderia ser desacordado caso não se comportasse.

Ela apertou com mais força a lâmina da adaga que escondera sob as saias e prendeu a respiração, odiando não ser capaz de ter certeza se seu pai e os capangas iriam pegá-lo e dar uma lição nele. Ou pior. Talvez fosse tudo um plano para Havistock conseguir tudo o que sempre desejou. A filha, o noivo dela e sua nêmesis em uma só garfada.

Mas Addie não podia pedir ao pai que mantivesse Henry a salvo. Revelar que se importava com a segurança dele era a única garantia de fazer o pai maltratá-lo, apenas para brincar com a filha. Então, em vez de implorar pela segurança do duque, ela desejou que ele ficasse a salvo, observando-o sem se mover, quase sem respirar.

Uma donzela-escudeira, observando seu guerreiro.

E Clayborn parecia um guerreiro. A noite caíra na cidade, projetando longas sombras pela rua, transformando-a em um campo de batalha. Pronto para lutar, com seu nariz quebrado, o rosto machucado e os nós dos dedos enfaixados, os ombros retos e fortes, a barba que ele não tirara durante a viagem, o chapéu e o sobretudo ondulando ao vento atrás dele.

Henry a viu imediatamente, no momento em que ela ficou parada na porta, o olhar se estreitando na direção dela enquanto aumentava seus passos e se apressava. O resto do mundo estava fora de seu foco, e Adelaide prendeu a respiração, odiando que ele nem sequer olhara para os telhados onde um atirador poderia se esconder. Nem para as escadas e passarelas mais altas, onde outros observavam, com as armas a postos.

Ele não se importava com nada daquilo.

O coração de Adelaide trovejava no peito.

Henry só se importava com ela.

Ele viera por ela.

A percepção a abalou, fazendo dor, frustração, prazer e um orgulho bobo correrem por seu corpo mesmo ciente de que não merecia sentir os últimos dois. Mesmo ciente de que aquela poderia ser a última vez que o veria.

Ela ardia em gratidão por aquilo, um último momento, como água fresca.

E então Adelaide se lembrou que ele não pertencia àquele lugar.

Ela odiava vê-lo em Lambeth.

Sim, ela o vira ali antes, no South Bank, no dia em que roubara sua caixa, mas aquilo tinha sido diferente de alguma forma, talvez porque Addie não esperava que ele estivesse ali, talvez porque não o conhecesse tão bem e não sabia o quão bom, decente e *errado* era ele estar ali, então, quando Henry aparecera, tinha sido menos horrível e mais como... um tipo de presente. Como achar uma faixa de grama verdejante entre os paralelepípedos de um beco.

Faixas de gramas não pertenciam aos becos londrinos, e o Duque de Clayborn não pertencia a Lambeth, e, naquela noite, enquanto cobria seu caminho pelas ruas de paralelepípedos até chegar à Capela de São Estevão, ele não parecia ser um presente. Henry parecia ser uma fraqueza.

As memórias de sua juventude ali, de noite, quando gatunos, batedores de carteira e ladrões saíam dos prédios de madeira para encher seus bolsos correram por ela. Apesar de ela se convencer de que não havia nada vergonhoso de onde viera, Adelaide sabia que não era verdade.

– Você acha que ele vai te querer? – O pai colocou os pensamentos dela em voz alta. – Uma gatuna de Lambeth? Oh, Addie. 'Cê nunca conseguiu parar de sonhar com Mayfair. Lembra... roubar de almofadinhas nunca trouxe nada além de encrenca pra você. – Ele enfiou as mãos nos bolsos e se balançou pra frente e para trás antes de adicionar: – Bem, vamos ver, não é?

Um calafrio correu por Adelaide com a curiosidade presente nas palavras, como se aquele fosse um jogo e não a vida inteira dela se aproximando deles. Mas era daquele jeito que Alfie fizera fortuna e construíra seu reino de criminosos coberto de fuligem. Nada é importante. Nada que não pudesse ser cortado ou jogado fora ou trocado.

O que tornava a participação naquele jogo algo impossível para alguém que se importava com as coisas.

Como Henry.

Eu a amo, ele sussurrara para ela na noite anterior. *Fique comigo. Fique ao meu lado.*

Adelaide afastou a memória enquanto ele se aproximava, forte e furioso, sabendo que o que quer que estivesse por vir, seja lá qual fosse o teste que o pai dela tivesse planejado, iria brincar com as emoções de Henry, com sua decência e sua bondade. Sua honra. E, por causa daquilo, ele não iria passar. Ela ficou tensa como uma corda, pronta para o que vinha pela frente. Pronta para salvar Jack e Helene. Para salvar Henry.

Era a única forma que Adelaide poderia amá-lo, aquele homem que merecia o mundo inteiro. Era aquilo que ela poderia dar para ele.

– Por que você não veio atrás de mim? – Adelaide perguntou, sem desviar o olhar de Henry.

– Você escolheu o norte em vez do sul. O que eu iria fazer? Te arrancar daquele canto que você aluga em cima da taverna de O'Tiernen? Trazer 'cê de volta? Uma traidora de sua casa? Para o seu paizinho?

Ela estreitou os olhos no pai com a referência dele ao Canto, a taverna que dava abrigo para qualquer mulher que necessitava.

– Você mandou seus capangas revirarem O Canto uma dúzia de vezes desde que me mudei para lá. – Ela lutara com Calhordas dentro da taverna mais de uma vez.

– Poxa, não foi nada pessoal, menina. Aceito o trabalho que aparece.

– Então devo acreditar que não se diverte fazendo esses trabalhos?

– Me divertir não é a mesma coisa de solicitar eles. 'Cê devia me agradecer, de verdade, por não acabar de vez com vocês. Tem dinheiro mais do que o suficiente nesse trabalho.

– Então por que não fazer?

Ele fungou e olhou por cima do ombro dela, para o beco que escurecia rapidamente.

– Parece errado acabar com sangue do seu sangue.

– Além disso, somos lutadoras melhores do que você esperava.

Alfie inclinou a cabeça, os lábios se curvando para baixo em uma admissão silenciosa de que a filha poderia estar certa. Em qualquer outro dia, ela teria gostado de descobrir aquilo.

– Se não estou aqui nem para ser punida nem para servir de exemplo – ela se virou para encarar o pai –, então por que me intimar? E intimar ele?

– Porque, Addie, há mais na vida do que punição. Por que não confia no seu paizinho? – As palavras fizeram o medo brotar no âmago de Adelaide, mas ela não podia simplesmente pedir para que ele explicasse melhor. Alfie já estava gritando por cima do ombro dela, para a rua abaixo: – Vossa Graça, meu rapazote! Que bom que veio!

Respirando fundo, Adelaide se virou para encarar Henry, olhando-o de cima das escadas, onde estava. Por um instante maluco, a mente da ladra lhe pregou uma peça e ela imaginou outro cenário, outra vida, quando estaria na escadaria da igreja olhando para ele com esperança, felicidade e alegria quanto ao futuro deles, se desdobrando à frente de ambos.

A visão desapareceu como fumaça antes que ela pudesse brincar com o cenário, e Addie prendeu a respiração com a ferocidade do olhar de Henry e a tensão de aço em seu queixo. Com o fato de que o duque nem sequer olhava para ela, nem sequer encontrava seus olhos. Ele não olhava para nada que não fosse Alfie.

– Você não vai achar tão bom quando eu o fizer beijar o chão, Trumbull.

Atrás dele, as sombras se moveram. Os guardas de Alfie.

– Calma, calma. É assim que ensinam vocês de Mayfair a tratar os mais velhos? – Alfie estendeu as mãos. – Nunca nos conhecemos! Como é que você acha que mereço uma surra hoje?

– Não só hoje – respondeu Henry, a mão fechando ao seu lado. – Você merece uma surra desde que pegou meu irmão e a esposa na viagem de casamento dos dois para usá-los como isca.

– Não pode me culpar por isso, duque. Num é como se você e Addie fossem vir para tomar um chá. Eles estão perfeitamente bem e lá dentro. – Alfie gesticulou na direção da igreja.

– É verdade – Adelaide acrescentou, torcendo para que Henry olhasse para ela. Desejando isso.

Mas ele não olhou. O músculo da bochecha pulsava com a raiva que ele sentia do pai dela e, talvez, um pouquinho dela.

– Você merece uma surra pela vida de crimes que cometeu. As armas que contrabandeou. Os pais que tirou de crianças, os maridos de esposas. A miríade de homens horríveis com as quais trabalhou.

– Um homem precisa comer, duque. Nem todos nascemos ricos e com títulos.

– Então me diga, homens que precisam trabalhar para comer com frequência fazem com que sua filha de 8 anos acabe na prisão?

Adelaide sentiu um calafrio e então um calor ao reconhecer as palavras, a fúria que elas continham. Com a forma que o punho dele se fechava, pronto para entrar em ação.

– Ah, é isso, não é? – A voz de Alfie se encheu de desdém. – Você está horrorizado com a forma que tratei minha filha? Eu a ensinei a sobreviver.

Vocês, almofadinhas de cabeça-oca, não ensinam nadica de nada para as suas meninas e então jogam elas aos lobos, e eu sei muito bem disso porque depois vocês contratam meus rapazes para fazer o trabalho sujo de esconder seus erros. Ensinei a minha menina sobre o mundo e olhe para ela. Agora Addie fala a verdade para seu tipo. E cês pagam ela pelo privilégio de ouvir.

Ele fez uma pausa e olhou para Adelaide, o brilho de algo que algumas pessoas achariam que era orgulho nos olhos.

– Como eles te chamam mesmo, Addie? A Quebra-Laços? – Ela não moveu a cabeça, mas ele continuou: – Um montão deles quer sua cabeça, menina. Mas 'cê esqueceu a verdade mais importante. Aquele mundo do outro lado do rio? Não é seu. E esse… – Ele olhou para Henry com desgosto. – …*duque* não é para o seu bico mesmo no seu melhor dia, né?

Adelaide balançou a cabeça.

– Não mesmo.

– Adelaide… – falou Henry, e foi a vez de ela não olhar para ele.

– É claro que não é. Mas qual foi a primeira regra que ensinei pra você? Todo mundo tem um preço. E o desse aqui… ele é bem alto. Ele e o irmão sabem de coisas que não deveriam. E aquela mocinha lá dentro? Ela *viu* coisas que não devia. Uma pena, porque aquele nojento do Havistock está disposto a pagar uma boa grana para se livrar dela. – Ele olhou para Henry. – E depois *eu* sou o pai ruim.

A Duquesa estivera certa desde o início. Havistock não queria só que Helene voltasse para casa, ele a queria morta. E pedira a'Os Calhordas para fazerem o serviço.

Alfie ainda estava falando:

– Agora. Apesar de eu achar que é um negócio sujo que vai mandar o homem direto pro inferno quando finalmente ele passar desta pra melhor, não é problema meu, e dinheiro é dinheiro.

– Então é para ser uma encruzilhada – disse Adelaide. Alfie Trumbull não gastava tempo se não houvesse uma troca no trabalho. – Você vai deixar Helene e Jack saírem livres.

– Veja. – Ele estendeu os braços abertos e olhou para Henry. – Aqui está minha menina esperta. O cérebro herdado direto do pai.

– Você disse que há um preço. – Henry não se moveu.

– Claro que tem, duque. – Alfie abriu um sorriso imenso. – Como deveria ser. Addie sabe. Qualquer coisa que é feita da bondade do coração custa muito caro.

Ele ensinara aquilo para a filha. Que tudo na vida era uma transação. Um bem ou um serviço a ser comprado ou vendido. Mas não era verdade.

Adelaide vira a bondade de coração milhares de vezes nos últimos cinco anos. Vira o que as Belas conseguiam fazer por bondade. Vira o que Henry poderia fazer. O que Jack fizera para proteger Helene. O que o pai deles havia feito – amado a esposa. Os filhos. Criando homens decentes e honrados, que faziam coisas decentes e honradas... só por bondade.

No entanto, talvez Adelaide não tivesse o luxo de tais coisas. Não havia espaço para aquilo no South Bank, onde os pobres lutavam por tudo o que precisavam, e para subir... para ganhar na vida, não havia espaço para o bem.

– Anda logo, Alfie. Diga qual é. O preço para libertar todos eles? – Ela pagaria. Fosse o quanto fosse. Mesmo que soubesse, sem dúvida, que seria uma quantia indecente. Que exigiria muito mais dela do que Addie já dera antes.

– Addie, minha filha, nós estamos consolidando poder. – Um calafrio correu por Adelaide e ela instantaneamente entendeu o plano inteiro. O preço altíssimo.

– Não. – Ela balançou a cabeça, virando um olhar angustiado para Henry. *Não. Não desse jeito.*

Mas as palavras já haviam saído da boca do pai:

– Finalmente você irá se casar.

Frustração, raiva e o mais completo pânico dominaram Adelaide enquanto ela circulava Alfie, que parecia uma raposa dentro de um galinheiro. Ela o amaldiçoou, intensa e irritada e se virou para Henry, pronta para falar a ele que Addie não tinha nada a ver com aquilo. Que ele poderia... não... que *deveria* recusar. Os dois encontrariam outra forma de saírem daquela, uma que não significasse manchar o legado da família amorosa de Henry e o próprio futuro com a ambição incontrolável do pai dela.

Mas o duque voltara a não olhar para ela, olhando apenas para Alfie, os olhos azuis brilhando no anoitecer.

Henry iria se arrepender instantaneamente. Adelaide sabia em sua alma que aquele homem se arrependeria no mesmo instante que se casasse com ela. De se prender a ela, àquele lugar. Ao pai dela, que imediatamente iria usar todas as ferramentas de seu arsenal para manipular e controlar a todos eles.

E quanto ao trabalho dele? E seu futuro? E seu legado?

Não era aquele o plano. Nunca foi o que ela quis.

Para ele. As palavras ressoaram por ela, e Adelaide odiou a verdade que carregavam. Não importava se tivesse desejado aquilo, Henry era tudo o que importava.

– Não...

Não faça com que você se arrependa de me amar.

Não faça com que você se esqueça de me amar.

E então Henry deu sua resposta:

– Sim.

– Diga novamente, rapazote. – Alfie abriu um sorriso imenso,

– Sim – Henry repetiu, a palavra firme e calma, sem nenhuma sombra de dúvida. – Sim, aceito a oferta, sob uma condição.

– Uau, uma condição! – Alfie se balançou nos calcanhares. – Diga então, descobri que estou bem generoso.

Só então Henry se virou para ela, e Adelaide perdeu o fôlego com o que viu nos belos olhos azuis dele. *Triunfo.*

– Nos casamos esta noite.

CAPÍTULO 23

Henry nunca sentira tanto medo como quando foi acordado por Sesily Calhoun há duas manhãs, a mulher parada ao lado de sua cama quase como uma alma.

– Sem tempo para cerimônias, duque. Levante-se, nossa garota já partiu.

Ele saltara da cama imediatamente, vestindo-se em minutos, medo e fúria lutando para tomar o controle. Adelaide o deixara. Fora para a batalha sem ele e sem suas irmãs de armas.

Adelaide tomara a frente da situação, sem perceber que aquele não era o fim. Não daquele jeito, só ela contra o mundo.

Maldição, se ela fosse lutar contra o mundo, Henry estaria ao lado dela.

Nos dois dias que levaram para voltar à Londres e para ele achar o caminho até aquela igreja escondida no profundo labirinto que era Lambeth, Henry estava dedicado a duas metas:

Encontrar Adelaide.

Torná-la sua, para sempre.

Ele fora capaz de respirar novamente quando chegara à ruela e a encontrara no topo da escadaria da igreja, alta e maravilhosa, o cabelo vermelho brilhando sob a luz das lamparinas. Ela fora encontrada. E estava a salvo. E o mundo, que parecia estar girando fora de controle, se realinhara.

Sim, estava furioso por Adelaide tê-lo deixado. Por ter se colocado em perigo, por ter esquecido que ela era dele, inferno, do mesmo jeito que ele era dela – os dois teriam uma conversa longa e séria a respeito daquilo… assim que Henry a convencesse a se casar com ele.

Na verdade, Henry não planejara se casar com ela daquele jeito, mas funcionaria do mesmo modo, e ele poderia passar o resto da vida compensando-a com flores, *brunches* de café da manhã, quartetos de cordas e novos vestidos. O que Adelaide quisesse, teria, e ele dedicaria a sua vida a dar tudo para sua amada.

Por que ele duvidara por um instante que os dois poderiam ter tudo, o tempo juntos, as crianças, o futuro… o amor? O que quer que ainda existisse entre ambos, eles resolveriam assim que ele conseguisse colocá-la em uma carruagem e levá-la para casa. Para começar logo a vida de amá-la, que os planos loucos de Alfie Trumbull para o futuro fossem para o inferno.

O que quer que fosse, Henry e Adelaide iriam enfrentar. E lutar. E triunfar.

Juntos.

Afinal, Henry tinha um ducado, e Adelaide tinha um batalhão de mulheres guerreiras. Alfie não teria chance quando estivessem unidos.

Então, parado aos pés da escadaria cheia de fuligem da Capela de São Estevão ao anoitecer daquela quinta-feira em particular, depois de dois dias de corrida atravessando a Grã-Bretanha, furioso porque a mulher que ele amava tinha caminhado direto para o perigo em vez de deixar que ele a acompanhasse… as coisas pareciam promissoras.

Até que Adelaide o recusou.

– Não.

Henry se virou para olhar para ela, para explicar, para convencê-la.

– Adelaide.

Era como se ele não estivesse presente. Adelaide não desviou o olhar do pai enquanto dava o golpe final:

– Não vou me casar com ele. Terá que escolher outra coisa. Eu não vou.

– Por que diabos não? – Henry perguntou. Adelaide não conseguia ver o que os dois poderiam ter? O que aquilo poderia ser?

– 'Cê não tem escolha, menina – Alfie respondeu. – É esse o preço.

– Deixe que exista outro, então. Quanto estão lhe pagando para sequestrar a menina? Qual o preço da cabeça dela? Do irmão de Clayborn? Pela cabeça de Clayborn? Tenho amigas ricas agora, Alfie, e o que quer que eles te paguem, posso pagar mais.

– Eu vou pagar minhas próprias dívidas, muito obrigado – Henry resmungou, sentindo como se o mundo inteiro estivesse saindo de seu controle.

– Tudo bem – ela disse, ainda sem olhar para ele, mas ao menos reconhecendo que Henry estava ali. – O duque vai pagar por ele mesmo. E eu vou dobrar o valor. Isso basta?

– Olha, é muito dinheiro, menina. 'Cê ficaria com muita dívida para pagar.

Seria exorbitante. Alfred Trumbull não era nada além de inescrupuloso e ele sabia o preço do silêncio. Sabia, também, que tal preço aumentava com o perigo e com o crime, e uma ameaça à família e a um futuro. O que quer que Havistock estivesse oferecendo, seria um valor altíssimo. E sem garantia para o futuro de Adelaide.

Mas, se ela se casasse com ele, Henry iria garantir o futuro dela. Imediatamente. Para sempre.

Inferno, mesmo se Addie não se casasse com ele, Henry iria garantir aquilo. Mas dada a escolha entre passar a vida inteira com a mulher que amava e passar a vida inteira sozinho, sofrendo com a rejeição dela… isso não era uma escolha.

– Adelaide, nós vamos nos casar – ele disse, as palavras como aço.

– Não, não vamos. – Ela se aproximou dele. – Vamos entrar lá seu irmão e a noiva dele do *buraco* que meu pai os enfiou, e então você os levará para bem longe daqui.

– E você também – ele falou, subitamente furioso. – Que desgraça, Adelaide. Algum dia vai parar de se tirar da equação? Eu também vou levar *você* para longe daqui.

– Por que você não consegue ver? – Adelaide balançou a cabeça.

Henry respirou fundo.

– Eu vejo, meu amor. Eu vejo você.

Veja-me. Confie em mim.

Por um segundo, ele achou que ela faria, os olhos castanhos brilhando por trás dos óculos, presos nos dele. E então Adelaide desviou o olhar para o pai. Para os tetos. Para o fim da ruela suja. E, em vez de responder, ela se virou e foi até a porta da igreja, deixando Henry nos degraus, frustrado e furioso.

– Espero que tenha um punhado de brutamontes lá dentro, Trumbull. – Henry olhou para o pai dela.

– Tenho um ou outro – Trumbull respondeu. – Por quê?

Henry fechou o punho ao lado do corpo.

– Porque eu estou com uma vontade de brigar.

Alfie o observou por um longo instante e então disse:

– Todo esse tempo eu achei que ela que tinha se apaixonado por você, duque… e cá estamos nós… você tá caidinho pela minha filha, não tá?

– Estou, de fato. Caidinho o suficiente para aceitar ter você na família.

Alfie abriu um sorriso malicioso.

– Não tem preço para isso. Não há dinheiro o suficiente nos cofres de Havistock que podem competir. Imagina! O sangue de Alfie Trumbull em uma linhagem ducal!

E parado ali, enquanto um dos criminosos mais experientes de Londres se vangloriava de sua filha se casar com um duque, Henry percebeu que o seu pai, um duque que nunca pensara duas vezes quando se tratava de escolher amor ou uma linhagem, acharia tudo aquilo muito divertido.

E ele estaria muito orgulhoso do filho por seguir seus passos.

Henry subiu as escadas e seguiu a mulher que amava até a igreja, onde ele definitivamente pretendia desposá-la, despachar alguns dos capangas de Alfie, retirar seu irmão e sua cunhada de um buraco, ao que parecia, e levar sua esposa para a cama por uma semana inteira, ou pela quantidade de tempo que levaria para convencer Adelaide de que ele se casara com ela, pois a amava, apesar de sua habilidade sobrenatural de deixá-lo irritado.

Uma semana poderia não ser o suficiente, mas Henry era perseverante e seu plano, flexível.

Dentro da igreja, Jack e Helene não estavam mais em um buraco. Em vez disso, estavam sentados nos degraus que levavam ao altar, Lady Helene – Lady Carrington, Henry se corrigiu – aninhada no braço de Jack enquanto ele se preocupava com a esposa de forma adorável. O alívio de ver que seu irmão estava bem logo foi substituído por uma pontada de inveja. Pelo menos Jack encontrara uma mulher que queria se casar com ele.

Os dois eram guardados por uma dupla de Calhordas, cada um grande e largo e com punhos imensos. Jack olhou para cima enquanto Henry adentrava o recinto e ficou em pé.

– Henry!

Clayborn fez uma careta ao ver o olho roxo do irmão.

– Você está ferido?

– Eu estou ótimo! – Jack falou com um sorriso brilhante. – Mal senti! – Então ele apontou para a bela garota ao lado dele. – Minha esposa!

Lady Helene acenou e fez uma pequena reverência.

– Olá, Vossa Graça!

Era uma sequência peculiar de eventos, mas o treinamento de Henry tomou as rédeas e ele retribuiu o gesto.

– Parabéns, milady – falou ele antes de voltar a atenção para o irmão. – Jack, nós ainda não estamos a salvo, então…

– Está tudo bem! – Jack proferiu, virando-se para posicionar Helene mais para trás nos degraus antes de fechar os punhos na lateral do corpo.

Com aquilo resolvido, Henry voltou a atenção para o resto da igreja. Para Adelaide, que parara no meio da nave, se recusando a olhar para ele. E para o resto dos presentes, as mulheres que se recusaram a deixar que ele fosse atrás dela sozinho.

Espalhadas de forma quase casual na pequena capela, a Duquesa de Trevescan, Imogen Loveless e Sesily Calhoun sentavam-se cada uma em um banco diferente, as saias em cores vibrantes brilhando com a luz das velas, como se estivessem em um recital e não envolvida com vilões do South Bank.

– Ei! – Alfie disse de trás de Henry, caminhando ao longo da nave. – De onde 'cês vieram?

– Também fiquei curiosa quanto a isso, na verdade – disse Adelaide. – Por que vocês não conseguem ficar onde eu as deixo?

– Não temos intenção nenhuma de deixá-la sozinha, Adelaide. Acredito que já deixei esse ponto óbvio. Onde uma de nós vai, as outras seguem. Então... – A Duquesa limpou um fio invisível de suas saias e se virou para Trumbull. – Aqui estamos nós. Há uma entrada na parte de trás da Igreja, Alfred. Estou certa de que sabe disso.

– É claro que sei! Mas como passou por ela? Tinha um guarda lá.

– Tenho certeza de que normalmente ele é um guarda muito bom. – Vossa Graça continuou. – Mas a verdade é que homens geralmente ficam bem confusos quando veem mulheres.

Trumbull se virou para ela.

– 'Cê tá me dizendo que você venceu meu capanga?

– Não eu, na verdade – A Duquesa esclareceu, apontando para Imogen Loveless. – Lady Imogen.

– Ah, eu não me preocuparia com ele – a mulher em questão explicou. – Ele só ficará desacordado por uma hora, mais ou menos.

Trumbull ficou confuso por um instante, até ele parecer se lembrar do motivo que os levara até ali.

– Certo. Apesar de que normalmente eu estaria bem chateado com algo assim, é o dia do casamento da minha Addie, então estou disposto a deixar isso de lado.

– Casamento! – exclamou Sesily Calhoun.

– Ouso dizer que não esperávamos por *isso* – respondeu Imogen. – Pense no que poderemos fazer com duas duquesas!

– Isso é incrível! – disse Jack, parecendo não compreender completamente o perigo da situação. – Já era hora de você sossegar, Henry, na minha opinião.

Henry não tinha tanta certeza assim de que se casar com Adelaide poderia ser descrito como *sossegar*, mas ele aceitaria tudo o que ela estivesse disposta a lhe dar.

A Duquesa de Trevescan ficou em silêncio, os olhos em Adelaide.

– Temo informar que não haverá nenhum casamento, Jack – Adelaide falou. – Duquesa, preciso de um empréstimo.

Uma única sobrancelha loira se arqueou, mas a outra mulher respondeu inequivocamente:

– É claro.

– Provavelmente será muito dinheiro, e talvez eu não consiga pagar de volta.

Sua amiga assentiu.

– De qualquer modo, se você precisar, é seu.

As três mulheres então se levantaram, se posicionando ao lado de Adelaide como um time de tenentes bem treinadas, encarando Henry como se ele fosse o inimigo e não Alfie Trumbull, o verdadeiro criminoso na situação.

– Obrigada. – Ela assentiu e se virou para o pai. – Dê seu preço, Alfie. E eu dobro a aposta.

Trumbull lançou um olhar para Henry.

– Sou todo ouvidos.

– Você consegue seu dinheiro, seja lá qual for o preço de Havistock... – Adelaide explicou.

– Não está nem perto de dobrar a aposta, menina – Alfie disse.

– ...por isso mesmo eu não terminei de falar – ela prosseguiu, a irritação em sua voz enquanto se repetia: – *Você consegue o dinheiro...* e a mim. De volta.

Um som de surpresa saiu dos presentes, e a fúria explodiu em Henry. Ele queimaria Lambeth até as cinzas antes de permitir aquilo.

– Definitivamente não, merda!

De algum lugar, a Duquesa disse:

– Mas que diabos?

– De volta? – Alfie arqueou as sobrancelhas.

– Ainda sou a melhor batedora de carteiras que tem – Adelaide falou, olhando apenas para o pai. – E agora tenho laços com Mayfair e a aristocracia. Sou uma ladra de respeito, uma das melhores de Londres. Algo que você sabe, uma vez que roubei de você no meio do dia. Não vai conseguir ninguém melhor. – Ela fez uma pausa, respirando fundo. – Essa é a oferta. O dinheiro e eu. Em troca dos recém-casados e de Clayborn.

– E pela minha promessa de nunca mais trabalhar para Havistock – Alfie adivinhou astutamente.

– Uma vez que permitir que Lady Helene parta com a Duquesa, nunca mais terá a chance de trabalhar com ele novamente. – Adelaide falou. – Mas quero uma promessa de que nunca mais virá atrás de nenhum deles.

– Mas que droga, Adelaide – Henry ouvira o suficiente. Sem esperar pela decisão de Trumbull, ele foi até a amada, pronto para jogá-la por cima do ombro e carregá-la para fora daquela igreja, e resolver a situação com o irmão só depois que amarrasse Adelaide Frampton em uma porcaria de cadeira. – Você perdeu o juízo. – Ele nem sequer olhou para Trumbull quando acrescentou: – Alfie, eu irei pessoalmente fazer tudo ao meu alcance para destruir você e sua gangue se aceitar essa oferta. O que não conseguir fazer eu mesmo, será terminado pela Guarda Real.

– Adelaide. Isso é… escute ele. – Sesily Calhoun concordou com Henry, mas ele não tinha tempo para pensar nas opiniões das amigas, cada uma provavelmente se preparando para uma batalha.

Henry se aproximou de Adelaide, puxando-a para seus braços, resistindo à vontade de botar algum juízo na cabeça dela.

– Eu vou destruir esse lugar antes de deixar que você fique aqui, entende?

Adelaide se desvencilhou dele.

– Que maldição, Henry! Essa é a única forma de resolver isso! A única forma de deixar todos vocês a salvo. Seu irmão. Helene. *Você.*

– Deixar-me a salvo do quê?

– Você quer estar conectado a mim? A este lugar? – Ela gesticulou. – Isso vai arruiná-lo.

– E quanto a *você?*

– É diferente para mim. Eu nasci aqui. Conheço o lugar. Não aguentaria tê-lo aqui. Não aguentaria saber o que você sacrificará por mim.

– Que sacrifício? Você acha que seu passado está escondido de mim? Eu já estive aqui antes, Adelaide. *Com você!* Derrubei meia dúzia de homens do seu pai e a segui pela droga do bairro inteiro!

– Não é a mesma coisa! *Eu não o amava na época!*

O grito reverberou pela capela, e o alívio explodiu no peito de Henry, misturando-se à fúria.

– Você me ama? – ele repetiu.

– Sim! – Não havia nada gentil na resposta.

Bom. Ele também não estava se sentindo nada gentil.

– Não o suficiente.

– O que foi que você disse? – Ela arregalou os olhos e estava quase tremendo de raiva.

– Você claramente não me ama o suficiente se está disposta a jogar tudo fora.

– Jogar fora? – As palavras foram altas, furiosas. – Não consegue ver o que estou tentando fazer? O que estou tentando lhe dar?

– Eu não quero. – Ele cobriu a distância entre eles. – Você me ouviu, Adelaide Frampton, Addie Trumbull, Quebra-Laços, caos absoluto… eu não quero nada que acabe comigo a amando a distância. Eu, desesperado desejando você, revirando Lambeth para tê-la de volta. Para abraçar você. Para mantê-la a salvo. – Ele esfregou a mão no peito, em cima da dor que vinha com a memória de acordar e descobrir que ela partira.

– Eu não sou uma donzela em perigo!

– E eu sou!? – Henry praticamente rugiu a pergunta. – Céus, Adelaide, você realmente acha que é uma daquelas donzelas-escudeiras, com o poder de decidir sozinha quem vive e quem morre no campo de batalha? Você não escolhe isso aqui sozinha. Não tem o direito de ficar na minha frente como um escudo. Eu estou aqui e consigo lutar sozinho. E, droga, eu pretendo salvar o dia!

O silêncio recaiu no recinto e, atrás dele, alguém, provavelmente Lady Sesily, falou suavemente:

– Minha nossa, você ouviu aquilo?

– Eu gosto dele. Com aquela barba por fazer, consideraria até me casar com ele – disse Lady Imogen.

Henry não se importava muito com quem gostava dele naquele momento, ocupado demais em perder completamente o controle.

– Acha que eu vou deixá-la aqui? Case-se comigo ou não, passe a vida inteira ao meu lado ou não, não ache por um segundo que eu vou deixar você aqui sozinha.

– *Argh*! – Adelaide gritou, a frustração palpável. Muito bom. Que ela ficasse furiosa como ele. – Esse é o problema! Você é nobre demais! Pensa que amor é o suficiente. Mas não consegue ver que não será um casamento de verdade, vai ser uma transação. Você acha que é capaz de vencer Alfie Trumbull no jogo dele, pensa que me quer. Mas não é verdade. Você quer salvar seu irmão e a esposa e é o que deveria fazer! Isso é bom e decente, e você deve querer fazer tudo o que for possível para salvá-los. Mas acredite em mim quando digo que se casar comigo não é o caminho. Casar comigo só piora tudo. Isso o trará para a lama, aqui, em Lambeth. Vai aproximá-lo do crime e do meu *pai* – ela cuspiu a palavra – que nunca em sua vida foi nobre ou bom ou decente.

– Ei! – Alfie exclamou.

– Ele é um criminoso. – Adelaide continuou. – Um ladrão. Assim como... – A voz dela falhou, e Henry esticou uma das mãos na direção dela, desejando-a. Querendo abraçá-la, querendo consertar tudo. Addie se afastou dele, recusando o toque. Deu um passo para trás e terminou: – Certa vez você me disse que nunca se casaria por amor, pois temia o que seus segredos causariam à sua esposa.

– Você me libertou disso – ele falou. – Eu quero me casar. Pretendo me casar. Maldição, eu pretendo me casar com *você*.

Adelaide balançou a cabeça.

– Seu segredo… é o melhor de nós. É honra, esperança e amor. É o que todos aspiramos ser. Mas o meu… – Adelaide estendeu os braços. – Você acha que um dia não vai acordar e perceber que se casar comigo é o pior de nós? Ambição, mentiras e crime. Eu vou arruiná-lo, Henry. E eu…

Ela se impediu de continuar.

– Fale. – Os belos olhos dela encontraram os dele, aveludados e cheios de lágrimas, e ele sabia o que Addie iria dizer. Sabia, também, que era tudo o que ele queria. – Fale, Adelaide.

– Como eu vou sobreviver a ver o homem que amo… se virando contra mim? Como vou sobreviver com a ideia de que fui eu que o arruinei? – As palavras foram como um golpe, ameaçando derrubá-lo.

– Arruinar-me? Nossa, Adelaide, você me *refez*. Vez após outra, de todas as formas que importam. Sem você, não sou nada. Um homem que descobriu tarde demais o que meu pai tentou me ensinar, que o amor é tudo o que há. Tudo o que importa. O que eu preciso fazer para lhe mostrar que me casar com você seria uma bênção! Que passei as últimas duas semanas, mesmo o tempo em que estive inconsciente, devo adicionar, imaginando como seria segui-la para a batalha com essas malucas que a amam tanto quanto eu?

– Elas não são malucas.

– Ah, não se preocupem conosco, não nos ofendemos de jeito nenhum – disse Sesily a distância.

– Para ser justas, nós somos mesmo um pouquinho doidas – disse Imogen.

– Fale por você mesma – falou a Duquesa.

– É uma coisa boa que suas amigas também a amam – Henry continuou obstinadamente. – Porque, se não amassem, eu morreria de medo delas, uma vez que sabem de tudo e parecem estar em todos os lugares ao mesmo tempo, inescapáveis.

Adelaide deu uma gargalhada baixinha.

– Elas definitivamente não vão se ofender com *isso*.

Henry levantou o queixo dela, se deliciando com a pele inacreditavelmente macia de Adelaide, os ossos altos das bochechas, o tom aveludado dos olhos atrás dos óculos. A pequena ruga na testa, que ele pretendia passar o resto da vida suavizando.

– Adelaide. Você me quer.

– Sim. É claro.

Ele sorriu com a resposta tensa.

– Você me ama.

– Não deveria ter dito aquilo. – Ela balançou a cabeça. – Não importa.

– É claro que importa, meu amor. É só o que importa. Você me ama.

– Sim – ela confessou. – Mas não é o suficiente.

– Amor... é o suficiente. – Henry a puxou para perto. – É claro que é o suficiente. Você, esse mundo brutal em que vive, essas mulheres indomáveis que vêm a tiracolo com você, tudo isso... é tão mais do que imaginei. É tudo. – Ele fez uma pausa, pressionando beijos nos nós dos dedos dela até Adelaide suspirar baixinho. – Agora. Você me ama e eu a amo e nós estamos em uma igreja perfeitamente adequada.

– Há tantos explosivos escondidos embaixo dos bancos deste lugar que estamos a um fósforo riscado de destruir todo o South Bank – ela retrucou.

– É mesmo? – Ele arqueou as sobrancelhas. – Então vamos nos casar rapidamente e partir. – Henry se inclinara na direção dela, o dedão acariciando a pele suave da bochecha, o aroma de chuva fresca envolvendo-os mesmo ali, naquela igreja antiga. – Case-se comigo. Não porque seu pai quer, não porque você fez um acordo. Case-se comigo porque eu a amo. Porque você me ama. Porque, aqui, assim, nós vencemos.

Adelaide segurou a mão dele, pressionando a bochecha na palma da mão, e o duque daria tudo o que tinha naquele momento para saber o que ela pensava. Mas a ladra virou seu olhar ilegível para o pai e disse:

– Eu me caso com ele, e você solta Lorde e Lady Carrington imediatamente.

Henry soltou o ar, de uma vez e cheio de esperança. Era aquilo. Ela seria dele.

– É claro! – Alfie deu um sorriso de orelha a orelha.

Adelaide estreitou o olhar no pai.

– Imediatamente, Alfie.

– É claro. – Ele se virou para os guardas ao lado de Jack e Helene. – Linus, vá buscar o pároco. E, com sua vontade feita, ele se voltou para eles. – Só tem uma coisinha mais.

É claro que tinha.

– Vá em frente.

– Uma coisinha de nada, só o suficiente para garantir que essa... – Ele agitou a mão entre os dois. – ...nova parceria não azede no momento em que saírem do South Bank. – Henry aguardou, se perguntando qual seria o último pedido de Alfie. – Quero o que estava na caixa.

Adelaide ficou tensa ao lado de Henry ao mesmo tempo em que o amado disse:

– Que caixa?

– Não, não se faça de bobo comigo. Sei bem demais que 'cê tem juízo. Addie roubou algo de mim que é seu. Algo que Havistock estava disposto a pagar caro para ter. E quero ela. Cê sabe, por segurança. Caso comece a considerar anulações.

A irritação se reacendeu com a sugestão de que Henry não iria honrar seus votos de casamento, os votos que pretendia cumprir a cada momento de cada dia pelo resto da vida.

– Não – disse Adelaide para o pai, a palavra curta e grossa. – Não é para você.

– Na verdade é, já que roubou de mim.

– Você roubou dele antes.

– E achado não é roubado – retrucou Alfie.

– Acho que você se esqueceu de que fui *eu* quem achou.

– Não importa – Henry falou, buscando a carta antiga que enfiara no bolso antes de vir brigar por aquela mulher que ele amava. Assim como o pai dele fizera. – Não mais.

Adelaide estendeu a mão para impedi-lo.

– Henry. Não. Isso não é para ele. Não é para ninguém além de você. – Ela franziu a testa, preocupada. – A memória disso, a lembrança. É tudo seu.

Provava que o amor existia, ele dissera para ela a respeito da carta e o motivo de não a ter destruído. *Que era bom, digno e verdadeiro.*

No entanto, Clayborn não precisava mais daquilo. Agora a sua prova era Adelaide e a forma como ela o libertara do medo que tinha do que estava escrito naquela carta.

Henry levantou a mão dela e deu um beijo nos nós dos dedos.

– Você pode ter tudo o que é meu se quiser.

As lágrimas surgiram nos olhos dela quando reconheceu as palavras que o pai de Henry escrevera para a mãe. E Addie respondeu, suavemente:

– Tudo o que desejo é um futuro que possamos chamar de nosso.

– Isso – disse ele, se inclinando e beijando-a com vontade, até Alfie resmungar algo e Jack e Helene baterem palmas com alegria, e Sesily Calhoun dar um assobio entusiasmado.

Quando parou de beijá-la, Henry entregou a carta para o pai de Adelaide, apesar do protesto dela. Trumbull a abriu, o olhar correndo lentamente pelas palavras, a expressão inalterada quando ele dobrou o pergaminho novamente e guardou no bolso do casaco.

– 'Cês, almofadinhas, gastam mais tempo que o resto de nós preocupados de quem veio de onde. Melhor tomar cuidado.

Antes que Henry pudesse responder, o guarda que Alfie enviara para buscar o pároco voltou com o homem a tiracolo.

– Certo! – Alfie bateu as palmas, se aproximando de Jack, Helene e do altar. – Quero lembrar que esse cabeça-oca concordou fazer duas dúzias de lutas e ainda me deve. Espero ser pago. Vou considerar como meu dote.

Adelaide o fuzilou com o olhar.

– Dotes geralmente vão na direção contrária, Alfie.

– Quê? – Alfie arregalou os olhos. – *Eu* devo pagar *a ele* pra tirar você das minhas mãos?

– Bem, não é como se eu estivesse nas suas mãos pelos últimos anos, mas sim.

– Nossa! – ele falou. – Não vou fazer isso.

– Imagine como estou surpresa – Adelaide falou secamente, e os presentes se aproximaram deles na frente da igreja, criando um pequeno semicírculo ao redor do pároco.

– Eu amo um casamento – disse Sesily.

– Outro homem no grupo, suponho. – A Duquesa suspirou. – Quanto trabalho. São tão emotivos.

– Melhor ter um marido em uma ilha no meio do mar, não é? – Adelaide falou para a Duquesa por cima do ombro.

– Melhor não ter marido – respondeu a Duquesa. – Mas é inevitável, e, se você precisa ter um marido, esse duque aqui não parece ser a pior das opções.

Henry inclinou a cabeça na direção da Duquesa.

– Grande elogio, Vossa Graça.

– Parabéns pelo enlace, Vossa Graça – foi a resposta.

Henry segurou a mão da noiva e a virou para ele, envolvendo o rosto dela com uma mão e levantando-o para que Adelaide o olhasse.

– Eu a amo. Minha gatuna do sul de Londres. Minha queridinha do norte.

Algo novo brilhou no olhar dela, perfeito e inusitado. O que Henry desejara desde o início. Algo honesto, claro e cheio de esperança por um futuro. E ela o abraçou pelo pescoço e o puxou para um beijo.

Quando se separaram, Adelaide abriu os olhos e sorriu, espalhando calor até que tudo o que Henry desejava era se casar com ela e levá-la para casa. Para a cama deles.

Atrás dele, a porta para a igreja se abriu, alta e ameaçadora, e Adelaide olhou por cima do ombro de Henry e tudo mudou.

– Está cedo demais para eu falar agora ou me calar para sempre?

Todos os presentes se viraram para os fundos da igreja, onde Danny estava em pé, parecendo que acabara de ganhar uma aposta nas corridas. E, ao seu lado, pistola na mão, estava o Marquês de Havistock.

CAPÍTULO 24

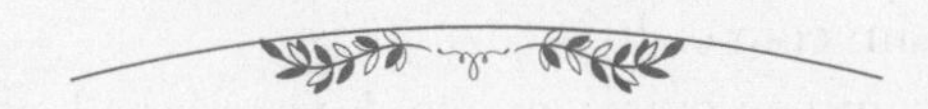

Da última vez que estivera naquela igreja, Adelaide usava um vestido apertado que havia roubado, e não tinha uma arma. Desta vez, ela estava preparada, junto com as mulheres que ficaram ao seu lado desde o momento em que deixara o South Bank.

E com o homem que jurara amá-la para sempre. Que jurara compartilhar um futuro ao seu lado.

Só que desta vez, logo agora que Addie tinha Henry ao seu alcance, Danny e o Marquês de Havistock chegaram para arruinar outro casamento dela.

Adelaide já aguentara o suficiente e não estava sozinha em sua impaciência. Após as palavras de Havistock, os presentes se viraram e buscaram a arma mais próxima. Mãos procuraram em bolsos escondidos em saias, dentro de casacos e, no caso de Adelaide, pela adaga presa em sua coxa. Ela segurou o punho de marfim da sua faca e esperou enquanto o pai segurava seu porrete e encarava Danny.

– Eu deveria ter arrancado sua cabeça quando tive a oportunidade, Danny – Henry falou primeiro.

– Encurralado por um maldito traidor – Alfie acrescentou. – E depois de eu tratar você como um filho.

Danny esticou os braços e sorriu para os presentes.

– Não é pessoal, Alfie. Escolhi o homem que valia mais do meu tempo, que nem você. – Ele fez uma pausa. – Só que 'cê cometeu um erro, porque essa história não termina com sua filhinha querida se casando com um duque.

– Basta, Daniel – o Marquês de Havistock falou, obviamente incomodado com Danny estar recebendo mais atenção do que ele. – Eu cuido de tudo daqui em diante. – Então ele encorpou a voz para ser ouvido por toda a igreja: – É verdade o que dizem, não é? Se você quer que algo seja feito, precisa fazer você mesmo.

– Pai! – O horror e o desdém na voz de Lady Helene eram inegáveis.

– Ah, cale a boca, Helene. Não estaríamos aqui se não fosse por você, sua putinha.

Ela arregalou os olhos, e Jack se posicionou à frente dela, subitamente parecendo muito mais velho do que os seus 26 anos.

– Não fale assim com ela!

– Eu falarei como eu quiser, garoto. E você faria bem em reconhecer seus superiores.

Com Helene na mira de Havistock, Jack mudou de postura completamente, a voz ficando mais grave, os punhos se fechando e o charme se transformando em ameaça completa.

– Nós deveríamos achar que você é superior? Você, que com felicidade assassina seu sócio na frente de toda a Londres?

O olhar de Havistock se estreitou na filha, que estava atrás do braço esticado de Jack.

– Eu ouvi tudo. – Ela levantou o queixo. – Ouvi Lorde Draven dizer que estava preocupado com o estado das fábricas. Com a forma como você tratava as crianças que trabalhavam ali.

– Draven fez uma fortuna naquelas fábricas – Havistock desdenhou. – E então descobriu que uma consciência limpa não o impede de bater as botas cedo. E pensar que se você tivesse ficado calada, também poderia ter evitado. – Ele levantou a pistola e apontou na direção dos recém-casados.

No canto oposto da igreja, Imogen buscou algo nos bolsos escondidos de suas saias verdes.

– Extraordinário. Não é todo dia que um homem confessa um assassinato na frente de uma dúzia de pessoas – Henry falou em sua voz mais fria e aristocrática. – No entanto, nunca encontrei lógica no que você dizia durante debates, então não deveria me espantar.

A arma de Havistock se moveu para apontar para o peito de Henry e Adelaide começou a buscar no local formas de acabar com o marquês. Como ele ousava ameaçar o quase marido dela!

– Clayborn! – As palavras do marquês gotejavam desdém. – Sempre tão arrogante e convencido. Assim como seu pai. Bom e nobre, a perfeição aristocrática. – Ele cuspiu. – Mas não é bem assim, é? Não há uma gota de sangue aristocrático em você. E você, lecionando o que é certo e errado na Câmara dos Lordes. Que hipócrita, agora se uniu a *mulheres* – ele cuspiu. – Você é uma vergonha e eu deveria agradecer a Deus que vou dar um fim em todos vocês.

Ele brandiu a arma sem foco, oscilando entre apontar para a Duquesa e Sesily.

Não. Nenhuma pessoa que Adelaide amava morreria naquele dia.

– É bem ousado fazer ameaças em um lugar cheio de pessoas tendo apenas Danny como capanga, devo reconhecer – disse Adelaide, colocando toda a audácia que conseguia na voz.

Henry ficou tenso ao lado dela quando Adelaide entrou na mira da pistola de Havistock.

– Talvez eu comece com você. A que ninguém se importa. Sem dinheiro, sem nome e sem conexões. Sem valor. Devolvê-la para a lama de onde veio.

Um grunhido grave soou, e Havistock olhou para Henry.

– Ah, Clayborn não gosta disso.

– Melhor mirar bem, milorde – disse Adelaide, erguendo o queixo. – Porque, se errar, garanto que irá aprender o que significa estar na lama. Vou gostar de presentear Londres toda com a história de como o odioso Marquês de Havistock foi destruído por uma coalisão de mulheres poderosas e um lorde do crime do South Bank.

– Você fez seu dinheiro nas costas dos pobres e dos fracos. – Henry deu um passo à frente, na direção da arma. – A maré está virando e olhe para você. – Foi a vez dele de exibir desdém. – Tremendo de medo.

Ele estava provocando Havistock e, se a expressão do homem fosse alguma indicação, iria funcionar. O marquês estava vermelho de raiva com aquelas palavras, com o desafio presente nelas. Adelaide sabia quando se arriscava. Ele viria desvairado, sabendo, daquela forma descontrolada que homens encurralados sabiam, que não haveria saída. Ele não conseguiria matar todos, não conseguiria sobreviver àquilo. Mas iria tentar levar um deles consigo.

Havistock estreitou o olhar na direção de Henry.

– Soube que se afundou na lama com essa daí. Diga-me, como você acha que a aristocracia reagiria ao descobrir que a preciosa prima da Duquesa de Trevescan não é nada além de uma cadela plebeia de Lambeth? – Ele olhou para a Duquesa. – Você acha que alguém continuaria a frequentar suas festas quando descobrissem suas mentiras?

– Eu acho que metade de Londres só existe devido às mentiras. – A Duquesa não hesitou. – Só precisamos olhar para você, Havistock. A ideia de que nascimento nos torna nobres é a maior mentira de todas.

O ódio cresceu ainda mais em Havistock.

– Eu vou me divertir muito colocando balas em todos vocês.

– É esse o seu plano idiota? – Helene falou, claramente sem paciência. – Matar todos nós?

– Farei o que for necessário.

– Não vai, não sem meus capangas – Alfie disse, meneando a cabeça para um homem parado na porta da igreja. – 'Cê tá no meu território agora, marquês, e me uni a outro.

– É claro que o fez. Não é mais do que eu esperaria, uma completa falta de honra – disse Havistock. – Mas, veja, estou usando meus capangas e você tem um problema, Alfie. Há uma nova geração pronta para tomar o poder.

Danny sorriu e puxou uma faca sinistra da cintura.

– Hora de uma nova liderança n'Os Calhordas. Uma que não escolha a si antes do trabalho.

– *Blá*, menino – Alfie escarneceu. – Se quer ser o rei, 'cê diz pra mim que quer o trono. Mas não venha me dizer que não é porque gosta da aparência da minha coroa. – Ele acenou com a cabeça na direção do guarda na porta, que imediatamente saiu, sem dúvida para chamar mais pessoas. – Meus rapazes não vão ficar ao seu lado se não confiarem em você e nunca vão confiar se acharem que 'cê tá vendendo mentiras para eles. Assim 'cê não é muito melhor que esse almofadinha com quem se uniu. – Ele inclinou a cabeça. – Apesar de que se juntar a gente rica com título também não seja a melhor forma de ganhar a confiança deles.

Danny fez uma careta com as palavras, faladas com a calma e a certeza de um homem que vivera milhares de vidas e sabia como as coisas eram. Quando pareceu que os dois se enfrentariam e que a briga iniciaria, Imogen encontrou o que estava procurando.

– Está quente aqui, não está? – ela falou de onde estava.

As Belas, sabendo o que estava por vir, viraram de costas para ela. Um clarão de luz acompanhou um estrondo no canto oposto aos bancos, deixando Havistock e Danny distraídos por um breve momento.

Tempo mais do que suficiente.

– Venha! – Sesily segurou a mão de Helene e a puxou pela nuvem de fumaça, na direção da porta traseira da igreja, a que Adelaide sabia tão bem que serviria para fugir rapidamente, já que a usara anos antes.

– Depois disso, Lady Helene, vamos ter que conversar sobre seu pai – disse Lady Sesily.

– Depois disso, eu estarei feliz em conversar sobre meu pai – Lady Helene falou com uma determinação inesperada enquanto seguia Sesily para fora da igreja.

Nesse tempo, Jack correu na direção do marquês, empurrando a arma do caminho e jogando-o no chão. A pistola disparou enquanto caíam, reverberando na igreja escura, cheia de fumaça.

– Adelaide! – Henry se virou para ela assim que ouviu o tiro, pressionando-a firmemente contra seu peito, protegendo-a da violência. Quando o silêncio reinou, ele a soltou e os dois estenderam a mão um para o outro, igualmente preocupados.

– Você está…

– …ferido?

As mãos corriam pelo corpo um do outro, buscando por sangue ou feridas novas.

– Minha nossa… – Henry se apoiou contra ela e a beijou, rápido e forte. – Fique aqui.

E então se enfiou na briga, em que meia dúzia de brutamontes de Alfie chegara do lado de fora, chamados pela explosão, junto com outros, que provavelmente apostavam no triunfo de Danny. Henry deu um soco e se esquivou de um murro que mirava sua costela quebrada.

Adelaide se encheu de indignação com a ideia de que alguém ousaria pensar em machucá-lo. O duque dela.

– Definitivamente não ficarei aqui! – ela falou, pegando a adaga e seguindo-o.

– Maldição, Adelaide! – ele gritou, derrubando outro homem com um murro. – Há armas em todo o lugar e sua amiga explodiu a igreja!

– Não *explodi* de verdade. – Imogen corrigiu com júbilo a distância. – Não é *perigoso.* É só uma coisinha que… – A fumaça se dissipou, e ela limpou uma fina camada de poeira do vestido. – Faz uma bagunça deliciosa!

– Estou ansioso para debater os detalhes de seus explosivos outra hora, milady – Henry falou, jogando um banco para longe para se meter em outra briga. – Mas, em algum momento, esses brutamontes vão se lembrar de que, apesar dessa briga ser entre eles, a guerra envolve as Belas Fatais.

Aquilo estava mais do que claro, e Imogen assentiu.

– Já vão ficar bem alterados quando descobrirem…

A atenção de Henry se voltou a ela.

– Descobrirem o quê?

Adelaide se distraiu com um movimento no canto do olho e não ouviu a resposta. Alfie aproveitara a briga para fugir até a porta. Ela encontrou os olhos dele, castanhos como os dela, mas muito menos sinceros e disse:

– Planeje para a luta, se prepare para fugir, não é, paizinho?

– Não vale a pena morrer por isso. – Ele nem sequer teve a decência de ficar envergonhado. – Aquele rapaz não vai parar até se casar com você, então consigo o que quero de todo jeito.

Dois brutamontes esbarraram nas costas de Adelaide, empurrando-a contra Alfie. Segurando-se no casaco do pai, ela se endireitou.

– Não se seus capangas o atacarem.

– Ah. – Ele gesticulou com a mão. – Eles estão do seu lado hoje.

Adelaide arqueou as sobrancelhas.

– Os Calhordas, lutando por minhas meninas?

– Eu disse *hoje*, Adelaide. Considere um presente de casamento.

Um grito veio de algum lugar atrás dela, e Addie se virou a tempo de ver Henry desacordar um dos companheiros de Danny. Quando ela olhou para frente… o pai dela se fora. Era claro.

– Imogen! – Todos se viraram na direção do chamado da Duquesa, só para descobri-la agachada ao lado de Havistock, ajudando Jack a amarrar o marquês assassino, que continuava a vociferar. A Duquesa olhou para seu prisioneiro e disse: – Alguma chance de você ter trazido aquela substância incrível que usa para impedir homens de falar?

– Ah, eu não saio de casa sem ela! – Imogen falou e se aproximou, pronta para deixar o homem inconsciente.

Henry arqueou uma sobrancelha na direção de Adelaide.

– Eu deveria me preocupar?

– Apenas se ficar no nosso caminho – ela respondeu com felicidade, e ele assentiu, voltando para a luta.

– Por que eu iria ficar no caminho de vocês? – ele perguntou. – Eu sou parte da equipe agora, não sou?

Naquele momento, enquanto o caos reinava ao redor de Adelaide e ela compreendia as palavras de Henry, amáveis e sinceras, Addie percebeu que, apesar da briga, ela estava realmente muito feliz com a forma como as coisas estavam correndo. Lady Helene estava salva. Lorde Havistock estava praticamente capturado, e, de alguma forma que parecia impossível, o Duque de Clayborn estava ao lado dela. Um parceiro.

Talvez Adelaide pudesse ser uma gatuna do South Bank e também uma duquesa, tudo ao mesmo tempo.

Família era quem a gente escolhia, ela dissera algo parecido a Henry quando ele revelou a verdade a respeito de seu pai. Ele escolhera amor, então por que Addie não poderia também? Por que ela não podia chamá-lo de seu e não se importar com as consequências?

Ela achara o amor, afinal. Talvez não fosse algo roubado, talvez fosse algo que lhe fora dado.

Era estranho encontrar paz daquele jeito, no meio de um confronto, mas, de alguma forma, parecia certo para uma menina que fora criada como a Princesa dos Ladrões.

– Poderia usar uma outra fita aqui! – Imogen pediu, e Adelaide foi na direção das amigas, já desamarrando uma das fitas de sua saia. Ela olhou para baixo, desviando a atenção do cômodo por um segundo, sem saber onde estavam as pessoas dentro da igreja.

Meio segundo foi tudo o que bastou.

Um braço pesado a envolveu no estômago, puxando-a para perto de um corpo alto e fedido.

Danny.

– Não tão rápido – disse ele. – Você deveria ter continuado fugida.

– Adelaide! – O grito de Henry veio do outro lado do cômodo e ele se aproximava, uma pistola recém-achada nas mãos. – Solte-a, Danny!

– Nem – Danny falou. – Não vou. 'Cê sabe quanto tempo tive que ouvir Alfie choramingar por ter perdido a melhor ladra que já teve? A melhor batedora de carteiras? Como Addie era a única que conseguia arrombar uma fechadura tão rápido e sem vestígios? Sabe quantas vezes uma menina sonhadora me perguntou se eu conhecia Addie Trumbull? – A respiração dele era quente e acre no ouvido de Adelaide, a lâmina da faca na garganta dela. – Vou me divertir muito garantindo que desta vez 'cê vai desta pra melhor.

Henry estava se aproximando, os olhos brilhando com raiva, e Danny nem ligou, puxando-a mais para perto.

– Abaixe a arma, duque.

A lâmina se apertou com mais força, ferindo a pele, e Adelaide fechou os olhos, aguentando a ardência. Quando os reabriu, Henry estava abaixado vários metros à frente deles, os olhos azuis nos dela, colocando a arma no chão.

– Lady Imogen?

– Sim, Vossa Graça? – Sempre casual, mesmo sob tanta pressão.

– Está quente aqui, não acha?

A respiração de Adelaide prendeu na garganta.

– Demais. – Um sorriso imenso surgiu no rosto de Imogen.

Adelaide virou a cabeça, e Imogen acompanhou a resposta com outro clarão e uma explosão cheia de fumaça. Incapaz de enxergar, Danny a soltou, e Adelaide se desvencilhou, saindo do caminho antes…

Um tiro soou.

– Ele atirou em mim! – Danny gritou do chão quando a fumaça se dissipou, revelando Henry com a pistola na mão. – O bastardo atirou em mim!

– Já era hora, se me permite dizer – a Duquesa falou, como se estivesse em um jogo de *croquet* e não em uma briga na igreja.

– Você está ferida? – Henry abraçou Adelaide e levou uma mão à bochecha dela.

– Não. – Ela balançou a cabeça. – Não agora que estou com você.

Ele a beijou novamente, rápido, mas firme.

– Não acredito em você.

Henry franziu a testa em preocupação enquanto corria os dedos pelo pescoço dela, até encontrar o ponto onde a lâmina de Danny estivera pressionada contra a pele. Ele fez uma careta com o que viu, um músculo pulsando na bochecha enquanto a deixava de lado para ir atrás de Danny, para terminar tudo de uma vez por todas.

– Não. – Adelaide estendeu uma mão, impedindo-o.

Henry não gostou nada daquilo, é claro que não, o guerreiro de Adelaide, jurando sua espada a ela. Em vez disso, olhou para Danny, que se contorcia no chão com uma das mãos na coxa.

– Dê um motivo para que eu o deixe viver.

– Porque o South Bank não gosta de traidores, não é mesmo, Danny? – Então ela puxou uma longa fita da saia e a ofereceu para Henry. – Em vez disso, sugiro que deixemos um presente para meu pai.

Danny fora a última das lutas, e, enquanto Henry lidava com ele, Adelaide considerou o caos que deixaram na capela naquele dia, ainda envolta em um resquício da fumaça da explosão de Imogen, uma dúzia de homens ou nocauteados ou desejando que estivessem.

No meio de tudo, a Duquesa e Imogen estavam garantindo ao pároco que não só iriam pagar pelos danos feitos às alcovas e aos bancos, mas também fariam uma generosa doação para reparar os vitrais que estavam quebrados desde que Adelaide se entendia por gente.

Com o pároco mais calmo com aquela oferta, adicionada à promessa de que ele poderia usar a melhor carruagem do Duque de Trevescan para visitar a irmã no campo naquele mesmo dia, a Duquesa se virou para o resto do grupo de onde estava no fim do corredor central, próxima à porta, e disse:

– Considerando que Imogen fez duas explosões consideravelmente barulhentas, acho que deveríamos fazer o melhor para fugir sem sermos notadas enquanto ainda somos capazes.

– Desculpa, mas essas explosões salvaram o dia – Imogen protestou.

– Salvaram mesmo – disse Henry com suavidade, aninhando Adelaide embaixo de um braço e dando um beijo na testa dela enquanto caminhavam pelo corredor. – Sou muito grato a você por isso, Lady Imogen. Você me permitiria lhe presentear de alguma forma?

Imogen passou por cima de um banco revirado para ir para o corredor também.

– Gosto de compostos químicos.

Henry arqueou as sobrancelhas, e Adelaide gargalhou, sentindo-se leve, o coração em júbilo.

Ele se deteve com o som, virando-se na direção dela e beijando-a até Adelaide suspirar e se entregar para ele. Quando o beijo terminou, Henry pressionou a testa na dela e disse, a voz grave e perfeita:

– Eu vou me casar com você, Adelaide Frampton. E vou passar o resto da minha vida te amando.

Addie fechou os olhos e sussurrou:

– Fale de novo essa última parte.

Henry deu outro beijo na testa dela.

– A parte em que te amo pelo resto da minha vida?

Ela assentiu, os olhos cheios de lágrimas. A respiração dele prendeu na garganta. Será que um dia se acostumaria com aqueles olhos tão lindos? Teria uma vida inteira para tentar.

– Eu a amo, Adelaide Trumbull. – Ele a beijou novamente. – Frampton. – Outro beijo. – Carrington. – E um final. – Duquesa de Clayborn.

Adelaide balançou a cabeça e sorriu timidamente, o coração cheio.

– Não ainda esse último.

Não era verdade. Ela já tinha aquele nome no coração dele. E no dela também.

Henry segurou a mão de Adelaide, guiando-a para fora da igreja só para encontrar a Duquesa e Imogen dentro da carruagem que Sesily chamara para elas. Henry tinha outros planos – uma caminhada pelas ruas labirínticas de Lambeth, mais lenta do que de costume com todos os beijos lentos que ele deu em Adelaide enquanto cruzavam as docas e atravessavam a Ponte de Westminster, até chegar ao quarto torreão vindo do lado de Westminster.

– Ainda não amanheceu – disse ele com suavidade. – Mas espero que isso sirva.

A lua estava alta no céu, e o rio brilhava, prateado, uma beleza diferente para os envolver.

– Diga-me novamente o que você desejava – falou ele, puxando-a para perto.

– Você – ela falou, levantando o rosto para olhá-lo. – Eu desejava você. – Henry envolveu o rosto dela em suas mãos grandes e quentes e a fez olhar nos olhos dele. – Eu desejei por você, forte, nobre e gentil, ao meu lado. Protegendo-me. E me amando.

Ele assentiu, sério e severo na luz do luar.

– E o que mais?

– Nada mais. – Ela balançou a cabeça. – Ele teria me amado de volta. Era tudo o que eu desejava na época.

– E agora? O que você quer, Adelaide?

– Agora… – Ela encontrou os olhos dele, tão azuis. Tão honestos. E respondeu com sinceridade: – Agora, só quero você, do jeito que for. – Ela balançou a cabeça. – Mas parece impossível que me ame dessa forma. Mesmo sabendo de todos os meus segredos, do meu passado. O que acontece quando o mundo inteiro souber que você se casou com uma ladra de Lambeth? O que conseguiria fazer então? Que tipo de leis conseguiria passar?

Ele balançou a cabeça, sorrindo.

– Que se lasque o mundo inteiro. Se não me deixarem passar leis, vou lutar ao seu lado para mudar o mundo de outra forma. Você, uma mulher gloriosa, brilhante e forte… vou passar o resto da vida tentando ser digno de estar ao seu lado.

Uma única lágrima escorreu pela bochecha de Adelaide com as palavras, ao sentir que enfim conseguia acreditar nele. Ela ficou na ponta dos pés até encontrar os lábios dele, beijando-o, sussurrando seu amor.

Segurando-a bem perto, Henry falou, as palavras roucas contra o ouvido dela:

– Você quase me destruiu quando me deixou. Não me deixe mais.

– Não vou deixá-lo, eu prometo.

Ele assentiu e enfiou a mão no bolso, extraindo uma pequena caixa – e Adelaide sugou o ar quando reconheceu o carvalho entalhado. O anel ali dentro brilhou na luz da lua quando Henry o tirou da caixa e pegou a mão dela.

– Casa comigo?

– Sim – ela sussurrou.

– Quando? – Ele colocou o anel no dedo dela.

– Agora. – Ela sorriu. – Para sempre.

– Agora – ele repetiu. – Para sempre. – Mais um beijo. E então: – Uma vez você me disse que minha mãe era o sol para o meu pai. – Ele fez uma pausa. – Acho que estava certa. Até você… eu não sabia o que era luz.

Não parecia possível que aquele fosse o homem dela. Que os dois iriam se casar, viver e amar e ter uma casa cheia de crianças e animais. Que eles iriam discutir, gargalhar e se amar… e ter um futuro juntos.

De todo o coração.

– Leve-me para casa, Adelaide Frampton.

Ela balançou a cabeça.

– Meu apartamento… não é para duques.

– Como ele pertence a uma futura duquesa, devo discordar.

Ela se encolheu com as palavras.

– Serei uma duquesa horrível.

– Não acho. Acredito que será o tipo de duquesa que usa o poder para segurar um espelho para o mundo. Acho que será o tipo de duquesa que mudará o que as duquesas devem ser.

– Eu gostaria disso. – Adelaide olhou para o fim da ponte.

– Eu *vou* gostar disso. – Ele deu um beijo na testa dela.

– Eu gosto de você. – Os olhos dela encontraram os dele.

O beijo que Henry lhe deu foi delicioso e pecaminoso, como um tesouro roubado. E, quando se separaram, e aquele homem pressionou a testa na dela e sussurrou seu nome, Adelaide mal tinha fôlego.

Quando finalmente se recuperou, foi para dizer:

– Sobre meu apartamento... você deveria saber que só tenho uma cama.

– Excelente. Estou considerando jogar fora toda as camas extras de minha casa também. – Ela gargalhou quando Henry a puxou mais para perto, um brilho safado no olhar. – Cadeiras também, como provamos que só precisamos de uma. – Ele deu um beijo no maxilar dela, logo abaixo da orelha, fazendo-a se arrepiar ao sussurrar: – E a carruagem. Só há uma, agora que destruiu a outra com sua beleza atordoante.

Adelaide gargalhou e o abraçou pelo pescoço enquanto Henry lhe prometia o mundo – tudo o que ela quisesse. Desde que se casasse com ele o mais rápido possível.

E, como ela não era tola, aceitou de bom grado.

CAPÍTULO 25

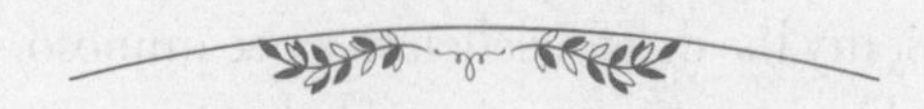

O detetive Thomas Peck estava tendo um péssimo dia.

Não poderia sequer ser considerado um dia ainda àquela altura, mas Tommy já tivera uma parcela mais do que o suficiente de dias ruins e sabia, sem dúvidas, que quando uma manhã começava com um sargento batendo em sua residência em Holborn, acordando sua senhoria e lançando-a em seu sermão favorito – *O motivo pelo qual pessoas decentes não faziam visitas antes do café da manhã* – era o começo de um péssimo dia.

Teve sua confirmação quando adentrou a Capela de São Estevão em Lambeth, de onde haviam saído múltiplos relatos de uma batalha na noite anterior. A única evidência de tal acontecimento eram alguns bancos virados, dois deles revelando paióis abaixo deles, como se alguém tivesse limpado o local com pressa.

Parecia que o pároco responsável pela capela estava visitando a irmã em Nottinghamshire, então Tommy ficara sozinho para inspecionar o lugar, apenas para descobrir o que parecia ser um terceiro alçapão no chão abaixo de um dos bancos da frente, que fora deixado mal fechado.

Ele acabara de se abaixar para abri-lo quando alguém o chamou:

– Detetive! Olá!

Tommy sabia antes de se virar o que encontraria: Lady Imogen Loveless, filha de um conde, irmã de uma quantidade absurda de lordes, amiga de várias das mulheres mais poderosas da aristocracia. Mal passava de 1,50 metro de altura, gorda, linda e um pandemônio completo.

Ele mordeu a língua. Não aquela mulher. Não naquele dia. Ele balançou a cabeça e apontou para a porta, indicando que ela deveria sair.

– Não. Pra fora.

Ignorando-o completamente, Imogen continuou a se aproximar, olhando de forma curiosa para a porta no chão aos pés dele.

– Olha só, esse é um bom buraco, bem escondido. Você que fez ele?

Ele rangeu os dentes.

– Não.

– Ah. O que tem aí dentro?

– Nada.

– Como pode ter certeza se nem abriu?

– Lady Imogen, não há nenhuma outra pessoa que você poderia visitar nesta manhã?

Um momento de silêncio e então:

– Na verdade, não há.

Ele temera aquilo.

– E suponho que seria exagero da minha parte me perguntar como foi que você soube exatamente onde me visitar?

– Não é exagero não, na verdade – retrucou ela. – Eu normalmente sei onde você está.

Tommy não gostou nada daquilo.

– E por que você saberia?

– Ora, para que eu possa visitá-lo em uma emergência, é claro. – Imogen colocou sua bolsa em um banco próximo que permanecia impecável e a abriu. – Você gostaria de saber o que fiz na semana passada?

Definitivamente não.

– O que você fez na semana passada?

– Inventei um novo tipo de explosivo.

O que diabos aquela mulher estava aprontando? E por que ele era incapaz de ignorá-la quando ela estava por perto?

– Parece-me, Lady Imogen, que tal declaração pode ser considerada uma confissão.

– Ah, não se preocupe. Não fiz nada ainda.

Ele esperou por um instante e então:

– Ainda.

– Bem, a menos que inesperadamente cobrir meu laboratório com projéteis brilhantes conte.

– Projéteis inesperados. – Tommy piscou e inclinou a cabeça.

– Não, os projéteis eram esperados. Obviamente, já que era um explosivo – Imogen explicou, gesticulando com uma das mãos enluvadas em uma renda intricada. – O que foi inesperado foi o brilho. Sabia que seriam bem pequenos, mas essa foi uma surpresa agradável. Muito difícil de limpar, mas muito bela, de verdade. Mais irritante que perigosa.

– Não conseguiria nem imaginar como seria me deparar com tal coisa.

Imogen sorriu para ele, e o detetive se recusou firmemente a ficar deslumbrado.

– Estou muito lisonjeada que pense assim.

– Eu... – Ele estava prestes a dizer para Imogen que não gostaria de tê-la chamada de bela. Só que ela era. Da mesma forma indomável e assustadora que tempestades imprevisíveis e leoas na caça eram belas.

Antes que Tommy pudesse encontrar as palavras adequadas, Imogen falou:

– No entanto, está equivocado. Eu sou *muito* mais perigosa do que sou irritante. – Exibindo uma alegria que era incrivelmente descabida ali, em Lambeth, no meio do território d'Os Calhordas.

Por que aquela mulher com frequência o fazia sentir como se ele tivesse levado um soco na cara? Ela estava mais perto agora, próxima o suficiente para que, se Tommy estendesse a mão, conseguiria tocá-la. Não que ele fosse tocá-la em algum momento de sua vida. Ela poderia ter derramado veneno em si mesma em um experimento tresloucado.

– Lady Imogen... o que está fazendo aqui?

Ela parou e olhou para cima, para ele, o rosto dela emoldurado por uma rebelião de cachos pretos.

– Eu lhe trouxe um presente!

– Não. – A última vez que Tommy recebera um presente daquela mulher, ele acabara parado no meio dos escombros de sua prisão.

– Francamente, detetive – ela o repreendeu. – Se eu não o conhecesse bem, pensaria que está sendo deliberadamente rude. Pensei que já gostasse dos meus presentes a esta altura. Da última vez, o transformei em um dos solteiros mais cobiçados de Londres. Não é assim que se referem a você no *Notícias?*

– Eu não teria como saber – ele mentiu.

– Tenho certeza de que é – disse ela. – Eu li que as mulheres solteiras de Mayfair amam chamar a Scotland Yard para suas casas na esperança de que certo detetive entre em suas residências. É um tipo de jogo e tem um nome.

Tommy olhou para cima. *Não fale em voz alta.*

– O pique-Peck!

Ele cerrou os dentes.

– Não presto atenção aos jornais.

– Jura? – ela questionou com um brilho perigoso no olhar. – Isso sim é uma surpresa, considerando que foi citato em mais de uma entrevista a respeito... – Ela fez uma pausa, sem dúvida para adicionar efeito. – Como é que você está chamando aquelas damas? As Belas Fatais?

Tommy apostaria um ano de salário que aquela mulher indomável era uma *daquelas damas.*

– Não dei tais entrevistas, Lady Imogen. Na verdade, penso que o nome é ridículo.

– Ah, eu não – Imogen falou alegremente. – É até perfeito, me faz querer ter uma espada em chamas.

– Para sua sorte, é difícil colocar fogo em aço.

– Bem, com essa sua postura, não mesmo. – Antes que ele pudesse implorar para que a mulher não ateasse fogo em todo o South Bank, ela enfiou a mão na bolsa absurda que carregava para todos os lugares, como se ela pudesse precisar acampar para pernoitar a qualquer momento.

Tommy a observou se inclinar e procurar por algo dentro do negócio, pois Imogen poderia a qualquer instante destruir algo. Não era porque ele gostava de olhar para o traseiro considerável coberto pelas saias dela. Certamente não era porque se perguntava como aquele pedaço da anatomia dela seria sem as saias.

A mulher era pura confusão, ele não estava interessado no traseiro dela.

Quando Imogen se endireitou e virou para encará-lo, segurando um pequeno pacote embrulhado, não fora decepção que correra por ele. Definitivamente não.

– Não tema, apesar de sua ingratidão, ainda lhe darei o presente.

Tommy não queria pegar, mas parecia incapaz de *não* aceitar, algo pequeno, redondo e quente pelo papel de embrulho.

– O que é isso?

– Um sanduíche de bacon – ela falou com simplicidade, como se fosse algo perfeitamente comum de se entregar a um policial no meio de uma igreja.

Desconcertado, Tommy falou:

– Você veio até aqui, em Lambeth, para me trazer um sanduíche de bacon.

Imogen sorriu e lá estava outra vez, aquele sentimento de que Tommy havia levado um soco.

– Soube que foi convocado até aqui antes de poder tomar o café da manhã. Ninguém deveria caçar vilões de barriga vazia.

– Como você... – ele começou e então parou. – Lady Imogen, você não deveria estar aqui. Não é um lugar adequado para pessoas decentes.

– Francamente, detetive. É uma casa de oração. – Ela voltou a procurar algo em sua bolsa.

– Sim, bem, estou quase certo de que é uma casa de oração que em algum momento esteve cheia até o talo de munições. – Tommy lançou um olhar para a porta ainda fechada no chão, possivelmente ainda estocada com explosivos. Ela precisava partir.

Imogen deu um sorriso brilhante para ele.

– E não é que você é esperto? Mas alguém tomou cuidado para resolver esse problema para você, não foi?

– Preferiria saber para onde foram levados.

– Ah, eu não me preocuparia se fosse você – provocou ela. – Estou certa de que serão usados para o bem.

Tommy estreitou o olhar para aquela mulher enquanto um pensamento impulsivo, impossível, cruzou sua mente.

– Lady Imogen?

– Sim?

– Não foi você que removeu as armas daqui, foi?

– Ah, minha nossa, não – disse ela com os olhos largos, inocentes. – Você consegue *me* imaginar carregando caixas de explosivos pela cidade? Certamente destruiria meu vestido.

O detetive não deveria ter olhado para o vestido em questão, veludo refinado da cor de uma floresta verdejante. A capa dela estava aberta, revelando a linha de seu corpete, apertado o suficiente para revelar seus seios fartos, para os quais ele definitivamente *não* deveria ter olhado.

– Mas é claro.

– Tenho pessoas que fazem esses serviços.

Quê?

– Homens grandes e bem-apessoados – ela acrescentou, e Tommy descobriu que ele não gostou da imagem que aquelas palavras evocaram. Antes que pudesse responder, Imogen brandiu uma pasta azul marcada com um sino cor de índigo acima da cabeça. – *Ahá!* Você gostaria do seu verdadeiro presente?

Ele conhecia aquela pasta. Vira uma antes, deixada nos escombros quando alguém explodira uma das celas na cadeia abaixo da Scotland Yard. Para a surpresa de ninguém, aquela mulher estivera no prédio imediatamente antes de acontecer.

Ela segurou o arquivo contra o peito, e Tomy se forçou a manter o foco nos olhos dela.

E foi então que ele ouviu um som, abafado e urgente. E bem humano.

Lady Imogen Loveless também ouviu, virando seus grandes olhos para o alçapão aos pés de Tommy.

– Detetive, você não acha que deveria ter aberto essa coisa?

– Vá ficar ali atrás. – Ele apontou para o fundo da igreja.

Ela olhou na direção que ele indicara.

– Por quê?

Aquela mulher ia ser o fim dele.

– Nunca se sabe.

– Nunca se sabe o quê? – perguntou ela, mas ainda assim se afastou no corredor da igreja. – Admiro muito a consideração que tem por mim, mas sou perfeitamente capaz de me defender, caso seja necessário.

Sem dúvida a mulher tinha um garrote à sua disposição. Tommy deu as costas para ela, se abaixou e tirou uma faca da bota.

– Oh, que ideia excelente – disse ela, encorajando-o.

– Obrigado – ele respondeu como um completo idiota antes de abrir o alçapão em um único movimento fluido.

Ali, no buraco, amarrado e amordaçado com fitas de seda coloridas estava...

– Céus! Esse é o Marquês de Havistock? – Imogen estava de volta, parada ombro a ombro ao lado dele. Ou melhor, cotovelo a ombro. E olhava para baixo. – Que surpresa!

– É peculiar, Lady Imogen, como você não parece nada surpresa. – Na verdade, a fita que amarrava as mãos do marquês tinha a mesma cor do vestido de Lady Imogen.

– Sim, bem, serei sincera. Sempre achei que esse homem *merecia* acabar em um buraco. Mas não disse que era armazenagem de munições? Ele não se parece com uma munição. – Ela fez uma pausa. – É possível ter apenas uma munição, no singular?

– Quê? – Tommy olhou para ela.

– De qualquer forma, recomendo que leia o arquivo antes de soltá-lo. – Ela bateu no braço dele algumas vezes. – E, quanto às munições desaparecidas, não tema. Provavelmente vão aparecer mais cedo ou mais tarde, de um jeito ou de outro.

– Hmm – disse Tommy, abrindo o dossiê para descobrir uma declaração de testemunho de uma tal Lady Helene Carrington, nascida Granwell, filha única do Marquês de Havistock. Aparentemente o marquês não apenas estava envolvido na confusão da noite anterior, como também assassinara o Conde Draven, com sua filha como testemunha. Abaixo do testemunho, havia uma miríade de informações adicionais, incluindo maus-tratos de empregados em suas fábricas, contabilidade adulterada, crianças desaparecidas e mais.

O detetive fechou o arquivo e correu os dedos pelo sino azul. Outro dossiê cheio de evidências, outro membro da aristocracia deixado para que ele descobrisse.

As Belas novamente.

E só então, no meio de sua surpresa, as palavras de Lady Imogen voltaram à sua mente.

As munições serão usadas para o bem.

– O que você disse? – Ele ergueu o olhar do papel.

Mas ela partira, os documentos em sua mão a única evidência de que a dama estivera ali.

Tommy olhou de volta para o aristocrata amarrado aos seus pés e xingou, o palavreado chulo marcado pelo barulho da porta da igreja, um eco pesado que chamou sua atenção para o jovem policial que entrara, de olhos arregalados e sem ar, parando no instante que viu Tommy.

– Detetive, senhor.

– Venha. – Tommy acenou para ele se aproximar.

O homem obedeceu, tirando uma carta do bolso.

Ao abrir, o detetive correu os olhos pelo papel.

Explosões reportadas em todas as cinco fábricas Havistock neste início de manhã. Sem vítimas ou testemunhas. Volte para Whitehall para reunião.

E, simples assim, o dia de Thomas Peck foi de péssimo para horrível.

EPÍLOGO

O Duque de Clayborn acordou com o sol matinal, próximo à mulher que amava, assim como fizera todas as manhãs desde que ficaram lado a lado em Lambeth e lutaram juntos pelo futuro que compartilhavam. Quando a luz atravessava a janela do quarto deles, pintando o cômodo com um brilho dourado, o mundo lá fora ainda pesado com a tranquilidade do amanhecer, ele se demorou nela, da mesma forma como fizera inúmeras vezes no último ano. Exatamente como faria inúmeras vezes pelo resto da vida deles.

Respirando fundo, ele esfregou o peito, em cima da dor que era sua velha conhecida – parte alívio por encontrá-la, parte felicidade por ela ser dele, parte descrença de ser tão abençoado por poder dizer que aquela mulher magnífica era dele.

Incapaz de resistir mais um momento, Clayborn se inclinou e beijou a bochecha dela, quente, suave e rosada do sono. Quando Adelaide suspirou, ele não conseguiu conter o pequeno som de prazer que ressoou em seu peito enquanto a beijava novamente, traçando o queixo dela, abaixo da orelha, no lugar onde o ombro encontrava o pescoço, doce e macia, com cheiro de tomilho e chuva fresca. A mão de Henry acariciou a lateral dela até encontrar a protuberância em sua barriga, que carregava a criança que logo nasceria.

Adelaide se espreguiçou e deu um sorriso presunçoso, ela se virou no abraço dele, envolvendo-o pelo pescoço e se pressionando contra o amado, longilínea, quente e perfeita, antes de dizer com os olhos ainda fechados:

– Feliz aniversário de casamento, marido.

Ele roubou as palavras dos lábios dela.

– E para você também, esposa.

Embora os planos de Alfie Trumbull tivessem descarrilhado e ele não tenha supervisionado o casamento de sua filha com um duque naquela noite em São Estevão, Henry e Adelaide voltaram a Lambeth no dia seguinte, onde o Duque de Clayborn usara cada milímetro de seu poder para garantir uma reunião com o Arcebispo… e eles foram casados com uma licença especial na capela do Palácio de Lambeth. Jack e Helene estiveram presentes, assim como a equipe de Adelaide – a Duquesa de Trevescan, Lady Imogen Loveless, Lady Sesily e o Sr. Calhoun, e Maggie O'Tiernen, que abrira O Canto imediatamente depois para uma festa de casamento barulhenta. A manhã virara uma tarde e uma noite cheias de celebração, congratulações e muita dança.

Ninguém em Mayfair acreditaria que o Duque de Clayborn, conhecido por seu controle frio, um homem que mostrava paixão apenas no parlamento da Câmara dos Lordes, passara a noite com sua esposa no braço, segurando-a tão perto que era escandaloso enquanto se deleitavam um no outro e com a promessa do futuro que tinham juntos.

Naquela noite, exaustos e felizes, os dois cambalearam pelas escadas até o apartamento de Adelaide, para a cama de solteiro no quarto cheio de livros e sem muitas outras coisas, e fizeram amor lenta e demoradamente para marcar o começo do resto de suas vidas.

Desde então, dividiam seu tempo entre o Covent Garden, onde os aposentos que alugavam em cima do Canto se encheram de tecidos exuberantes, memórias ainda mais intensas e a gargalhada de amigos e da família, e a casa no campo, onde passavam os dias explorando a propriedade, longe dos olhos curiosos da aristocracia, e as noites na cama, explorando um ao outro.

E Henry não conseguia acreditar na sorte que tivera – aquela mulher brilhante e magnífica… era dele. Para sempre. Com outro beijo, ele sussurrou:

– Sinto muito, não queria acordá-la.

Adelaide se arqueou contra ele.

– Eu não sinto muito por você ter me acordado. – Entrelaçando os dedos no cabelo dele, Addie encontrou os olhos dele e disse: – O que você estava fazendo?

– Estava… – Ele fez uma pausa, correndo um dedo pela bochecha dela, pelo pescoço, pelo peito onde um cacho escarlate circulava o bico de um dos seios. – Eu a observava.

– Você sempre me observa. – Ela sorriu.

– Sim – ele concordou suavemente, afundando-se no olhar aveludado dela. – Quando você ri com suas amigas, na sua carruagem como uma cocheira, enquanto lutamos lado a lado... – Porque eles lutavam lado a lado. Quando escreviam juntos os discursos dele e mantinham o trabalho dela, embora no momento estivessem fazendo mais do primeiro e menos do último, até o bebê nascer. – E hoje... enquanto você dormia, banhada pela beleza da manhã. Minha esposa.

Ela o puxou para perto, hesitando logo antes de o beijar.

– Meu marido.

Rolando-a para ficar de costas, Henry se levantou do abraço, olhando-a, tão cheio do amor que sentia por Adelaide que mal conseguia entender aquele sentimento que nunca esperara. Aquela parceria com a qual nunca sonhara.

– Como eu tenho sorte – ele falou suavemente. – De amar tanto você.

– Como *eu* tenho sorte – ela respondeu, levando uma mão para a bochecha dele. – De ser tão amada.

Outro beijo, longo e demorado. Ela que se desvencilhou desta vez, saltando para fora da cama e o ouvindo protestar enquanto deslizava o vestido branco de seda e cruzava o quarto.

– Está cedo, meu amor. Volte – Henry implorou, apesar de se recostar contra os travesseiros e a observar, a luz desenhando linhas douradas no corpo belo e longilíneo. Provocando-o com o que estava por baixo da roupa.

Ignorando-o, Adelaide abriu uma gaveta e tirou uma caixa dali, virando-se para levá-la para a cama.

– Você não quer seu presente?

– Um presente? – Os olhos dele se acenderam com deleite.

– Você parece um menino desesperado pelo brinquedo novo. – Ela gargalhou.

– Você é o único brinquedo de que preciso – ele retrucou e a puxou para o seu colo, divertindo-se com o gritinho que ela soltou antes de acrescentar: – Mas não gostaria de ser considerado mal-educado.

Quando Adelaide colocou a caixa de mogno na cama ao lado dele, Henry ficou paralisado. Era lisa, talvez 30 centímetros de largura e 6 de profundidade, decorada com uma filigrana decorada. Duas letras douradas no meio de um trabalho impressionante de carpintaria: A e H.

– Adelaide e Henry – disse ele, correndo os dedos pelo desenho antes de perceber o que segurava. Ele encontrou o olhar dela com outro sorriso. – É um quebra-cabeça.

Ela assentiu.

– Não tão complicado como o que nos uniu, mas achei que você iria...

Henry já estava trabalhando no enigma, descobrindo botões, alavancas e falsos botões e ímãs, e em dez minutos tirou uma gavetinha escondida de dentro para descobrir um dossiê familiar marcado com um sino em uma tinta azul-escura. E ali, embaixo, uma etiqueta clara que lia: *Clayborn, Duque de.*

Ele arqueou as sobrancelhas, reconhecendo o documento. Era um dossiê das Belas Fatais, um que deveria ter sido coletado e preparado pela própria Quebra-Laços. Ele olhou para Adelaide de canto de olho.

– Há quanto tempo tem isso?

Adelaide encontrou o olhar dele por um segundo antes de voltar a atenção para a pasta nas mãos dele. As bochechas dela estavam ficando vermelhas?

– Adelaide?

– Eu o compilei enquanto eu voltava para… o meu pai. – Ela falou para o dossiê nas mãos dele. – Queria lhe dar naquela noite. Mandar entregar em sua casa uma vez que eu tivesse lidado com ele, com tudo.

– Uma vez que *nós* tivéssemos lidado com tudo, você quer dizer. – Depois daquela noite, Havistock havia sido julgado e condenado por assassinar um nobre. Danny fora entregue para um médico e então para as docas, onde teve a escolha de ficar em Lambeth e lutar contra Alfie ou ir para a Austrália tentar uma nova vida. E Alfie… continuava como o líder d'Os Calhordas, uma pedra no sapato de Adelaide e Henry, mas mais fácil de lidar agora que queria respeitabilidade e… herdeiros.

– Uma vez que nós tivéssemos lidados com tudo – ela concedeu. – Mas nunca pareceu a hora certa de revelar… o que tem aí dentro.

– E hoje é o momento certo? – Ele a observou com curiosidade.

– Sim. – Ela sorriu. – Parece certo.

– Justo. – Sem hesitar, ele abriu o dossiê e descobriu dois pedaços de papel. O primeiro Henry reconheceu instantaneamente, com um pequeno som de surpresa na garganta enquanto levantava a carta que seu pai escrevera para sua mãe de dentro, correndo os dedos pela escrita antiga. – Como você… – ele começou, mas então se interrompeu. – Alfie Trumbull estava com ela. Eu entreguei a ele naquela noite.

Ela sorriu como uma gata que acabara de pegar um rato.

– E eu o roubei.

– Quando? – Ele franziu a testa.

– Nem dez minutos depois que ele a guardou para manter segura.

Henry gargalhou alto e com satisfação.

– Imagino que seu pai não gostou nada disso.

– Imagino que não – ela disse. – Mas ele não criou uma rainha dos ladrões à toa.

Ele abriu a carta, lendo-a… rememorando. Relembrou a si mesmo que tinha atingido as expectativas que o pai tinha para ele. Jack também, casado e feliz com Lady Helene, já com uma criança.

– Feliz aniversário de casamento, meu amor – ela sussurrou. – Para o futuro que possamos chamar de nosso.

– Sim – ele falou, olhando para ela. – Nosso.

– Nosso – Adelaide sussurrou antes de apontar com a cabeça para o arquivo. – Há outra coisa que precisa achar. – Ele seguiu as instruções, levantando o segundo pedaço de papel. – Esse não é roubado.

Henry olhou para baixo e leu o texto, o coração acelerado:

O Duque de Clayborn é um par perfeito.
Assinado, a Quebra-Laços.

Henry olhou para cima, o prazer inundando-o ao mesmo tempo em que uma frustração de um ano corria por ele. Percebeu que a esposa o observava, buscando algo em seu olhar. No dela, encontrou uma miríade de emoções.

– Você pretendia me entregar isso… e ir embora?

Ela assentiu.

– Achei que você poderia decidir buscar o amor se soubesse… como é perfeito.

– Adelaide. – Ele a puxou para perto, pressionando a testa na dela. – Não vê que eu nunca teria buscado amor além de você? Não havia ninguém mais. Nunca haveria. Meu amor… eu não sou perfeito. Eu só sou perfeito *com você*. – Ele a beijou novamente. – Minha nossa, eu a amo… fora do que é racional. – Ele balançou a cabeça. – Não, não é verdade. É racional, tenho uma dezena de motivos. Uma centena.

– Ah, é? – Ela sorriu, alegria pura.

– Devo enumerar? – Ele voltou a atenção para o pescoço dela, dando beijos em sua garganta enquanto a puxava para o colo e começou sua lista… uma lista que poderia ter durado mais um ano, mais cinquenta. – Sua mente brilhante, como você é espirituosa, a forma como arromba uma porta, dirige uma carruagem, monta um dossiê… a forma como aterroriza os homens de Mayfair e faz as meninas de Lambeth terem orgulho… seus belos olhos… seu cabelo magnífico…

– Hmm – ela ponderou, abraçando-o pelo pescoço. – Todos os motivos excelentes.

– Você é minha, Adelaide Frampton – ele sussurrou no pé do ouvido dela, grave e sombrio como um presente. – Como alguém disse para mim uma vez, achado não é roubado.

– Hmm – ela falou, entrelaçando os dedos no cabelo macio dele. – Mas *eu* que o achei, se você se lembrar bem.

O duque beijou o sorriso do rosto da ladra até ela suspirar de prazer e concedeu:

– Tudo bem, então. Você me achou… mas *eu* que vou ficar com você…

Qualquer argumento que Adelaide pudesse ter foi perdido em outro beijo. E outro. E outro…

AGRADECIMENTOS

Depois de dois anos em uma pandemia global, não é exagero dizer que foram os livros de romance que me mantiveram sã. Não é surpresa para ninguém que me conhece fora dos livros que a maior parte da minha felicidade vem desse gênero que amo. Ler romances me lembra diariamente que o mundo é movido à esperança e escrever romances – em especial as Belas Fatais – ao longo dos últimos dois anos me deu uma fuga constante e cheia de esperança, me levando para um mundo em que pessoas belas, brilhantes e extremamente exageradas são capazes de viver vidas belas, brilhantes e extremamente exageradas.

Mas a coisa mais louca é esta: em todos os anos desde que comecei a escrever romances de época, nunca tive uma ideia que não pudesse achar embasamento histórico e as Belas Fatais não são diferentes. Vários anos atrás, descobri a gangue *The Forty Elephants,* um grupo criminoso composto apenas por mulheres e o maior grupo de ladras de lojas da história do Reino Unido. As *Forties* nasceram em um mundo que ensinara a elas desde cedo que precisavam roubar para sobreviver, e quem subiu na sua hierarquia não apenas sobreviveu, mas *brilhou* por quase um século.

Sem as histórias loucas e incríveis das *The Forty Elephants*, nunca teria imaginado as Belas Fatais, com sua rede vasta de batedoras, espiãs e parceiros que sabem se virar com salteadores (e salteadoras!), brigas em igrejas e batedores de carteira. Os Calhordas foram inspirados pela contrapartida masculina dos *The Forty Elephants,* a gangue *The Elephant and Castle* – que antecederam as *Forties,* mas não vinham com peles, moda e uma rainha própria. Para saber mais de ambas as gangues, não percam os livros de Brian McDonald, *Alice Diamond and The Forty* e *Gangs of London.*

A própria Adelaide foi inspirada por uma coleção de fotografias de Horace Warner das *Spitalfields Nippers*, reunidas e publicadas pela editora Spitalfields Life Books. O cubo quebra-cabeça que o pai de Henry desenhou foi inspirado pelas belas caixas construídas por Craig Thibodeau, a quem sou grata pelas horas de vídeos e explicações.

Como sempre, devo muito ao Museum of London, à British Library e à New York Public Library pelos buracos de coelho infinitos de pesquisa... mesmo durante a pandemia. Dê um abraço no seu bibliotecário mais próximo.

O ano de 2021 me deixou cada vez mais grata por ter amigos tão queridos, com quem eu lutaria ao lado com felicidade sempre que precisassem. Primeiro, agradeço a Kate Clayborn e a Megan Frampton por serem generosas o suficiente para me emprestar seus nomes – vocês são as melhores das melhores, e espero tê-las deixado orgulhosas. Este livro não existiria sem Louisa Edwards, Sophie Jordan, Jen Prokop, Adriana Herrera, Joanna Shupe, Christina Lauren, Meghan Tierney e Erin Leafe – cada uma delas acreditando neste livro antes mesmo de mim. Um agradecimento especial para Kennedy Ryan, que me arrastou para atravessar a linha de chegada... de novo.

Agradeço ao incrível time da Avon Books que, de alguma maneira, continuou a fazer livros mesmo com escassez de papéis, atrasos de impressão e a pandemia. Agradeço a Carrie Feron, Asanté Simons, Britanni DiMare, Britanni Hilles, DJ DeSmyter, Jennifer Hart, Eleanor Mickuki, Jeanne Reina, Liate Stehlik, Bridget Kearney, Christine Edwards, Carla Parker, Andy LeCount, Kristine Macrides, Fritz Servatius, Rachel Levenberg, Stefanie Lindner e Jessica Montany.

Para encerrar este grupo excelente, temos Holly Root, Kristin Dwyer, Alice Lawson e Linda Watson – sou muito grata a todas vocês.

Obrigada meus amores, V e Kahlo, que são doces e engraçados e nunca falham em me animar quando preciso, e Eric, que sempre tolera meu caos e algumas vezes acha charmoso. Para minha irmã, Chiara, que está no meu sofá enquanto escrevo isso, a mais paciente das visitas – você finalmente vai poder ler!

E tudo isso antes de chegar a você, querido leitor! Os livros são apenas palavras até que você os leia... obrigada por trazerem Adelaide e Clayborn à vida. Mal posso esperar para verem Imogen e Tommy queimando as páginas ano que vem!

Este livro foi composto com tipografia Electra Std e impresso
em papel Off-White 70 g/m² na Formato Artes Gráficas.